SAMANTHA JAMES

WOGEN DES GLÜCKS

Roman

Aus dem Amerikanischen
von Eva Malsch

WILHELM HEYNE VERLAG
MÜNCHEN

HEYNE ROMANE FÜR ›SIE‹
Nr. 04/396

Titel der Originalausgabe:
ONE MOONLIT NIGHT

Umwelthinweis:
Dieses Buch wurde auf chlor- und säurefreiem Papier gedruckt.

Deutsche Erstausgabe 5/2002

Printed in France 2002
http://www.heyne.de
Umschlagillustration: Victor Gadino/Agentur Schlück
Umschlaggestaltung: Nele Schütz Design, München
Satz: Satzstudio Prechtl, Passau
Druck und Bindung: Brodard & Taupin, La Flèche Cedex

ISBN 3-453-21029-8

Prolog

»Ich muss dir etwas sagen«, wisperte sie.

Mit ihrem glänzenden schwarzen Haar, das bis zu den Hüften reichte, den schräg stehenden dunklen Augen und dem makellosen olivfarbenen Teint sah sie bildschön aus. Aber Madeleine war sich ihrer Reize kaum bewusst, obgleich schon viele Männer ihre Ausstrahlung, ihren Liebreiz und ihr melodiöses Lachen bewundert hatten. Nur ein Einziger hatte jemals ihren Blick und ihr Herz zu fesseln vermocht.

Dieser.

»James? Ich … ich muss dir etwas sagen.« Der samtige Klang ihrer Stimme – eine Nachwirkung des Liebesakts – hatte sich verloren und neben ihrem exotisch anmutenden Akzent schwang nun ein scheuer, unsicherer Unterton in ihren Worten mit.

Die Bettdecke bewegte sich. Auf einen Ellbogen gestützt, hob James St. Bride, der Earl of Ravenwood, die dunklen Brauen. »Worum geht es denn, *petite?*«, fragte er und strich mit einer Fingerspitze über ihren nackten Arm.

Unwillkürlich erschauerte sie vor Entzücken. Welch ein hinreißender Mann …

Während er auf ihre Antwort wartete, schaute er geistesabwesend ins Leere. Dann fing er ihren Blick auf und lächelte ermutigend.

Sie holte tief Atem. Da ihr nichts anderes übrig blieb, musste sie es einfach aussprechen und endlich hinter sich bringen. »Ich bin guter Hoffnung«, erklärte sie leise.

Sofort erstarrte sein Finger in der Bewegung, sein Lächeln erlosch. Tiefe Stille lastete bleischwer auf Madeleines Seele. Kaum zu glauben, dass James' ekstatischer Schrei das Schlafzimmer erst vor wenigen Minuten erfüllt hatte … Hastig zog er seine Hand zurück und stand auf.

Als er ihr den Rücken kehrte, schluckte sie krampfhaft. Sie betrachtete seinen Hinterkopf, das dichte mahagonibraune Haar, das im Feuerschein glänzte, die angespannten Muskeln der kraftvollen Arme.

Ruckartig schlüpfte er in seinen Morgenmantel, bevor er sich zögernd zu ihr umwandte. Zu ihrer Bestürzung verriet seine Miene nicht, was er dachte. Seine saphirblauen Augen wirkten kühl und abweisend, die Lippen bildeten einen dünnen Strich. In ihrem Herzen stieg eisige Angst auf.

»Sicher kennst du eine Arznei.«

»Eine Arznei?«, wiederholte sie verwirrt.

»Ja, eine Arznei! Irgendwie musst du das Balg loswerden!« Noch nie hatte er so brüsk mit ihr gesprochen. Er konnte seinen Zorn kaum zügeln, und sie musste sich mühsam beherrschen, um nicht vor seiner Ungeduld zurückzuschrecken. »Komm schon, Madeleine! Du bist eine Zigeunerin. Zweifellos kennst du ein geeignetes Mittel.«

Sie setzte sich auf und presste die Decke an ihre Brüste. Fassungslos erwiderte sie seinen Blick. Schlug er ihr tatsächlich vor, ihr eigen Fleisch und Blut zu töten? »James ...«, begann sie stockend. In ihren Augen brannten Tränen. »*Bitte,* James ...« Und dann fehlten ihr die Worte. Sie konnte nur noch den Kopf schütteln.

»Dachtest du, ich würde mich freuen?«

Flehend schaute sie zu ihm auf. »Nun, ich dachte, dass du – dass wir ...«

»Großer Gott!«, rief er angewidert. »Hast du tatsächlich erwartet, dass ich dich heiraten würde?«

Wortlos rang sie nach Atem. Das hatte sie nicht zu hoffen gewagt, aber jeden Abend darum gebetet. Auf eine kirchliche Hochzeit legte sie keinen Wert. Ein Versprechen, das ihn für immer an sie band, würde ihr genügen.

In ihren großen schwarzen Augen lag die Antwort auf seine Frage. James stand reglos am Fußende des Betts. So weit entfernt. So abweisend. Wachsende Verzweiflung schnürte ihr die Kehle zu. Alles hatte sie ihm gegeben. Ihren Körper und ihr ganzes Herz.

Spöttisch verzog er die Lippen. »*Petite,* ich bin der Earl of Ravenwood. Und du bist eine Zigeunerin.«

Wie grausam er sie verhöhnte ... In diesem Augenblick wäre sie am liebsten gestorben. Aber ihr Stolz zwang sie, das Kinn zu heben. »Wäre ich deinesgleichen, würdest du mich nicht so behandeln.«

»Du entstammst einer *anderen* Gesellschaftsschicht«, entgegnete er gelangweilt.

Natürlich, sie war eine Zigeunerin. Das würde er niemals vergessen.

Aber *sie* hatte es vergessen. In ihren Träumen, in ihren Illusionen.

Im vergangenen Sommer waren sie einander zum ersten Mal begegnet. Er hatte ihrem Volk erlaubt, auf einem seiner Landgüter zu kampieren ... Eines Abends tanzte sie zu melancholischen Geigenklängen, und ihr Körper drückte alles aus, was diese Melodie erzählte – eine uralte Geschichte von tiefem Herzenskummer, von der Hoffnung auf eine bessere Zukunft, auf ein Morgen voller Glück und Heiterkeit. Während die Musik immer fröhlicher und lebhafter ertönte, folgten Madeleines Füße und ihr ganzes Herz dem faszinierenden Rhythmus. Lachend warf sie die Arme hoch und ihr wirbelnder Rock entblößte schlanke, geschmeidige, verführerische Beine. Nach dem Tanz, immer noch im Bann ihrer Gefühle, sah sie ihn auf sich zukommen ...

Sie sei das schönste Geschöpf, das er jemals gesehen habe, beteuerte er.

Am nächsten Abend kam er wieder. Und dann an sechs Abenden hintereinander. Oh, welch ein wundervoller Mann! Die anderen Zigeuner warnten sie, er sei ein *gadjo,* der nur ihren Körper besitzen wolle. Doch sie hörte nicht auf ihre Gefährten. Und in einer mondhellen Sternennacht gab sie sich dem Earl hin.

Im Gegensatz zur Ansicht der meisten *gadje* war sie keine Hure. Sorgsam hatte sie ihre Jungfräulichkeit gehütet. James war erstaunt – und entzückt, weil er ihr erster Liebhaber war. Als er den Landsitz verließ, ging sie mit ihm.

Fast sechs Monate lebte sie mit ihm zusammen und wartete auf ihn, wenn er London oder seine anderen Landgüter besuchte, um seine Geschäfte zu erledigen. Aber so oft er auch von seiner Leidenschaft gesprochen hatte, von heißer Sehnsucht, die sein Blut erhitzte und im Herzen brannte – so war kein einziges Liebeswort über seine Lippen gekommen.

Jetzt ließen sich die Tränen nicht mehr zurückhalten. Langsam rollten sie über Madeleines Wangen.

»Was soll das?«, stieß James hervor. »Eine Zigeunerhure weint?«

Ungläubig musterte sie seine verächtliche Miene. War er jemals zärtlich und gut zu ihr gewesen? In diesem Augenblick sah sie nur ein stolzes, hartes Herz, das sie niemals erweichen würde.

Vielleicht hatte es schon immer in seiner gefühllosen Brust geschlagen.

Ihre Hände bebten. Auch ihre Stimme würde zittern. Aber sie bekämpfte mit Gewalt ihre Schwäche. Tapfer hielt sie dem frostigen Blick seiner blauen Augen stand. »Ich bin keine Hure, James. Alles habe ich dir gegeben – alles. Mit keinem anderen Mann war ich zusammen. Nur mit dir.«

»Welche Rolle spielt das schon? Ich habe dich aus diesem schmutzigen Zigeunerlager geholt und dir ein angenehmes Leben geboten. Was ich von dir wollte, wusstest du von Anfang an, Madeleine. Und du wolltest es doch auch. Wie unersättlich du warst!«

Darauf gab sie keine Antwort. Ihre Finger krallten sich in die Bettdecke.

»Willst du etwas anderes behaupten?«, forderte er sie heraus. »Ich habe dich mit Samt und Seide und Pelzen überhäuft. Vom kostbarsten Porzellan hast du gegessen. Was ich dir gab, hättest du ohne mich niemals besessen. Du hast alles angenommen – und gewusst, mehr würde ich dir niemals zugestehen.«

Zum ersten Mal schämte sie sich für ihr Verhalten.

Warum war sie so leichtsinnig gewesen? Sie hatte geglaubt, sie könnte ihn ändern und dazu bringen, sie so innig zu lieben, wie sie ihn liebte. O ja, sie liebte ihn – und er hatte immer nur Lust empfunden. Bedrückt hob sie den Kopf. »Du nennst mich eine Hure. Aber ich bin nur die Frau, die du aus mir gemacht hast.«

Er lächelte verkniffen. »Für deine Dienste wurdest du fürstlich entlohnt, *petite.* Und was du bist, wirst du immer bleiben – eine Zigeunerhure.«

Heftig hob und senkte sich ihre Brust, jeder Atemzug brannte wie Feuer. »Mein Baby … *Dein* Kind …«

»Und wenn es gar nicht existiert? Wahrscheinlich willst du nur einen üblen Trick anwenden, um mich vor den Traualtar zu schleppen. Doch das wird dir bestimmt nichts nützen. Niemals werde ich dich heiraten. Meine künftige Gemahlin muss aus einer erstklassigen Familie stammen.«

Welch eine Närrin sie doch war … Einem solchen Mann hätte sie ihr Herz nicht schenken dürfen – denn er hatte Recht: Ein Aristokrat würde keine Zigeunerin heiraten.

»Streiten wir nicht, *petite*«, mahnte er. »Du musst nun gehen. Trennen wir uns nicht im Zorn.« Er eilte zu einer hohen Kommode, nahm eine Satinbörse mit Quasten aus einem Schubfach und warf sie ihr zu. Als sie vor Madeleines Füßen landete, klirrten Münzen. »Hier! Ihr Zigeuner seid doch ganz verrückt nach Geld und Gold, nicht wahr? Damit entschädige ich dich über Gebühr.«

Trennen wir uns nicht im Zorn …

Aber Madeleine war zornig. Bittere Enttäuschung verdrängte das Leid ihrer Seele. Wie sehr ich ihn liebte, wird er nie erfahren, gelobte sie sich. Ihr Blick glitt von der Börse zu seinem Gesicht. »Behalte dein Gold – ich nehme es nicht. Du wirst es noch bereuen, James.«

»Tatsächlich?« Lässig zuckte er die Achseln. »Daran zweifle ich. Auf dieser Welt gibt es viele Frauen, die ebenso schön sind wie du.«

»Aber ich erwarte den einzigen Sohn, den du jemals bekommen wirst …«

»Einen Bastard!«, höhnte er.

Regte sich nicht einmal die Spur eines Gefühls in seinem Innern?

Madeleine schob die Decke beiseite. Ohne ihre Nacktheit weiter zu beachten, stieg sie aus dem Bett und trat zu James. Sie hob ihre Hand. Aber sie berührte ihn nicht. Stattdessen beschwichtigte sie den Aufruhr ihres Herzens mit einem Wortschwall in ihrer Muttersprache. In seinen Augen las sie Verwirrung und wachsendes Unbehagen.

Immer lauter erklang ihre Stimme. Anklagend zeigte sie auf ihn. Eine unheimliche Atmosphäre breitete sich im Zimmer aus.

Schließlich packte er Madeleines schmale Schultern und schüttelte sie unsanft, bis sie verstummte, bis ihr Kopf in den Nacken fiel wie eine Blume, vom Stängel gerissen. Doch sie schreckte nicht vor seiner Wut zurück. Mit glitzernden Augen starrte sie ihn an.

»Was war das?«, fauchte er zornig. »Ein Zigeunerfluch?«

Ein schwaches Lächeln umspielte ihre Lippen. »Wenn du das glaubst – dann ist es so.«

Die Stirn gerunzelt, ließ er sie los. »Du bist verrückt. Genauso wie diese Zigeunerin Adriana, die Wahrsagerin.«

Voller Genugtuung erinnerte sich Madeleine an die Worte der alten Frau, die ihm ein grausames Schicksal prophezeit und erklärt hatte, sein Geld würde ihm keine Freude bereiten. »Vielleicht bin ich auch verrückt. Aber Adriana hat dich nicht belogen. Niemals wirst du ein glückliches Leben führen.« Mit beiden Händen strich sie über ihren Bauch. »Beschütze deinen Sohn, James. Aber andere Kinder wirst du nicht bekommen.«

»Dein Zigeunerfluch jagt mir keine Angst ein, Madeleine«, entgegnete er angeekelt. »Wenn ich heute Abend zurückkehre, bist du verschwunden. Geh wieder zu deinen Leuten – oder sonst wohin. Es interessiert mich nicht.« Erbost wandte er sich ab und öffnete die Tür.

Doch sie hatte ihm angemerkt, was er fürchtete. Solche Dinge vermochte nur ihr Volk zu sehen. Nun war es an ihr, ihn herauszufordern. »Eins solltest du bedenken, James – ich nehme deinen Sohn mit, deinen einzigen Sohn.«

Krachend fiel die Tür ins Schloss und Madeleines Schrei schien im ganzen Haus widerzuhallen.

»Verdammt sollst du sein, James, und im ewigen Höllenfeuer schmoren!«

Aber obwohl die Glut des Hasses durch ihre Adern strömte, konnte sie ihre wahren Gefühle nicht verleugnen. Kraftlos sank sie zu Boden, unaufhaltsam rannen Tränen über ihre Wangen, und es dauerte lange, bis sie versiegten.

In tiefer Stille hob sie den Kopf und berührte wieder ihren Bauch – diesmal auf andere Weise, fast ehrfürchtig. Plötzlich wusste sie, was geschehen würde.

So wie es die Musik an jenem Abend verkündet hatte, würde aus dem Schmerz ihres Herzens reines Glück entstehen. Ihr Volk würde sie willkommen heißen. Und sie würde ihren Sohn gebären.

Was ihr Leben überschattete, sollte James St. Bride nicht erfahren. Denn es war ihr eigener Fluch, dass sie niemals aufhören würde, ihn zu lieben.

1

Ravenwood Hall, 1821

»Er ist ein Zigeuner. Das weißt du doch, Olivia.« Zwischen ihre Rippen bohrte sich ein spitzer Ellbogen. »Teufelsbrut!«

Gewiss, ein Zigeuner.

So hatte Olivia ihn genannt, seit sie auf Ravenwood Hall eingestellt worden war. Und so nannten ihn auch alle anderen Hausbewohner. Dominic St. Bride, der Zigeuner, der Bastard des alten Earls.

Olivia lächelte höflich und langte nach ihrer Mahlzeit, einem Stück Hefebrot. Als Kirchenmann hatte ihr liebster Papa – Gott sei seiner Seele gnädig – solchen Klatsch und Tratsch stets als schwere Sünde betrachtet. Sicher würde er sie tadeln, weil sie ihren Tischgefährten zuhörte. Aber sie konnte nicht anders. Obwohl sie den Zigeunern keine Zuneigung schenkte – nach allem, was ihrem Papa widerfahren war –, interessierte sie sich brennend für den neuen Herrn von Ravenwood.

In der großen Küche hatten sich mehrere Dienstboten zum Mittagessen versammelt.

Der Butler Franklin hob die buschigen grauen Brauen. »Wisst ihr, was Langston sagt, der Butler im Londoner Haus? Der neue Earl ist ein launischer Mann. Und er schläft immer bei offenem Fenster. Sogar im tiefsten Winter.«

»Oh, zweifellos ist er ein grausamer Herr«, meinte Mrs. Thompson, die Pastetenbäckerin. Nach ihrer äußeren Erscheinung zu schließen, sprach sie ihren eigenen Erzeugnissen tüchtig zu. Ihr Bauch war ebenso rund wie ihre Kehrseite. Aber Olivia hatte Franklin verkünden hören, außerhalb von London sei keine bessere Bäckerin zu finden.

Angstvoll bekreuzigte sich Charlotte, eine junge Irin, die erst seit wenigen Tagen in Ravenwood Hall arbeitete, und riss die dunklen Rehaugen auf.

»Sicher ist er nicht besser als der alte Earl«, seufzte ein anderes Mädchen. »Wäre er bloß in London geblieben!«

Franklin schüttelte den Kopf. »Dass unser alter Herr sonst keine Söhne gezeugt hat, kann ich noch immer nicht glauben. Stellt euch das nur vor! Drei Ehefrauen. Und alle unfruchtbar.«

»Vielleicht lag's an ihm und nicht an seinen Frauen«, warf die Köchin ein. »Haben Sie das schon mal bedacht, Mr. Franklin?«

»Nun, in seinen letzten Jahren pflegte er ziemlich tief in sein Weinglas zu schauen ...«

»In seinen letzten Jahren? Eher im ganzen vergangenen Jahrzehnt! Mildreds Vetter war sein Stallmeister in London, und der hat erzählt, der alte Earl sei nicht mehr nüchtern gewesen, seit er den Jungen von seiner Zigeunermutter weggeholt hatte.«

Franklin nickte. »Angeblich konnte er kaum noch gerade stehen. Und wie sich bei der Verlesung des Testaments herausstellte, hatte er den Jungen schon bei der Geburt als seinen rechtmäßigen Sohn anerkannt.«

»Aye«, bestätigte der Gärtner. »Und nachdem er seine letzte Gemahlin begraben hatte, holte er den Zigeuner zu sich. Wer sollte ihn denn sonst beerben? Da gibt's nur eine entfernte Verwandte, und die ist fast so alt, wie's der Earl war.«

»Den Adelstitel hätte sie sowieso nicht gekriegt«, betonte Glory, ein Küchenmädchen. »Außerdem mochte er sie nicht besonders.«

»Eigentlich mochte er niemanden.«

Diesem letzten Kommentar folgte schallendes Gelächter.

Die Hände in die Hüften gestemmt, schaute die Köchin von einem zum anderen. »Wie könnt ihr denn lachen? Jetzt trägt ein Zigeuner den Titel. Und wir sollten ihm respektvoll begegnen. Sonst verflucht er uns, so wie seine Mutter seinen Vater.«

Abrupt verstummte das Gelächter.

»Was für ein Unsinn!«, protestierte ein Diener.

»O nein«, erwiderte die Köchin. »Darüber hörte ich den Earl auf seinem Totenbett jammern. Die Zigeunerin hatte ihn verflucht und angekündigt, außer dem Kind in ihrem Bauch würde er keine Erben bekommen.«

»Angeblich sieht er fabelhaft aus«, bemerkte Enid, ein hübsches Stubenmädchen mit blonden Locken und runden blauen Augen.

»Jedenfalls ist er ein wilder Bursche. Seit er sich in der Obhut des alten Earls befand, war er nicht zu bändigen. Zum Beispiel weigerte er sich, die Schule zu besuchen. Immer wieder rannte er weg. Daran erinnere ich mich ganz genau. Und jetzt, wo er erwachsen ist, interessiert er sich nur fürs Kartenspiel und für Huren ...« Hastig unterbrach sich der Lakai. »... und Frauen. Die weiß er sehr zu schätzen, wenn ihr versteht, was ich meine. Unglaublich, was für Frauen er hat sitzen lassen – eine Duchesse und eine Countess. Und mindestens zwei Opernsängerinnen. Neulich soll er die Schauspielerin Maureen Miller erobert haben. O ja, er hat schon zahlreiche weibliche Herzen zertrampelt. Dafür ist er in ganz London berüchtigt.«

Olivias Mundwinkel zogen sich nach unten. Schon jetzt verabscheute sie den neuen Earl – nicht weil er von einer Zigeunerin abstammte, sondern wegen seines lasterhaften Lebenswandels. Offenbar war er ein skrupelloser Schürzenjäger.

»Daran wird sich nichts geändert haben«, fügte ein anderes Stubenmädchen hinzu. »So benahm er sich schon vor dem Tod des alten Earls. Meine Mumm, die wohnt in London, schickt mir immer die Tageszeitungen. Was da alles über den jungen Herrn drinsteht! Sicher ist er schuld am Schlaganfall seines Vaters.«

»Der hat oft gedroht, er würde ihn enterben«, ergänzte ein Gärtnergehilfe. »Aber das war dem Zigeuner vermutlich egal.«

»Wie auch immer, bald kommt er hierher. Darauf sollten wir uns vorbereiten.« Franklin stand vom Küchentisch auf. »Nun haben wir lange genug gefaulenzt, Ladys und Gents. Gehen wir wieder an die Arbeit.«

Trotz der strengen Miene, die der hoch gewachsene, hagere Butler meistens zur Schau trug, besaß er eine sanftmütige Seele. Seine erlauchte Position im Ravenwood-Haushalt bewog ihn keineswegs, auf die anderen Dienstboten herabzuschauen. Sogar für die niedrigste Scheuermagd fand er stets ein freundliches Wort und deshalb hatte Olivia ihn sofort in ihr Herz geschlossen.

Aber Mrs. Templeton, die Haushälterin, gehörte einer anderen Kategorie an. Ihr Verhalten war ebenso spröde wie ihr Gesichtsausdruck, und Olivia gewann den Eindruck, die Züge der Frau würden Risse bekommen, wenn sie zu lächeln versuchte. Nicht, dass diese Gefahr bestanden hätte. Mit kalten Augen schien sie ihre Untergebenen regelrecht zu durchbohren. Niemals sprach sie eine Bitte aus, erteilte immer nur Befehle, und ihre Stimme glich einem Peitschenknall.

Auch Olivia erhob sich und wischte ein paar Krümel von der gestärkten weißen Schürze, die sie über ihrem schlichten weißen Kleid trug. Seit einigen Tagen ging es in Ravenwood Hall ziemlich hektisch zu – einzig und allein wegen der unmittelbar bevorstehenden Ankunft des Zigeuners.

Olivia war in Stonebridge aufgewachsen. Den alten Earl hatte sie nicht persönlich gekannt, aber gelegentlich durch das Dorf fahren oder reiten sehen. Kein einziges Mal hatte er sich zu einem Grußwort herabgelassen, von einem Lächeln ganz zu schweigen.

Als Vikar hatte ihr Vater manchmal geschäftliche Dinge mit ihm besprechen müssen. Dass ihr Papa in Wut geraten wäre, hatte sie nur selten erlebt. Umso deutlicher entsann sie sich, wie er eines Tages voller Zorn aus Ravenwood Hall zurückgekommen war. Er hatte den Earl um finanzielle Hilfe gebeten, um das undichte Kirchendach reparieren zu lassen. Dazu war James St. Bride jedoch keineswegs bereit gewesen und so hatte Olivia einen wenig schmeichelhaften Eindruck von ihm gewonnen. Nach ihrer Ansicht war er ein äußerst kaltherziger, selbstsüchtiger Mann gewesen, der sein Geld ebenso wie seine Privatsphäre mit eiserner Faust gehütet hatte.

Ravenwood Hall stand auf dem Gipfel eines Hügels an der Nordseite des Dorfs – ein majestätisches Ziegelgebäude mit Sprossen in den Fenstern. Da der alte Earl diesen Landsitz in den letzten fünf Jahren nur selten besucht hatte, war der Großteil des Hauses geschlossen gewesen. Nicht einmal der Beginn seiner Krankheit vor etwa zwei Jahren hatte ihn bewogen, ins Heim seiner Ahnen zurückzukehren. Schließlich war er in seinem Londoner Haus gestorben.

Nun hatte Olivia lange genug getrödelt. Als

eine der Letzten war sie von dem wuchtigen Eichentisch aufgestanden.

In diesem Augenblick betrat Mrs. Templeton die Küche. Ihr frostiger Blick fiel sofort auf Olivia. »Das hätte ich mir denken können, dass Sie in diesem Haus keinen Finger rühren würden, junge Dame«, zischte sie. »Bedauerlicherweise blieb mir nichts anderes übrig, als Sie einzustellen.«

Was sie damit meinte, war Olivia nur zu bewusst. Vor einem knappen Monat hatte der Zigeuner dem Butler geschrieben, er werde nach Ravenwood Hall übersiedeln. Wie ein Lauffeuer hatte sich die Nachricht im ganzen Dorf verbreitet. Nur wenige Leute wollten hier arbeiten. Der neue Earl erregte das Misstrauen der Bewohner von Stonebridge. Für sie war er ein Außenseiter – ein Fremder.

Aber Olivia konnte das gute Gehalt, das ihr geboten wurde, nicht in den Wind schlagen. Ihr Papa hatte seine finanziellen Angelegenheiten mehr schlecht als recht geregelt. Nach seinem Tod war ein bisschen Geld übrig geblieben, gerade genug für ein halbes Jahr. Der Verlust des Vaters – vor allem die Art, wie er gestorben war – hatte sie tief getroffen. Dazu kam noch eine weitere Last – Emilys Behinderung. Inzwischen war das Geld knapp geworden und Olivia musste den Lebensunterhalt für sie beide verdienen. Deshalb hatte sie den Dienst auf Ravenwood angetreten.

»Zweifellos bilden Sie sich ein, Sie würden

über uns allen stehen«, fuhr Mrs. Templeton empört fort. »Aber ich warne Sie, Miss Olivia Sherwood! Bringen Sie mich nicht dazu, Ihre Einstellung zu bereuen!«

Auf Olivias Wangen brannten zwei rote Flecken. Einige Dienstboten waren in der Tür stehen geblieben. Während sie die Szene beobachteten, sperrten sie Mund und Nase auf. Nur mühsam unterdrückte sie einen scharfen Protest. Was geschehen würde, wenn ihr die Haushälterin die Tür wies, wollte sie sich gar nicht ausmalen. In ruhigem Ton erwiderte sie: »Tut mir Leid, dass Sie einen falschen Eindruck gewonnen haben, Mrs. Templeton. Seien Sie versichert, ich weiß sehr gut, welchen Platz ich hier einnehme, und ich werde all Ihre Wünsche erfüllen.«

Mit ihrer würdevollen Haltung schien sie Mrs. Templetons Unmut noch zu schüren. »Großartig, Miss Sherwood.« Die dünnen Lippen bewegten sich kaum. »Zunächst werden Sie die Haupttreppe putzen und polieren. Diese Arbeit beenden Sie erst, wenn sie zu meiner Zufriedenheit erledigt wurde.«

Auf halber Höhe teilte sich der breite Aufgang in zwei Treppen, die zu den beiden Flügeln des Herrensitzes führten. Um den Befehl auszuführen, würde Olivia einige Stunden brauchen. Schweren Herzens widerstand sie der Versuchung, ihre Peinigerin wütend anzustarren. Von Anfang an hatte Mrs. Templeton sie nicht gemocht. Das las Olivia in den kalten Augen, und sie fand es erstaunlich, dass ihr das schwere Los einer Küchenmagd erspart blieb.

An der Ecke des Flurs wartete Charlotte und berührte ihren Arm. »Sorg dich nicht, Olivia. So war sie schon immer. Zumindest hat man's mir erzählt. Offenbar steht sie mit der ganzen Welt auf Kriegsfuß.«

Olivia lächelte schwach. »Und ich dachte, sie würde nur an mir herumnörgeln.«

Wenige Minuten später trug sie mehrere Putzlappen und Bienenwachs in die Eingangshalle. Energisch machte sie sich ans Werk. Auf der anderen Seite der Treppe sah sie den Widerschein der Sonne, die allmählich hinter dem Horizont versank.

Langsam schleppten sich die Stunden dahin. Als die Uhr in der Halle zehnmal schlug, erreichte Olivia den Absatz, wo sich die Treppe teilte. Plötzlich fiel ein Schatten über ihre gebeugte Gestalt. Sie hob den Kopf und strich sich eine rotblonde Haarsträhne aus der Stirn.

Zum Glück war es nur Charlotte. »Ich werde dir helfen.«

»O nein!«, entgegnete Olivia und stand auf. »Wenn Mrs. Templeton dich hier findet, wird sie schrecklich böse sein.«

»Nun, dann werde ich ihr erklären, es gehe sie nichts an, was ich in meiner Freizeit mache.«

Olivia rückte Charlottes verrutschtes Spitzenhäubchen zurecht. »Vielen Dank für dein Angebot, meine Liebe. Aber das ist meine Arbeit, nicht deine.«

»Komm schon! Du musst für deine Schwester sorgen. Um diese Zeit solltest du längst daheim sein.«

»Und du bei deinem Sohn«, erwiderte Olivia und hob die fein geschwungenen Brauen.

Die 23-jährige Charlotte, nicht viel älter als sie selbst, hatte einen siebenjährigen Jungen namens Colin. Vor einiger Zeit hatte sein Vater einen tödlichen Unfall erlitten. Um den harten Zeiten in Irland zu entrinnen, war sie mit ihrer Mutter und dem Kind dann nach Yorkshire gezogen.

»Den kann meine Mum genauso gut betreuen wie ich. Vielleicht sogar besser, weil sie vierzehn Kinder großgezogen hat«, fügte Charlotte lächelnd hinzu.

Da gab sich Olivia geschlagen. Es wäre sinnlos gewesen, der eigenwilligen jungen Frau noch länger zu widersprechen. Und so reichte sie ihr einen Putzlappen.

Mit Charlottes Hilfe kam sie viel schneller voran. Eine Stunde später berührte Olivia die Schulter ihrer Gefährtin. »Jetzt hast du genug getan, Charlotte. Bitte, geh nach Hause zu deinem Sohn.« Charlotte öffnete den Mund, um zu protestieren, aber Olivia kam ihr zuvor und zeigte auf die restlichen Stufen. »Sieh mal, wir sind fast fertig. Den Rest schaffe ich allein. Wenn du noch länger hier bleibst und von Mrs. Templeton ertappt wirst, verlierst du womöglich deine Stellung. Das möchte ich nicht auf mein Gewissen laden.«

»Also gut ...« Zögernd stand Charlotte auf und Olivia umarmte sie.

»Wie soll ich dir nur danken? Falls ich dir jemals einen Gefallen tun kann oder wenn du irgendwelche Probleme hast – wende dich bitte an mich.«

Charlotte hatte sich gerade noch rechtzeitig verabschiedet. Kaum hatte Olivia die letzte Stufe poliert, kam Mrs. Templeton auch schon die breite Treppe heraufgestiegen. Fachkundig strich sie mit einem Finger über das schimmernde Kirschbaumholz, hob ihn hoch und suchte nach Staubspuren. Nichts entging diesen stechenden kleinen Augen. Voller Angst hielt Olivia den Atem an, bis die Haushälterin vor ihr stand.

Weder Lob noch Tadel kam über die schmalen Lippen. »Sie dürfen jetzt gehen«, war alles, was sie sagte – wie üblich in mürrischem Ton.

Olivia dankte ihr und verabschiedete sich.

Erst am Fuß der Treppe seufzte sie erleichtert auf. Das Haus war dunkel wie ein Grab. In Olivias Fantasie hatte der Name Ravenwood – Rabenwald – stets unheimliche, düstere Bilder heraufbeschworen. Aber bei ihrem ersten Besuch war sie angenehm überrascht gewesen. Hohe Fenster füllten die schönen, großen Räume mit einem warmen goldenen Licht, das in seltsamem Kontrast zum Namen des Hauses stand.

Während sie durch den Flur zum Hinterausgang neben der Küche eilte, hallten ihre Schritte auf dem polierten Boden wider. Mittlerweile hatten sich die meisten Dienstboten schon in ihr

Quartier zurückgezogen, das ein Stockwerk tiefer lag. Nur wenige wohnten wie Olivia und Charlotte im Dorf.

Die Hand auf der Klinke, zuckte sie zusammen. Am Vortag hatte sie einen Eimer nach dem anderen ins zweite Stockwerk hinaufgeschleppt und alle Böden geschrubbt. Ihre Schultern und ihr Rücken schmerzten immer noch. Auf beiden Handflächen hatten sich mehrere Blasen gebildet und die Finger fühlten sich steif und geschwollen an.

Erschöpft folgte sie dem langen, gewundenen Weg zur Straße. Für die Überstunden an diesem Abend würde sie keinen zusätzlichen Lohn erhalten. Schweren Herzens kämpfte sie mit den Tränen. Manchmal konnte sie noch immer nicht glauben, dass Papa und Mama gestorben waren. Doch es wurde ihr qualvoll bewusst, wenn sie in Emilys blicklose Augen schaute.

Eine kalte Brise wehte ihr ins Gesicht und riss sie aus ihren melancholischen Gedanken. Fröstelnd zog sie ihr Cape enger um die Schultern. Es war spät geworden. Wahrscheinlich fast Mitternacht, überlegte sie.

Über dem Boden hingen Nebelschwaden. Der Wald reichte fast bis zur Straße heran. Vom Wind bewegt, schienen die knorrigen, ineinander verschlungenen Zweige einen makabren Tanz zu vollführen. Schaudernd sah sie sich um.

Sei nicht albern, ermahnte sie sich. Es war nur die Finsternis, die sie so unbehaglich stimmte. In der ruhigen, kleinen Gemeinde von Stonebridge gab es nichts zu befürchten. Während der letzten zehn Jahre war die Ermordung ihres Vaters das einzige schockierende Ereignis gewesen. Den Schuldigen hatte man wenig später festgenommen und bestraft.

Trotzdem konnte sie ihre Angst nicht verdrängen. Sie eilte in die Mitte der zerfurchten Straße. Sobald sie die nächste Biegung erreichte, würde sie das Dorf am Hang des Hügels erblicken.

Zunächst spürte sie die Gefahr nur – unter ihren Füßen bebte das Erdreich. Erschrocken hob sie den Kopf. In ihrer Kehle blieb ein Schrei stecken. Eine Kutsche bog um die Kurve und polterte auf sie zu – immer näher und näher. In ihren Ohren gellte das klirrende Geschirr, und sie glaubte, die vier großen Pferde mühsam keuchen zu hören. In panischem Entsetzen blieb sie wie angewurzelt stehen. Würde der Fahrer sie rechtzeitig entdecken?

Anscheinend nicht ... In letzter Sekunde warf sie sich an den Straßenrand und der Wagen raste an ihr vorbei.

Zweige streiften ihre Wange, mit der Schulter voraus landete sie unsanft am Boden, und alle Luft wurde ihr aus den Lungen gepresst. Hilflos rollte sie die Böschung hinab, dann blieb sie halb benommen liegen. Wie aus weiter Ferne drang ein Ruf zu ihr. Verzweifelt rang sie nach Atem.

Nur vage wurde ihr bewusst, dass die Kutsche gehalten hatte. Langsam erhob sie sich auf die Knie und strich das Haar aus ihrem Gesicht.

Und da sah sie das riesenhafte Tier, das zu ihr

sprengte. Aus ihrer Kehle drang mühsam ein halb erstickter Schrei, abwehrend hob sie eine Hand. Doch das nützte ihr nichts. Ein gewaltiger Schlag traf ihre Brust und schleuderte sie auf den Rücken. Zum zweiten Mal innerhalb weniger Sekunden stockte ihr Atem. Unfähig, sich zu bewegen, starrte sie in das klaffende Gebiss des sicheren Todes.

Es gab kein Entrinnen. Von kaltem Grauen erfasst, kniff sie die Augen zusammen. Und dann gelang es ihr endlich zu schreien. Mit Haut und Haaren würde die Bestie sie verschlingen …

Unter Stiefelsohlen knirschte Kies. »Keine Bange, er ist harmlos«, versicherte eine Männerstimme, und eine warme, nasse Zunge fuhr über ihre Wange. »Völlig harmlos.«

Langsam öffnete Olivia die Augen. Aus den nächtlichen Schatten tauchte eine hoch gewachsene Gestalt auf, von Kopf bis Fuß in Schwarz gehüllt.

Über Olivias Rücken rann ein Schauer. Noch viel größere Angst als dieses Ungeheuer jagte ihr sein Herr ein.

Einer Ohnmacht nahe, blickte sie in ein Augenpaar – so dunkel wie die Seele des Teufels. Irgendwo im Hintergrund ihres Bewusstseins ahnte sie, wer vor ihr stand.

Der Zigeuner.

2

Wie ein Zigeuner sah er nicht aus. Wo war die farbenfrohe Kleidung? Und warum trug er kein Halstuch?

Natürlich zieht er sich anders an, dumme Gans, schalt sie sich. Der Sturz musste ihr Gehirn benebelt haben. Immerhin führte der Zigeuner schon seit geraumer Zeit das Leben eines Gentlemans.

»Sind Sie verletzt, Miss? Können Sie sprechen?«

Das war also Dominic St. Bride, der Earl of Ravenwood. Seine Stimme klang leise, tief und sanft, wie ein gut geöltes Uhrwerk. Neben ihm stand der unheimliche Köter.

»Hören Sie mich, Miss?« Jetzt schwang ein ärgerlicher Unterton in seiner Frage mit. »Wenn ja, antworten Sie bitte.«

Erst jetzt merkte Olivia, dass sie ihn anstarrte. Zweifellos hielt er sie für schwachsinnig.

»Können Sie sich bewegen, junge Frau?« Dunkle Strähnen fielen ihm in die gerunzelte Stirn. Mit starken Händen umfasste er ihre Oberarme. Dann neigte er sich zu ihr herab. Dabei kam er ihr so nahe, dass sie spürte, wie sich der Wollstoff seines Jacketts an ihrer Kleidung rieb. Sein warmer Atem streifte ihre Lippen. Sonderbar – sie fand es gar nicht unangenehm …

O Gott, was war denn los mit ihr? »Wenn Sie mich loslassen würden, wäre ich Ihnen sehr dankbar, Sir.«

Irgendetwas glitzerte in seinen Augen und seine Mundwinkel zuckten. Ein Lächeln? Nein, unmöglich. Das Personal von Ravenwood hielt ihn – ebenso wie Olivia – für einen grausamen Herrn. Nachdem er ihren Wunsch erfüllt hatte, begann sie sich vorsichtig zu erheben. Er reichte ihr eine hilfreiche Hand, die sie ergriff und sofort losließ, sobald sie aufgestanden war. »Geben Sie Acht!«, mahnte er. »Nicht so schnell.«

Jetzt knirschten wieder Schritte im Kies. Ein stämmiger Mann kam heran und schwenkte eine Laterne. »Alles in Ordnung, Mylord? Beim Allmächtigen, ich schwöre Ihnen, ich sah das Mädchen erst, als es zu spät war. Selbstverständlich versuchte ich auszuweichen ...«

»Beruhigen Sie sich, Higgins, wir haben die Lage unter Kontrolle. Gehen Sie zum Wagen zurück.« Die Augen des Earls – dunkel wie ein mondloser Himmel – schauten Olivia unverwandt an. Plötzlich fühlte sie sich albern und verlegen. »Um Mitternacht sollten Sie nicht allein unterwegs sein, Miss«, meinte er.

Indigniert hob sie die Brauen. Er mochte ihr Arbeitgeber sein, was er allerdings nicht wusste, aber außerhalb seines Hauses brauchte er sie nicht zu maßregeln. »Wie spät es ist, weiß ich, Sir. Und ich versichere Ihnen, mir droht keine Gefahr.«

»Wenn Sie Recht hätten, müssten wir dieses Gespräch nicht führen.«

Olivia blinzelte. Was für ein arroganter, unerträglicher Mann. Empört straffte sie die Schultern. Mit ihren zweiundzwanzig Jahren war sie ihre eigene Herrin. Papa hatte ihr niemals Vorschriften gemacht, sondern seine beiden Töchter stets ermutigt, ihre eigenen Entscheidungen zu treffen. »Glauben Sie mir, Sir, ich bin keine jämmerliche, hilflose Frau.«

Offensichtlich nahm er ihre Behauptung nicht zur Kenntnis. Stattdessen zog er ein Taschentuch hervor und presste es zu ihrer Bestürzung an ihre rechte Wange. »Sie bluten«, erklärte er. »Das sah ich vorhin im Laternenlicht.« Instinktiv berührte sie ihre Wange und der Earl entfernte das Tuch. »Nur ein Kratzer. Der wird bald heilen.«

Aus seinen Worten hörte sie immer noch einen Tadel heraus und sie schwieg beklommen. Wie groß er war – ihr Scheitel reichte nur bis zu seinem Kinn. Um seine breiten Schultern zu erahnen, brauchte sie kein Tageslicht. Voller Unbehagen betrachtete sie den Hund an seiner Seite. Nie zuvor hatte sie eine so hässliche Promenadenmischung gesehen, mit riesigem Schädel, langem, muskulösem Körper und schwarzem Fell. Aufmerksam spitzte er die Ohren.

Ihr Retter bemerkte, wohin ihr Blick geschweift war. »Das ist Lucifer.«

»Lucifer! Der Name des Teufels!«

Anscheinend fand er ihr Entsetzen amüsant, denn er warf lachend den Kopf in den Nacken. »Keine Bange, Lucifer ist so sanftmütig wie ein Kätzchen.«

»Ein grausiges Biest«, entgegnete sie und

musterte den Hund misstrauisch. Obwohl er nicht die geringste Angriffslust zeigte und fügsam neben seinem Herrn stand, jagte er ihr kalte Angst ein. »Katzen sind mir lieber.«

»Aber Katzen haben Krallen.«

»Manche Frauen angeblich auch.«

»Oh …« Der Mond glitt hinter eine Wolke und Olivia konnte das Gesicht des Earls kaum noch sehen. Trotzdem spürte sie, dass er lächelte. »Und Sie, Miss …?«

Seltsamerweise zögerte sie, ihren Namen zu nennen. Spielte es eine Rolle? Sicher nicht. »Sherwood«, stellte sie sich schließlich vor. »Olivia Sherwood.«

Zu ihrer Verblüffung zog er einen Handschuh aus, klemmte ihn unter seinen Arm und ergriff ihre Finger. In diesem Augenblick gingen ihr zwei Gedanken durch den Sinn. Aus unerfindlichen Gründen hatte sie erwartet, seine Haut müsse sich kalt wie der Tod anfühlen. Doch sie war erstaunlich warm. Und zweitens – in seiner großen Hand schien ihre eigene zu verschwinden.

»Erlauben Sie mir, Sie nach Hause zu begleiten, Miss Sherwood.«

Als sie ihm ihre Finger zu entziehen suchte, verstärkte sich sein Griff.

»Sie … Sie halten meine Hand fest, Sir.« Großer Gott, warum stotterte sie – und warum stockte ihr der Atem?

»Gewiss, Miss Sherwood.« Er betrachtete ihre Hand in seiner, dann ihr Gesicht. Jetzt sah sie sein Lächeln ganz deutlich. Das Lächeln eines Teufels. Zweifellos machte er sich über sie lustig. »Um meine Frage zu wiederholen – darf ich Sie nach Hause begleiten?«

»Nein, Sir, das ist nicht nötig. Ich wohne ganz in der Nähe, hinter dem Hügel.«

»Im Dorf?«

»Ja …« Das stimmte nicht ganz, denn ihr Haus lag fast eine Meile vom anderen Ende des Dorfs entfernt.

»Vielleicht haben Sie sich verletzt, ohne es zu bemerken.«

»Wohl kaum«, erwiderte sie und hoffte, ihre Stimme klinge einigermaßen entschieden. »Das wüsste ich.«

Als sie seinen eindringlichen Blick spürte, fragte sie sich, ob er die Lüge durchschaute. Ein paar blaue Flecken hatte sie sicher abbekommen. Endlich ließ er ihre Hand los. Sie hatte schon befürchtet, das würde niemals geschehen. »Also gut, Miss Sherwood«, antwortete er kühl. Hatte sie ihn beleidigt?

Plötzlich regte sich ihr Gewissen. »Danke, dass Sie meinetwegen angehalten haben, Sir. Und – sagen Sie bitte Ihrem Kutscher, er sei nicht schuld an meinem kleinen Unfall.«

Der Earl nickte ihr zu. »Glücklicherweise haben Sie keinen ernsthaften Schaden erlitten, Miss Sherwood.«

Nach drei Schritten verschluckte ihn die Finsternis. Olivia kniff die Augen zusammen. Doch sie konnte ihn nicht mehr sehen. Wenig später hörte sie erneut das Pferdegeschirr klirren und der Wagen fuhr davon.

Erleichtert seufzte sie auf. *Ravenwood* – ein passender Name, dachte sie zitternd. Diesen Mann umgibt eine düstere, geheimnisvolle Aura …

Oder wurde ihre Fantasie von der mitternächtlichen Stunde und seiner Zigeunerseele beflügelt?

Als sie das kleine Cottage betrat, das sie jetzt zusammen mit Emily bewohnte, pochte ihr Herz immer noch viel zu schnell.

Sollte sie ihrer Schwester von der gespenstischen Begegnung erzählen? Nein, Emily würde sich nur aufregen. Zum ersten Mal war Olivia dankbar für die Blindheit des Mädchens, denn es konnte den Kratzer auf ihrer Wange nicht sehen.

Mit fröhlicher Stimme überspielte sie den Aufruhr ihrer Gefühle. »Da bin ich, Emily. Wo steckst du, Liebes?«

»Hier.« Emilys Stimme erklang im Salon.

Hastig durchquerte Olivia die Küche. Graue Schatten füllten das Wohnzimmer. Aber sie sah die Umrisse der Gestalt, die im Schaukelstuhl am Fenster saß, und begann die Kerzen zu entzünden. »Es ist so dunk …« Schuldbewusst unterbrach sie sich. Seit einiger Zeit lebte Emily in einer dunklen Welt. »Für eine Sommernacht ist es furchtbar kalt. Auf dem Heimweg glaubte ich beinahe, ich würde erfrieren.«

»Anfang Juni sind die Nächte immer noch

kühl.« Emilys bebende Finger zupften an ihrem Rock. Besorgt runzelte sie die schöne Stirn. »Warum kommst du so spät nach Hause?«

»Tut mir Leid, meine Liebe, heute musste ich länger arbeiten. Sicher fühlst du dich vernachlässigt. Hast du schon gegessen?«

»Vor ein paar Stunden – ein Stück Brot und Käse.« Emily wandte den Kopf in die Richtung, aus der die Frage ihrer Schwester zu ihr gedrungen war. »Olivia, deine Stimme klingt irgendwie – anders.«

»Das bildest du dir ein. Ich bin nur traurig, weil ich dich so lange allein gelassen habe.«

»Deshalb darfst du dir keine Vorwürfe machen. Am frühen Abend ging Esther mit mir spazieren.« Nach ihrem Dienstantritt auf Ravenwood hatte Olivia eine Dorfbewohnerin eingestellt, die Emilys Mahlzeiten zubereitete und sie jeden Tag an die frische Luft führte. »Wahrscheinlich ist der neue Earl schuld an deiner Verspätung«, meinte Emily missbilligend, »dieser Zigeuner.«

Olivia seufzte. Je weniger über den neuen Herrn von Ravenwood gesprochen wurde, desto besser. Ihre Schwester war lange Zeit von Albträumen heimgesucht worden. Immer wieder, viele Wochen lang, hatte sie Bilder von der Ermordung des Vaters gesehen, und Olivia wollte die bösen Erinnerungen nicht von neuem wecken. »Nein, Liebes, heute habe ich ein bisschen getrödelt. Zur Strafe zwang mich Mrs. Templeton, die ganze Haupttreppe zu polieren. Also muss ich mir die Überstunden selbst zuschreiben.«

»Dass du für einen Zigeuner arbeitest, gefällt mir ganz und gar nicht, Olivia. Wenn du eine Gouvernante wärst – oder eine Schneiderin …«

Wenn doch … Bedauerlicherweise gab es in Stonebridge keine reiche Familie mit kleinen Kindern, die eine Gouvernante brauchte, und es wäre nicht richtig, der tüchtigen Dorfschneiderin Konkurrenz zu machen. Sie hätten nach Cornwall übersiedeln können, in Onkel Ambroses Haus. Aber Mamas jüngerer Bruder lebte nicht mehr, und seine Witwe Paulina, die vier Kinder großzog, musste jeden Penny umdrehen. Natürlich wollte Olivia ihr keine zusätzliche Last aufbürden. Und um Almosen anzunehmen, war sie zu stolz.

Schließlich hatte sie die Stelle auf Ravenwood angetreten. Dort verdiente sie genug, sodass sie Emily und sich selbst ernähren und die Miete für das Cottage bezahlen konnte. Die schwere körperliche Arbeit störte sie nicht. Und eines Tages würde sie das nötige Geld aufbringen und mit ihrer Schwester nach London fahren, zu einem guten Arzt. Seltsam, auf welche Weise das arme Mädchen sein Augenlicht verloren hatte – so plötzlich, nur einen Tag nach Papas Ermordung …

Olivias Herz krampfte sich zusammen. Niemals würde sie jenen Morgen vergessen, den Schrei, nachdem Emily erwacht war. »*Ich sehe nichts! Ich sehe nichts!*«, hatte sie immer wieder geklagt. Hilflos hatte der Doktor mit den Achseln gezuckt und sich die blitzartige Erblindung nicht zu erklären gewusst. Dafür hatte es keine Anzeichen gegeben. Allerdings war Emily von Papas Pferd gefallen und hatte sich den Kopf angeschlagen …

Bleischwer lastete die Erinnerung auf Olivias Seele. Emily, ein Jahr jünger als sie, war ein lebhaftes, heiteres, hoffnungsvolles Mädchen gewesen – wenn auch ein bisschen schüchtern. Das hatte Papa auf den Tod der Mutter zurückgeführt. Zu jenem Zeitpunkt hatte sich Emily in einem schwierigen Alter befunden – kein Kind mehr und noch keine Frau. Und nach dem Tod des Vaters war sie erblindet – so als hätte eine mysteriöse Hand ein Licht in ihrem Innern gelöscht. Seither wirkte sie noch scheuer und ängstlicher. Still saß sie in ihrem Schaukelstuhl und beobachtete blicklos das Leben, an dem sie nicht mehr teilnahm …

Der Gedanke, die Ärmste müsste dieses Schicksal bis zu ihrem Lebensende ertragen, drohte das Herz ihrer Schwester zu brechen. Sie kniete vor Emily nieder und ergriff die schmalen Hände, die im Schoß lagen. »Sorg dich nicht, Liebes. Bisher sind wir recht gut zurechtgekommen, nicht wahr? Außerdem konntest du viel besser nähen als ich.«

Mühsam schluckte sie den Schmerz in ihrer Kehle hinunter. »Bald werden wir ein angenehmeres Leben führen. Das verspreche ich dir.«

»Aber ich fühle mich schuldig, weil du für diesen … Zigeuner arbeitest. Damit dürftest du deine Zeit nicht verschwenden. Könnte ich bloß sehen und dir helfen …«

»So schlimm ist es nicht«, versuchte Olivia sie zu trösten. »Früher habe ich in unserem Garten viel härter gearbeitet.« Olivia bemühte sich um einen fröhlichen Ton, doch sie zweifelte an ihrem Erfolg. Wenige Sekunden später sah sie ihre Befürchtung bestätigt, als Tränen in Emilys schönen blauen Augen glänzten.

»Erst starb Mama – dann Papa … Warum werden wir so grausam bestraft, Olivia?«

Plötzlich entsann sich Olivia, wie sehr ihre Mutter die Tiere und besonders die Pferde geliebt hatte. Mamas Vater war Stallmeister auf dem Landgut eines Dukes gewesen. In ihrer Jugend hatte sie ihm oft bei der Arbeit geholfen. Eines Tages hatte ihr Papa ihr zum Geburtstag eine scheckige graue Stute namens Bonnie geschenkt, die er einem benachbarten Farmer abgekauft hatte. Mama hatte sich unbändig gefreut. Beinahe hätte man den Eindruck gewinnen können, das Pferd mit dem durchhängenden Rücken wäre der edelste Vollblüter in ganz England.

Olivia hatte den Pferden stets misstraut. Vergeblich hatte der Vater versucht, ihr das Reiten beizubringen. Um ihr die Angst vor den Tieren zu nehmen, hatte Mama sie eines Tages hinter sich in den Sattel gesetzt. Nur zu gut erinnerte sich Olivia daran. Mama hatte Bonnie in langsamem Trab um ein Feld in der Nähe des Hauses gelenkt. Allmählich hatte Olivia geglaubt, alles wäre in bester Ordnung und das Reiten würde ihr vielleicht doch noch Spaß machen. Sie hatte sogar genug Mut aufgebracht, ihre Knie in die Pferdeflanken zu pressen und die Arme auszustrecken. Während ihr der Wind ins Gesicht geblasen und an ihrem Haar gezerrt hatte, hatte sie geglaubt, zu fliegen. Und plötzlich war Bonnie gestrauchelt. Abrupt war sie stehen geblieben und Olivia war zu Boden gefallen. Aber Mama … Kopfüber war sie durch die Luft geflogen und auf einem Felsblock gelandet. Als Olivia zu ihr gekrochen war, hatten ihr alle Knochen wehgetan. »*Mama!*«, hatte sie gerufen. »*Mama! Steh auf!*« Doch die Mutter hatte sich nicht mehr gerührt. Sie war tot.

So viel hatte sich danach geändert. Papa war nicht mehr derselbe gewesen, obwohl er sich bemüht hatte, seine tiefe Trauer vor den Töchtern zu verbergen. Nie wieder hatte er so fröhlich gelächelt wie vor jenem tragischen Unfall …

Und jetzt musste Olivia ihren Kummer bekämpfen – der blinden Schwester zuliebe. »Pst, Emily. Weißt du denn nicht mehr, was Papa gesagt hat? Die Wege des Herrn sind unergründlich. Vertrauen wir dem lieben Gott – und hoffen wir auf bessere Zeiten.« Beschwörend drückte sie Emilys Hände. »Bitte, verlier nicht den Mut.«

»Natürlich hast du Recht.« Emily schniefte leise. »Wie immer.«

Olivia strich ihr eine goldblonde Haarsträhne

aus der Stirn. »Möchtest du einen Becher warme Milch trinken, bevor du zu Bett gehst?«

»Ja, das wäre wundervoll.« Ein schwaches Lächeln umspielte Emilys Lippen.

»Gut. Zieh dich schon mal aus, dann bringe ich dich ins Bett.« Olivia eilte in die Küche, um die Milch zu erhitzen. Nach ein paar Minuten drang ein dumpfes Geräusch aus dem Schlafzimmer, das sie mit ihrer Schwester teilte, und sie eilte zu ihr. Bereits in einem langen weißen Nachthemd, bückte sich Emily und rieb ihr Schienbein.

Offenbar hörte sie Olivias Röcke rascheln, denn sie blickte auf. »Tut mir Leid, ich bin über irgendwas gestolpert. In letzter Zeit bin ich so ungeschickt.«

»Schon wieder dieser Schemel«, erklärte Olivia mitfühlend. »Das musst du dir merken – er steht links vom Schrank, nicht rechts.«

Nach Papas Tod hatte es eine Weile gedauert, bis ein neuer Vikar ins Dorf gezogen war. Bis dahin hatten sie in dem hübschen kleinen Haus neben der Kirche gewohnt.

Als der neue Geistliche eingetroffen war, hatte Emily eben erst gelernt, sich in ihrer gewohnten Umgebung zurechtzufinden – in ihrem geliebten Elternhaus, das jetzt von Reverend Holden bewohnt wurde. Hätte sie ihr Sehvermögen behalten, wäre ihr der Umzug sicher nicht so schwer gefallen.

Nach der Ankunft im Cottage hatte sie bittere Tränen vergossen und ihr Bett tagelang nicht verlassen. Auch das war ein Grund, warum Olivia beschlossen hatte, in Stonebridge zu bleiben. In London würde sie zweifellos eine bessere Stellung finden. Aber da Emily sich in diesem beklagenswerten Zustand befand, würde sie eine völlig fremde Umgebung nicht verkraften. Vielleicht später …

Olivia fröstelte. Obwohl der Junitag angenehm warm gewesen war, herrschte eisige Kälte im Cottage.

Anscheinend hatte sie geseufzt, denn Emily wandte sich zu ihr. »Was ist los, Olivia?«

»Nichts, ich friere nur ein bisschen. Hier ist's ziemlich zugig, nicht wahr? Sogar im Sommer. Im Winter müssen wir uns so dick vermummen, dass uns die Leute gar nicht erkennen werden, wenn sie uns besuchen.«

Zu ihrer Erleichterung lächelte Emily. Während die Schwester die Milch trank, kleidete sich Olivia aus und schlüpfte in ihr Nachthemd. Dann krochen die beiden Schwestern ins Bett.

Schon nach wenigen Minuten verrieten tiefe, gleichmäßige Atemzüge, dass Emily eingeschlafen war. Aber Olivia starrte noch lange ins Dunkel und ihre Gedanken wanderten zu dem Zigeuner. Vielleicht war es unvermeidlich …

Wie, um alles in der Welt, sollte sie ihm jemals wieder gegenübertreten, nachdem sie sich so albern benommen und ihre Angst vor seinem Hund deutlich gezeigt hatte? Beinahe wäre sie in Ohnmacht gefallen – eine typisch weibliche Schwäche, die sie stets verachtet hatte.

Andererseits traf auch ihn ein Teil der Schuld an dem Zwischenfall. Wäre seine Kutsche nicht so schnell gefahren, und das zu dieser unchristlichen Stunde ... Plötzlich lächelte sie. Lucifer. Welch ein Name für ein Tier ... Aber ihre Belustigung vermochte das Problem nicht zu lösen. Was würde geschehen, wenn sie den Earl wieder sah? Nun, sie war nur ein einfaches Dienstmädchen. Wahrscheinlich würden sich ihre Wege nie mehr kreuzen. Und wenn doch, würde er sie wohl kaum erkennen. Zumindest hoffte sie darauf.

Die elegante, glänzend polierte schwarze Kutsche polterte die schmale Straße entlang, mit gut geölter Federung, sodass der Insasse die Furchen und Schlaglöcher kaum spürte. An den Fenstern hing kostbarer Damast. Bequem in die weiche rote Samtpolsterung zurückgelehnt, runzelte Dominic zynisch die Stirn. Über diesen Luxus brauchte er sich nicht zu wundern. Immerhin hatte der Wagen seinem Vater gehört.

Für James St. Bride war immer nur das Beste, Schönste und Teuerste gut genug gewesen.

Inzwischen dachte er nicht mehr an das Mädchen, das er am Straßenrand zurückgelassen hatte. Die Arme vor der Brust verschränkt, starrte er ins Dunkel und überlegte, warum sich ein Mann wie James St. Bride jemals mit einer Zigeunerin eingelassen hatte. Gewiss, seine Mutter war eine Schönheit gewesen. Er sah sie keineswegs in verklärtem Licht und allein mit den

Augen eines liebevollen Sohnes. Schon in jungen Jahren hatte er ihren außergewöhnlichen exotischen Zauber erkannt. Immer wieder hatte er beobachtet, wie die Männer sie begehrlich angestarrt hatten. *Gadjo*-Augen und Zigeuneraugen gleichermaßen.

Aber Madeleine hatte dem keine Beachtung geschenkt. Obwohl sie nur selten darüber sprach, blieb ihr Herz an einen einzigen Mann gefesselt, an den Mann, den Dominic hasste, seit er von seiner Herkunft erfahren hatte. Der Bastard eines Earls ...

Für diese tiefe Liebe, die seine Mutter in ihrem Herzen bewahrte, brachte er kein Verständnis auf – wenngleich er gelernt hatte, ihre Gefühle zu akzeptieren. Ebenso wie er die Forderung seines Vaters hingenommen hatte, er müsse das Leben eines *gadjo* führen ... »*Dann hast du's viel leichter, meine Junge.*«

Er war seiner Mutter böse gewesen, weil sie seinem Vater erlaubt hatte, ihn in eine andere Welt zu holen, in der es keine Zigeuner gab. Trotzdem war er schon bald den Verlockungen des Reichtums und der Amüsements verfallen, die ihm geboten wurden.

Oft genug hatte er sich gefragt, was seinen Vater zu seiner Mutter hingezogen haben mochte. Ihre Schönheit? Ihr Zigeunerblut – ein Hauch des Verbotenen ...? Was auch immer, Dominic war aus dieser Verbindung hervorgegangen. Um sich mit dieser Tatsache abzufinden, hatte er viele Jahre gebraucht.

Jetzt flüsterte ihm eine tückische innere Stimme zu, damit sei er noch immer nicht fertig geworden. War er ein Zigeuner? Oder ein *gadjo?*

Doch das spielte keine Rolle. Nun war er kein Bastard mehr – und würde dennoch immer einer bleiben.

Wer war er? Was war er? Bis an sein Lebensende würden ihn diese Zweifel verfolgen.

Nach dem Tod seines Vaters war er versucht gewesen, den Titel und das Vermögen abzulehnen – mit der gleichen Verachtung, die der Earl ihm stets gezeigt hatte. »*Kleiner Zigeuner*«, hatte James St. Bride ihn stets verspottet.

Der Vater hatte ihn für einen wilden Heiden gehalten und geglaubt, er würde sich niemals ändern.

Was James St. Bride nicht gewusst hatte – Dominic war kein primitiver, ungebildeter Zigeuner, sondern ein Gentleman – in der besten Londoner Gesellschaft willkommen. Dieses Ziel hatte er erreicht, so schwer es ihm auch gefallen war. Er tanzte im *Almack's,* spielte im *White's,* wettete im Jockey Club und saß an der Seite des Duke of Worthington.

Aber in seinem Herzen spürte er immer noch das Verlangen nach etwas anderem – nach etwas, das er nicht verstand. Vor einem knappen Monat hatte ihn die unschuldige Frage seines Anwalts Renfrews angespornt. »Wollen Sie sich persönlich um Ihre Interessen auf Ravenwood kümmern, Mylord?«

Ravenwood. Wie oft hatte Dominic sich gelobt,

niemals einen Fuß in das Haus zu setzen, in dem sein Vater zur Welt gekommen war, im Heim seiner Ahnen. Dort hatte seine Mutter für kurze Zeit mit James St. Bride zusammengelebt.

Niemals hatte er seinen Sohn nach Ravenwood eingeladen. Und Dominic wusste, warum. Wenn der Vater ihn auf diesen traditionsreichen Landsitz gebracht hätte, so hätte es bedeutet, dass er ihn voll und ganz akzeptierte. Und dazu hatte sich der Earl nicht durchringen können, obwohl er den Zigeunerjungen als seinen Sohn anerkannt hatte.

Schon vor Jahren war die Saat einer geheimen Sehnsucht in Dominics Herz gepflanzt worden, dann aufgeblüht und gewachsen. Er hatte sein Erbe angetreten. Jetzt würde er auch Ravenwood für sich beanspruchen – und das Heim seines Vaters sollte *sein* Heim werden. Welch süße Rache an dem Mann, der ihn gezeugt hatte …

Als er vor dem Eingang der Herrschaftshauses aus der Kutsche stieg, eilten mehrere Lakaien herbei. Aber sie wurden sofort verscheucht, denn Dominic St. Bride legte keinen Wert auf Formalitäten.

Sichtlich nervös rannte der Butler Franklin in einem zerknitterten Nachthemd die breiten Eingangsstufen herab. »Verzeihen Sie, Mylord, aber wir wussten nicht, dass Sie schon heute Abend eintreffen würden. Sonst hätte sich das Personal in der Halle versammelt …«

»Schon gut, Franklin, ich habe Sie nicht über den genauen Zeitpunkt meiner Ankunft in

Kenntnis gesetzt. Seien Sie beruhigt, ich erwarte keine zeremonielle Begrüßung. Stellen Sie mir die Dienstboten morgen früh vor.«

Verwirrt runzelte Franklin die Stirn. Er hatte mit einem Wutanfall gerechnet.

Der majestätischen Ziegelfassade hatte Dominic nur einen kurzen Blick gegönnt. Auf der letzten Stufe drehte er sich um und betrachtete die Sturmwolken, die sich am Horizont zusammenballten. Wo der Mond vorhin goldene Schleier auf das Land geworfen hatte, herrschte nun dichtes Dunkel. Das überraschte Dominic nicht, denn er wusste, wie oft das Wetter in dieser Gegend umschlug. Mittlerweile hatte sich die Nachtluft abgekühlt. In London war es schwül und stickig gewesen – hier draußen würde er genug Luft zum Atmen finden. Eine Wohltat …

3

»Was für ein schreckliches Unwetter war das gestern Nacht …«, klagte Charlotte. »Beinahe hätten mich die Donnerschläge aus dem Bett geworfen.«

»Im Sommer werden wir häufig von Gewitterstürmen heimgesucht«, erwiderte Olivia lächelnd. »Mein Vater sagte, die Engel würden im Takt der Himmelsmusik klatschen.«

»Oh, das muss ich Colin erzählen.« Charlottes

Augen leuchteten auf. »Dann wird er nicht mehr so viel Angst haben.«

»Charlotte, Olivia!«, wisperte Fanny, ein anderes Dienstmädchen. »Beeilt euch! Wir müssen uns alle in der Halle versammeln und den neuen Herrn begrüßen.«

Bestürzt hielt Olivia den Atem an. Nun war der gefürchtete Augenblick gekommen.

Zum Glück stand sie neben Charlotte am Ende der langen Dienstbotenreihe. Von Mrs. Templeton aufmerksam beobachtet, straffte sie den Rücken.

Aus den Augenwinkeln sah sie Dominic St. Brides hoch gewachsene Gestalt. Sogar den Butler, der gewiss nicht klein war, überragte er. Während sie wartete, drehte sich ihr Magen um, und sie hoffte inständig, die Begrüßungszeremonie würde ein möglichst schnelles Ende finden. Aber an diesem Tag war ihr das Schicksal nicht gewogen, denn der Earl blieb vor jedem Dienstboten stehen, um ihn beim Namen zu nennen und ein paar freundliche Worte auszutauschen.

Je näher er kam, desto heftiger flatterten Olivias Nerven. Am liebsten wäre sie im Erdboden versunken. Und dann stand er vor ihr, die Hände hinter dem Rücken verschränkt, so entspannt und gleichmütig, dass sie ihn glühend beneidete.

»Mylord, Miss Olivia Sherwood, eines unserer Dienstmädchen«, wurde sie von Franklin vorgestellt.

Sie nahm ihren ganzen Mut zusammen und

schaute auf. Damit beging sie einen schweren Fehler. Obwohl der Earl sie nur ein paar Sekunden lang musterte, glaubte sie, sein Blick würde sie durchbohren. Um seine Lippen spielte kein Lächeln, kein Zeichen des Wiederkennens zeigte sich in seinen Augen, die zu Olivias Überraschung nicht dunkel waren, sondern strahlend blau.

Höflich neigte er den Kopf. »Miss Sherwood, es freut mich, Sie auf Ravenwood anzutreffen«, sagte er leise und wandte sich zu Fanny.

Olivia runzelte verwirrt sie Stirn. Offenbar erinnerte er sich nicht an sie. War sie gekränkt – oder erleichtert? Nur zu gern entschied sie sich für Letzteres.

Endlich war die Zeremonie vorbei und die Dienstboten wurden entlassen. Aufgeregt redeten die Mädchen durcheinander.

»Was für ein Mann! Kein Wunder, dass die feinen Londoner Damen ganz verrückt nach ihm waren!«

»Er hat die Augen seines Vaters geerbt. Leuchtend blau wie Saphire!«

»Habt ihr gesehen, wie er mich angelächelt hat?«

»Und mir gab er die Hand! Beinahe wäre ich in Ohnmacht gefallen!«

Belustigt schüttelte Olivia den Kopf.

Charlotte beugte sich zu ihr und wisperte: »Gib's doch zu! Sieht er nicht fabelhaft aus?«

Plötzlich verstummte das Stimmengewirr und Sekunden später erkannte Olivia den Grund der tiefen Stille. Mrs. Templeton durchquerte die Halle – und ging geradewegs auf sie zu.

Schweren Herzens schaute Olivia ihr entgegen. Was hatte sie verbrochen, um diesen missbilligenden Blick zu verdienen?

Die Haushälterin blieb vor ihr stehen und fauchte die anderen Mädchen an. »Habt ihr nichts zu tun?« Hastig entfernten sie sich und Olivia wollte ihnen folgen. Aber Mrs. Templeton legte eine Hand auf ihren Arm. »Er möchte Sie sehen.«

»Ma'am – verzeihen Sie …«, stammelte Olivia. »Wie bitte?«

»Der Master wünscht Sie in der Bibliothek zu sprechen«, erklärte Mrs. Templeton mit schmalen Lippen.

Mühsam schluckte Olivia. Das gefiel ihr ganz und gar nicht. »Sehr wohl«, murmelte sie und wandte sich ab.

»Noch etwas, Mrs. Sherwood.« Die kühle Stimme der Haushälterin hielt Olivia zurück und sie drehte sich wieder um. »Einen guten Dienstboten darf man weder sehen noch hören. In Zukunft sollten Sie daran denken, junge Frau.«

Olivias Puls beschleunigte sich.

Ebenso wie *seiner*.

Während er vor dem Marmorkamin stand, überschlugen sich seine Gedanken. Niemals hätte er erwartet, ihr auf Ravenwood zu begegnen.

Bevor er letzte Nacht eingeschlafen war, hatte er noch lange an sie gedacht. Und an diesem

Morgen, sobald er erwacht war … Er bedauerte, dass er ihr nachts begegnet war und nicht am hellen Tag. Würde sie im Sonnenschein ebenso zauberhaft wirken wie im Mondlicht?

Davon konnte er sich jetzt überzeugen.

Sie sah genauso exquisit aus, wie er es vermutet hatte – mit einem ovalen Gesicht und milchweißer, glatter Haut. Unter sanft geschwungenen Brauen umrahmten dichte Wimpern ihre großen jadegrünen Augen, auf ihrem rotgoldenen Haar glänzten die Sonnenstrahlen, die durchs Fenster hereinströmten. In London würde man sie nicht für eine Schönheit halten, weil ihr Haar nicht hellblond schimmerte. Außerdem war sie viel zu schlank.

»Mylord, Sie haben mich rufen lassen?«

Ohne Zögern kam sie zur Sache und das gefiel ihm ebenso wie ihre schlichte Würde. Die Hände sittsam gefaltet, die schmalen Schultern gestrafft, stand sie vor ihm. Sie ist nervös, entschied er. Doch sie will es nicht zeigen. Ein tapferes Mädchen …

»Wie mir Mrs. Templeton mitgeteilt hat, arbeiten Sie erst seit kurzem auf Ravenwood.«

»Ja«, bestätigte sie, »so wie die meisten Dienstboten. Das Haus wurde geschlossen, nachdem der Earl – ich meine, der alte Earl – Ihr Vater, Mylord …«

»Gewiss, Miss Sherwood, ich verstehe, was Sie meinen.«

Von seiner kühlen Antwort eingeschüchtert, schlang sie die Finger ineinander. Selbst wenn sie sich darum bemüht hätte, so vermochte sie ihren Blick nicht von ihm abzuwenden.

Sein Haar war nicht schwarz, wie sie es letzte Nacht vermutet hatte, sondern schokoladenbraun und etwas länger, als es der Mode entsprach. Und seine goldbraune Haut erweckte den Anschein, sie wäre von der Sonne geküsst worden.

Zum zweiten Mal fiel ihr auf, dass er nicht wie ein Zigeuner aussah – und auch nicht wie einer der Gentlemen, die sie kannte. Er trug ein schneeweißes Hemd mit einer edlen Krawatte, enge Breeches aus Rehleder und glänzende, kniehohe Stiefel. Trotz der eleganten Kleidung umgab ihn eine seltsam raue, fast wilde Aura. Aber es ließ sich nicht leugnen – er war unglaublich attraktiv.

Schließlich brach er das Schweigen. »Sind Sie fertig?«

Also hatte er festgestellt, wie neugierig sie ihn gemustert hatte. Noch nie in ihrem Leben war sie so verlegen gewesen. »Sir, ich …«, begann sie unbehaglich.

»Schauen Sie mich nur an, so lange Sie wollen. Sicher finden Sie mich – eigenartig.«

Seine ironische Höflichkeit trieb ihr das Blut in die Wangen. »Tut mir Leid.«

»Dafür müssen Sie sich nicht entschuldigen. Ich habe mich daran gewöhnt.«

Jetzt log er, was der harte Klang seiner Stimme nur zu deutlich verriet. »Wenn Sie mich nicht mehr brauchen, Sir …«

»Ich möchte Sie bitten, mir das Haus zu zeigen.«

»Aber ich – ich arbeite erst seit einer knappen Woche auf Ravenwood«, stammelte sie beklommen. »Vielleicht darf ich Ihnen vorschlagen, jemand anderen …«

»Nein, *Sie* sollen mich herumführen, Miss Sherwood.«

Irgendwie gewann sie den beängstigenden Eindruck, er würde noch viel mehr von ihr verlangen. »Wie Sie wünschen, Mylord.« Sie wandte sich zur Tür.

»Wenn Sie mir bitte folgen würden …«

»Sehr gern, Miss Sherwood.«

Sie zuckte zusammen. Machte er sich unentwegt über sie lustig? Oder bildete sie sich den spöttischen Unterton nur ein? Wohl kaum – und diese Erkenntnis erschwerte ihr die nächste halbe Stunde. Während sie durch das Haus gingen, hoffte sie, er würde ihre Nervosität nicht bemerken.

Im Arbeitszimmer wagte sie aufzuatmen. Die Besichtigungstour war fast beendet. Über dem Kamin hing ein Porträt seines Vaters. Die Hände hinter dem Rücken verschränkt, blieb er davor stehen. Obgleich James St. Brides Haar mahagonibraun gewesen war, sah der Sohn ihm ähnlich, mit einem markanten Kinn, den gleichen hohen Wangenknochen und eindringlichen blauen Augen.

Wie erstarrt betrachtete Dominic St. Bride das Bild seines Vaters. Um die drückende Stille zu beenden, meinte Olivia: »Sie sind nach ihm geraten, Sir.« Was sie sonst sagen sollte, wusste sie nicht.

»Ich habe seine Augen geerbt«, erwiderte er ausdruckslos. »Davon abgesehen möchte ich ganz anders sein.«

Über ihren Rücken lief ein sonderbarer Schauer. Er hasst ihn, dachte sie, er *hasst* seinen Vater … Das spürte sie.

Aber als er sich endlich zu ihr wandte, wirkte er so gelassen wie eh und je. »Setzen wir unseren Weg fort, Miss Sherwood.«

Nun musste sie ihm nur mehr den Wintergarten zeigen. Trotz ihres Unbehagens bedauerte sie das Ende des Rundgangs, denn sie hielt diesen großen, von Licht durchfluteten Raum für den schönsten des ganzen Hauses. Gegenüber dem Eingang führte eine gläserne Doppeltür auf die Veranda, dahinter wucherten Rosen in einem kleinen Garten.

Voller Wehmut schaute sie sich um. Dieser Anblick erinnerte sie an ihr Elternhaus, das jetzt Mr. Holden bewohnte, der neue Vikar. Im winzigen Rosengarten an der Rückfront hatte sie so viele wunderbare Stunden mit Mama verbracht – ein Glück, das sie schmerzlich vermisste.

»Leben Sie allein, Miss Sherwood?«

Die tiefe Männerstimme riss sie aus ihren melancholischen Gedanken. Offenbar stand Dominic St. Bride direkt hinter ihr. Sie drehte sich um und trat einen Schritt zurück. »Nein«, murmelte sie.

»Sind Sie verheiratet?«

»Nein, meine Schwester wohnt bei mir.«

»Ich finde Ihre Sprechweise erstaunlich kultiviert.«

»Danke, Mylord.«

»Anscheinend wurden Sie gut erzogen.«

»Meine Mutter hat sich sehr darum bemüht – Gott sei ihrer Seele gnädig.«

»Zudem wurden Sie gut ausgebildet, nehme ich an.«

»Ja, mein Vater hat mich unterrichtet.« Bedrückt fragte sich Olivia, worauf der Earl hinauswollte.

»Unter diesen Umständen begreife ich nicht, warum Sie eine Stellung in meinem Haushalt angenommen haben.«

Nun wusste sie, was er meinte – sie passte nicht hierher. Sie holte tief Atem und wählte ihre Worte sehr sorgfältig. »Wie mein Vater stets betont hat, stärkt harte Arbeit die Seele eines Mannes, und ich glaube, das gilt auch für die Frauen. Aber falls Sie das interessiert – außer meiner Schwester habe ich keine Verwandten und ich muss den Lebensunterhalt für uns beide verdienen.«

»Ich wollte Sie nicht beleidigen, Miss Sherwood.«

Erst jetzt erkannte sie, wie schroff ihre Stimme geklungen hatte. »Ich fühle mich keineswegs gekränkt, Mylord.«

Eine Zeit lang schwieg er. Sein Blick glitt über ihr Gesicht und beschleunigte ihre Herzschläge.

Ehe sie wusste, wie ihr geschah, berührte er den Kratzer auf ihrer Wange. »Das sieht man kaum.«

Brennende Röte färbte ihre Wangen. »So schlimm war's ja auch gar nicht …«

Zu ihrer tiefsten Verlegenheit ergriff er ihre Finger und strich behutsam über die Blasen auf den Handflächen. Angstvoll überlegte sie, was er denken mochte. Dass sie sich nicht für die Hausarbeit eignete? O Gott, wenn sie ihre Stellung verlor – wie sollte sie ihre Schwester und sich selbst ernähren?

Ihre Blicke trafen sich und er lächelte. »Nun haben Sie mir Ihre kostbare Zeit lange genug geopfert, Miss Sherwood. Vielen Dank. Sicher sehen wir uns bald wieder.«

Fassungslos beobachtete sie, wie er ihre Hände an die Lippen zog und zarte Küsse darauf hauchte.

Ohne ein weiteres Wort ging er davon und sie starrte ihm verwirrt nach. Ihr Herz schlug wie rasend. Warum benahm er sich nur so ungehörig? Ihre Wange zu berühren, ihre Hände zu küssen …

Jedenfalls war er kein Gentleman – und sie keine Dame. Mit den feinen Londoner Ladys durfte sie sich gewiss nicht vergleichen.

Wenn man Charlotte glauben konnte, war der Earl ein Lebemann, sogar ein Wüstling. So etwas würde Olivia niemals billigen.

Aber sie musste Charlotte auch in anderer Hinsicht Recht geben – er sah wirklich fabelhaft aus.

An diesem Abend verließ sie Ravenwood etwas früher. Charlotte holte sie vor dem Haus ein. »Stört's dich, wenn ich mit dir gehe?«

»Natürlich nicht«, beteuerte Olivia lächelnd, »ich freue mich über deine Gesellschaft.«

Nach ein paar Schritten räusperte sich Charlotte mehrmals, wich Olivias fragendem Blick aus und runzelte die Stirn.

Olivia blieb stehen und hielt sie am Ellbogen fest. »Komm schon! Du willst mir etwas sagen. Raus mit der Sprache!«

»Nun ...« Gewöhnlich nahm Charlotte kein Blatt vor den Mund. Aber diesmal zauderte sie erstaunlich lange. »Wenn du nicht willst ... Ich möchte dich auf keinen Fall belästigen ...«

»Spuck's endlich aus!«, mahnte Olivia kichernd.

»Also gut.« Charlotte holte tief Luft. »Erinnerst du dich, was du gestern gesagt hast? Wenn du mir mal einen Gefallen tun könntest ...«

»Das weiß ich. Und ich hab's auch ernst gemeint.«

Verlegen rang Charlotte die Hände. »Ich habe gehört, du würdest einigen Dorfkindern Lesen und Schreiben beibringen.«

»Ja, jeden Sonntagnachmittag auf dem Dorfplatz. Und abends, wenn ich Zeit habe.«

»Hättest du was dagegen, wenn mein kleiner Colin mitmacht? Leider habe ich nie was Richtiges gelernt, und ich – ich wünsche mir, dass er eines Tages so klug und gebildet ist wie du, so gelehrt ...«

»Bitte, Charlotte, übertreib nicht!«, protestierte Olivia.

»Doch, das bist du. Und du solltest dich nicht in diesem Haus abrackern, so wie unsereins. Du bist eine wirkliche Dame«, betonte Charlotte, »eine echtere Dame als die meisten, die sich so nennen.«

Gerührt lächelte Olivia ihr zu. »Ist das alles, was du willst? Dass ich Colin Lesen und Schreiben beibringe?«

Charlotte nickte und Olivia kämpfte mit den Tränen. Nach dem Tod ihrer Mutter hatte sie deren Aufgabe übernommen, die Dorfkinder zu unterrichten. Seit sie auf Ravenwood arbeitete, fand sie nicht mehr so viel Zeit für ihre Schüler. Aber sie hatte sich gelobt, die kleinen Mädchen und Jungen nicht im Stich zu lassen.

»Das tu ich sehr gern, Charlotte. Sorg dich nicht, es ist keine zusätzliche Belastung. Nur ein Dutzend Kinder kommt regelmäßig zu mir. Eins mehr oder weniger spielt keine Rolle.«

»Bist du sicher?«, fragte Charlotte.

»O ja«, bekräftigte Olivia und umarmte sie. »Und Colin hat die Gelegenheit, andere Kinder kennen zu lernen.«

»Du bist eine Heilige!«, behauptete Charlotte freudestrahlend. »Gott segne dich!«

Sie vereinbarten, dass Olivia am nächsten Abend zu Charlotte kommen würde. Beim Ententeich im Dorf trennten sie sich. Olivia winkte ihrer Freundin zu und eilte weiter. Nach einer Viertelstunde bog sie in den schmalen Weg, der zu ihrem Cottage führte. Als sie die Tür öffnete, rief sie: »Emily?«

»Hier bin ich!«, drang die Stimme ihrer Schwester aus dem Salon und Olivia trat ein.

Abrupt blieb sie stehen, denn Emily war nicht allein. William Dunsport saß ihr gegenüber, der Sohn eines Baronets und Offizier im Ruhestand. Seinen Hut in der Hand, stand der große blonde Mann hastig auf und verneigte sich höflich. »Verzeih mir, dass ich dich unangemeldet besuche, Olivia. Vorhin stellte ich mein Pferd im Mietstall ab und dachte, vielleicht sollte ich mal vorbeischauen. Emily sagte, sie wüsste nicht genau, wann du heimkommen würdest. Und da beschloss ich zu warten. Hoffentlich macht's dir nichts aus.«

»Gar nichts, William«, erwiderte sie lächelnd. »Möchtest du eine Tasse Tee?«

»Oh, das wäre wundervoll.«

»Gleich bin ich wieder da.« Während sie in der Küche den Tee aufbrühte, hörte sie Williams leisen Bariton und Emilys sanfte, scheue Stimme. Wenig später trug sie das Tablett zu dem kleinen Tisch vor dem Sofa, auf dem ihre Schwester saß, und stellte es ab. »Würdest du den Tee einschenken?«, bat sie und nahm neben ihr Platz.

Sichtlich erschrocken wandte sich Emily zu ihr. »Olivia ...«

»Du kannst es, Liebes. Warte – ich helfe dir ...« Olivia führte Emilys Finger zu der kleinen weißen Teekanne. »Auf drei Uhr steht die Kanne.

Die Tassen findest du auf zwölf, sechs und neun.«

Zögernd umklammerte Emily den Henkel der Kanne, den Tränen nah. Olivia hielt den Atem an. Sekundenlang fürchtete sie, ihre Schwester würde die Hand zurückziehen, und schickte ein stummes Gebet zum Himmel. Diese Prozedur hatten sie immer wieder geübt. Olivia glaubte, dass es Emily gelingen würde, die Tassen zu füllen. Aber das Mädchen schien daran zu zweifeln. Auch William schaute eher skeptisch drein.

Emily ertastete die erste Tasse und schob sie vorsichtig zu der Kanne. Mit leisem Klirren stießen die beiden Porzellangefäße aneinander. Olivia wusste, wie angespannt ihre Schwester auf dieses Geräusch lauschte. Ganz langsam neigte Emily den Schnabel der Kanne nach unten. Eine Fingerspitze krümmte sich über dem Rand der Tasse. Als heißer Tee den Fingernagel erreichte, hörte sie zu gießen auf, seufzte erleichtert und lächelte.

Am liebsten wäre Olivia in hellen Jubel ausgebrochen. »Sahne und Zucker, William?«

»Sahne …«, würgte er ungläubig hervor. »Nur ein bisschen.«

Während sie etwas Sahne in seinen Tee träufelte, füllte Emily die zweite Tasse. Jetzt griff sie nach der dritten. Sie verschüttete keinen einzigen Tropfen.

Vielleicht war es nur ein kleiner Triumph. Aber Olivia platzte beinahe vor Stolz. Mit der

Zeit würde sich Emily immer selbstständiger bewegen.

In der nächsten halben Stunde tranken sie Tee und plauderten. William schilderte seine Erlebnisse auf dem Kontinent, wo er seine Militärzeit verbracht hatte.

Als die Kanne leer war, brachte Olivia das Tablett in die Küche. Eine Hand berührte ihren Ellbogen, und sie drehte sich verwundert zu William um, der ihr gefolgt war.

»Wenn es mich auch nichts angeht, Olivia – ich verstehe nicht, warum du Emily erlaubst, den Tee einzuschenken.«

»Du hast völlig Recht«, stimmte sie zu und hob herausfordernd das Kinn. »Es geht dich nichts an.«

Erstaunt über die unverblümte Antwort, wich er einen Schritt zurück.

Nicht zum ersten Mal fiel ihr auf, wie sehr sich der freundliche junge Mann, den sie seit vielen Jahren kannte, verändert hatte. Er wirkte ernster – und nicht mehr so geduldig wie früher, bevor er in den Krieg gegen Napoleon gezogen war. Jetzt bemerkte sie gewisse schroffe Züge in seinem Wesen. Und manchmal benahm er sich unerträglich arrogant.

»Ich kann es einfach nicht mit ansehen, wenn Emily untätig dasitzt«, versuchte sie zu erklären. »Gewiss, sie ist blind – aber nicht hilflos. Sie soll lernen, dies oder jenes allein zu erledigen.«

Über seinen Wangenknochen erschienen rote

Flecken. »Trotzdem muss ich protestieren. Sie könnte sich verletzen.«

Ärgerlich runzelte sie die Stirn. Sie vertrat einen durchaus vernünftigen Standpunkt. Warum wollte er das nicht einsehen? Wieso beharrte er so hartnäckig auf seiner Meinung? Der William, den sie früher gekannt hatte, war nicht so autoritär gewesen.

»Was Emily betrifft, brauche ich deine Ratschläge nicht zu befolgen, William«, entgegnete sie in ruhigem Ton. »Als ihre Schwester werde ich tun, was ich für richtig halte.«

»Glaub mir, du begehst einen schweren Fehler, Olivia. Deine Schwester ist invalide, und ich verstehe nicht, warum du den Eindruck erweckst, sie wäre völlig gesund.«

»Um es noch einmal zu betonen – Emily ist blind, aber nicht hilflos.« Ihre Lippen verkniffen sich ein wenig. »In ihrem Alter warten viele kleine Pflichten auf sie, die sie selbst übernehmen kann. Sie muss es nur lernen.«

Mit schmalen Augen starrte er sie an. »Du bist ziemlich impertinent, Olivia.«

»Und du, William, bist überheblich.«

»Daran zweifle ich, Olivia. Was ist bloß in dich gefahren? Vielleicht hängt es mit dem Tod deiner Mutter zusammen. Ja, ganz sicher. Seit jener Tragödie fehlt dir eine strenge Hand. Niemand erklärt dir, was sich schickt und was nicht. Sonst wüsstest du, dass du deine Zunge im Zaum halten solltest. Eine Dame sollte nicht mit einem Gentleman streiten.«

»In meinen eigenen vier Wänden muss ich meine Zunge nicht im Zaum halten, William. Außerdem hast du diesen Streit angezettelt.«

»Und *du* setzt ihn fort.«

Olivia seufzte. Nur mühsam zügelte sie ihr Temperament. »Vielleicht hast du's vergessen, William, aber ich war niemals ein schüchternes Mäuschen.«

»O nein, ich habe nichts vergessen. Zum Beispiel entsinne ich mich sehr gut, wie begeistert du mich früher angehimmelt hast.« Jetzt klang seine Stimme nicht mehr scharf und vorwurfsvoll, sondern traurig. »Du hast dich verändert, Olivia.«

»Und du auch, William.« Weder Groll noch Bosheit lagen in diesen Worten – es war nur die schlichte Feststellung einer Tatsache.

Zunächst erweckte er den Eindruck, er würde protestieren. Dann fuhr er sich mit allen Fingern durch sein Haar, eine jungenhafte Geste, die Olivias Herz bewegte und Erinnerungen an schönere Zeiten heraufbeschwor. An alles, was für immer verschwunden war.

»Ja, vielleicht. Was ich auf den Schlachtfeldern mit ansehen musste, kannst du dir wohl kaum vorstellen. Nicht, dass ich einer Dame jemals davon erzählen würde …« Um seine Lippen spielte ein schwaches, freudloses Lächeln. »Wahrscheinlich hat der Krieg einen Mann aus mir gemacht.«

Und das Leben eine erwachsene Frau aus *mir*, dachte Olivia bedrückt.

»Denkst du manchmal an deinen achten Geburtstag?«, fragte William.

»O ja. Du hast mir einen wundervollen kleinen Veilchenstrauß geschenkt. Den zeigte ich Mama. Da musste sie schrecklich niesen und flehte mich an, die Blumen aus dem Haus zu bringen.«

»In jener Nacht regnete es«, sagte er träumerisch. »Und am nächsten Morgen hast du geweint, weil die Veilchen verfault waren.« Nach einer kurzen Pause fügte er hinzu: »Als ich das Dorf verließ, um gegen Napoleon zu kämpfen, hast du auch ein paar Tränen vergossen.«

In der Tat. Wie lange lag das alles zurück – und so viel war inzwischen geschehen … Die Zeit und die Trennung hatten sie weit voneinander entfernt.

»An die alten Tage erinnere ich mich sehr gut, Olivia. Und meine Gefühle für dich haben sich nicht geändert.« Eindringlich schaute er in ihre Augen. »Tut mir Leid, dass wir gestritten haben. Eigentlich wollte ich über etwas anderes mit dir reden.« Ehe sie zu Wort kam, ergriff er ihre Hände. »Meine liebe Olivia …«, begann er.

Warum musste sie plötzlich an andere Hände denken, an schmale, goldbraune Hände, die ihre Finger so warm umfasst hatten?

»Schon lange weiß ich, was ich will. Und ich hoffe, es ist auch dein Wunsch.« Noch eine kleine Pause … »Ich bitte dich, meine Frau zu werden. Wenn du meinen Antrag annehmen würdest, wäre ich überglücklich.«

Seine Frau.

Unbehaglich starrte sie ihn an, das blonde, glatt nach hinten gebürstete Haar, und suchte nach Worten.

Damit hätte sie rechnen müssen. Hin und wieder hatte er angedeutet, er würde nicht nur ihre Freundschaft anstreben. Vor seiner Abreise hatte er sie sogar geküsst. Als er den Kopf gehoben hatte, waren seine Wangen gerötet gewesen. Aber Olivia war seltsam unbewegt geblieben. In ihrer Brust hatte sich nichts geregt. Sie hatte heiße Leidenschaft erwartet, jenes Feuer der Liebe, das ihr Herz ersehnte. Stattdessen hatte sie nichts empfunden, nur eine deprimierende innere Leere. Sie war bitter enttäuscht gewesen.

Und jetzt? Als sie sich vorstellte, sie würde mit William vor den Traualtar treten, fröstelte sie beinahe. Keine feurige Erregung, kein wildes Glücksgefühl …

Wie konnte sie seinen Antrag annehmen? Sie liebte ihn nicht. Und ihr Mitleid würde ihn entwürdigen.

In ihrer schwierigen Situation wäre es ein einfacher Ausweg, ihn zu heiraten. Doch so leicht wollte sie es sich nicht machen. Mit harter Arbeit und Beharrlichkeit würde sie es aus eigener Kraft schaffen, ihre Schwester und sich selbst eine angenehme Zukunft zu bieten. Einen Mann zu heiraten, den sie nicht liebte – nein, so verzweifelt war sie nicht.

»Im Augenblick kann ich nicht an eine Ehe denken, William, weil ich – weil ich mich um Emily kümmern muss. Dieses letzte Jahr war sehr schwierig. Für uns beide. Hoffentlich verstehst du mich – es ist zu früh.«

Nach einem langen Schweigen nickte er. »Gewiss. Darf ich dich morgen Nachmittag wieder besuchen?«

»Da unterrichte ich die Dorfkinder.« Der Sonntag war ihr einziger freier Tag.

Irritiert zog er die Brauen zusammen. Er hielt Olivias Sonntagsschule für überflüssig. Seiner Ansicht nach brauchten die Kinder von Stonebridge weder Lesen noch Schreiben zu lernen. Darüber hatten sie mehrmals diskutiert. Aber Olivia war nicht bereit, William zuliebe eine Tätigkeit aufzugeben, die ihr viel bedeutete.

»Vielleicht ein andermal«, schlug er ungehalten vor.

»Ja, vielleicht.«

Mit einer knappen Verbeugung verließ er das Haus, und Olivia atmete erleichtert auf, weil er sie nicht geküsst hatte. Er behauptete, seine Gefühle hätten sich nicht geändert. Doch sie wusste, dass die alten Zeiten unwiederbringlich verloren waren. Wenn sie ihn auch nicht verletzen wollte – sie hatte keine Wahl.

Als sie in den Salon zurückkehrte, wandte Emily ihren Kopf zu ihr. »Ist William schon gegangen?«

»Ja.« Entschlossen wechselte Olivia das Thema. »Was hältst du da im Schoß, Liebes?«

»Ach, nichts ...« Emily biss sich auf die Lippen, und Olivia merkte ihr an, wie verlegen sie war. »Wirklich – nur eine Stickerei ...«

»Darf ich sie sehen?«, bat Olivia neugierig und kniete neben ihr nieder.

»Nun ja, wenn du darauf bestehst ...«, antwortete Emily unsicher.

Olivia nahm ihr das kleine, mit Spitzenborten besetzte Tuch aus den Händen. Erst jetzt entdeckte sie die Nadeln, die Emily in den Falten ihres Rocks verborgen hatte.

»Hast du das heute gemacht?« Fasziniert betrachtete sie die kunstvolle Stickerei. »O Emily, das ist wundervoll!«

»Ja – heute. Nicht so wichtig ... Ich wollte nur ausprobieren, ob ich mich noch entsinne, wie's geht ...«

Fast ehrfürchtig schüttelte Olivia den Kopf.

»Ich zählte die Stiche«, erklärte Emily. »Und dann war ich ganz erstaunt, dass ich mich daran erinnerte. Und seltsam – meine Finger schienen von selbst zu wissen, was sie tun mussten.«

»Wie gut du handarbeiten kannst! Das hast du von Mama geerbt. Ich bringe nicht einmal einen geraden Saum zustande. Da siehst du, warum ich keine Schneiderin werden will. Du wirst die Handarbeit doch beenden? Auf dem dunklen Holz unseres Tischchens würde das Deckchen wunderschön aussehen.«

Emily errötete vor Freude. Nur aus einer Laune heraus hatte sie begonnen, das Tüchlein zu besticken – um sich von anderen Dingen abzulenken. Sie hörte Röcke rascheln und wusste, dass Olivia aufgestanden war. Jetzt näherten sich die Schritte ihrer Schwester der Küche und sie vernahm ein leises Klirren. Ihre Fingerspitzen glitten zu ihren Augen. Manchmal wollte sie beide herausreißen. Wozu waren sie noch nütze? An ihre Blindheit würde sie sich niemals gewöhnen. Sie hasste ihr Gebrechen. Genauso wie den diebischen Zigeuner, der Papa ermordet hatte. Sie erschauerte.

Letzte Nacht war sie wieder von einem Albtraum gepeinigt worden und hatte das Gesicht des schrecklichen Mörders gesehen. Mit beiden Händen schwang er den Knüppel hoch, um den Vater zu erschlagen. In den Wochen nach der Tragödie war sie viel zu oft von diesem Bild verfolgt worden.

Seufzend senkte Emily den Kopf. Sie wusste, dass Olivia ihr grollte, weil sie ihre Träume niemals in allen Einzelheiten schilderte. Es war schon schlimm genug, wenn sie sich selbst damit quälen und die grausige Szene immer wieder erleben musste. Das durfte sie Olivia nicht zumuten. Deshalb war es besser, zu schweigen.

Ihre Finger betasteten wieder das bestickte Tüchlein. Wie hilflos sie sich fühlte, wenn sie stundenlang in diesem Zimmer saß. Aber heute Nachmittag hatte sie sich wenigstens mit einer Handarbeit beschäftigt und die Zeit war schneller vergangen. Erstaunlich, wie gut sie sich an die einzelnen Stiche erinnerte ... Plötzlich kam ihr eine Idee. Wenn sie mehrere Tücher bestickte und verkaufte ... So gut hatte Olivia in all den Monaten für sie gesorgt ... Vielleicht konnte Emily ihr einen Teil der schweren Bürde abnehmen. Dann würde sie sich nicht mehr so unnütz fühlen.

Diesen Plan wollte sie ihrer Schwester vorerst verheimlichen – und sie eines Tages damit überraschen. Bis dahin sollte Olivia glauben, Emily würde sich nur die Zeit vertreiben.

Lächelnd erhob sie sich, ging vorsichtig vom Sofa zu ihrem Schaukelstuhl hinüber und sank hinein. Während sie langsam auf und ab schwang, summte sie eine fröhliche Melodie vor sich hin.

So glücklich war sie schon lange nicht mehr gewesen.

4

Warm und strahlend hell brach der Sonntag an. Im Ententeich am Rand des Marktplatzes spiegelten sich funkelnde Sonnenstrahlen. Gegenüber stand seit Jahrhunderten eine kleine normannische Kirche. Ein gemeißeltes Sachsenkreuz markierte den Eingang. An einer Seite der verwitterten Mauer kletterten verschlungene, dicht belaubte Ranken empor.

Kurz nach Olivias Ankunft erschien William auf dem Dorfplatz, und sie fragte sich, ob er sie daran hindern wollte, die Sonntagsschule abzuhalten. Offensichtlich – denn als sie erklärte, sie sei beschäftigt, schaute er seufzend auf seine Taschenuhr.

»Dann muss ich gehen. Mutter erwartet mich zum Tee.«

Zu ihrem Entsetzen neigte er sich vor und presste seinen Mund auf ihren.

Der Kuss dauerte nur wenige Sekunden. Trotzdem war sie empört. Wie konnte er es wagen – vor den Augen der Dorfbewohner? Er durfte sie keineswegs als seine Verlobte betrachten. Darauf hätte sie ihn unmissverständlich hingewiesen, wäre in diesem Augenblick nicht der kleine Emory an ihrer Seite erschienen.

Dass sie von einem gewissen Gentleman besonders interessiert beobachtet wurde, wusste sie nicht …

Eine halbe Stunde später saß sie im Gras, die Röcke um sich ausgebreitet. Etwa ein Dutzend Kinder hatte sich vor ihr versammelt, darunter auch Charlottes Sohn Colin – ein schüchterner kleiner Junge, der das kupferrote Haar seiner Mutter geerbt hatte. Als Olivia ihn fragte, ob er Lesen und Schreiben lernen wolle, nickte er eifrig. Aber während des ganzen Unterrichts brachte er kein Wort hervor.

Sie schrieb etwas mit Kreide auf die kleine Schiefertafel, die in ihrem Schoß lag, und hielt sie hoch. »Kann das jemand lesen?«

»Da steht ›Colin‹«, antwortete Jane, die Tochter eines Farmers. Mit ihren dreizehn Jahren war sie das älteste seiner Kinder. Jeden Sonntag besuchte sie den Unterricht mit ihren beiden Schwestern und drei Brüdern.

»Ausgezeichnet, Jane. Ja, das heißt ›Colin‹.«

Lächelnd wandte sich Olivia zu dem kleinen Jungen, dessen Augen aufleuchteten. »Siehst du's, Colin?«

Wieder nickte er.

»So heißt du – Colin. Bald wirst du deinen Namen selbst lesen und schreiben können, nicht wahr?«

Jetzt nickte er noch heftiger.

»Sehr gut. Und nun wollen wir ...« Plötzlich unterbrach sie sich, denn alle Kinder starrten etwas an, das sich hinter ihr befand. Lucinda versteckte sich hinter ihrer Schwester Jane. Sogar Jonny, der mit seinem Sitznachbarn getuschelt hatte, verstummte.

Olivias Nackenhaar schien seltsam zu prickeln. Noch bevor sie sich umdrehte, wusste sie, wer hinter ihr stand.

Der Zigeuner.

In der Tat. Dominic St. Bride saß auf einem kraftvoll gebauten, rabenschwarzen Hengst. Im Sattel wirkte er größer denn je. Sie öffnete den Mund, um ihn zu begrüßen. Vor den Kindern wollte sie weder unhöflich noch verängstigt erscheinen.

Aber ehe sie ein Wort sagen konnte, rief Jonny Craven:

»Ich weiß, wer Sie sind! Der Zigeuner! Der Zigeuner-Earl!«

Wie gern wäre Olivia im Erdboden versunken ... Jonny nahm nie ein Blatt vor den Mund – ein Wesenszug, den sie in diesem Augenblick verwünschte. Am liebsten hätte sie ihm den Mund zugehalten, um eine weitere taktlose Bemerkung zu verhindern.

Doch zu ihrer Verblüffung wirkte Dominic St. Bride eher belustigt als verärgert.

»Stimmt das?«, krähte ein anderes Kind. »Sind Sie wirklich der Zigeuner?«

»Ja, der bin ich.«

Unbehaglich schaute Olivia zu ihm auf. Warum ritt er nicht weiter? Zu allem Überfluss stieg er auch noch ab und hielt die Zügel lässig in einer behandschuhten Hand.

»Wie ein Zigeuner ist er nicht angezogen«, stellte Lucinda fest, die hinter ihrer Schwester hervorspähte. Dann errötete sie, erschrocken über ihre eigene Kühnheit.

»Weil er nur ein halber Zigeuner ist«, verkündete Jane. »Der alte Earl war sein Vater. Und der bekam keine anderen Söhne, nachdem die Mutter des jungen Earls ihn verflucht hatte. Deshalb holte ihn James St. Bride aus dem Zigeunerlager, denn er sollte ein Gentleman werden – sein Erbe.«

Olivia hielt den Atem an. Dieses Gerücht hatte sie oft gehört. Nun fragte sie sich, ob Dominic St. Bride das alles abstreiten würde.

»Da hast du ganz Recht. Mein – Vater …« Er zögerte kurz. Offenbar fiel es ihm schwer, das Wort auszusprechen. »Mein Vater nahm mich zu sich. Jetzt kleide ich mich wie ein Gentleman. In London würde man den Earl of Ravenwood in bunter Zigeunertracht wohl kaum zu schätzen wissen.«

»Sind Sie denn ein Zigeuner oder ein Earl?«

»Beides!«, krähte eines der Kinder.

»Wie alt waren Sie, als Sie zu Ihrem Vater zogen?« Neugierig sprang Thomas auf und Dominic wandte sich zu ihm.

»Zwölf.«

»So alt bin ich jetzt auch.«

»Bist du nicht, Thomas Shelton!«, protestierte Jane. »Erst nach der Ernte wirst du zwölf.«

Thomas streckte ihr die Zunge heraus und Olivia warf den beiden einen warnenden Blick zu.

»Warum ziehen die Zigeuner von einem Ort zum anderen?«, fragte der Junge, um vom unangenehmen Thema seines wahren Alters abzulenken.

»Weil sie sich nicht binden wollen«, entgegnete Dominic. »Sie sind frei, eins mit der Welt und der Natur. Und sie gehen dorthin, wo es ihnen gefällt. Da gibt es ein Sprichwort: Nur Gott weiß, was der morgige Tag bringen wird. Deshalb sorgen sie sich nicht um die Zukunft und tun, was ihnen beliebt.«

»Mein Papa sagt, sie sind ständig unterwegs, weil sie niemand in der Nähe haben will.« Den Kopf schief gelegt, musterte Thomas den Earl aufmerksam.

Für einige Sekunden schien sich Dominics Miene zu verdüstern. Doch der Schatten verschwand sofort wieder, und Olivia glaubte, sich seinen Unmut nur eingebildet zu haben. »Ja, so denken viele Leute. Aber sie irren sich. Die Zigeuner wandern umher, weil es seit Jahrhunderten zu ihrer Lebensweise gehört.«

»Und weil sie keine Häuser haben.« Inzwischen war Lucinda hinter ihrer Schwester hervorgekrochen und hatte sich ins Gras gesetzt. »Sie leben in Zelten und Wagen.«

»Die nennt man Wohnwagen«, erklärte er. »Bei den Zigeunern heißen sie *vardos*. Und für alle, die zu arm sind, um einen *vardo* zu besitzen, bildet der Himmel ein Dach über dem Kopf.«

»Aber was tun sie, wenn es regnet?«, fragte ein Kind.

Seine Mundwinkel zuckten. »Dann werden wir nass«, erwiderte er prompt und die Kinder brachen in Gelächter aus.

Als er sich auf ein Knie niederließ, las Olivia unverhohlene Belustigung in seinen leuchtend blauen Augen.

»Wenn diese Leute sprechen, klingt es so komisch«, meinte ein Junge.

»Weil sie in der Zigeunersprache miteinander reden. Die nennt man *Romani*.«

»Mein Pa sagt, sie sind Heiden.«

Entschieden schüttelte er den Kopf. »Sie glauben an den denselben Gott wie ihr alle, obwohl sie ein anderes Leben führen.«

Verlegen lauschte Olivia den neugierigen Fragen und unverblümten Bemerkungen der Kinder. Sie hatte erwartet, Dominic St. Bride würde sich schroff und abweisend verhalten. Stattdessen unterhielt er sich freundlich und geduldig mit ihren Schülern.

»Mein Papa hat mal in einer Stadt gelebt, da standen Schilder mit der Aufschrift: ›Kein Zutritt für Zigeuner‹. Trotzdem kamen sie immer wieder.«

»Weil sie nicht lesen können.«

Endlich brach Colin sein Schweigen. »Ich kann auch nicht lesen«, gestand er leise.

»Bald wirst du's mit Miss Sherwoods Hilfe können«, versprach Dominic und strich über die roten Locken des kleinen Jungen – eine Geste, die Olivia erstaunlich und liebenswert fand. Hastig entsann sie sich, dass er ein Zigeuner war.

Und ein Zigeuner hatte ihren Vater ermordet.

In diesem Augenblick trafen sich ihre Blicke. Seltsamerweise gewann sie den Eindruck, er würde ihre Gedanken erraten. Nein, unmöglich ... »Nun, Kinder ...«, begann sie und senkte die Wimpern. »Für heute machen wir Schluss. Vergesst eure Hausaufgaben nicht! Denkt daran – ihr müsst jeden Tag Lesen und Schreiben üben.« Mit diesem Auftrag entließ sie ihre Schüler, die nach allen Seiten davonrannten. Sie stand auf und strich ihre Röcke glatt.

Nur Colin war zurückgeblieben. Schüchtern flüsterte er dem Earl etwas zu. Ohne Zögern hob Dominic ihn hoch und setzte ihn in den Sattel seines Rappen. Dann nahm er das Pferd am Zügel und führte es langsam um den Dorfplatz herum.

Der kleine Junge strahlte über das ganze Gesicht. Als die Runde beendet war, hob Dominic ihn vom Pferderücken und stellte ihn behutsam auf die Beine. »So, mein Junge, jetzt lauf nach Hause.«

Dankbar nickte Colin und stürmte zum Cottage seiner Mutter. Olivia schaute ihm lächelnd nach. Den ganzen Tag würde er ein Loblied auf den Zigeuner singen. Daran zweifelte sie nicht. Amüsiert malte sie sich aus, wie Charlotte in ungläubigem Staunen Mund und Nase aufsperren würde.

Sobald sie allein waren, wandte der Earl sich zu ihr. Jetzt entstand ein beklemmendes Schweigen. Zumindest nach ihrer Ansicht war es unangenehm. Dominic St. Bride wirkte völlig unbefangen. Darüber ärgerte sie sich ein bisschen. »Es – es war sehr lieb von Ihnen, Colin reiten zu lassen«, stammelte sie.

»Lieb?« Verwundert zog er die Brauen hoch. »So hat man mich noch nie bezeichnet, Miss Sherwood.«

Darauf ging sie nicht ein. »Er ist Charlottes Sohn.«

»Charlotte?«

»Sie arbeitet auf Ravenwood und sie hat das gleiche rote Haar wie Colin. Sicher werden Sie Charlotte sofort erkennen, wenn Sie ihr begegnen, Sir.«

»Gewiss.«

Olivia holte tief Atem. »Wie gut Sie mit Colin umgehen können, Sir ... Dafür muss ich Ihnen danken. Während des ganzen Unterrichts brachte ich kein Wort aus ihm heraus.«

»Ah ... Allem Anschein nach sind Sie überrascht, Miss Sherwood.« Es war keine Frage, sondern die Feststellung einer Tatsache.

»Offen gestanden – ja«, gab sie errötend zu.

»Und warum, Miss Sherwood?« Seine Augen verengten sich. Hatte sie ihn erzürnt? »Dachten Sie, die Kinder würden vor dem Zigeuner-Earl zurückschrecken?«

Was sollte sie antworten? Genau das hatte sie befürchtet. Bei seiner Ankunft hatte sie beobachtet, wie viele Dorfbewohner stehen geblieben waren, um ihn anzustarren. Dann waren sie blitzschnell in ihren Häusern verschwunden. O Gott, wie konnte sie sich jetzt aus der Affäre ziehen?

Während sich ihre Gedanken überschlugen, kam die Rettung gerade noch rechtzeitig – auf unerwartete Weise. Der hässliche Hund Lucifer überquerte den Platz, eilte direkt zu ihr und schob seinen großen Kopf unter ihre Hand.

Zunächst wollte sie erschrocken aufschreien. Doch dann sah sie verwundert, wie er mit dem Schwanz wedelte. Eine feuchte Zunge glitt über ihren Handrücken. Verwirrt blinzelte sie und berührte vorsichtig seine Ohren. Da schmiegte er sich ermutigt an ihre Beine. Beinahe verlor sie das Gleichgewicht. Zwei starke Hände hielten ihre Taille fest.

»Sitz, Lucifer!«, befahl Dominic.

Sofort gehorchte der Hund. Mit seelenvollen braunen Augen schaute er zu seinem Herrn auf.

Bis Olivia sprechen konnte, dauerte es eine Weile. Durch ihre Kleidung spürte sie die Wärme seiner Hände. Mühsam rang sie nach Luft. »Heiliger Himmel, sicher wiegt er mindestens fünfzig Pfund.«

»Eher sechzig«, entgegnete Dominic trocken. »Er scheint Sie zu mögen.«

»Ja …« Ihr Lachen klang etwas zittrig. »Sieht so aus, nicht wahr?«

Als Lucifer sehnsüchtig zu ihr aufblickte, streckte sie ihm eine Hand entgegen. Da winselte er und wandte sich zu seinem Herrn. Offenbar wollte er um Erlaubnis bitten. Dominic nickte.

Sofort sprang der Hund auf und schob seinen Kopf wieder unter Olivias Finger.

Vorsichtig streichelte sie ihn. »Bei unserer ersten Begegnung hatte ich befürchtet, er würde mir die Hand abbeißen«, gab sie widerstrebend zu. »Für ein so großes Biest ist er wirklich zahm.« Jetzt tätschelte sie seinen Kopf etwas zuversichtlicher.

»Nehmen Sie sich in Acht, Miss Sherwood, er mag's nicht, wenn man ihn ein Biest nennt.«

Erstaunt hob sie die Brauen. »Das versteht er doch sicher nicht …«

Erst jetzt sah sie das Funkeln in seinen Augen. Also wollte er sie necken.

Dominic zeigte auf seinen Hengst. »Kommen Sie, ich bringe Sie nach Hause.«

»Was?«, fragte sie verständnislos. »Erwarten Sie, dass ich mit Ihnen reite?«

»Natürlich«, bestätigte er, als wäre das ganz selbstverständlich.

Allein schon bei diesem Gedanken wurde ihr

Mund trocken und ein Schauer rann über ihren Rücken. Mamas tödlicher Sturz hatte Olivias Angst vor Pferden noch geschürt. Entschieden schüttelte sie den Kopf. »Lieber nicht, Mylord.«

»Warum nicht? Niemand beobachtet uns.«

Damit hatte er Recht. Der Marktplatz war verlassen, bis auf ein paar kleine Enten, die hinter ihrer Mutter herwatschelten. Unbehaglich musterte sie den großen, muskulösen Rappen. »Das ist es nicht«, erwiderte sie leise.

»Was dann?«

Schweigend zuckte sie die Achseln. Wie konnte sie die Wahrheit gestehen? Sicher würde er ihre Furcht kindisch finden. Und Mamas Unfall wollte sie nicht erwähnen – das wäre zu persönlich.

»Sind Sie immer so eigensinnig, Miss Sherwood?«, seufzte er. »Wenn Sie mit mir reiten, sind Sie doppelt so schnell daheim. Bis zu Ihrem Haus müssen Sie einen weiten Weg zurücklegen.«

»Woher wissen Sie das?«, fragte sie verwirrt.

»An den letzten beiden Tagen haben Sie Ravenwood nach Einbruch der Dunkelheit verlassen und ich bin Ihnen gefolgt.«

Vielleicht zum ersten Mal in ihrem Leben fehlten ihr die Worte. Er war ihr nachgegangen? Ihre Gedanken überschlugen sich. Einerseits war sie entrüstet, andererseits überlegte sie, ob ihn ein besonderer Grund bewogen hatte, sie im Auge zu behalten. »Warum?«, fragte sie mit belegter Stimme.

»Um mich zu vergewissern, dass Sie wohlbehalten zu Hause eintreffen.«

»Mylord, meine Sicherheit braucht Sie nicht zu interessieren.«

»Verzeihen Sie, da irren Sie sich. Immerhin gehören Sie zu meinen Angestellten.«

Nur deshalb war er ihr gefolgt. Wie dumm von ihr, etwas anderes zu vermuten …

»Nun, Miss Sherwood? Darf ich Ihnen in den Sattel helfen?«

»Bitte, Mylord …« Sie räusperte sich und fügte in energischem Ton hinzu: »Das ist wirklich überflüssig …«

»Nicht so laut, Miss Sherwood!«, mahnte er. »Oder möchten Sie unbedingt Aufmerksamkeit erregen?«

Zum zweiten Mal innerhalb weniger Minuten suchte sie nach Worten. Doch sie musste ihm zustimmen. Auf der anderen Seite des Platzes schlenderte Mr. Hobson zum Friedhof. »Also gut … Dann kann ich Ihnen das Taschentuch zurückgeben, das Sie mir geliehen haben. Aber ich gehe – ich reite nicht.«

Hoch erhobenen Hauptes wandte sie sich in die Richtung ihres Cottages. Dominic ging neben ihr, führte sein Pferd am Zügel, und Lucifer blieb ihnen auf den Fersen.

Sobald das Dorf hinter ihnen lag, wünschte Olivia verzweifelt, die Nähe des Earls würde nicht so schrecklich an ihren Nerven zerren. Jedes Mal, wenn sein Ellbogen ihren Ärmel streifte, beschleunigte sich ihr Puls. Wieso benahm sie sich wie ein albernes Schulmädchen? Um eine halbwegs normale Atmosphäre zu erzeugen, brach sie ihr Schweigen. »Darf ich Ihnen eine Frage stellen, Mylord?«

»Natürlich.«

Im hellen Sonnenschein wirkte das Blau seiner Augen noch intensiver. »Warum haben Sie neulich erklärt, Sie würden es seltsam finden, dass eine Frau wie ich in Ihrem Haushalt arbeitet?«

Seine Lippen verzogen sich zu einem schwachen Lächeln. »Wollen Sie die Wahrheit hören, Miss Sherwood?«

In seiner Stimme schwang ein sonderbarer Unterton mit, den sie nicht deuten konnte. »Allerdings, ich weiß die Wahrheit stets zu schätzen.«

»Auf *diese* sind Sie vielleicht nicht vorbereitet.«

»Trotzdem werde ich sie akzeptieren, Mylord.«

»Nennen Sie mich nicht so!«, befahl er fast ärgerlich.

»Wie bitte?« Verblüfft runzelte sie die Stirn.

»Nennen Sie mich nicht ›Mylord‹.«

Olivia verstand seinen Unmut nicht. »Und wie soll ich Sie anreden, Sir?«

»Wie wär's mit – Dominic?«

»Mylord ...« Gerade noch rechtzeitig unterbrach sie sich. »Sir, das darf ich nicht. Wie Sie vorhin betont haben, bin ich Ihre Angestellte.«

Inzwischen hatten sie die Wiese vor Olivias Cottage erreicht. Neben dem Weg, der zur Haustür führte, blieb der Earl stehen. »Also gut, Miss Sherwood, ich werde Ihre Frage beantworten.

Ehrlich gesagt, es überrascht mich, dass sich eine so schöne Frau in dieser nördlichen Wildnis versteckt – und dass Sie unverheiratet sind. Würden Sie in London leben, hätten Sie längst das Interesse eines reichen Gentlemans erregt und wären seine Geliebte geworden.«

Nun musste sie ihm Recht geben – auf diese Antwort war sie nicht vorbereitet gewesen. Hielt er sie wirklich für schön? »Ich – ich war noch nie in London«, war alles, was sie hervorbrachte.

»Sicher habe ich Sie mit der Bemerkung, Sie könnten die Geliebte eines reichen Gentlemans sein, ziemlich schockiert, Miss Sherwood. Nun, solche Dinge gibt es.«

Auch damit hatte er Recht. Sie war schockiert. Doch das Entsetzen ließ bereits nach. »Oh, darüber wissen Sie zweifellos sehr viel, Sir.« Vergeblich suchte sie den scharfen Klang ihrer Stimme zu verhindern.

»Offensichtlich habe ich Sie beleidigt, Miss Sherwood. Sind Sie tatsächlich so unschuldig, wie Sie aussehen?« Herausfordernd hob er die Brauen. »Fast möchte ich wetten, Sie wurden noch nie geküsst.«

Warum machte er sich über sie lustig, nachdem er sie eben noch respektvoll und höflich behandelt hatte? »Sir, Sie nehmen sich etwas zu viel heraus«, fauchte sie. »Und obwohl es Sie nichts angeht – ich wurde schon geküsst.«

»Tatsächlich? Ich meine nicht nur einen flüchtigen Schmatz auf die Lippen, sondern einen *richtigen* Kuss, der die Erde unter Ihren Füßen erbeben lässt …«

Unwillkürlich erinnerte sie sich an Williams anmaßenden Kuss an diesem Nachmittag, an seine anderen Küsse. Kein Einziger hatte irgendwelche Gefühle erweckt. »Jedenfalls wurde ich bereits geküsst«, versicherte sie erneut, ohne besonders überzeugend zu wirken.

»Bemühen Sie sich nicht um nähere Erklärungen, Miss Sherwood. Ihre ausdrucksvollen Augen erzählen mir *alles*.« Jetzt lachte er auch noch, dieser Schurke …

»Olivia? Bist das du?« Sie schaute über die Schulter und sah Emily in der Tür des Cottages stehen, eine Hand auf der Klinke.

»Ja, da bin ich, Emily!«, rief sie. »Ich komme gleich zu dir.« Wieder zu Dominic St. Bride gewandt, fügte sie hastig hinzu: »Das ist meine Schwester. Kein Wunder, dass sie sich fragt, wo ich so lange bleibe …« Unbehaglich unterbrach sie sich. »Ich würde Sie gern zum Tee einladen, aber …« Ihre Stimme erstarb. Was sollte sie sagen? Dass sie ihn nicht ins Haus bitten durfte, weil ihre Schwester alle Zigeuner hasste? So sieht meine Wahrheitsliebe aus, dachte sie zerknirscht. Zum ersten Mal in ihrem Leben fühlte sie sich wie eine verachtenswerte Heuchlerin.

»Oh, Sie müssen Sich nicht entschuldigen, Miss Sherwood, ich verstehe Sie sehr gut.« Das fröhliche Funkeln in seinen Augen war abrupt erloschen. Hatte sie ihn etwa gekränkt? Nein, gewiss nicht …

Schweigend beobachtete sie, wie er in den Sattel stieg und das Pferd zur Straße lenkte. In eine Staubwolke gehüllt, galoppierte er davon.

Er hatte behauptet, sie sei schön. War das ernst gemeint?

Erst viel später erinnerte sie sich an sein Taschentuch und nahm es aus der Schublade, in der sie es verwahrt hatte. Mit einer Fingerspitze strich sie über die Initiale in einer Ecke – D.St.B. Am nächsten Morgen müsste sie das Tuch nach Ravenwood mitnehmen …

Stattdessen legte sie es ins Schubfach zurück.

5

Eine feuchte, kalte Nase schob sich unter ihre Hand. Verwundert blickte Olivia auf. Sie kniete gerade vor einer der Verandatüren des Speisezimmers, um die Glasscheibe zu putzen. »Lucifer!«, rief sie leise. »Was machst du denn hier?«

Annie – das Stubenmädchen, mit dem Olivia an diesem Nachmittag zusammenarbeitete – schnaufte empört. »Dieser ekelhafte, bösartige Köter! Neulich wollte ich ihn vom Teppich in der Bibliothek verscheuchen, da knurrte er mich an und fletschte die Zähne. Halb zu Tode hat er mich erschreckt!«

Seufzend warf Olivia ihren Putzlappen in den Eimer und streichelte das ruppige Fell. Dass der Hund ungehindert im Haus herumlaufen durfte, missfiel den anderen Dienstboten. »So etwas darfst du nicht tun, Lucifer«, mahnte sie sanft. »Sitz!«

Sofort gehorchte er und spitzte die Ohren, als wollte er auf weitere Befehle lauschen.

Verblüfft rang Annie nach Luft, dann verdrehte sie die Augen. »Du meine Güte, bald wirst du die Vögel von den Bäumen locken!« Sie ließ ihren Lappen in den Eimer fallen und stand auf. »Bringst du hier alles in Ordnung, Olivia?« Ohne eine Antwort abzuwarten, eilte sie aus dem Zimmer.

Olivia neigte sich zu dem Hund und flüsterte lächelnd: »In Zukunft solltest du dich besser benehmen, Lucifer. Glaub mir, Annie ist nicht halb so eklig wie Miss Templeton.« Lucifers Schwanz fegte über den polierten Boden und sie kraulte ihn kichernd hinter den Ohren. Sorgsam wrang sie den Lappen aus und faltete ihn zusammen, legte ihn über den Rand des Eimers und trug alle Utensilien in die Küche.

Eine Viertelstunde später nahm sie ihre Schürze ab und hängte sie an einen Wandhaken in der Abstellkammer. Sie hatte ihre Pflichten vor der Zeit erledigt. Nun musste sie Mrs. Templeton nur noch mitteilen, sie würde nach Hause gehen. Den ganzen Tag hatte sie gefürchtet, dem Earl zu begegnen. Er machte sie nervös, und wann immer sie ihn traf, fühlte sie sich unbehaglich – wie ein albernes Schulmädchen. Je weniger sie von ihm sah, desto besser. An diesem Tag hatte er sich noch nicht blicken lassen.

»Olivia!« Aus der Eingangshalle drang die Stimme des Butlers herüber. Sekunden später kam er ihr entgegen. »Wären Sie so freundlich, diesen Brief Seiner Lordschaft zu übergeben?«, bat er und hielt ihr ein kleines Silbertablett hin. »Soeben wurde er abgeliefert. Ich vermute, der Earl sitzt im Arbeitszimmer.«

Hastig ergriff Olivia das Tablett, bevor es klirrend zu Boden fallen konnte. Sie fand keine Gelegenheit, gegen diesen Auftrag zu protestieren, denn der Butler war bereits in der Küche verschwunden. Offensichtlich hatte er es sehr eilig.

Wundervoll, dachte sie ironisch. Und sie hatte schon gehofft, sie würde ungeschoren davonkommen. Sobald sie dem Earl diesen Brief ausgehändigt hatte, würde sie das Haus verlassen.

Die Tür des Arbeitszimmers war geschlossen. Als Olivia anklopfte, hörte sie keine Antwort. Die Stirn gerunzelt, pochte sie noch einmal gegen das Holz. Endlich wurde sie von einer tiefen Stimme aufgefordert, den Raum zu betreten.

Allzu erfreut klang das »Herein!« nicht. Der Earl saß in einem der beiden Lehnstühle vor dem Fenster und ignorierte Olivias Ankunft. Mit ernster Miene starrte er hinaus. Er hatte sein Jackett ausgezogen, sein weißes Hemd war zerknittert, das Haar leicht zerzaust. Offenbar hatte er vergessen, sich zu rasieren. Dunkle Bartstoppeln umschatteten sein Kinn. Zusammengesunken saß er da, die langen Beine ausgestreckt. Ein würziger Geruch erfüllte die Luft, dessen Quelle

Olivia bald erkannte. Auf dem kleinen Intarsientisch neben seinem Ellbogen stand eine fast leere Brandykaraffe.

Entschlossen räusperte sie sich, bezwang ihre flatternden Nerven und trat zu ihm. »Verzeihen Sie die Störung, Mylord. Soeben wurde ein Brief für Sie abgegeben.« Sie reichte ihm das Silbertablett.

Aber er nahm es nicht entgegen. Stattdessen schaute er zu ihr auf. »Öffnen Sie den Brief.«

Sein eindringlicher Blick irritierte sie. Sollte sie diesen seltsamen Befehl tatsächlich befolgen? Sie las die Adresse – eine schwungvolle, eindeutig weibliche Handschrift. »Sicher ist es eine … persönliche Nachricht, Mylord.«

»Und wenn schon? Setzen Sie sich und lesen Sie mir den Brief vor«, verlangte er und wies auf den zweiten Sessel.

Zögernd nahm sie auf der Kante des Lehnstuhls Platz und erbrach das Siegel mit einem Fingernagel. Dann holte sie tief Atem und begann, den Brief vorzulesen. »›*Mein liebster Dominic, mit tiefstem Bedauern schreibe ich dir diese Zeilen. Wir beide wussten, dazu würde es kommen, wenn du dich auf dem Land verkriechst. Trotzdem stand dein Entschluss fest. Du bist ein exzellenter Liebhaber, Dominic. Niemals werde ich die beglückenden Stunden in deinem Bett vergessen. Aber ich weigere mich, meine Nächte allein zu verbringen – und in London gibt es viele Männer, die deinen Platz nur zu gern einnehmen würden. In liebevollem Gedenken, Maureen.*‹«

Als Olivia verstummte, brannten ihre Wangen wie Feuer. Von dieser Frau hatten die Dienstboten gesprochen. Maureen Miller, die Schauspielerin – die Geliebte des Earls! Verlegen senkte Olivia den Kopf und suchte nach Worten. Die Mutter hatte ihr Manieren beigebracht. Aber sie war noch nie in eine solche Situation geraten. Was sagte man zu einem Mann, der gerade seine Geliebte verloren hatte? Sollte sie ihr Mitgefühl aussprechen? O Gott, sie hatte keine Ahnung …

»Miss Sherwood, Ihr Verhalten gibt mir Rätsel auf. Sind Sie schockiert, weil ich eine Geliebte habe – nein, *hatte?* Oder weil sie einen Ersatz für mich gefunden hat?«

»Beides.« Ehe sie sich zurückhalten konnte, kam ihr diese Antwort über die Lippen. Beklommen wich sie dem Blick des Earls aus.

»Nun muss ich jemand anderen finden, der mein Bett wärmt.« Nach einer kurzen Pause fragte er: »Würden Sie sich zur Verfügung stellen, Miss Sherwood? Sie behaupten, Sie wären bereits geküsst worden. Aber hatten Sie jemals einen Liebhaber?« Ruckartig hob sie den Kopf, unverhohlenes Entsetzen in den großen Augen. Der Earl lachte heiser. »Gewiss, ein lächerlicher Vorschlag. Offen gestanden, ich bezweifle, dass Sie auch nur ein einziges Mal geküsst wurden.«

Seltsamerweise schien er den Verlust seiner Geliebten nicht zu bedauern. Im Gegenteil, er wirkte sogar belustigt. Jedenfalls war sein Herz nicht gebrochen … O ja, die Dienstboten hatten Recht – die Frauen bedeuteten ihm nichts. Wahrscheinlich ließ er seine Gespielinnen ebenso gleichmütig sitzen, wie er ein Jackett ablegte. »Ich bin keine Lügnerin«, entgegnete sie kühl. »Und es missfällt mir, dass Sie sich auf meine Kosten amüsieren.«

Diesen Tadel nahm er nicht zur Kenntnis. »Wer hat Sie denn geküsst? Ihr junger blonder Verehrer, den Sie neulich auf dem Dorfplatz trafen?«

Bestürzt hielt sie den Atem an. »Haben Sie ihn gesehen?«

»O ja«, bestätigte Dominic, ohne ihr Gesicht aus den Augen zu lassen. »Gefiel Ihnen der Kuss?«

Was hatte er an jenem Tag gesagt? Daran erinnerte sie sich nur zu gut. *Ich meine nicht nur einen flüchtigen Schmatz auf die Lippen, sondern einen richtigen Kuss, der die Erde unter Ihren Füßen erbeben lässt …*

So würde sie Williams Kuss nicht beschreiben, aber sie sehnte sich nach solchen Gefühlen …

»Diesen Kuss fanden Sie nicht besonders angenehm, Miss Sherwood – oder?«

»Nun, es war nicht so, wie ich es erwartet hatte. Ich dachte, mein erster Kuss müsste mich völlig überwältigen – und ich würde diesen Augenblick für immer in meinem Herzen bewahren …«

Ehe sie sich zurückhalten konnte, sprach sie das Geständnis aus. Um Himmels willen, war sie verrückt geworden? Warum vertraute sie dem Earl so intime Dinge an?

»Also waren Sie enttäuscht?«

Zum Teufel mit ihm – was bewog ihn, so zufrieden zu lächeln? Erbost straffte sie die Schultern. »Darüber möchte ich nicht reden, Mylord. Und ich bitte Sie, solche Fragen auch nicht mehr zu stellen. Das alles geht Sie nichts an.«

»Verzeihen Sie, Miss Sherwood, ich bin tief zerknirscht.« Er bemühte sich nicht einmal, seinen Spott zu verbergen. »Sagen Sie mir noch eins – Sie sind mir nicht gerade wohlgesinnt, oder?«

Unwillkürlich betrachtete sie das Kristallglas, das neben ihm auf dem Tischchen stand. Als er ihren Blick bemerkte, griff er nach seinem Brandy. »Meinen Sie *das?* Haben Sie was gegen Alkohol?« Ohne sie aus den Augen zu lassen, ließ er den Rest der goldbraunen Flüssigkeit im Glas kreisen und trank es leer.

Schweigend presste sie die Lippen zusammen. Wenn sie bloß wüsste, warum er sie immer wieder provozierte …

»Heraus mit der Sprache, Miss Sherwood! Was immer Sie auch von mir denken, ich werde Ihnen nichts verübeln.«

»In der Tat, ich habe einiges gegen Alkohol einzuwenden«, erwiderte sie und hob ihr Kinn. »Mein Vater hegte eine besondere Vorliebe für Ale. Und ich fürchte, Mylord, an diesem Nachmittag haben Sie schon zu viel getrunken.«

»Ja, allerdings.« Seine Zustimmung verblüffte sie.

»Trotzdem glaube ich, der Alkohol stört Sie weniger als meine Person.«

»O nein, Sir«, protestierte sie energisch. »Viel mehr gewinne ich den Eindruck, dass Sie *mich* nicht mögen. Die Art, wie Sie mich anstarren …«

Bildete sie sich wirklich ein, er würde sie nicht mögen? O Gott, welche Ironie! Wann immer sie sich begegneten, starrte er sie nur an, weil er seinen Blick nicht von ihr losreißen konnte. Auch musterte er voller Sehnsucht ihr schönes Gesicht, ihren schlanken weißen Hals. Nichts an ihr wirkte gekünstelt. Offensichtlich hatte sie keine Ahnung, wie schön sie war. Und diese Erkenntnis schürte sein Verlangen. Außerdem beglückte ihn ihr Geständnis, der Kuss ihres Verehrers habe keine besonderen Gefühle in ihr erregt. Langsam schüttelte er den Kopf. »Seien Sie versichert, Miss Sherwood, das stimmt nicht. *Sie* mögen *mich* nicht.«

»Warum behaupten Sie das?«, fragte sie unbehaglich.

»Wann immer wir uns begegnen, weichen Sie meinem Blick aus. Nicht aus Angst, sondern weil Sie Abscheu vor mir empfinden.« Unter halb geschlossenen Lidern beobachtete er ihre Miene.

Prompt senkte sie den Blick, dann schaute sie ihn wieder an und täuschte eine Gelassenheit vor, die sie keineswegs verspürte. »Warum sollte ich Sie verabscheuen, Mylord? Ich kenne Sie kaum.«

»Aber was Sie von mir wissen, missfällt Ihnen.«

Verdammt, warum ließ er das leidige Thema

nicht endlich fallen? Olivia faltete ihre Hände im Schoß. Also gut, wenn er unbedingt eine ehrliche Erklärung hören wollte … »Ich kann nicht lügen, Sir. Obwohl ich keine Klatschbase bin, kamen mir gewisse Gerüchte zu Ohren …«

»Daran zweifle ich nicht. Kommen Sie schon, Miss Sherwood, nur keine falsche Scheu! Erzählen Sie mir, was Sie gehört haben.«

So sehr ihr das Gespräch auch missfiel, sie musste wohl oder übel antworten. »Die Leute sagen, Sie würden sich sehr oft mit Frauen vergnügen, Mylord.«

»Da bin ich nicht der Einzige in England.«

»Natürlich nicht. Andernfalls würde unser Volk aussterben.«

»Freut mich, dass wir in diesem Punkt einer Meinung sind«, bemerkte er lächelnd.

»Aber man munkelt, Sie hätten schon viele Frauenherzen gebrochen, Sir.«

»Und deshalb glauben Sie, ich wäre ein Lebemann – ein Wüstling?«, fragte er, ohne seine Belustigung zu verbergen.

»Wollen Sie das etwa bestreiten?« Inständig hoffte sie, er würde sie später nicht an dieses Gespräch erinnern. Wäre er nicht betrunken, hätte sie niemals den Mut aufgebracht, solche Dinge mit ihm zu erörtern.

»Erlauben Sie mir, einiges klarzustellen, Miss Sherwood. Bei den Londoner Journalisten bin ich sehr *en vogue,* was nicht nur mit meiner interessanten Herkunft zusammenhängt. Als ich Sie zum ersten Mal hier sah, dachte ich gar, irgendein Schundblatt hätte Sie beauftragt, mir nachzuspionieren. Wenn ich Sie belehren darf – nicht alles, was in den Zeitungen steht, muss der Wahrheit entsprechen.«

»Wie auch immer, ich würde niemals einen Mann akzeptieren, der die Frauen für seine selbstsüchtigen Zwecke benutzt.«

Dominic lachte kurz auf. »Noch eine Lektion, Miss Sherwood. Es gibt genauso viele Frauen, die arglose Männer für ihre Zwecke missbrauchen. Zum Beispiel heiraten sie, um ein Vermögen, einen Adelstitel und gesellschaftliches Ansehen zu erwerben.«

Mit diesem Argument konnte er Olivia nicht überzeugen. »Und warum halten sich so viele Gentlemen mehrere Geliebte? Wieso gibt sich ein Mann nicht mit *einer* Frau zufrieden? Oh, ich verachte Männer, die Frauen einfach fallenlassen – wie abgetragene Schuhe!«

»Glauben Sie, das hätte ich getan?«

»Etwa nicht, Mylord?«, entgegnete sie indigniert.

Mylord …

Dominic biss die Zähne zusammen. In seinen Ohren gellte eine Kinderstimme. *Sind Sie ein Zigeuner oder ein Earl?* Er sah sich nicht in der Rolle eines Earls. Das war sein Vater gewesen – und würde es immer bleiben. Doch die Leute betrachteten ihn – Dominic – als den Earl of Ravenwood. Was bin ich wirklich?, überlegte er. Ein Zigeuner? Ein Earl? Weder – noch. Zwischen zwei Welten gefangen …

Abrupt erhob er sich und stand vor Olivia, hoch aufgerichtet und gebieterisch. Zu ihrer Verwunderung wirkte er völlig nüchtern. »*Meine Mutter* wurde einfach fallengelassen, Miss Sherwood. So etwas würde ich keiner Frau antun – niemals«, betonte er. Seine Augen schienen sie glühend zu durchbohren. »Oh, ich leugne es nicht – ich habe mich von vielen Frauen getrennt, aber damit waren sie einverstanden. Was Maureen betrifft – sie hat mich verlassen. Hier sehen Sie den Beweis«, fügte er hinzu und zeigte auf den Brief, den sie beiseite gelegt hatte. »Und nur zu Ihrer Information, Miss Sherwood, ich könnte durchaus mit einer einzigen Frau glücklich werden. Leider habe ich sie noch nicht gefunden.«

Erschüttert lauschte sie seinen Worten nach. Das meinte er ernst. Jetzt erkannte sie ihren Irrtum – der Alkohol benebelte sein Gehirn keineswegs. Hatte sie ihn falsch eingeschätzt? Durfte sie die Klatschgeschichten nicht für bare Münze nehmen? Sie beobachtete, wie er zum Fenster trat und in den Rosengarten schaute. Reglos stand er da, die Hände hinter dem Rücken verschränkt, die gestiefelten Beine leicht gespreizt.

»Es tut mir Leid«, sagte sie leise und stand auf. Schuldbewusst musterte sie die stolze, straffe Haltung seiner Schultern. »Ich wollte Sie nicht ärgern.«

Eine Zeit lang dachte sie, er hätte ihre Worte nicht gehört. Schließlich wandte er sich zu ihr um. »Keine Bange, ich bin Ihnen nicht böse«, erwiderte er, ohne zu lächeln. »Ich hab's nur satt, von Leuten kritisiert zu werden, die nichts von mir wissen und sich gar nicht bemühen, die Wahrheit herauszufinden.«

Damit meinte er *sie*. Beschämt senkte sie den Kopf. Wie kleinlich und selbstgerecht sie sich benommen hatte …

»Gehen Sie jetzt nach Hause. Miss Sherwood. Bald wird es dunkel.« Mit diesen Worten kehrte er ihr wieder den Rücken zu. Seine Stimme klang beinahe … entmutigt.

»Guten Abend, Mylord.« Olivia knickste hastig und ging zur Tür. Dort warf sie einen letzten Blick zum Fenster, auf Dominic St. Brides unbewegte Silhouette, eine schattenhafte Gestalt, wie aus Granit gemeißelt.

Sie eilte aus dem Haus die Eingangsstufen hinab und beschleunigte ihre Schritte, um sich möglichst schnell von Ravenwood – und seinem Herrn – zu entfernen. Erst als sie ein heftiges Seitenstechen verspürte und kaum noch Luft bekam, ging sie etwas langsamer.

In diesem Augenblick hörte sie welke Blätter hinter sich rascheln und fuhr erschrocken herum. »Wer ist da?« Die Augen zusammengekniffen, spähte sie ins schwache Licht der Abenddämmerung.

Zunächst hörte sie keine Antwort. Kalte Angst jagte ihr einen Schauer über den Rücken. Und dann drang das Geräusch wieder zu ihr. Entsetzt sah sie einen Schemen auf sich zuspringen. Und dann seufzte sie erleichtert.

»Lucifer!« Sie lachte zitternd, neigte sich hinunter und umschlang seinen Hals. Fröhlich wedelte er mit dem Schwanz. »Geh wieder nach Hause!«, befahl sie, richtete sich auf und zeigte in die Richtung von Ravenwood. Statt zu gehorchen, schob er seinen Kopf unter ihre Hand, und sie versuchte es noch einmal. »Geh nach Hause, Lucifer!«

Nach vier weiteren erfolglosen Aufforderungen erkannte sie, dass der Hund seinen eigenen Willen besaß. Und so ging sie weiter. Beharrlich trottete er neben ihr her. Seltsamerweise fühlte sie sich nicht mehr so einsam, obwohl er nur ein vierbeiniger Begleiter war. Er schien sie wirklich zu mögen. Und sein Herr?

Vor ihrem Cottage angekommen, wies sie mit einem Finger auf den Boden. »Sitz, Lucifer!« Sofort gehorchte er. »Und jetzt warte …« Sie lief ins Haus, und als sie zurückkam, saß er immer noch da, die Ohren gespitzt. Sie gab ihm ein kleines Stück Käse, das er gierig verschlang. Erwartungsvoll blickte er zu ihr auf und sie lachte leise.

»Mehr kriegst du nicht. Jetzt musst du nach Hause gehen«, mahnte sie und zeigte wieder in die Richtung von Ravenwood. Erstaunlicherweise sprang er bereitwillig auf und rannte den Weg zurück, den er gekommen war.

Also hatte er den Hund zu ihr geschickt. Dominic. Damit sie wohlbehalten daheim eintraf …

Sonderbare Gefühle krampften ihr das Herz

zusammen. Obwohl sie ihn gekränkt hatte, sorgte er sich um sie. Daran zweifelte sie keine Sekunde lang.

6

»Unten beim Fluss kampieren Zigeuner.«

Olivia wollte gerade eine dampfende Nierenpastete auf den Tisch stellen. Mitten in der Bewegung hielt sie inne und starrte Emily an. »Bist du sicher?«

»O ja. Heute Nachmittag fuhren ihre Wagen durchs Dorf. Das hat Esther mir erzählt. Und dann haben sie ihr Lager in der Nähe des Ufers errichtet, bei der Flussbiegung.«

Aufmerksam beobachtete Olivia ihre Schwester. Wurde Emily nicht mehr von der Erinnerung an den schrecklichen, gewaltsamen Tod des Vaters gepeinigt? *Bitte, lieber Gott, hilf ihr,* betete sie stumm. »Vielleicht übernachten sie nur hier und ziehen morgen weiter.« Der Mörder des Vaters war kein Mitglied einer der Zigeunergruppen gewesen, die manchmal einige Tage in der Umgebung von Stonebridge verbrachten, den Leuten die Zukunft weissagten, Kessel flickten oder mit Pferden handelten. Um ihre eigene Sicherheit sorgte sich Olivia nicht. Aber seit jener Tragödie empfand sie ein gewisses Unbehagen, wann immer sich Zigeuner in der Nähe aufhielten.

»Das hat Esther auch gesagt.«

»Hoffentlich hat sie Recht«, bemerkte Olivia leichthin und legte eine Scheibe Pastete auf Emilys Teller.

»Glaubst du, sie sind seinetwegen hierher gekommen?«

Dass Emily den neuen Earl meinte, brauchte sie nicht zu erklären. »Unzählige Zigeunerbanden streifen durch England«, erwiderte Olivia. »Und da sie ihr Lager beim Fluss aufgeschlagen haben, sind sie weit von Ravenwood entfernt.« Nach einer kurzen Pause fügte sie hinzu: »Natürlich weiß ich's nicht genau – aber Dominic St. Bride hat wohl kaum was mit diesen Zigeunern zu tun.«

Schweigend begannen die Schwestern zu essen, jede in ihre eigenen Gedanken versunken. Als Olivia vom Tisch aufstehen wollte, ratterte ein Fensterladen hinter ihr, ein schrilles Kreischen erklang und verstummte abrupt. »Was um alles in der Welt war das?«, rief sie und runzelte die Stirn.

Emily legte den Kopf schief. »Nur der Wind. Ein Gewitter braut sich zusammen. Das rieche ich.«

Für ein paar Sekunden schloss Olivia die Augen und lauschte, alle Sinne auf die Geräusche ringsum konzentriert, so wie Emily. Vor dem Cottage ertönte ein leises Stöhnen, schwoll an und verhallte.

Und in der Stille dachte sie an ihn. An Dominic. Seit diesem Abend kannte sie einen seiner

Wesenszüge, den sie ihm niemals zugetraut hätte – oh, er war keineswegs betrunken gewesen. Nach außen hin gab er sich hartgesotten, kühl und gelassen. Trotzdem besaß er eine verletzliche Seele. Als er reglos vor dem Fenster des Arbeitszimmer gestanden hatte, war ihr bewusst geworden, wie verlassen er sich fühlen musste. Ein unglücklicher Mann, so einsam wie der Wind da draußen … Trotzdem fürchtete Olivia sein Zigeunerblut.

Am nächsten Tag wurde sie ins Arbeitszimmer gerufen. Damit hatte sie nicht gerechnet. Unbehaglich klopfte sie an die Tür. Nun bereute sie bitter, wie freimütig sie sich am vergangenen Abend mit dem Earl unterhalten hatte. Zu kühn, zu dreist. Sicher würde sie ihre Stellung verlieren.

Als sie eintrat, stand er hinter dem Schreibtisch in einem eleganten dunkelgrauen Jackett mit passender Hose. Glatt rasiert, das dunkle Haar noch feucht von seinem Bad, sah er so attraktiv aus, dass Olivia der Atem stockte.

»Sie wünschen mich zu sprechen, Mylord?« Glücklicherweise verriet ihre Stimme nichts vom Aufruhr ihrer Gefühle.

»Ja, Miss Sherwood.« Einladend wies er auf den Sessel vor dem Schreibtisch. »Bitte, nehmen Sie Platz.«

Sie fuhr mit der Zunge über ihre trockenen Lippen. »Wenn es Sie nicht stört, möchte ich lieber stehen, Sir.« Warum sollte sie sich setzen? In ein paar Minuten würde sie das Haus ohnehin verlassen. Ihre Blicke trafen sich. Hastig schaute er weg.

Also war ihre Sorge begründet – er würde ihr tatsächlich kündigen.

»Verstehen Sie mich bitte, Miss Sherwood …« Dominic räusperte sich. »Für mich ist das ein schwieriger Augenblick. Wahrscheinlich für uns beide.« Immer schneller hämmerte ihr Herz gegen die Rippen. »Aber ich fürchte, wir müssen darüber reden …«

Mühsam kämpfte sie mit den Tränen. Wie sollte sie Emily und sich ernähren, wenn der Earl sie entließ? Und in wenigen Tagen war die Miete für das Cottage fällig …

»Verzeihen Sie mein Verhalten gestern Abend, Miss Sherwood«, fuhr er fort. »Wenn Sie auch einen anderen Eindruck gewonnen haben – gewöhnlich schaue ich nicht so tief ins Glas …«

Olivia blinzelte ungläubig. Beinahe wurde ihr schwindlig. Das hatte sie nicht erwartet …

»Hoffentlich entschuldigen Sie meine schlechten Manieren.«

Sie brachte kein Wort hervor und konnte ihn nur anstarren. Durfte sie ihren Ohren trauen?

»Haben Sie mich verstanden, Miss Sherwood?«

»Ja …«, wisperte sie. Jetzt brannten tatsächlich Tränen in ihren Augen.

»Was, zum Teufel, ist denn los mit Ihnen, Miss Sherwood? Sie weinen doch nicht etwa?«

»Tut mir Leid, Mylord …« Nun konnte sie sich nicht mehr auf den Beinen halten und sank in den Sessel. »Es ist nur – ich bin so – erleichtert.«

»Also wirklich, Miss Sherwood, Sie benehmen sich ziemlich seltsam.«

»Das weiß ich, Mylord. Aber – ich dachte, Sie wollten mir kündigen.«

»Warum sollte ich? Es sei denn, Sie haben das Tafelsilber gestohlen.«

Olivia lächelte unsicher. »Nein, nein, nichts dergleichen. Aber ich dachte, Sie wären mir böse, Mylord – weil ich gestern Abend so unverblümt mit Ihnen sprach.«

»Oh, besten Dank, Miss Sherwood.« Grimmig runzelte er die Stirn. »Sie scheinen mich für einen Tyrannen zu halten. Wenigstens sind Sie ehrlich und verschweigen mir nicht, wie Sie meinen Charakter einschätzen.«

Erschrocken schüttelte sie den Kopf. Nun hatte sie ihn schon wieder beleidigt. Offensichtlich besaß sie eine besondere Begabung dafür. »Bitte, Mylord, Sie haben mich falsch verstanden. Ich hatte einfach nur Angst. Wenn ich diese Stellung verliere – ich wüsste nicht, was ich tun würde. Meine Schwester ist blind und ich muss unseren Lebensunterhalt verdienen.« Verzweifelt suchte sie nach Worten. »Was den gestrigen Abend betrifft – ich denke keineswegs schlecht von Ihnen, nur weil Sie – weil Sie ...« Sie verstummte hilflos. Wie sollte sie sich ausdrücken, ohne ihn erneut zu kränken?

»Weil ich betrunken war?«, ergänzte er trocken.

»Hin und wieder neigen wir alle zu Übertreibungen«, erwiderte sie verlegen.

»Was wir besprochen haben, bleibt hoffentlich unter uns.«

Brennend stieg ihr das Blut in die Wangen, als sie sich entsann, was er ihr gestanden hatte. *Und nur zu Ihrer Information, Miss Sherwood, ich könnte durchaus mit einer einzigen Frau glücklich werden. Leider habe ich sie noch nicht gefunden.* So eindringlich hatte seine Stimme geklungen. Es war sein voller Ernst gewesen, daran zweifelte sie nicht. »Natürlich«, murmelte sie.

Inzwischen hatte er hinter seinem wuchtigen Mahagonischreibtisch Platz genommen. »Da wäre noch etwas, das ich mit Ihnen erörtern möchte, Miss Sherwood.« Unverwandt betrachtete er ihr Gesicht. »Sie sagten, Sie hätten eine gute Ausbildung erhalten. Wissen Sie mit Zahlen umzugehen?«

»Nun ja – früher unterstützte ich meinen Vater bei der Buchführung für die Gemeinde«, antwortete sie zögernd. Worauf wollte er hinaus?

»Können Sie Briefe schreiben?«

»Auch dabei half ich meinem Vater.«

Dominic lehnte sich in seinem Sessel zurück.

»Wären Sie bereit, zusätzliche Pflichten zu übernehmen? Ich brauche jemanden, der die Rechnungsbücher meines Haushalts führt, meine geschäftlichen Akten ordnet und gelegentlich Briefe für mich schreibt. Das müssten Sie an mehreren Abenden pro Woche erledigen. Selbstverständlich würde ich Ihr Gehalt erhöhen«, fuhr er fort und nannte eine überaus großzügige Summe.

Gelegentlich Briefe ... Plötzlich schöpfte sie einen leisen Verdacht. Am letzten Abend hatte er sie gebeten, ihm den Brief seiner ehemaligen Geliebten vorzulesen. Und sie hatte gehört, er sei aus der Schule geflohen und zu den Zigeunern zurückgekehrt. Konnte er vielleicht weder lesen noch schreiben? Und wenn schon – auf den zusätzlichen Verdienst durfte sie nicht verzichten. »Das – klingt verlockend«, entgegnete sie langsam. »Wie ich bereits erwähnt habe, meine Schwester ist blind. Wenn ich genug Geld gespart habe, möchte ich sie zu einem Londoner Spezialisten bringen und ihre Augen untersuchen lassen.«

»Dann wäre Ihr höheres Gehalt eine wertvolle Hilfe.«

»Gewiss. Aber Mrs. Templeton soll nicht den Eindruck gewinnen, ich würde ihre Position anstreben. Kümmert sie sich nicht um die Haushaltskosten?«, fragte Olivia. Seltsamerweise begegnete ihr die Frau seit ein paar Wochen ein wenig freundlicher.

»Deshalb müssen Sie sich keine Sorgen machen«, erwiderte Dominic lächelnd. »Wie mir Mrs. Templeton bereits mitteilte, hat sie die Ausgaben für den Haushalt nie verwaltet.«

Das war also der Grund, warum er ihr den Posten angetragen hatte. Olivia verspürte eine gewisse Enttäuschung, die sie sich nicht erklären konnte. Immerhin war sie außer Mrs. Templeton die Einzige, die sich gegen den neuen Earl zu behaupten wagte. Alle anderen Dienstboten fürchteten ihn. »Wenn das so ist, würde ich Ihnen sehr gern helfen, Sir.«

»Gut. Fangen Sie morgen Abend an – falls Sie damit einverstanden sind, Miss Sherwood.«

»Ja, Sir.« Ihr Herz jubelte. Selbst wenn sie nur an zwei Abenden pro Woche ihre zusätzlichen Pflichten erfüllte, würde sich ihr Lohn um über die Hälfte erhöhen. Und sie hatte geglaubt, Dominic St. Bride würde ihr kündigen …

Sie wollte aufstehen, aber er hielt sie zurück. »Noch etwas, Miss Sherwood. Wenn Sie bis zum Einbruch der Dunkelheit für mich arbeiten, müssen Sie in meiner Kutsche nach Hause fahren.«

»O nein, dieses Angebot kann ich unmöglich annehmen.«

Seine Augen verengten sich. »Warum nicht?«

»Eine solche Gunst dürfen Sie mir nicht erweisen. Keinesfalls möchte ich Privilegien genießen, die Sie den anderen Dienstboten nicht gewähren, Mylord.«

Ihre Erklärung missfiel ihm, das verrieten seine verkniffenen Lippen. »Haben wir nicht vereinbart, dass ich für Ihre Sicherheit verantwortlich bin, Miss Sherwood?«

Entschieden schüttelte Olivia den Kopf. »Das war *Ihr* Entschluss. Aber ich habe Ihnen nicht zugestimmt.«

»Immerhin haben Sie einen sehr weiten Heimweg.«

Offenbar war er genauso eigensinnig wie sie. »Ebenso wie Charlotte, Sir.«

»Aber sie verlässt Ravenwood viel früher als Sie, Miss Sherwood.«

Diesem Einwand konnte sie nichts entgegensetzen. »Glauben Sie mir, Mylord, ich kann auf mich selbst aufpassen.«

»Dann lassen Sie mir keine Wahl – ich werde Sie nach Hause bringen. Von jetzt an …«

»Nein!«

»Warum nicht?«

»Weil Sie mein Arbeitgeber sind, Sir. Das würde sich nicht schicken.«

»Bedenken Sie bitte – ich bin ein halber Zigeuner.« Dominics Lächeln konnte seine Augen nicht erreichen. »Von mir erwartet man kein schickliches Benehmen.« Verwirrt starrte sie ihn an, als er um den Schreibtisch herumging, ihre Hand ergriff und sie aus dem Sessel hochzog. »Noch ist die Angelegenheit nicht geregelt, Miss Sherwood. Aber lassen wir's vorerst auf sich beruhen.«

Sicher wäre ein Widerspruch sinnlos gewesen. »Gut …«, erwiderte sie zögernd. »Aber eins muss ich noch wissen … Haben Sie gestern Abend Lucifer hinter mir hergeschickt?«

»Dieser Hund läuft da und dort hin – wie es ihm gefällt.«

»Und er tut, was Sie ihm befehlen.« Seine sanfte Stimme täuschte sie nicht. Verblüfft bemerkte sie ein spöttisches Funkeln in seinen Augen.

Er hatte ihre Frage weder bejaht noch verneint.

Nun drehte er ihre Hand herum. Errötend beobachtete sie, wie er die Schwielen auf ihrer Handfläche musterte, und versuchte sich loszureißen. Doch er lockerte seinen Griff nicht und die Berührung weckte sonderbare Gefühle in ihr. Das Herz schlug ihr bis zum Hals. Dergleichen hatte sie nie zuvor empfunden. Obwohl sie sich gegen Dominic St. Brides Anziehungskraft wehren wollte – es gelang ihr nicht.

Hilflos sah sie zu, wie er ihre Finger an die Lippen führte. »Bis morgen, Miss Sherwood.«

Da ihr die Stimme nicht gehorchte, konnte sie nur nicken. Endlich ließ er sie los. Sie knickste hastig und floh aus dem Zimmer, als wäre der Teufel hinter ihr her.

Eine Zeit lang blieb Dominic reglos stehen und betrachtete die Tür, durch die Olivia Sherwood verschwunden war. Wenn sie's auch nicht weiß – sie ist eine Schönheit, dachte er. Zweifellos hatte er ihre Nerven strapaziert, und er war sich sicher, dass sie gewöhnlich nicht so leicht aus der Fassung zu bringen war. Aber es gefiel ihm, sie so verwirrt und unsicher zu sehen, die Wangen gerötet. O ja, er wusste, wie sie ihn einschätzte. Sie hielt ihn für einen Wüstling, einen Schürzenjäger. Fast schmerzlich erinnerte er sich an den vergangenen Abend. Was würde sie denken, wenn sie wüsste, dass er den Glanz des letzten Tageslichts in ihrem rotgoldenen Haar bewundert hatte? Er war versucht gewesen, diese Locken zu berühren, um herauszufinden, ob sie sich genauso weich anfühlten, wie sie aussahen.

Wann immer sie gesprochen hatte, war er unfähig gewesen, seinen Blick von ihren Lippen abzuwenden. Beinahe hätte er dem Wunsch nachgegeben, Olivia Sherwood zu umarmen, ihren Mund zu kosten, mit seiner Zunge zu erforschen …

Wütend verdrängte er diese Gedanken. Großer Gott, er benahm sich wie ein liebeskranker Schuljunge. Wie ein verdammter Narr! Er war aus mehreren Gründen nach Ravenwood gekommen, nicht zuletzt, um Frieden mit der Welt und sich selbst zu schließen. Aber seit der ersten Begegnung mit Olivia Sherwood hatte er keine einzige ruhige Minute genossen.

Ein bitterer Zug überschattete sein Gesicht. Niemals würde sie ihn begehren, nicht in tausend Jahren. Trotz seines Reichtums, seines Adelstitels und seines gesellschaftlichen Ansehens – für sie war er nur ein elender Zigeuner. Das hatte er schon ein Dutzend Mal in ihren Augen gelesen, obwohl sie es zu verbergen suchte …

Doch er wusste es besser, und er irrte sich bestimmt nicht, denn solche Blicke hatten ihn schon viel zu oft verfolgt. Was er war, würde Olivia Sherwood nie vergessen. Und er selbst auch nicht.

»So, jetzt sind wir in der Nähe vom Wirtshaus!«, rief Esther, umfasste Emilys Ellbogen und führte sie zu einer Bank am Rand des Dorfplatzes. »Setz dich doch ein bisschen hierher, meine Süße. Ich geh nur rasch rein und trinke einen Schluck mit meinem Mann. Bevor es dunkel wird, bin ich längst wieder da.«

»Aber – Esther …« Erschrocken streckte Emily eine Hand aus.

Keine Antwort. Ihre Hand sank in den Schoß hinab.

Allein gelassen, musste sie wohl oder übel warten.

Langsam schleppten sich die Minuten dahin. Manchmal hörte sie Schritte. Aber niemand kam zu ihr. Die Sonne schien auf ihren Kopf herab, denn sie hatte ihren Hut vergessen, und Esther war nicht bereit gewesen, deshalb ins Cottage zurückzukehren.

Seit ihre Schwester fast jeden Tag bis spät abends arbeitete, fühlte sich Emily sehr einsam. Neuerdings erledigte Olivia die Buchführung für den Zigeuner, freute sich maßlos über das zusätzliche Gehalt und schmiedete eifrig Pläne für eine Reise nach London, wo sie einen Augenarzt aufsuchen würden. Dafür würde sie bald genug Geld gespart haben. Emily brachte es nicht übers Herz, ihr zu erklären, dass es sinnlos war. Niemals würde sie ihr Augenlicht zurückgewinnen und sie hatte sich schon vor Monaten mit ihrer lebenslangen Blindheit abgefunden.

Dass Olivia ihretwegen so hart arbeitete, quälte ihr Gewissen. Tagsüber bestickte sie kleine spitzenbesetzte Tücher, die sie vor ihrer Schwester versteckte. Irgendwie wollte sie diese Tüchlein verkaufen und Olivia mit ihrem eigenen

Verdienst überraschen. Leider kannte sie niemanden, der sich dafür interessieren würde, und so betrachtete sie ihre Handarbeit vorerst nur als Zeitvertreib.

Esther war noch immer nicht zurückgekommen. Unbehaglich rutschte Emily auf der Bank umher. Wurde sie von irgendjemandem beobachtet? Nun saß sie schon so lange auf dem Dorfplatz, ganz allein.

Würde man das seltsam finden? Allmählich kühlte die Luft ab. Die Sonne musste inzwischen untergegangen sein. Angstvoll schlang Emily die Finger ineinander. In ihren Augen brannten Tränen, die sie nicht wegwischte. Tapfer blieb sie sitzen und wartete.

Plötzlich berührte jemand ihre Schulter. »Miss?«, fragte eine tiefe Männerstimme und Emily hob den Kopf.

»Ja? Wer ist da?«

Schon vor einer guten Stunde hatte Andre das schöne blonde Mädchen bemerkt. Inzwischen war er zum Lager gegangen und zurückgekehrt. Und jetzt saß sie immer noch auf der steinernen Bank. Als er vor ihr stand, irrte ihr Blick hin und her. Bestürzt erkannte er, dass sie blind war. Nun, dachte er, vielleicht ist es gut so. »Entschuldigen Sie, Miss. Aber Sie sitzen schon so lange hier. Sind Sie allein?«

»Ja – nein.« Beinahe wäre sie in Tränen ausgebrochen. »O Sir, bitte, würden Sie mir helfen?« Flehend streckte sie eine Hand aus.

Sein Atem stockte. Unwillkürlich ergriff er ihre

schmalen Finger. Ihre Augen waren so blau wie der Morgenhimmel, die Haut schimmerte milchweiß, und ihr Haar, so golden wie reifer Weizen, wurde im Nacken von einem Band zusammengehalten. In seinem ganzen Leben hatte er noch nie ein so wundervolles Geschöpf gesehen. »Sagen Sie mir, was Sie bedrückt, Miss.«

»Vor einer Weile kam ich mit Esther hierher. Aber dann wollte sie im Wirtshaus einen Krug Ale mit ihrem Mann trinken. Das ... das habe ich Olivia nie erzählt – Esther ist ganz versessen aufs Ale. Bis jetzt ist sie nicht zurückgekehrt. Und ich kann nicht zu ihr gehen – denn ich sehe nichts ...« Brennend stieg ihr das Blut in die Wangen. Warum stotterte sie so schrecklich? Oh, sie hasste sich selbst! So verängstigt und unsicher war sie früher nicht gewesen. Sie umfasste die Hand des fremden Mannes noch fester. »Bitte, nun warte ich schon so lange – und ich möchte nach Hause. Würden Sie Esther holen?«

Die zitternde Stimme, von Tränen halb erstickt, traf Andre mitten ins Herz. »Das würde ich gern tun, Miss. Leider kenne ich Esther nicht. Ich bin ...« Zögernd fuhr er fort. »Meine Familie ... ist erst vor ein paar Tagen nach Stonebridge gekommen. Wie sieht sie denn aus?« Zu spät erkannte er seinen Fehler.

Aber Emilys Antwort war aufschlussreich. Offensichtlich war sie nicht immer blind gewesen. »Obwohl ich sie schon lange nicht angeschaut habe, erinnere ich mich gut an sie. Sie hat strohblondes Haar und sie ist ziemlich dick. Das weiß ich, weil sie stets gegen unsere Haustür stößt. Meiner Schwester und mir passiert das nie. Ach ja – und Esther trägt immer einen rosa Hut. Darüber muss Olivia lachen, weil die Farbe nicht zu ihrem Haar passt.«

»Mal sehen, ob ich Esther im Wirtshaus finde.« Andre drückte Emilys Finger und eilte davon.

Erleichtert strich sie ihren Rock glatt. Nun waren ihre Tränen versiegt. Wie albern, dass sie geweint hatte … Wer mochte ihr Retter sein? In Stonebridge ließen sich nur selten fremde Menschen nieder. Seiner Stimme nach zu schließen war er ein junger Mann.

Andre scheute sich, das Wirtshaus zu betreten. Aber er hatte es der jungen Dame versprochen und so ging er hinein. Es dauerte eine Weile, bis sich seine Augen an das Dunkel gewöhnten. An den Tischen saß etwa ein Dutzend Gäste. Er ignorierte das plötzliche Schweigen, das seiner Ankunft folgte. Damit hatte er gerechnet, denn er traf nur selten einen freundlichen *gadjo*.

Entschlossen ging er zu dem Mann, der hinter der Theke stand. »Ich suche eine Frau namens Esther.«

»Die ist schon vor einiger Zeit mit ihrem Mann gegangen«, antwortete der Schankkellner widerstrebend. Andre bedankte sich und verließ die Schankstube.

Als die junge Frau seine Schritte hörte, wandte sie ihren Kopf ihm zu. »Haben Sie Esther gefunden, Sir?«

»Nein, tut mir Leid, Miss«, erwiderte Andre

und setzte sich zu ihr. »Der Mann hinter der Theke sagte mir, sie sei bereits gegangen.« Nach einer kurzen Pause schlug er vor: »Darf ich Sie heim bringen? Wenn Sie mir erklären, wo Sie wohnen …«

Emily holte tief Atem. Soeben hatte ihr ein Fremder angeboten, er würde sie nach Hause führen. Sie wusste nichts von ihm. Gar nichts. Sollte sie sich fürchten?

Natürlich, warnte eine innere Stimme. Trotzdem verspürte sie keine Angst. »Gewiss, ich könnte Ihnen den Weg beschreiben. Aber ich weiß nicht, ob ich einem Fremden erlauben soll, mich zu begleiten.« Mit einem schüchternen Lächeln reichte sie ihm ihre Hand. »Ich bin Emily. Emily Sherwood.«

Hingerissen betrachtete er ihr Gesicht. Ihr Lächeln bezauberte ihn. Und dann merkte er, was sie erwartete. Unbehaglich ergriff er ihre Hand und schüttelte sie. An diese *gadjo*-Sitte musste er sich erst gewöhnen. »Ich heiße Andre.«

»Freut mich, Sie kennen zu lernen, Andre.« Emilys Lächeln vertiefte sich. »Jetzt sind wir uns nicht mehr fremd.« Sie stand auf. »Darf ich Ihren Arm nehmen?«

Sofort trat er an ihre Seite, legte ihre Hand in seine Armbeuge und hielt sie umfangen. Diese Berührung gefiel ihm viel besser als der Händedruck.

»Erst einmal müssten wir uns zur Kirche wenden«, erklärte sie. »Dann gehen wir an der Ostseite vorbei, zu einer schmalen Straße, die nach links abbiegt …«

Offenbar war Andre sehr groß. Als sie den Kopf zur Seite drehte, streifte ihre Wange seine Schulter. Und seine Hand schien ihre vollends zu bedecken. Andre – was für ein schöner Name … Ungewöhnlich, aber viel besser als John oder Paul.

Er erkundigte sich nach Olivia, und sie erzählte ihm, dass ihre Schwester für den neuen Earl arbeitete. Ja, das stattliche Herrschaftshaus hatte er von der Straße aus gesehen …

Viel zu früh erreichten sie das Cottage und Emily war ein bisschen enttäuscht. Nein, nicht nur ein bisschen.

»Vielen Dank für Ihre Begleitung, Andre …« Sie fürchtete, nun würde sie sich undamenhaft benehmen. Später würde sie's vielleicht bereuen.

Aber darüber wollte sie jetzt nicht nachdenken. »Hoffentlich besuchen Sie mich einmal. Tagsüber fühle ich mich oft einsam – wenn Olivia nicht da ist.«

»War mir ein Vergnügen, Ihnen zu helfen«, antwortete die tiefe Stimme. »Auf Wiedersehen, Emily.«

»Auf Wiedersehen«, flüsterte sie und wünschte verzweifelt, sie könnte ihn *wirklich* sehen.

Behutsame Fingerspitzen streiften ihre Wange. Oder bildete sie sich das ein? War es nur ihr Wunschdenken?

Von ihrem Missgeschick würde sie Olivia nichts erzählen. Ebenso wenig würde sie den fremden jungen Mann erwähnen, der sie nach Hause gebracht hatte. Vorerst nicht.

7

Einige Tage verstrichen und Olivia geriet in ein qualvolles Dilemma. Unentwegt musste sie an Dominic denken. Und jedes Mal, wenn sie sich umschaute, war er in ihrer Nähe. Entweder stand er hinter ihr in der Halle, soeben von seinem Morgenritt zurückgekehrt. Oder er spähte über ihre Schulter, wenn sie einige Posten ins Haushaltsbuch eintrug.

Inständig wünschte sich Olivia, sie würde ihn nicht mögen. Immerhin war er ein halber Zigeuner – allerdings nicht der Heide, für den sie ihn zunächst gehalten hatte.

Aber ein echter Gentleman war er auch nicht. Meistens trug er eine Reithose, Stiefel und ein Hemd, krempelte die Ärmel hoch, entblößte seinen Hals – manchmal sogar die halbe Brust. Und dann musste sie sich zusammenreißen, um ihn nicht anzustarren, denn sie fühlte sich auf eine seltsame Weise zu ihm hingezogen, die ihr Angst einjagte.

In Williams Gegenwart wurde sie niemals von solchen Gefühlsregungen geplagt.

Lucifer begleitete sie täglich nach Hause. Am zweiten Abend schimpfte sie und versuchte, ihn wegzuscheuchen. Doch er wedelte nur mit dem

Schwanz und blieb ihr auf den Fersen. Von diesem Tag an schlief er auf ihrer Schwelle und am Morgen folgte er ihr nach Ravenwood. Wie sie zugeben musste, fühlte sie sich in seiner Nähe sicherer. Und sie konnte nicht bestreiten, dass sie ihn ins Herz geschlossen hatte. Auch mit Emily verstand er sich ausgezeichnet. Fast jeden Abend saß er bei den Schwestern im Cottage.

Mit Dominic erörterte Olivia dieses Thema nicht mehr. Sie nahm an, dass er wusste, wo der Hund die Nächte verbrachte.

Was sie nicht ahnte – Dominic befand sich in einem ähnlichen Dilemma.

Statt außerhalb des Hauses seinen Geschäften nachzugehen, blieb er daheim, wann immer er hoffen konnte, Olivia zu begegnen. Und wenn sie abends in seinem Arbeitszimmer die Buchführung erledigte, leistete er ihr unter irgendeinem Vorwand Gesellschaft. Allein schon ihr Anblick erhitzte sein Blut. Dafür fand er keine plausible Erklärung, denn in ihrer Unschuld war sie das gerade Gegenteil des Frauentyps, den er gewöhnlich bevorzugte. Bisher hatte er sich nur mit weltgewandten, selbstbewussten und erfahrenen Frauen amüsiert, um die er nicht feinfühlig werben musste. Dazu fehlte ihm die Geduld.

Aber Olivia … Wahrscheinlich merkte sie gar nicht, welche Wirkung sie auf ihn ausübte. Es drängte ihn, ihr Gesicht in beide Hände zu nehmen, seinen Mund mit ihrem zu verschmelzen und ihr zu zeigen, woran es ihrem enttäuschenden jungen Verehrer mangelte. Und er wollte eine heiße Begierde in ihr wecken, wie es keinem anderen Mann gelingen würde.

Wie um sich selbst zu verspotten, lächelte er gequält. Natürlich ersehnte er viel mehr als einen Kuss. Bei diesem Gedanken stieg wilde Erregung in ihm auf. In Olivias Nähe schwoll seine Männlichkeit immer wieder an. Dann wagte er nicht aufzustehen, sonst würde er die junge Frau und sich selbst in Verlegenheit bringen. Voller Verlangen stellte er sich vor, er würde sie auf sein Bett legen, langsam ausziehen und die Reize entdecken, die sich unter ihrer Kleidung verbargen – die Frau hinter der kühlen, würdevollen Fassade. Er wollte sie besitzen. So wie sie noch keinem anderen gehört hatte.

Aber es war nicht nur ihr Körper, der ihn entzückte. Er mochte ihre Anmut, ihre innere Ruhe, den Arbeitseifer, den sie bei der Buchführung bewies.

Geflissentlich vermied sie es, ihn zu berühren. An jenem Abend im Arbeitszimmer hatte er ihre Hand ergriffen und ihren Widerstand gespürt. Er wusste, warum sie versucht hatte, sich ihm zu entziehen. Weil sie eine Dame war und er ein Zigeuner. Zweifellos will sie sich nicht beschmutzen, dachte Dominic erbost. Ihr sittsames, korrektes Benehmen ärgerte und beeindruckte ihn gleichermaßen. In seiner Anwesenheit wirkte sie stets wachsam und zurückhaltend. Aber auf dem Dorfplatz, im Kreis ihrer kleinen Schüler, hatte er sie fröhlich lachen sehen. Sie machte ihn neugierig und fesselte ihn.

Vielleicht war er während seines einjährigen Aufenthalts in London überheblich geworden – jedenfalls wollte er Olivia Sherwood erobern. Und das würde ihm eines Tages gelingen.

An diesem Abend notierte sie die Ausgaben der vergangenen Woche im Haushaltsbuch. Mrs. Templeton und Franklin erledigten regelmäßig die nötigen Einkäufe und brachten die Quittungen ins Arbeitszimmer.

Im schwachen Licht der Dämmerung musste Olivia die Lampe anzünden. Während sie zu dem kleinen Schreibtisch in der Ecke ging, schaute sie aus dem Fenster und sah die düsteren Wolken, die sich am Horizont zusammenballten. Unbehaglich beobachtete sie den grauen Nieselregen.

Sobald sie sich gesetzt und das dicke, in Leder gebundene Haushaltsbuch aufgeschlagen hatte, trat Dominic ein. Ihr Puls beschleunigte sich. Offenbar war er soeben von einem Ausritt zurückgekehrt. Hellbraune Breeches schmiegten sich an seine Schenkel und betonten die kraftvollen Muskeln. Aus den Augenwinkeln beobachtete sie, wie er sein Jackett über die Lehne des samtbezogenen Ohrensessels am Kamin warf.

»Guten Abend, Miss Sherwood.«

Den Federkiel in der Hand, hob sie den Kopf. Jungenhaft hing ihm eine Haarsträhne in die Stirn. Aber er wirkte kein bisschen jungenhaft. Seine imposante maskuline Aura nahm ihr den Atem. »Guten Abend, Mylord«, murmelte sie.

Mit schmalen Augen musterte er Olivia, die

Arme vor der Brust verschränkt. Wie üblich hatte er seine Hemdsärmel hochgekrempelt. Gegen ihren Willen betrachtete sie das seidige dunkle Kraushaar auf seinen Unterarmen und in ihrem Bauch breitete sich ein eigenartiges Gefühl aus.

»Darf ich Sie etwas fragen, Olivia?«

Beinahe blieb ihr Herz stehen. Olivia – ihr Name auf seinen Lippen ... Bisher hatte er sie immer nur ›Miss Sherwood‹ genannt. Dass er sie mit dem Vornamen anredete, drückte eine gewisse Intimität aus ... Welch ein Unsinn, ermahnte sie sich. Sicher hatte es nichts zu bedeuten.

»Selbstverständlich«, antwortete sie und steckte den Federkiel in seinen Halter.

»Ich finde, Sie sind etwas zu jung, um die alleinige Verantwortung für Ihre Schwester zu tragen. Haben Sie keine anderen Verwandten?«

»Mit meinen einundzwanzig Jahren bin ich nicht so jung, wie Sie glauben.« Sie lächelte schwach. »Leider habe ich keine Angehörigen außer Emily und einer Tante in Cornwall, der Witwe meines Onkels, die ihre eigenen Schwierigkeiten meistern muss.«

»Sind Ihre Eltern tot?«

»Ja. Meine Mama verlor ich schon mit zwölf Jahren. Und Papa starb ...« Ihre Lippen zitterten. Fast hätte sie hinzugefügt, dass er ermordet worden war. »Vor etwa einem Jahr.« Nach einer kurzen Pause erkundigte sie sich: »Und Sie, Mylord? Lebt Ihre Mutter immer noch bei den Zigeunern?«

Plötzlich schien seine Miene zu versteinern. »Meine Mutter ist tot«, erwiderte er tonlos.

Sie zögerte eine Zeit lang, bevor sie die Frage zu stellen wagte, die ihr schon lange auf der Zunge lag. »Nahm Ihr Vater Sie deshalb zu sich und …«

»Nein«, fiel er ihr abrupt ins Wort. »Wissen Sie, dass die Zigeuner nie über die Toten reden, weil das Unglück bringt? Und wenn man einen Wolf oder Fuchs sieht, ist's auch ein böses Omen.«

Olivia erschauerte. »Heute Morgen lief mir ein Fuchs über den Weg.«

»Dann droht Ihnen womöglich ein Unheil.« Dominic lächelte freudlos. »Haben Sie von dem Fluch gehört, der James St. Bride daran hinderte, andere Kinder zu zeugen?«

Sie wusste, was er meinte – den Fluch, den seine Mutter angeblich ausgestoßen hatte. »Ja …«, flüsterte sie widerstrebend.

»Und was halten Sie davon?«

»An solche Dinge glaube ich nicht.«

»Wie würden Sie das Schicksal meines Vaters nennen? Zufall? Vorsehung?«

»Nun – vielleicht …«

»Glauben Sie an Gott?«

»Natürlich.«

»Würden Sie sagen, wir wären an jenem Abend vom Schicksal zusammengeführt worden, als meine Kutsche Sie beinahe überfahren hätte?« Dominic setzte sich auf die Tischkante, ein langes Bein ausgestreckt.

Atemlos starrte sie auf seine schmalen braunen Finger, die mit einem elfenbeinernen Brieföffner spielten. Seine Nähe verwirrte sie, und sie fürchtete, er hätte sich absichtlich zu ihr gesetzt, um sie aus der Fassung zu bringen – was ihm auch gelang.

»Das … weiß ich wirklich nicht«, würgte sie hervor.

»Nun, ich nehme an, es war eine schicksalhafte Begegnung.«

Bevor sie antworten konnte, klopfte es an der Tür und der Butler trat ein. »Verzeihen Sie die Störung, Mylord, aber Mr. Gilmore möchte Sie sehen, der Anwalt aus Stonebridge.«

»Gewiss, Franklin.« Der Earl stand auf. »Führen Sie ihn herein …«

Kaum hatte er zu Ende gesprochen, als sich die Tür auch schon öffnete, von einer gebieterischen Hand aufgestoßen. »Ist er da drin? Lassen Sie mich eintreten.«

Empört straffte der Butler die Schultern. »Einen Augenblick bitte …«

»Schon gut, Franklin«, beschwichtigte ihn der Hausherr, »gehen Sie nur.«

Ohne ein weiteres Wort zog sich Franklin zurück und schloss die Tür. Dominic zeigte auf die beiden Sessel vor dem Kamin. »Nehmen Sie bitte Platz.«

Robert Gilmore stolzierte zum nächstbesten Lehnstuhl und ließ seine korpulente Gestalt auf die Polsterung sinken. »Um es kurz zu machen, Sir, ich bin nicht hierher gekommen, um Ihnen einen Höflichkeitsbesuch abzustatten, sondern wegen der Zigeuner.«

»Tatsächlich«?, erwiderte Dominic kühl und sank in den anderen Sessel.

Voller Missbehagen senkte Olivia den Kopf. Sie hatte Robert Gilmore, den einzigen Anwalt in Stonebridge, noch nie gemocht und stets für einen steifen Spießer gehalten. Obwohl sie ihre Ohren zu verschließen suchte, war es unmöglich, das Gespräch zu überhören.

»Sind diese Leute Ihretwegen hier«?, fragte Gilmore.

»Keine Ahnung, was Sie meinen ...«, entgegnete Dominic in freundlichem Ton. Aber Olivia spürte, dass er seinen Zorn nur mühsam zügelte.

»Doch, das denke ich schon.« Die Hände des Anwalts, die auf seinen Knien lagen, ballten sich zitternd.

»In ganz England sind mehrere Zigeunergruppen unterwegs, Sir. Ich versichere Ihnen, keine einzige würde meinetwegen nach Stonebridge reisen. Aber selbst wenn es so wäre, verstehe ich nicht, warum Sie das interessieren sollte.« Als Gilmore angewidert schnaufte, fuhr Dominic fort: »Vielleicht könnten Sie mir etwas genauer erklären, was Sie zu mir führt.«

»Was glauben Sie denn, zum Teufel«?, fauchte Gilmore. »Sagen Sie den Leuten, sie müssen verschwinden!«

»Ich soll ihnen sagen, sie *müssen* verschwinden?«, fragte Dominic.

Entweder war der Anwalt zu dickfellig, um

den gefährlichen Unterton in Dominics leiser Stimme zu bemerken, oder er scherte sich nicht darum. Olivia hielt den Atem an. Anscheinend ignorierten die beiden Gentlemen ihre Gegenwart.

»Dieses diebische Gesindel …«, begann Gilmore.

»Wurden Sie von den Zigeunern bestohlen? Oder haben sie jemand anderen beraubt?«

Als Olivia unauffällig zum Kamin hinüberschaute, sah sie Dominics ausdruckslose Miene und Gilmores feuerrotes Gesicht.

»Das nicht, aber …«

Die Augen des Earls verengten sich, und Olivia spürte, was in ihm vorging. Nicht nur draußen in den finsteren Wolken braute sich ein Sturm zusammen – auch in seinem Innern. »Dann sind sie keine Diebe, oder?«

»Hören Sie mal …«

»Nein, Mr. Gilmore, Sie hören *mir* zu. Wie Sie soeben sagten, haben die Zigeuner nichts verbrochen. Also werde ich sie nicht auffordern, das Dorf zu verlassen, und ich empfehle Ihnen, den Leuten keine Schwierigkeiten zu machen.«

Wütend sprang der Anwalt auf. »Oh, das hätte ich wissen müssen! Ich spreche für uns alle – für sämtliche Bewohner von Stonebridge! Schicken Sie die Zigeuner weg, sonst werden Sie's bereuen! Die Anwesenheit dieser verdammten Schurken ist uns genauso zuwider wie Ihre, Sir!«

Auch Dominic erhob sich. »Schade …«, meinte er und lächelte frostig. »Aber ich habe mich in

Ravenwood niedergelassen, was Ihnen sicher nicht entgangen ist, und ich gedenke, hier zu bleiben.«

»Dass Sie hierher gezogen sind, werden Sie noch bereuen. Dafür werde ich sorgen!«

Dominic hob die dunklen Brauen. »Drohen Sie mir? Dann muss ich Sie warnen – so etwas missfällt mir.« Ohne eine Antwort abzuwarten, ging er zur Tür und öffnete sie. »Guten Abend, Mr. Gilmore.«

Der Anwalt setzte seinen Hut auf und stürmte an Dominic vorbei. Im Flur drehte er sich noch einmal um. »Das war keine Drohung, sondern ein Versprechen, bei Gott! In unserer Gemeinde werden Sie diesen Sommer nicht überstehen.«

Mit leisem Klicken schloss sich die Tür. Einige Minuten lang herrschte drückendes Schweigen. Da Olivia nicht wusste, was sie sonst tun sollte, stand sie auf und nahm ihren Schal von einem Wandhaken.

»Hat Mr. Gilmore auch in Ihrem Namen gesprochen, Miss Sherwood?«

Die sanfte Stimme erklang direkt hinter ihr und ließ sie zusammenzucken. Dann drehte sie sich langsam um. »Wenn es Ihnen nichts ausmacht – es ist ziemlich spät geworden. Die restlichen Posten werde ich morgen ins Haushaltsbuch eintragen.«

Diese fadenscheinige Entschuldigung nahm er nicht ernst. »Also gut, Miss Sherwood, laufen Sie davon!«, erwiderte er sarkastisch. »Aber es wird Ihnen nichts nützen. Wovon ich rede, weiß ich nur zu gut. Früher bin ich mehrmals aus der Schule geflohen. Und ich wurde immer wieder zurückgebracht.«

Ja, sie *wollte* weglaufen – weil sie spürte, in welch gefährlicher Stimmung er sich befand. »Keine Ahnung, was Sie meinen ...« Tapfer hob sie ihr Kinn.

»Doch, Sie haben mich sehr gut verstanden.« In seinen Augen glitzerten eisblaue Lichter. »Erstaunlich, dass Sie für mich arbeiten ... Fürchten Sie nicht, mein Zigeunerblut könnte Sie beschmutzen? Als ich neulich durchs Dorf ritt, schlossen einige Geschäftsleute ihre Läden. Wussten Sie das? Und die Frauen versteckten die Kinder hinter ihren Röcken und verschwanden in ihren Häusern.«

Beklommen schluckte sie. Zum ersten Mal, seit sie ihn kannte, jagte er ihr Angst ein. Seine hoch gewachsene, kraftvolle Gestalt erschreckte sie ebenso wie sein spürbarer Zorn. Was sie empfand, las er in ihrem Blick. Das merkte sie ihm an. Versuchte er sie absichtlich einzuschüchtern? »Warum bringen Sie mich in Verlegenheit«?, wisperte sie.

»Sie haben meine Frage nicht beantwortet, Miss Sherwood.«

Allmählich verlor sie die Geduld. »Lassen Sie mich bitte gehen.«

»Ich ersuche Sie nur um eine Antwort. Neulich gewann ich den Eindruck, Sie würden die Wahrheit über alles schätzen. Immerhin sind Sie die Tochter eines Vikars. Das hat man mir zumindest erzählt. Sagen Sie doch – verachten Sie die Zigeuner? Wären Sie froh, wenn sie weiterziehen würden?«

Jetzt konnte sie ihr Temperament nicht länger bezähmen. »Ja!«, stieß sie hervor. »Wenn Sie's unbedingt wissen müssen, ich wünschte, die Zigeuner wären nie hierher gekommen – und Sie, Mylord, hätten niemals einen Fuß in dieses Haus gesetzt!«

Sobald sie die Worte ausgesprochen hatte, erkannte sie ihren schweren Fehler. Warum benahm sie sich so seltsam? Dieses kleinliche, gehässige Verhalten passte nicht zu ihrem Charakter.

»Nun weiß ich wenigstens, wie Sie wirklich denken, Miss Sherwood.« Dominics ganzer Körper schien sich zu versteifen. »Meine Herkunft kann ich nicht verleugnen – ich bin und bleibe ein halber Zigeuner. Und wie ich gestehen muss, habe ich es satt, mich mit engstirnigen Leuten von Ihrer Sorte abzugeben, die sich einbilden, sie wären dem Volk meiner Mutter überlegen. Natürlich lasse ich Sie gehen, Miss Sherwood, bevor ich etwas sagen könnte, was ich bereuen würde. Keine Bange, Sie werden Ihre kostbare Stellung auf Ravenwood behalten. Trotz des Eindrucks, den Sie von mir gewonnen haben, bin ich kein gemeiner, rücksichtsloser Bastard. Und nun dürfen Sie gehen, Miss Sherwood.«

Entsetzt schüttelte sie den Kopf, dann beobachtete sie hilflos, wie er ans Fenster trat und ins abendliche Dunkel starrte. Wie unnachgiebig sein gestraffter Rücken wirkte … Heiße Tränen stiegen ihr in die Augen. Noch nie in ihrem Leben hatte sie sich so schäbig, so elend gefühlt. Sie öffnete den Mund, aber es dauerte eine Weile, bis ihr die Stimme gehorchte. »Bitte, Mylord …«, begann sie mit schwacher, bebender Stimme. »Sie verstehen nicht …«

»Verdammt, haben Sie mir nicht zugehört?«, rief er erbost und fuhr zu ihr herum. »Verschwinden Sie, Miss Sherwood!«

Mit einem halb erstickten Schmerzenslaut schlang sie den Schal um ihre Schultern, stürmte aus dem Zimmer, aus dem Haus, ins Gewitter, das inzwischen losgebrochen war. Wohin sie rannte, kümmerte sie nicht.

Nur weg von hier – weg von *ihm*.

Die Augen zusammengekniffen, lehnte er am Fenstersims. Ringsum schien sich die Welt in einem grellroten Schleier zu drehen. *Zum Teufel mit ihr,* dachte er, von heißem Zorn erfüllt. Was Gilmore und die anderen Dorfbewohner von ihm hielten, wusste er längst, und es kümmerte ihn nicht. Aber auch Olivia …

Er fühlte sich verraten und verwirrt. Großer Gott, seit der ersten Begegnung hatte er jede Nacht von ihr geträumt. Und wenn er erwacht war, hatte ihn sein ungestilltes Verlangen gepeinigt.

Stöhnend öffnete er die Augen. Wie aus eigenem Antrieb trugen ihn seine Beine zum Kamin, über dem James St. Brides Porträt hing, und seine Gedanken kehrten zu einem längst vergangenen Tag zurück …

Damals war er zwölf Jahre alt gewesen. Kein Kind mehr. Und noch kein Mann. An jenem folgenschweren Tag hatte der Earl das Zigeunerlager besucht.

Die meisten Mitglieder der Gruppe waren in die Stadt gegangen, um ihre Waren auf dem Markt feilzubieten. Nur Madeleine, ihr Sohn und ein paar Kinder blieben im Lager zurück.

Sobald Dominic das bleiche Gesicht seiner Mutter und die Panik in ihren Augen sah, erkannte er instinktiv, wer der elegant gekleidete Fremde im Sattel des schimmernden Rappen war. Sie saß am knisternden Feuer. Langsam stand sie auf und griff sich an die Kehle. Aber sie trat ihm tapfer gegenüber. »Warum bist du hier?«, fragte sie auf Englisch, damit die anderen Kinder nichts verstanden. Nur Dominic beherrschte diese Sprache, die sie ihm schon vor einigen Jahren beigebracht hatte.

Der Earl stieg vom Pferd. Hoch aufgerichtet ging er zu ihr – in der arroganten Haltung eines Mannes, der es gewohnt war, Befehle zu erteilen und befolgt zu sehen. In dieser Sekunde begann der Hass in Dominics Seele zu brennen.

»Um zu sehen, ob du die Wahrheit gesagt hast«, beantwortete er Madeleines Frage, »ob dein Bastard mein Sohn ist.«

Als sie schwieg, musterte er die Kinder, die rings um das Feuer saßen und den Fremden anstarrten. Ungeduldig schlug er mit der Reitpeitsche gegen seinen Stiefel. »Er ist da, Madeleine, das weiß ich. Ich habe von ihm gehört – der Zigeuner mit den blauen Augen.«

Am liebsten hätte sich Dominic irgendwo versteckt. Dass er anders war, hatte er stets gewusst. Die Zigeuner tuschelten über den Jungen mit den hellen Augen, die *gadje* zeigten ungläubig mit dem Finger auf ihn. Eines Tages, auf einem Jahrmarkt, hatte ihn die Neugier gepackt. In einer Bude hatte er einen Spiegel entdeckt. Endlos lange war er davor stehen geblieben und hatte sein Gesicht betrachtet. Tatsächlich – Augen, so blau wie der Sommerhimmel.

Mit einem einzigen Fausthieb hatte er das Glas zerschmettert.

Und jetzt quälte ihn die Schande seiner Herkunft erneut – die bittere Schande seines *gadjo*-Bluts.

Entschlossen wandte er sein Gesicht ab.

Aber James St. Bride hatte ihn bereits gesehen. Er ging zu ihm, umfasste sein Kinn und zwang ihn, ihn anzuschauen.

Niemals in seinem Leben würde Dominic jenen Moment vergessen. Wie ein Brandmal grub sich das ungläubige Staunen in seine Seele, das James St. Brides Blick verriet. Und dann die düstere Resignation. Oh, er wollte bestreiten, dass dieser Mann sein Vater war – genau so, wie es den Earl drängte, den Sohn zu verleugnen. Doch sie mussten einander nur in die Augen schauen, um die Wahrheit zu erkennen – James St. Bride hatte den legendären halben Zigeuner gezeugt.

Wütend spuckte ihm Dominic ins Gesicht.

Ein eisiges Lächeln verzerrte St. Brides Lippen. Lässig wischte er den Speichel weg. »Madeleine, der Bursche ist ein Rüpel. Höchste Zeit, dass man ihm Manieren beibringt.«

»Was?«, flüsterte sie fassungslos. »Du – willst ihn mitnehmen?«

»Allerdings. Dein Fluch hat seine Wirkung nicht verfehlt. Eigentlich solltest du dich darüber freuen.«

Verwundert hob sie die Brauen.

»Tu nicht so, als hättest du keine Ahnung, Madeleine. Außer diesem Jungen bekam ich keine Kinder. So sehr ich's auch bedauere, er ist mein Sohn – mein einziger Erbe.«

Trotz ihrer Verzweiflung wirkte sie ruhig und entschlossen. Dominic sprang auf. Mit strenger Miene wandte sie sich zu ihm. »Nein!«, befahl sie in *Romani*. »Misch dich nicht ein!«

Dominic sah die beiden zu einer abgeschiedenen Stelle am Flussufer gehen und beobachtete, wie seine Mutter dem Earl schweigend zuhörte. Schließlich nickte sie und sie kehrten zu ihm zurück. Von einer bösen Ahnung erfüllt, schaute er ihnen entgegen. Die Mutter wich seinem Blick aus und verschwand in ihrem *vardo*. Wenig später kam sie heraus, ein kleines Bündel in der Hand. Darin steckten all seine Habseligkeiten.

Schreiend sank er auf die Knie. »Nein, Mutter! Ich will nicht mit ihm gehen! Schick mich nicht weg!«

In ungewohnt scharfem Ton erwiderte sie:

»Du wirst tun, was ich sage! Begleite ihn! In seiner Obhut wirst du lernen, wie ein *gadjo* zu leben.« Und als sie sich zu St. Bride wandte, las Dominic in ihren Augen, was ihr Herz bewegte. Sie liebte diesen Mann noch immer. »Er ist dein Vater. In all den Jahren warst du bei mir, Dominic. Jetzt soll er für dich sorgen.«

»Aber ich will nicht …«

»Du hast keine Wahl. Sei stark, mein Sohn.«

Vielleicht wäre er stark gewesen, so wie sie es wünschte, hätte er die Tränen in ihren dunklen Zigeuneraugen nicht gesehen.

Um ihn zu bändigen, mussten zwei Diener des Earls ihre ganze Kraft aufbieten.

Schließlich stand er erschöpft und besiegt zwischen den beiden großen, breitschultrigen Männern. Seine Brust brannte von der Mühe, die es ihn kostete, seinen Schmerz zu unterdrücken. In James St. Brides Gegenwart würde er keine einzige Träne vergießen.

Madeleine ging zu ihm und küsste seine Wangen. »Hoffentlich bist du ein gelehriger Schüler, mein Sohn. Und denk daran – ein Teil von dir ist ein Zigeuner, ein anderer ein *gadjo*. Beiden musst du die Treue halten – und stets du selbst bleiben.«

Was sie verlangte, war unmöglich. Ein Zigeuner und ein *gadjo* konnte er nicht sein.

Oft genug hatte er versucht, zu den Zigeunern zurückzukehren, zu seinem Volk. Aber es war nicht mehr so wie früher gewesen. Und so würde es nie wieder sein. Dann war seine Mutter gestorben, und er hatte keinen Grund mehr gesehen, die Zigeuner aufzusuchen.

Niemals würde er vergessen, was sie ihm eingeschärft hatte. *Denk daran – ein Teil von dir ist ein Zigeuner, ein anderer ein* gadjo. *Beiden musst du die Treue halten – und stets du selbst bleiben.*

Wie er im Lauf der Jahre erkannt hatte, konnte er nicht zu den Zigeunern zurückgehen. Stattdessen genoss er den Luxus, den man mit Geld kaufen konnte – ein Dach über dem Kopf, Schutz vor Regen und Wind, ein weiches Bett. Nein, niemals konnte er zurückkehren – und sich niemals von seinem früheren Leben befreien. Und so war er ein Gefangener zwischen zwei Welten.

An das alles erinnerte er sich, während er sich zurück zum Fenster begab und in die Nacht blickte.

Und dann dachte er an Olivia. Bitterer Zorn stieg in ihm auf. Sein Leben lang war er von Misstrauen und Abscheu verfolgt worden. Er hatte gehofft, sie wäre anders. Doch sie verhielt sich genauso wie all die Menschen, die seinen Weg gekreuzt hatten. Sie hasste die Zigeuner, obwohl sie nichts von ihnen wusste.

Hasste sie auch ihn?

Allmählich verebbte seine Wut. Was war bloß in ihn gefahren? Das konnte er sich nicht erklären. Gilmore hatte ihn erzürnt. Aber Olivia hatte den Preis dafür bezahlen müssen. Gnadenlos hatte er sie herausgefordert und gezwungen, eine Frage zu beantworten. Und diese Frage hätte er ihr niemals stellen dürfen.

Seine Kehle verengte sich, als er an die Verzweiflung in ihren Augen dachte. Genauso verzweifelt fühlte er sich nun.

Er musste ihr folgen. So konnte er sie nicht gehen lassen.

Wenige Minuten später eilte er in den Stall und sattelte Storm, seinen Hengst.

In dichten Schleiern fiel der Regen vom dunkelgrauen Himmel herab. Der Wind zerrte an den Zweigen und hob Dominics Umhang von den Schultern. Um sich vor den Wassermassen zu schützen, zog er seinen Hut tiefer in die Stirn. Mit zusammengekniffenen Augen suchte er die schlammige Straße ab. Allzu lange dauerte es nicht, bis er die kleine, durchnässte Gestalt entdeckte.

»Olivia!«, rief er und neigte sich zu ihr hinab.

Doch sie ignorierte ihn, ging weiter und trat in eine Pfütze. Dominic hörte das Wasser plätschern. Unbeirrt setzte sie ihren Weg fort und beschleunigte ihre Schritte. Wie eigensinnig sie ist, dachte er und musste lächeln. Eigensinnig und stolz.

»Bitte, Olivia, bleiben Sie stehen!«

Sie beachtete ihn noch immer nicht. Da spornte er seinen Rappen an und galoppierte an ihr vorbei, versperrte ihr den Weg und schwang sich aus dem Sattel. Als sie ihm ausweichen wollte, hielt er sie an den Schultern fest.

»Warum haben Sie Lucifer nicht mitgenommen?« In der nächsten Sekunde verfluchte er sich selbst. Welch eine alberne Frage ... Warum fiel ihm nichts Besseres ein?

Sie wich seinem Blick aus, und er spürte, wie sie sich versteifte. »Weder Sie noch Lucifer müssen mich beschützen, Mylord.«

Über ihre Wangen zogen sich feuchte Spuren. Regentropfen? Oder Tränen? Entschlossen berührte er ihr Kinn und hob ihr Gesicht.

»Lassen Sie mich los!«, flehte sie inständig. »Bitte, lassen Sie mich einfach gehen!« Ihre Stimme bebte verräterisch und erfüllte ihn mit schmerzlicher Reue. O Gott, er hatte sie zum Weinen gebracht.

Ohne lange zu überlegen, umfasste er ihre Taille und setzte sie in den Sattel.

Erschrocken schnappte sie nach Luft und wollte vom Pferd springen. Aber da war er bereits hinter ihr aufgestiegen. Ein starker Arm umschlang sie und presste sie an eine harte Brust. Dann neigte er sich vor und flüsterte ihr ins Ohr: »Ich bringe Sie nach Hause, Olivia. Und ich will keine Widerworte hören!«

Zu seiner Verblüffung protestierte sie nicht. Stattdessen drehte sie sich zu ihm um und krallte ihre Finger in sein Hemd. Ein heftiges Zittern erschütterte ihren ganzen Körper. In seiner Überheblichkeit führte er ihre plötzliche Kapitulation auf ihre Dankbarkeit zurück. Dass etwas anderes dahinterstecken könnte, kam ihm gar nicht in den Sinn.

Bald erreichte Storm, der große, kraftvolle Hengst, das Cottage. Dominic beugte sich zu

Olivia hinab, die ihren Kopf unter seinem Kinn verborgen hatte. »Da sind wir.«

Er stieg ab und hob sie aus dem Sattel. Angstvoll schaute sie zu ihm auf, ein seltsames Flackern in den Augen. Als sie schwankte, hielt er ihre Oberarme fest.

Großer Gott, sie konnte sich kaum auf den Beinen halten. »Warum zittern Sie? Wovor fürchten Sie sich? Vor mir? Vor meinem Zigeunerblut? Oder *davor?*«

Ehe sie wusste, wie ihr geschah, riss er sie an seine Brust und presste seinen Mund auf ihren.

8

Die Welt schien unterzugehen. Überall krachten Donnerschläge, Blitze spalteten den Himmel.

Aber Olivia hörte nur das Blut in ihren Ohren rauschen. *Nein,* dachte sie halb benommen, schockiert und entgeistert, *das darf nicht geschehen. Unmöglich …*

Doch es ließ sich nicht bestreiten – der Zigeuner-Earl küsste sie.

Und dann verdrängte ein Gedanke alle anderen. Kein Vergleich mit Williams Kuss … Weder sanft noch respektvoll – und schon gar nicht flüchtig. Seit seine Lippen mit ihren verschmolzen waren, hatte sie das Gefühl, ein Gewittersturm würde sie gefangen halten.

Irgendwo im Hintergrund ihres Gehirns wusste Olivia, sie müsste sich losreißen – und sie erschrak, weil sie es nicht tat. Ihr Körper schien ihr nicht mehr zu gehören, eine fremde Macht hatte ihn vereinnahmt, und sie wurde in eine Welt entführt, wo nichts anderes existierte außer der Hitze dieses Kusses.

Über ihren Rücken rann ein Schauer. Nicht vor Angst oder Kälte. Stattdessen glaubte sie in einem warmen dunklen Teich dahinzutreiben, und sie konnte sich nur noch blindlings an Dominic klammern, seinen fordernden, betörenden Mund genießen.

Plötzlich erinnerte sie sich an seine Frage, ob sie schon einmal geküsst worden sei. *Ich meine nicht nur einen flüchtigen Schmatz auf die Lippen, sondern einen richtigen Kuss, der die Erde unter Ihren Füßen erbeben lässt …*

Der Kuss nahm kein Ende. Im strömenden Regen, im nächtlichen Dunkel. Und die Erde erzitterte tatsächlich unter ihren Füßen. Was sie jetzt empfand, hatte Williams Kuss nicht einmal annähernd entfacht.

Während sie diese Erkenntnis gewann, hob Dominic den Kopf und ließ die Arme sinken. »Das ist alles, was Sie von mir zu befürchten haben.«

Langsam kehrte sie in die Wirklichkeit zurück. War er ihr deshalb böse? Weil er dachte, sie hätte Angst vor ihm? »Lieber Gott«, stöhnte sie, »vor Ihnen fürchte ich mich nicht.« Sie zeigte über ihre Schulter auf den Hengst. »Sondern vor *ihm …*«

»Vor Storm?« Dominic verwünschte sich selbst. Das hätte er wissen müssen. An jenem Tag nach der Sonntagsschule hatte er sie aufgefordert, mit ihm zu reiten. Dazu war sie nicht bereit gewesen.

Unvermittelt lachte und weinte sie, in den Aufruhr ihrer Gefühle verstrickt. Durch einen Tränenschleier sah sie, wie er eine Hand nach ihr ausstreckte.

»Olivia …«

»Gehen Sie!«, flehte sie mit halb erstickter Stimme. »Bitte – gehen Sie!« Mehr brachte sie nicht hervor, noch länger konnte sie seine Nähe nicht ertragen. Wenn er noch länger blieb, würde ihre ganze Welt zusammenbrechen. Mit einem halb erstickten Schluchzen raffte sie ihre triefnassen Röcke und rannte ins Cottage.

Emily saß im Salon. »Bist du das, Olivia?«

Keuchend lehnte Olivia an der Tür, die sie hinter sich geschlossen hatte, und presste die kalten Hände an ihre erhitzten Wangen. »Ja, Liebes.« Sie hoffte inständig, es würde ihr gelingen, ihre Erregung zu verbergen. Wie durch ein Wunder klang ihre Stimme ganz normal.

Zumindest bildete sie sich das ein.

»Geht's dir gut?« Besorgt legte Emily den Kopf schief und lauschte. »Ich habe den Regen gehört. Und den Donner …«

»Alles in Ordnung«, beteuerte Olivia, »ich habe nur nach Luft geschnappt. Beinahe wäre ich in diesem Wolkenbruch ertrunken. Jetzt muss ich raus aus den nassen Kleidern.« Um ihre Nerven zu beruhigen, holte sie tief Atem. »Es war ein langer, anstrengender Tag, Emily. Bist du mir böse, wenn ich gleich ins Bett gehe?«

»Nein, natürlich nicht.« Leicht verstört runzelte Emily die Stirn. Wann immer irgendetwas nicht stimmte, wurde sie von ihrem untrüglichen Instinkt darauf hingewiesen. Und Olivia war an diesem Abend nicht sie selbst. »Hat dich diese grässliche Mrs. Templeton wieder gequält?«

»In letzter Zeit ist sie eigentlich erstaunlich duldsam.«

Nasse Röcke raschelten und verrieten Emily, dass Olivia zur Schlafzimmertür ging. Nur mühsam bezwang die jüngere Schwester ihren Unmut. Wenn die Schwierigkeiten nicht mit der Haushälterin zusammenhingen, musste der widerwärtige Zigeuner die Schuld daran tragen. Offenbar wollte Olivia nicht darüber reden, und Emily würde sie nicht bedrängen – obwohl sie wünschte, ihre Schwester würde die Sorgen mit ihr teilen.

»Schlaf gut, Olivia«, sagte sie leise.

»Du auch, Emily.«

Im Schlafzimmer kleidete sich Olivia hastig aus und zog ihr Nachthemd an. Dann kroch sie ins Bett und drückte die Wange ins Kissen. Ihre Gedanken überschlugen sich so schnell, wie ihr Herz gegen die Rippen hämmerte. War er immer noch da draußen? Das musste sie herausfinden.

Sie stand auf und eilte zum Fenster, zerrte die Vorhänge beiseite und spähte hinaus. Im Dunkel, das die Nacht wie dichter Nebel erfüllte, konnte sie nichts erkennen.

Plötzlich erschauerte sie und spürte seine Nähe. Ja, zweifellos war er noch da.

Trotz des nächtlichen Unwetters ging am nächsten Morgen eine strahlende Sonne auf. Nachmittags war es so warm, dass Emily das Wohnzimmerfenster öffnete. Im selben Augenblick hörte sie Esthers Stimme.

»Mach die Tür auf, Liebes! Ich bin's, Esther!«

Gehorsam tastete sich Emily zur Tür und öffnete sie. »Guten Tag, Esther.«

»Ich habe dir ofenfrisches Brot mitgebracht. Ganz warm – und es schmeckt nach Hefe. So wie du es magst.«

»Danke, Esther, das ist sehr freundlich von dir. Am besten hebe ich's fürs Abendessen auf. Olivia hat jetzt keine Zeit mehr, um Brot zu backen.« Emily unterdrückte ein Lächeln. Einen Tag, nachdem Esther sie auf dem Dorfplatz hatte warten lassen, um das Wirtshaus aufzusuchen, war sie zerknirscht ins Cottage gekommen und hatte sich vielmals entschuldigt. Am Vortag hatte sie ihr frische Erdbeertörtchen gebracht. Und am Tag davor selbst gebackene Brötchen. Auf diese Weise wollte sie ihre Verfehlung wieder gutmachen.

»Gehen wir heute spazieren, Emily?«

»Ich bin ein bisschen müde. Vielleicht ein andermal.«

»Ja, natürlich.« Esthers Stimme klang nicht

sonderlich enttäuscht. »Nun, dann gehe ich wieder. Wie heiß es draußen ist … Auf dem Heimweg werde ich halb verdursten.«

Diesen qualvollen Durst würde sie sicher im Wirtshaus löschen. Belustigt verabschiedete sich Emily von der älteren Frau und schloss die Tür. Trotz ihres kleinen Lasters war Esther eine herzensgute Seele. Außerdem verdankte ihr Emily die Begegnung mit Andre.

Sie seufzte leise. Seit sie den jungen Mann kennen gelernt hatte, waren vier Tage verstrichen. Natürlich war es kühn gewesen, ihn einzuladen. Viel zu kühn. Aber er hatte nicht den Eindruck erweckt, er würde die Grenzen der Schicklichkeit überschreiten.

Als hätten ihre Gedanken ihn herbeigerufen, hörte sie den Kies des Gartenwegs knirschen. »Hallo?«, rief eine Männerstimme und Emilys Herz begann zu singen. *Er ist es – er ist es!* Aufgeregt eilte sie zur Tür und öffnete sie.

»Andre?«

»Hier bin ich«, antwortete er, trat ein und schloss die Tür hinter sich. Ihr Anblick raubte ihm den Atem. Wie schön sie war … Ihr Haar glich einem schimmernden goldenen Wasserfall. Und sein Besuch schien sie tatsächlich zu freuen. An dieses Glück konnte er kaum glauben, obwohl Irina ihm neulich prophezeit hatte, bald würde eine Frau seine unsterbliche Liebe gewinnen. Lachend hatte er vor seinen Freunden geprahlt, eine solche Frau würde es auf dieser Welt nicht geben.

Und jetzt stand sie vor ihm. Das wusste er – so sicher, wie jeden Morgen die Sonne aufging.

Mit einem warmherzigen Lächeln begrüßte sie ihn. Ihre Finger berührten seinen Ärmel. »Kommen Sie mit mir ins Wohnzimmer und setzen Sie sich.« Sie sank in ihren Schaukelstuhl und wies auf das kleine Sofa, das Olivia bevorzugte. Nervös wie ein Schulmädchen griff sie nach ihrer Stickerei.

»Hoffentlich ist Ihre Schwester nicht böse, weil ich Sie vor ein paar Tagen nach Hause gebracht habe.«

»Keineswegs.« Das stimmte nicht ganz. Olivia war tatsächlich nicht böse gewesen, weil sie gar nichts davon wusste. Emily hatte ihr auch Esthers Versäumnis verschwiegen. Am nächsten Tag hatte die Frau reumütig gelobt, dergleichen werde nie wieder geschehen. Besänftigend hatte Emily versichert, alles sei in Ordnung – jemand habe sie nach Hause begleitet. Wer dieser *jemand* war, hatte sie nicht verraten.

Jetzt hörte sie eine Bewegung und im nächsten Moment wurden ihre Hände berührt. »Was tun Sie?«, fragte sie leise. Behutsam nahm ihr Andre das spitzenbesetzte Tüchlein aus den Fingern.

»Haben Sie das gestickt?«

»Ja«, antwortete sie und spürte, wie ihr das Blut in die Wangen stieg. »Ich erinnere mich an die richtigen Stiche. Die habe ich einfach gezählt.«

»Wundervoll.«

»Das findet Olivia auch«, gestand Emily

schüchtern. »Und ich dachte, vielleicht könnte ich meine Handarbeiten verkaufen. Olivia arbeitet so hart auf Ravenwood, während ich untätig daheim sitze. Deshalb möchte ich ihr irgendwie helfen ...« Sie lachte verlegen. »Aber das ist sicher eine dumme Idee. Wie sollte ich mich auf den Marktplatz stellen und meine Stickereien feilbieten?«

»Das würde ich gern übernehmen. Haben Sie noch andere Tücher?«

»O ja, einen ganzen Korb voll. Aber wo würden Sie meine kleine Werke verkaufen?«

»Vielleicht auf einem Jahrmarkt ...« Zögernd fügte er hinzu: »Da komme ich oft hin, aus beruflichen Gründen.«

Emily biss sich auf die Lippen. Durfte sie wirklich darauf hoffen? »Ich will Ihnen nicht zur Last fallen, Andre.«

»Unsinn, es wäre mir ein Vergnügen.« Hingerissen betrachtete er Emilys Gesicht. Ihr zuliebe würde er um die ganze Welt und wieder zurück reisen. »Lassen Sie mich's versuchen, Emily. Wenn's nicht klappt, haben Sie nichts verloren.«

»Also gut. Unter einer Bedingung. Einen Teil des Gewinns müssen Sie behalten.«

»O nein ...«

»Sonst werde ich Ihnen die Tücher nicht übergeben. Abgemacht?«, fragte sie und reichte ihm ihre Hand, die er am liebsten an seine Lippen gezogen hätte.

Und er wünschte sich noch viel mehr, wollte sie an seine Brust pressen, ihren Mund küssen.

Vielleicht – irgendwann ... »Abgemacht«, antwortete er leise und drückte ihre Finger.

Wieder einmal nahm ihm ihr Lächeln den Atem. »O Andre, ich bin so froh, dass wir uns begegnet sind! Hoffentlich bleiben Sie noch lange in Stonebridge.«

»Zumindest bis zum Ende des Sommers.« Darum würde er jeden Tag beten. Alles hing von den *gadje* ab. Wenn sie die Anwesenheit der Zigeuner noch eine Weile duldeten ...

»Verzeihen Sie meine Neugier, Andre, aber – Sie riechen nach Leder. Sind Sie vielleicht ein Gerber?«

»Nein, ich ...« Zögernd fuhr er fort: »Ich arbeite mit Pferden.« Im Grunde war das keine Lüge. Aber noch mehr wollte er nicht verraten. Irgendein Instinkt warnte ihn. Vorerst würde er ihr nicht gestehen, dass er ein Zigeuner war.

Emily nickte. Also hatte sie ihn richtig eingeschätzt – er arbeitete, um seinen Lebensunterhalt zu verdienen. »Kaufen und verkaufen Sie Pferde?«

»Ja ... Und ich reite sie zu. Angeblich kann ich gut mit ihnen umgehen.«

Während er sprach, lauschte sie aufmerksam. Schon seit einigen Minuten wanderte er rastlos im Salon umher, als könnte er nicht still sitzen. »Möchten Sie hinausgehen? Ich glaube, das Wetter ist schön und ...«

Ehe sie den Satz beenden konnte, hob er sie hoch und trug sie aus dem Haus.

Vorsichtig stellte er sie auf die Beine, und sie

wünschte, sie würde seine starken Arme immer noch spüren. »Prinzessin, Ihr Thron«, verkündete er galant und zog sie mit sich hinab ins weiche Gras.

»Sir, Sie sind ziemlich unverschämt«, schalt sie lächelnd.

»Und Sie, Prinzessin, sind eine Schönheit.«

Obwohl sie sein Gesicht nicht sah, hörte sie aus seiner Stimme heraus, dass er lächelte. Und sie spürte es. Wie alt mochte er sein? Noch jung? *O ja, bitte,* hoffte sie. War er verheiratet? Oder verlobt? *Nein, bitte nicht!*

Schweren Herzens senkte sie den Kopf. Wie sie ihre Blindheit hasste …

Welcher Mann würde sich mit einer blinden Frau belasten? Niemals würde sie heiraten, sondern in ihrem grässlichen Schaukelstuhl das Leben einer vertrockneten Jungfer führen. Und die arme Olivia würde mit ihr alt werden, weil sie sich verpflichtet fühlte, immer bei ihr zu bleiben. Nein, Olivia würde sie nicht im Stich lassen. Und so würde sie das Leben ihrer Schwester zerstören.

Noch nie hatte sie ihre Behinderung so verabscheut wie in diesem Augenblick.

»Woran denken Sie, Emily?«, fragte Andre leise. Nun war das Lächeln in seiner Stimme verebbt.

»Ich fühle die Wärme der Sonne. Aber ich habe sie schon lange nicht mehr gesehen.« Woran sie wirklich dachte, wollte sie jedoch nicht aussprechen.

»Also waren Sie nicht immer blind?«, fragte er und ergriff ihre Hand.

Es war eine beruhigende, freundschaftliche Geste und … Oh, wenn er doch für immer in Stonebridge bliebe! Wortlos schüttelte sie den Kopf.

»Wie ist es geschehen?«

Schmerzliche Erinnerungen kehrten zurück. Wieder einmal glaubte sie zu spüren, wie sie vom Rücken der Stute Bonnie stürzte.

Und dann sah sie Papa am Boden liegen, das Blut, das aus seinem Mundwinkel floss. Und der grauenvolle Zigeuner stand vor ihm, den Knüppel in der Hand …

Ein heftiger Schauer erschütterte ihren Körper und Andre umschloss ihre Finger noch fester. »Wenn Sie nicht darüber reden wollen, würde ich's verstehen.«

»Wenn ich's bloß könnte …«, flüsterte sie.

Sein rauer Daumen glitt über ihre Fingerknöchel. »Tut mir Leid, ich wollte Sie nicht betrüben. Dieser Tag ist zu schön für düstere Gedanken.«

Als sie nach Atem rang, drang ihr süßer Blumenduft in die Nase. Ringsum wehte eine sanfte Brise und kühlte ihre erhitzten Wangen. Für solche kleinen Freuden musste sie dankbar sein. Sie war jung und gesund, abgesehen von ihrer Blindheit. Und das Allerwichtigste – ein netter junger Mann saß neben ihr. »Ja, Sie haben Recht, Andre. Reden wir über etwas anderes.«

»Sehr gern. Mögen Sie Rosen, Emily?«

»O ja. Meine Mutter sagte, die englische Rose sei die schönste Blume auf der ganzen Welt.«

»Tatsächlich?«

Sie unterhielten sich über belanglose Dinge, und Emily staunte, dass er sie immer wieder zum Lachen brachte. Seltsam, wie leicht ihm das fiel … Schließlich zog er sie auf die Beine. Viel zu schnell war der Nachmittag vergangen.

»Besuchen Sie mich wieder?«, fragte sie – unfähig, ihre Enttäuschung zu verbergen. Oder ihren Eifer.

»Wäre morgen zu früh?«

»Morgen? Das wäre großartig.«

Da lachte er leise und hauchte einen Kuss auf ihre Fingerspitzen. Emily glaubte, ihr Herz müsste stehen bleiben. Nachdem er gegangen war, presste sie ihre Finger auf die Lippen, von einem absurden Glücksgefühl überwältigt. Zum ersten Mal seit langer, langer Zeit freute sie sich wieder ihres Lebens.

Am Morgen nach dem Unwetter fiel es Olivia sehr schwer, nach Ravenwood zurückzukehren. Die ganze Nacht hatte sie sich rastlos im Bett umhergeworfen, kaum Schlaf gefunden und unentwegt an Dominic gedacht. Welch sonderbare Gefühle er in ihr weckte … Wann immer sie die Augen schloss, sah sie sein attraktives Gesicht vor sich, die blauen Augen, und spürte den leidenschaftlichen Kuss.

Kein Wunder, dass sie die nächste Begegnung fürchtete … Der Tag zog sich in die Länge. Von Mrs. Templeton beauftragt, machte sie gemeinsam mit Charlotte im Erdgeschoss sauber. Bei der Arbeit wagte sie sich kaum umzuschauen vor lauter Angst, Dominic zu erblicken. Sogar die Freundin bemerkte ihre Nervosität. »Was, zum Teufel, ist los mit dir, Olivia? Beim leisesten Geräusch zuckst du zusammen.« Die Hände in die Hüften gestemmt, musterte Charlotte sie von oben bis unten.

»Unsinn, ich bin nicht nervös.«

»Und wie blass deine Wangen sind! Geht's dir nicht gut?«

»Doch, wirklich«, versicherte Olivia.

Mit dieser Erklärung schien sie Charlotte nicht zu überzeugen. Erst als sie Franklin zufällig erwähnen hörte, der Earl würde den Tag in York verbringen, entspannte sie sich.

Am frühen Abend eilte sie zum Arbeitszimmer, um die Buchführung zu beenden, die sie am Vortag bei Mr. Gilmores Ankunft unterbrochen hatte. Die Doppeltür war nur angelehnt und Olivia wollte sie gerade aufstoßen, doch dann hielt sie inne, weil sie eine Männerstimme vernahm. Dominic … Wie erstarrt blieb sie stehen.

Nun erklang eine weibliche Stimme. »Hoffentlich verzeihen Sie mir die Störung, Mylord.«

»Beruhigen Sie sich, Mrs. Danbury, Sie stören mich nicht. Was führt Sie nach Ravenwood?«

»O Mylord, etwas Schreckliches ist geschehen! Charles, mein Mann, hat mich zu Ihnen geschickt. Letzte Woche stürzte er und brach sich das Bein. Der Doktor meint, bis zum August müsste Charles im Bett bleiben. Deshalb komme ich zu Ihnen. Für diesen Monat können wir die Pacht nicht zahlen – und für den nächsten wahrscheinlich auch nicht. Sehen Sie, bis die Ernte eingefahren wird … Und einmal im Monat bringt Charles die Schafe auf den Markt …«

Verblüfft runzelte Olivia die Stirn. Jetzt wusste sie, wer den Earl besuchte – Celeste Danbury, die mit ihrer Familie auf einer Farm östlich von Ravenwood lebte.

»Gibt es niemand anderen, der die Schafherde zum Markt treiben könnte, Mrs. Danbury?«

»Nein, Mylord, unsere Söhne sind erst neun und zehn Jahre alt – und die Mädchen noch jünger.«

Schuldbewusst biss sich Olivia auf die Lippen. Sie dürfte nicht lauschen. Aber ihre Neugier siegte.

»Ich verstehe. Also sorgen Sie sich wegen der Pacht.«

»Ja, Mylord.« Celestes Stimme bebte, und Olivia glaubte vor ihrem geistigen Auge zu sehen, wie die arme Frau verzweifelt die Hände rang.

»Halten Sie Gänse auf Ihrer Farm, Mrs. Danbury?«

»Gewiss, Mylord.« Die Frage schien Celeste zu verwirren. »Sogar mehrere.«

»Ausgezeichnet. Morgen sollen Ihre Söhne eine Gans in meine Küche bringen – ich schwärme für Gänsebraten. Damit begleichen Sie die Pacht für diesen und den nächsten Monat. Bis dahin müsste Ihr Mann wieder auf den Beinen sein.«

»Das will ich hoffen, Mylord. Gleich morgen früh schicke ich die Jungen hierher. Wie soll ich Ihnen nur danken, Sir? Charles und ich hatten solche Angst, Sie würden uns hinauswerfen …«

»So etwas würde nur ein selbstsüchtiger Tyrann tun, Mrs. Danbury. Und der bin ich nicht. Übrigens, ich werde jemanden auf Ihre Farm schicken, der Ihnen bei der Arbeit hilft.«

Jetzt näherten sich die Stimmen der Tür. »O Mylord, Sie sind ein Heiliger!«

»Wohl kaum, Mrs. Danbury«, erwiderte Dominic in trockenem Ton. »Richten Sie Ihrem Mann herzliche Grüße von mir aus, ich wünsche ihm gute Besserung.«

Bevor die Tür aufschwang, huschte Olivia gerade noch rechtzeitig beiseite. Sie sah Celeste nicht, hörte aber die Schritte, die sich durch die Halle entfernten. Atemlos flehte sie den Himmel an, Dominic würde ebenfalls davongehen oder ins Arbeitszimmer zurückkehren.

»Jetzt können Sie hereinkommen, Olivia.«

Verdammt! Wie lange wusste er schon, dass sie hier war? Widerstrebend trat sie hinter der Tür hervor.

Wie üblich trug er ein weit geschnittenes weißes Hemd, Breeches und Stiefel. Er musterte sie von Kopf bis Fuß. »Offenbar haben Sie das nächtliche Gewitter unbeschadet überstanden, Miss Sherwood. Das freut mich.«

Vom Aufruhr ihrer Gefühle gepeinigt, beneidete sie ihn um seine Gelassenheit. »Also sind Sie … wieder zu Hause, das … das wusste ich nicht«, stammelte sie mit schwacher Stimme. »Ich wollte bestimmt nicht lauschen – nur die Buchhaltung erledigen …«

Schweigend schaute er sie an, mit kühlen Augen, die Hände hinter dem Rücken verschränkt. Kaum zu glauben, dass er sie letzte Nacht in seinen Armen gehalten hatte … War dieser unschickliche, unvergessliche Kuss nur ein Traum gewesen? Krampfhaft schluckte sie und schaute in die Richtung, die Celeste eingeschlagen hatte. »Sie waren sehr freundlich zu der armen Frau, Mylord.«

»Überrascht Sie das? Dachten Sie, die Sorgen meiner Pächter würden mich nicht kümmern? Auch in meiner Brust schlägt ein Herz – obwohl ich ein halber Zigeuner bin.«

Wie bitter seine Worte klangen. Ihre Blicke trafen sich, eine unerträgliche Spannung lag zwischen ihnen. Verwirrt senkte Olivia den Kopf. »Mylord, was ich gestern sagte – dafür möchte ich mich entschuldigen.«

»Wovon reden Sie, Miss Sherwood? Leider lässt mich mein Gedächtnis im Stich.«

Ärgerlich fragte sie sich, warum er es ihr so schwer machte. »Nun – ich sagte, ich würde wünschen, die Zigeuner wären nie hierher gekommen – und …« Sie nahm all ihren Mut zusammen. »Und *Sie,* Mylord, hätten niemals einen Fuß in dieses Haus gesetzt.«

Seine Miene war unergründlich. »Haben Sie das ernst gemeint, Miss Sherwood?«

»Ja, gestern, aber …«

»Dann erscheint mir Ihre Entschuldigung unaufrichtig.«

So sehr sie sich auch dagegen wehrte – seine unnachgiebige Haltung tat ihr in tiefster Seele weh. »Für meine Gefühle habe ich gute Gründe«, verteidigte sie sich.

»Daran zweifle ich nicht. So wie ganz England und der Rest der Welt hassen Sie die Zigeuner – einfach nur, weil sie existieren. Einen anderen Grund brauchen Sie gar nicht.« Sein Tonfall wirkte ebenso frostig wie sein Blick.

»Für mich gilt das jedenfalls nicht, Sir«, erwiderte sie leise. »Ich habe tatsächlich gute Gründe.«

Skeptisch hob er die Brauen. »So?«

»Ja«, bestätigte sie nach einer kurzen Pause. »Mein Vater wurde von einem Zigeuner ermordet.«

9

Wie gelähmt stand er vor ihr. Welche Erklärung er erwartet hatte, wusste er nicht. Auf keinen Fall diese. Von Anfang an hatte er Olivias Zurückhaltung gespürt und geglaubt, sie würde die gleichen Vorurteile hegen wie so viele Menschen. Jetzt kannte er die Wahrheit, und er verstand weniger denn je, warum sie für ihn arbeitete.

Er packte sie am Ellbogen, zog sie ins Zimmer

und schloss die Tür. »Was ist geschehen?«, fragte er mit gepresster Stimme.

»Vor über einem Jahr besuchten Papa und meine Schwester eine kranke Frau«, begann sie, ohne ihn anzuschauen. »Auf ihrem Rückweg nach Stonebridge ist es passiert. Der Zigeuner versuchte Papas Pferd zu stehlen und es kam zu einem erbitterten Kampf. Hilflos fiel Emily aus dem Sattel und unser armer Vater wurde niedergeschlagen. Ein Farmer hörte die Schreie und rannte zu Papa. Leider zu spät ...«

»War Ihr Vater schon tot?« Plötzlich klang seine Stimme viel sanfter.

»Ja«, wisperte sie und fröstelte. Offenkundig hatte sie den schweren Verlust noch nicht verwunden.

Eine Zeit lang schwieg Dominic und betrachtete Olivias bleiches Gesicht. Beinahe bereute er, dass er jene Frage gestellt hatte. Es wäre angenehmer gewesen, er hätte von all dem nichts gewusst ... Nein, er konnte Olivias Gefühle nicht ignorieren – und ihr auch nicht verübeln, was in ihr vorging. Einen Punkt musste er noch klären. »Was geschah mit dem Zigeuner?«

»Ein paar Tage später wurde er verhaftet. Er hielt sich nicht bei seinem Volk auf und er gehörte auch keiner Gruppe an.«

»Also ein *marime,* ein Ausgestoßener.«

»Ja, vermutlich.« Sie warf ihm einen kurzen Blick zu. »Nach der Gerichtsverhandlung wurde er ... gehängt.«

Nachdenklich starrte er vor sich hin. Gewiss,

der Mörder hatte die Todesstrafe verdient. Trotzdem überlegte er, ob man ihn geschont hätte, wäre er kein Zigeuner gewesen. Stattdessen hätte man ihn wahrscheinlich lebenslänglich ins Gefängnis gesteckt.

»Ich bedauere den Tod Ihres Vaters, Olivia«, beteuerte er und wählte seine Worte sehr sorgfältig. »Natürlich verstehe ich, was Sie dabei empfinden. Aber verdammen Sie alle Zigeuner wegen der Grausamkeit eines Einzelnen? Für das Böse auf dieser Welt sind sie wohl kaum allein verantwortlich. Vergessen Sie nicht, wie viele Engländer in den hiesigen Gefängnissen sitzen.«

Diesem Argument konnte sie nicht widersprechen. Aber in diesem Augenblick besiegten ihre Gefühle das logische Denken – und *sein* Vater war nicht umgebracht worden.

»Schauen Sie mich an, Olivia.« Das wollte sie nicht. Entschlossen legte er einen Finger unter ihr Kinn und hob ihr Gesicht. »Was sehen Sie?«, fragte er in eindringlichem Ton. »Einen Zigeuner? Oder jemand anderen?«

»Ich sehe ...« Unsicher verstummte sie. Was sollte sie sagen? Sie sah einen attraktiven Mann, der sie viel zu sehr verwirrte und ihren Herzschlag beschleunigte – wenn sie auch nicht wusste, warum.

Jedenfalls genügte ein einziger Blick seiner intensiven blauen Augen, um ihr den Atem zu nehmen. Doch das konnte sie ihm wohl kaum gestehen.

»Kennen Sie keine Gnade, Olivia? Kein Verzeihen?«

Seine Beharrlichkeit zerrte an ihren Nerven. Seufzend schüttelte sie den Kopf. »So einfach ist es nicht.«

Seine Hand sank hinab. »Offenbar nicht. Nun, wir alle müssen mit unseren Dämonen kämpfen.« Er ging zur Tür, wo er sich noch einmal umdrehte, und sagte mit unergründlicher Miene: »Jetzt will ich Sie nicht länger von der Arbeit abhalten.«

Bedrückt setzte sie sich an den kleinen Schreibtisch. Das Gefühl, dass sie Dominic enttäuscht hatte, begleitete sie auch noch während der nächsten Tage. Warum ihr das so nahe ging, verstand sie nicht.

Ihr Leben lang hatte sie den Zigeunern misstraut, die hin und wieder nach Stonebridge kamen, und sich sogar vor ihnen gefürchtet. So wie alle Dorfbewohner. Und es war nicht so leicht, Ansichten aufzugeben, die man jahrelang vertreten hatte.

Am nächsten Tag kam Andre wieder ins Cottage. Ebenso an den beiden folgenden Tagen.

Der Duft der Blumen, die er unterwegs gepflückt hatte, erfüllte das ganze Haus. Gerührt und entzückt nahm Emily die kleinen Sträuße entgegen. Doch es war ein bittersüßes Glück, denn sie wünschte inständig, sie könnte die Schönheit der Blumen sehen.

Als er ihr erzählte, er hätte all ihre bestickten

Tücher verkauft, strahlte sie vor Freude. Sorgsam versteckte sie das Geld und hoffte, Olivia damit zu überraschen, wenn es an der Zeit war. Andres Besuche verheimlichte sie immer noch, denn sie wusste nicht, was Olivia davon halten würde. Es war unschicklich, einen Mann ohne Anstandsdame zu empfangen. Doch das störte Emily nicht. Seit sie an jenem Morgen nach Papas Ermordung erwacht war, hatte sich ihr Leben auf schreckliche Weise verändert. Und jetzt schien Andre jedes Mal, wenn er das Cottage betrat, ein Licht in ihrem Herzen zu entzünden. So stark und tapfer wie Olivia war sie nicht. Musste sie sich Vorwürfe machen, weil sie die Gesellschaft des jungen Mannes genoss? Wohl kaum.

Eines Nachmittags half er ihr, Tee zu kochen. In der Küche stieß sie mit ihm zusammen. »Tut mir Leid!«, rief er erschrocken. »Wie dumm von mir! Ich hätte Ihnen nicht im Weg stehen dürfen.«

Bald danach passierte es noch einmal. Aber nun hielt er ihre Ellbogen fest, bis sie ihr Gleichgewicht wieder fand.

Die Hände in die Hüften gestemmt, versuchte sie, eine strenge Miene aufzusetzen, was ihr misslang. »Ich glaube, Sie *wollen,* dass ich über Sie stolpere.«

»Und wenn? Wären Sie mir böse?«

Wieder einmal hörte sie ein Lächeln aus seiner Stimme heraus und ihr Herz flog ihm entgegen. »Natürlich!«

Statt zu antworten, lachte er. Offenbar konnte sie ihm nichts vormachen.

Später saßen sie im Salon auf dem Sofa.

»Andre …«

»Ja, Prinzessin?« Ein Kosenamen war das nicht. Aber es gefiel ihr, wenn er sie so nannte.

»Sicher finden Sie mich albern …«

»Niemals!«, protestierte er.

»Ich – ich würde gern wissen, wie Sie aussehen …« Hastig sprach sie weiter, bevor sie den Mut verlor. »Sind Sie – hübsch?«

»Wären mir die beiden Vorderzähne nicht ausgefallen, würde ich ganz gut aussehen.«

Da musste sie lachen. »Sie scherzen!«

»Sehen Sie nach!«

»Das kann ich nicht.«

»Doch, Prinzessin.«

»Wie denn?« In ihrer Frage schwang ein bitterer Unterton mit.

»Einfach so«, erklärte er mit leiser, heiserer Stimme. Starke Finger umschlossen ihr Handgelenk, dann legte er ihre Handfläche an seine Wange. Durfte sie es wirklich wagen? Langsam hob sie die andere Hand.

Mit allen Fingerspitzen erforschte sie seine ausgeprägten Wangenknochen, die raue Haut. *Er sollte sich rasieren,* dachte sie vage. Zitternd strich sie über seine Lippen. Ein schöner Mund. Das spürte sie. Und sie fühlte auch ein Lächeln. Wie gern würde sie seine volle Unterlippe etwas länger berühren … Aber das wäre zu kühn gewesen. Über der Nase ertastete sie buschige

Brauen, die einander fast berührten. Und dann glitt ihr Zeigefinger über den kleinen Höcker unterhalb der Nasenwurzel. »Wie ist das passiert?«

»Beim Boxen«, verkündete er freimütig.

»Beim Boxen!«

»Ja. Übrigens habe ich den Kampf gewonnen. Darauf bin ich stolz.«

»Großer Gott! Vielleicht fehlen Ihnen tatsächlich zwei Vorderzähne. Sind Ihre Augen blau?«

»Leider muss ich Sie enttäuschen, Prinzessin, sie sind braun.«

»Und die Haare? Auch braun?«

»Ja.«

»Hell? Oder dunkel?«

»Dunkel.« Nun plagte ihn sein Gewissen, denn sein Haar war rabenschwarz. Andererseits hatte er nicht gelogen, denn schwarzes Haar konnte man sicher als dunkel bezeichnen.

Plötzlich wurde ihr Mund trocken und sie schluckte. »Sind Sie groß?«

Andre zog sie auf die Füße. »Jetzt berührt Ihr Scheitel mein Kinn.« Warm und kraftvoll umfassten seine Hände ihre Finger, und sie stand so dicht vor ihm, dass sie seine Atemzüge spürte.

»Dann sind Sie ziemlich groß.«

»Nur, weil Sie so klein sind.«

Seine Nähe verwirrte sie. Ging es ihm auch so? Könnte sie doch seine Augen sehen – was würde sie darin lesen? Hastig senkte sie die Wimpern, denn sie fürchtete, ihre blicklosen Augen würden verraten, was sie empfand.

»Emily …«, begann er mit sanfter Stimme.

»Ja?«, hauchte sie.

»Wenn Sie einen Wunsch frei hätten – welcher wäre es?«

Dich zu sehen, hätte sie beinahe geantwortet. »Zu sehen«, flüsterte sie unglücklich.

Schwielige Fingerspitzen hoben ihr Kinn. »Wissen Sie, was ich mir wünschen würde, Prinzessin? Dass Sie mich sehen könnten.«

Eine herzzerreißende Sekunde lang berührten seine Lippen ihren Mund. Und dann war er verschwunden.

Wie üblich unterrichtete Olivia am nächsten Sonntag die Kinder auf dem Dorfplatz. Innerhalb weniger Wochen hatte Colin große Fortschritte gemacht, sie war sehr zufrieden mit ihm und Charlotte platzte beinahe vor Stolz auf ihren Sohn.

Auch Emily bereitete ihrer Schwester große Freude. In letzter Zeit hatte sich ihre Laune gebessert. Sie lachte und scherzte wieder wie die alte Emily. Und sie verkündete sogar, sie sei nicht mehr auf Esthers Hilfe angewiesen. Was immer dahinterstecken mochte, Olivia dankte dem Himmel für Emilys neuen Lebensmut.

Kurz nachdem sie die Kinder weggeschickt hatte, eilte William zu ihr. »Ich möchte mich nur verabschieden.«

»Wohin geht die Reise?«, fragte sie. Olivia ergriff die Hand, die er ihr reichte, und er half ihr auf die Beine.

»Nach London. Dort muss ich einige Geschäfte erledigen. Das wird wohl ein paar Tage dauern. Eigentlich wollte ich schon heute Morgen losreiten. Aber mein Pferd hatte ein Hufeisen verloren.«

So sanft wie möglich versuchte sie, ihm ihre Hand zu entziehen. Endlich ließ er sie los.

»Letzte Woche ging ich ein paar Mal ins Cottage – erst gegen Abend. Leider warst du nicht da. Emily erklärte mir jedes Mal, du seiest noch nicht aus Ravenwood zurückgekommen«, fügte er missbilligend hinzu.

»Weil ich dem Earl die Bücher führe. Fast jeden zweiten Abend.«

»Findest du nicht, dass er dir zu viel zumutet? Nach der anstrengenden Hausarbeit ...«

»Es war *meine* Entscheidung, William«, verteidigte sie sich selbst – und Dominic's.

Als hätte er ihr nicht zugehört, bemerkte er spöttisch: »Der Bastard sollte nach London zurückkehren. Oder noch besser – zu seinesgleichen. Wenn man sich das vorstellt – ein Zigeuner versucht einen Gentleman zu spielen! Für einen solchen Mann dürftest du nicht arbeiten, Olivia. Das muss ein Ende nehmen, wenn wir verheiratet sind. Außerdem hast du's dann nicht mehr nötig.«

Empört wollte sie ihn daran erinnern, dass sie seinen Antrag nicht angenommen hatte. Aber bevor sie ein Wort hervorbrachte, wurde ihr Ellbogen berührt, und sie wandte sich zu einer Zigeunerin, die einen Korb voller Zwiebeln in der

Hand hielt. Die Frau war klein, aber kräftig gebaut, mit runzligem braunem Gesicht. Nur über der Stirn lugte ihr dunkles, von grauen Strähnen durchzogenes Haar hervor. Den restlichen Kopf bedeckte ein buntes Tuch.

Als sie eine Zwiebel hochhielt, klirrten mehrere Armbänder. »Wollen Sie kaufen?«, fragte sie in gebrochenem Englisch.

Ehe Olivia zu antworten vermochte, trat William vor. »Nein!«, fauchte er und gab der Frau einen Stoß. Aus dem Gleichgewicht gebracht, ließ sie den Korb fallen und stürzte zu Boden. In alle Richtungen rollten die Zwiebeln davon. »Verdammt!«, fluchte er, »werden wir diese schmutzigen Bettler denn niemals los?«

Ohne ihn eines Blickes zu würdigen, half Olivia der Zigeunerin, aufzustehen. Dann bückte sie sich und sammelte die Zwiebeln ein.

»Um Himmels willen, Olivia, das soll sie selbst machen!«, rief William.

Aber sie ignorierte ihn. Dankbar nickte die Frau ihr zu, als der Korb wieder gefüllt war. Dann zeigte sie mit einem bebenden Finger auf William und stieß ein paar Worte in *Romani* hervor. Hoch erhobenen Hauptes ging sie davon.

»Gott helfe mir!« William verdrehte die Augen. »Wahrscheinlich hat sie mich verflucht.«

Am liebsten hätte Olivia ihm ebenfalls die Pest an den Hals gewünscht. Warum war er so grausam gewesen? »Wolltest du nicht nach London reiten?«, fragte sie kühl. »Lass dich nicht aufhalten.«

»Wieso bist du mir böse?«, klagte er. »Wegen dieser alten Zigeunerhexe?«

Schweigend starrte sie ihn an – zu wütend, um mit ihm zu streiten.

»Wenn ich wieder da bin, hast du den Zwischenfall sicher vergessen«, prophezeite er. »Pass gut auf dich auf.« Ein flüchtiger Kuss streifte ihre Lippen.

Am liebsten hätte sie sich den Mund abgewischt. Nachdem er auf sein Pferd gestiegen und davon geritten war, verebbte ihr Zorn allmählich. Seufzend glättete sie ihre Röcke.

Als sie den Kopf hob, entdeckte sie Dominic am anderen Ende des Marktplatzes. Grinsend hob er den kleinen Colin von Storms Rücken, zerzauste ihm das Haar und der Junge rannte nach Hause.

Wenige Sekunden später wandte sich Dominic in Olivias Richtung und führte sein Pferd zu ihr. Großer Gott, dachte sie bestürzt. Hatte er William beobachtet?

Das sollte sie bald herausfinden.

»Ein charmanter Gentleman, Ihr Freund, Miss Sherwood ...« Seine Stimme klang höflich. Aber seine Augen wirkten kalt und hart. »Bedauerlicherweise mangelt es ihm an einer gewissen Kontenance – meinen Sie nicht auch?«

Beklommen senkte sie den Kopf. Also hatte er beobachtet, wie brutal William mit der Zigeunerin umgegangen war.

»Und Ihnen gegenüber benimmt er sich ziemlich freizügig«, fuhr Dominic fort. »Nun musste ich schon zweimal mit ansehen, wie er sie auf dem Dorfplatz geküsst hat.«

Olivia spürte, wie ihre Wangen brannten.

»Offensichtlich bildet er sich ein, er würde Sie lieben, Miss Sherwood.«

»Ist das so schwer zu verstehen?«

»Keineswegs. Aber ich bin neugierig. Lieben Sie ihn?«

»Nein!«, erwiderte sie, ehe sie sich eines Besseren besinnen konnte.

»Dann darf ich annehmen, dass Sie ihn nicht heiraten werden?«

»Ganz sicher nicht. Er hat mir einen Antrag gemacht …«

»Und Sie gaben ihm einen Korb?«

Wütend über sein selbstgefälliges Benehmen, starrte sie ihn an. Anscheinend kannte er sie viel zu gut. »Nicht direkt.« Voller Genugtuung berichtigte sie seinen Irrtum. »Ich erklärte ihm, vorerst könnte ich nicht an eine Ehe denken«, fügte sie hinzu und fragte sich, warum sie ihm das mitteilte.

Nun nahm Dominics Gesicht etwas sanftere Züge an. »Er passt nicht zu Ihnen, Olivia.«

Schon wieder ›Olivia‹. Immer öfter redete er sie mit ihrem Vornamen an. Offenbar nannte er sie nur Miss Sherwood, wenn sie sein Missfallen erregte. Herausfordernd hob sie die fein geschwungenen Brauen. »Und Sie wissen, wer zu mir passen würde?«

»Allerdings.« Sein durchdringender Blick zerrte an ihren Nerven.

»So? Wen meinen Sie denn?«

Statt zu antworten, bemerkte er: »Mit Ihrem jungen Verehrer wären Sie nicht glücklich, Olivia. Nur mit einem Mann, der genau weiß, wie er Sie küssen muss – so leidenschaftlich, dass die Erde unter Ihren Füßen bebt.«

Mit dir … Dieser Gedanke ließ sich nicht verdrängen. Welch ein Unsinn – die Tochter eines Vikars und der Earl of Ravenwood … Einfach unmöglich … Und doch – sie fand seine Hänselei entwaffnend. »Vielleicht sollte ich's Ihnen überlassen, diesen Mann zu finden.«

Da lachte er leise. Zum ersten Mal hörte sie ihn befreit und fröhlich lachen.

Und dann geschah etwas, das sie nicht zu deuten wusste. Aber es war da – wie ein beinahe greifbarer Schatten – und es schien ihre Seele vollends zu erfüllen. Im Sonnenlicht sah sie Dominics leuchtend blaue Augen, die Zähne, die sich schneeweiß von der bronzebraunen Haut abhoben, und sie konnte ihr spontanes Lächeln nicht unterdrücken. Das wollte sie auch gar nicht.

Seine nächsten Worte überraschten sie. »Heute Abend werde ich das Zigeunerlager besuchen. Man hat mich eingeladen. Begleiten Sie mich?«

Sofort erlosch ihr Lächeln. »Warum?«

»Weil ich Ihnen beweisen möchte, dass nicht alle Zigeuner Mörder und Diebe und Bettler sind.«

Olivia schwieg unschlüssig. Einerseits wollte sie die Gelegenheit nutzen und mit dem Mann zusammen sein, der sie so faszinierte, andererseits – in ein Zigeunerlager zu gehen …

»Natürlich gibt es dort ein paar räuberische Zigeuner.« Dominic erwähnte nicht, dass die meisten einen Diebstahl nicht für ein Verbrechen hielten, sondern für eine großartige Leistung. »Aber sie tun's nicht aus Bosheit, sondern notgedrungen – weil sie Heu für ihre Pferde und Brennholz und Nahrungsmittel brauchen. Was die Bettelei betrifft – sie versuchen möglichst schmutzig oder krank auszusehen, damit man ihnen Geld gibt, nur um sie loszuwerden.« Nach einer kleinen Pause fragte er: »Nun, Olivia? Kommen Sie mit mir?«

Sie zögerte immer noch.

Plötzlich funkelten seine Augen mutwillig. »Wie wichtig ist Ihnen Ihre Stellung auf Ravenwood?«

Bis sie verstand, was er meinte, verging eine Weile. »Das ist ungerecht!«, warf sie ihm vor.

»Sehr ungerecht«, bestätigte er sanft.

Entsetzt starrte sie ihn an. »Kündigen Sie mir, wenn ich mich weigere, die Zigeuner zu besuchen?«

»Drücken wir's vorsichtiger aus – sind Sie bereit, dieses Risiko einzugehen?«

»Nein, das wissen Sie!«

»Dann dürfte Ihnen die Entscheidung nicht schwer fallen. Begleiten Sie mich?«

»Sie lassen mir keine Wahl!«, fauchte sie. Wie gern hätte sie dieses selbstzufriedene Lächeln von seinem Gesicht gewischt …

»Wunderbar! Bevor es dunkel wird, hole ich Sie von zu Hause ab.«

10

Bevor er an diesem Abend ins Cottage kam, hätte sie sich am liebsten versteckt. Nur die Angst, er würde seine Drohung ernst meinen, hielt sie davon ab. Weil der Tag sehr heiß gewesen war, zog sie ein hellblaues Musselinkleid an, das den Hals und die Arme entblößte. Dann bürstete sie ihr Haar und hielt es mit einem Band aus der Stirn, das an den Enden leicht ausgefranst war. Kritisch betrachtete sie ihr Spiegelbild und plötzlich stiegen quälende Zweifel in ihr auf.

Würde Dominic ihre Aufmachung altmodisch und schäbig finden? Sicher hatte er in London viele elegante, weltgewandte Frauen gekannt. Diesen Damen konnte sie nicht das Wasser reichen. Und ein neues Kleid wäre eine Extravaganz, die sie sich nicht leisten durfte. Da gab es wichtigere Dinge, zum Beispiel das tägliche Brot. Außerdem wollte sie Emilys ärztliche Behandlung in London bezahlen. Ungeduldig ermahnte sie sich. Warum legte sie so großen Wert auf ihr Aussehen? Für William hatte sie sich deswegen nie den Kopf zerbrochen …

Aber du wirst den Abend nicht mit William verbringen, wisperte eine innere Stimme, *sondern mit*

Dominic, der das Gefühl in dir weckt, du würdest dich selbst nicht mehr kennen …

Es klopfte an der Tür, und sie musste sich sehr beherrschen, um nicht aus dem Schlafzimmer in die kleine Diele zu stürmen. Was war nur los mit ihr? Atemlos öffnete sie die Tür und beneidete Dominic um seine lässige Haltung. Wie fabelhaft er aussah in seinem weißen Hemd und den engen Breeches, die seine schmalen Hüften fast schamlos betonten.

Blank polierte schwarze Stiefel vervollständigten seine imposante Erscheinung. Offenbar hatte er eben erst gebadet, denn das dunkle Haar schimmerte immer noch feucht. Die glatt rasierten Wangen verströmten einen verführerischen Duft.

Ebenso aufmerksam, wie sie ihn musterte, ließ er seinen Blick über ihre Gestalt wandern. Gefiel ihm, was er sah? »Freut mich, Sie endlich mal *nicht* in tristem Schwarz zu sehen, Miss Sherwood.«

Ist das alles, was er zu sagen hat?, fragte sie sich enttäuscht.

»Vielleicht sollten Sie Ihrer Schwester erklären, dass es spät werden könnte.«

»Das – tat ich bereits.«

Sie hatte Emily verschwiegen, dass sie mit dem Earl das Zigeunerlager besuchen würde, und behauptet, an diesem Abend würde er ihre Dienste auf Ravenwood benötigen. So sehr es ihr auch widerstrebte, ihre Schwester zu hintergehen – sie fürchtete, die Wahrheit würde Emily kaltes Entsetzen einjagen. Olivia rief ihr einen Abschiedsgruß zu.

Dann wandte sie sich wieder zu Dominic. »Gehen wir?«

Formvollendet bot er ihr seinen Arm. Nach kurzem Zögern legte sie ihre Fingerspitzen darauf.

Draußen war die Luft immer noch mild. Eine sanfte Brise wehte schwachen Rosenduft heran. Als Olivia den kleinen Pferdewagen unter einem Baum entdeckte, blieb sie abrupt stehen.

»Schauen Sie nicht so erschrocken drein«, bat Dominic. »Ich fahre ganz langsam. Das verspreche ich Ihnen.«

Halb und halb erwartete sie Spott in seinen Augen zu lesen. Stattdessen erwiderte er ihren prüfenden Blick ernst und aufrichtig.

»Wenn wir uns zu Fuß auf den Weg machten, würde es ziemlich lange dauern, bis wir unser Ziel erreichten«, gab er zu bedenken. »Vor allem im Dunkeln.«

Nachdem sie tief Atem geholt hatte, folgte sie ihm zum Wagen und er hob sie hinauf. Sein Herz jubelte. Wusste sie, wie sehr sie ihn beglückte? Soeben hatte sie ihm einen kleinen Beweis ihres Vertrauens gegeben.

Sie vertraute *ihm.*

Triumphierend setzte er sich an ihre Seite und spornte das Pferd an.

Auf dem schmalen Kutschbock fanden zwei Personen kaum Platz. Vergeblich versuchte sich Olivia zu entspannen. Mit ihrer Angst vor Pferden hatten ihre flatternden Nerven nichts zu tun. Viel zu fest presste sich Dominics warmer, muskulöser Schenkel an ihren. Immer wieder glitt ihr Blick zu seinen schmalen, hellbraunen Händen. So maskulin … Mühsam schluckte sie. Wie mochte es sein, diese Hände auf ihrem Körper zu spüren, auf der nackten Haut?

Erschrocken über diesen kühnen Gedanken, rang sie nach Luft. Es dauerte eine Weile, bis sie merkte, dass Dominic mit ihr sprach.

»War Ihre Schwester schon immer blind?«

»Nein, erst seit einem Jahr.«

»Im letzten Jahr starb Ihr Vater … Augenblick mal, sagten Sie nicht, Ihre Schwester sei vom Pferd gefallen?«

Olivias Augen verdunkelten sich. »Ja. Ich glaube, bei diesem Sturz verlor sie auch ihr Augenlicht.«

»Fürchten Sie sich deshalb vor Pferden?«

Schmerzlich krampfte sich ihr Herz zusammen. Dann schüttelte sie den Kopf. »Ich mochte die Pferde nie. Obwohl meine Mutter sie liebte, so sehr, dass Papa ihr eine klapprige alte Stute namens Bonnie kaufte. Eines Tages – ich war zwölf Jahre alt – wollte sie mir die Angst vor den Pferden nehmen und setzte mich hinter sich auf Bonnies Rücken. Als die Stute um ein Feld trabte, dachte ich schon, Mama hätte Recht und das Reiten würde mir doch noch Spaß machen. Plötzlich blieb Bonnie ganz abrupt stehen. Irgendetwas muss sie erschreckt haben. Was es war, haben wir niemals erfahren.«

Aufmerksam betrachtete Dominic ihr Gesicht. »Was geschah?«

»Ich stürzte zu Boden und alles tat mir weh. Aber mir ist nichts passiert. Mama flog über Bonnies Kopf hinweg ...«

»Wurde sie verletzt?«

»Sie brach sich das Genick«, flüsterte Olivia. »Natürlich war sie sofort tot.«

Also deshalb fürchtete sie die Pferde. Das konnte Dominic ihr nicht verübeln. O Gott, nicht nur ihr Vater war auf tragische Weise ums Leben gekommen, sondern auch die Mutter.

Warum behandelte das Schicksal manche Menschen so grausam – und andere so großzügig? Darauf fand er keine Antwort. Er betrachtete Olivias Gesicht, das keine Regung zeigte. Trotzdem spürte er ihren tiefen Kummer. Und dann wurde ihm ein sonderbarer Zufall bewusst. Mit zwölf Jahren hatte sie ihre geliebte Mama verloren. Im selben Alter hatte er sich von seiner Mutter trennen müssen. Gewiss, Madeleine war nicht gestorben, aber für immer aus seinem Leben verschwunden ...

Die Vorsehung hatte ihn mit Olivia zusammengeführt - es gab keinen Zweifel. »Es tut mir so Leid ...« Ein besserer Trost fiel ihm nicht ein. Wortlos nickte sie.

Während er den Wagen über die holprige Straße lenkte, hing eine rote Abendsonne über den sanft gewellten Hügeln im Westen. Es war Olivia, die das Schweigen brach. »Kannten Sie diese Zigeuner, bevor sie hierher kamen, Mylord?«

»Nein. Aber eines Tages unterhielt ich mich mit Nikolos, dem Anführer der Gruppe. Dabei erfuhr ich, dass er meine Mutter und einige ihrer Gefährten gekannt hatte.«

»Wo ist das Lager?«

»Nicht mehr weit entfernt. Meistens kampieren sie am Ufer eines Gewässers, in einem Weidegebiet für ihre Pferde. Außerdem muss eine Stadt oder ein Dorf in der Nähe sein, wo sie Kessel flicken und mit Pferden handeln. Im Allgemeinen bevorzugen sie abgeschiedene Regionen, weil sie fürchten, in einer dichter besiedelten Gegend könnten sie von den Behörden verjagt werden.«

Oder sie wollen den Behörden ausweichen, überlegte Olivia. Dann schämte sie sich für diesen unfreundlichen Gedanken.

Da sie keinen Kommentar zu seiner Erklärung abgab, schaute er sie an. »An meiner Seite drohen Ihnen viel schlimmere Gefahren als im Zigeunerlager«, bemerkte er leichthin. »In der Tat, ein unschuldiges Mädchen dürfte nicht mit einem berüchtigten Schürzenjäger ausgehen. Schon gar nicht am Abend.«

»Ich bin kein Mädchen.«

»Aber unschuldig, nicht wahr?«

»Dafür brauchen Sie sich nicht zu interessieren, Sir«, protestierte sie errötend.

»Nennen Sie mich Dominic.«

»Das kann ich nicht.«

»Warum nicht?«

»Es wäre unschicklich.«

»Tun Sie immer nur, was sich schickt, Olivia Sherwood? Ach ja, Sie sind die Tochter eines Vikars.«

Hätte der Spott nicht so charmant geklungen, wäre sie beleidigt gewesen. »Und Sie, Mylord? Neulich erklärten Sie den Dorfkindern, die Zigeuner seien frei, eins mit der Welt und der Natur. Gilt das auch für Sie?«

Abrupt erlosch der Glanz in seinen Augen, und es dauerte ziemlich lange, bis er antwortete. »Jetzt bin ich kein Zigeuner mehr – und ich gehöre auch nicht zu Ihresgleichen, Miss Sherwood.«

Was er mit diesen geheimnisvollen Worten meinte, wusste sie nicht. Doch sie sehnte sich danach, ihn wieder lächeln zu sehen. »Jedenfalls sind Sie gefährlich, nicht wahr?«

Eigentlich nicht, dachte er. Umso gefährlicher konnte sie ihm werden, denn sie hatte Recht – sie war kein Mädchen, sondern eine Frau, die all seine Sinne erregte und seine männlichen Triebe weckte. Langsam wanderte sein Blick über ihr Gesicht. Ihre Lippen, eine unschuldige Provokation, erinnerten ihn an eine taufeuchte Rose, die Augen an frisches Frühlingsgras. Wenn er ihre Wange berührte, würde sich ihre Haut so weich anfühlen wie sonnenwarme Seide. Und sein Blick glitt tiefer hinab. Unter dem dünnen Kleid zeichneten sich ihre vollen Brüste ab. Obwohl sie schlank war, zeigte ihr Körper reizvolle Rundungen an den richtigen Stellen. Wie gern würde er diese verlockenden Brüste in seinen Händen wiegen … Waren die Knospen rosa oder braun, klein oder groß, spitz oder rund?

Unentwegt peinigten ihn solche Gedanken. Olivia schien nichts von seinen erotischen Fantasiebildern zu ahnen. Vielleicht ist das gut so, dachte er ironisch. Sonst wäre ihre naive Seele zutiefst schockiert. Als der Wagen über den Gipfel eines Hügels fuhr, sahen sie das Zigeunerlager in einer kleinen Senke am Waldrand. Von wachsender Nervosität erfasst, senkte Olivia den Blick und ihr ganzer Körper spannte sich an. Dominic zügelte das Pferd. Mit sanfter Stimme begann er zu sprechen. »Das ist eine andere Lebensart, Olivia. Nicht falsch, nur – anders. Werden Sie daran denken?«

Eine Weigerung wäre kleinlich und albern gewesen. Und so nickte sie. Eine Rauchwolke wehte heran. Hinter dem Lagerfeuer stand ein Dutzend bunt bemalter Wohnwagen – gelb und grün, scharlachrot und golden. Da und dort ragten Zelte auf.

Während der Earl und seine Begleiterin zum Lager fuhren, kamen ihnen zwei Männer entgegen und der Pferdewagen hielt. Noch mehr Zigeuner gesellten sich hinzu. Ein korpulenter Mann rief ein Grußwort und hob eine Hand.

Leichtfüßig sprang Dominic vom Kutschbock und umarmte ihn. Der Zigeuner stellte eine Frage in *Romani,* schaute Olivia an und der Earl nickte. Dann wandte er sich zu ihr. Erstaunt sah sie ein fröhliches Funkeln in seinen Augen. Sie stand auf, und ehe sie vom Wagen klettern konnte, umfing er mit starken Händen ihre Taille und hob sie herunter.

An seiner Seite entsann sie sich, wie er sie in jener Nacht umarmt, wie ihr Scheitel bis zu seinem Kinn gereicht hatte. Nein, diesen Gedanken wollte sie nicht weiter verfolgen.

»Nikolos, das ist Olivia Sherwood«, erklärte er. »Olivia, darf ich Ihnen Nikolos vorstellen, den Anführer dieser Zigeunergruppe?«

»Willkommen!« Das faltige Gesicht mit dem schwarzen Schnurrbart über schneeweißen Zähnen strahlte sie so freundlich an, dass sie das Lächeln erwidern musste.

In der nächsten Viertelstunde führte Nikolos seine Gäste durch das ganze Lager. Namen und Gesichter schwirrten durch Olivias Kopf. Schockiert beobachtete sie eine alte Frau, die eine Pfeife rauchte.

Eine vollbusige Zigeunerin in einem weiten, farbenfrohen Rock winkte sie zu sich. An ihren Handgelenken klirrten mehrere Armreifen, in den Ohren steckten glitzernde Ringe. »*Tu serte! Tu serte!*«

Fragend schaute Olivia zu Dominic auf. »Was will sie?«

»Sie möchte Ihnen die Zukunft weissagen.« Inzwischen war Olivias Angst verflogen. In diesem Lager war sie keinem einzigen Menschen begegnet, der sie erschreckt hätte. Ganz im Gegenteil, alle begrüßten sie freundlich und respektvoll. Zweifellos lag das an der Anwesenheit des Earls. Doch sie gewann den Eindruck, dass sich die Zigeuner über ihren Besuch fast genauso freuten.

»Also gut«, stimmte sie zu.

»Wunderbar!«, jubelte die Frau. »Ihr Leben lang müssen Sie daran denken, was Ihnen die arme Zigeunerin Catriana heute erzählt.« Eifrig ergriff sie Olivias Hand. Mehrere Minuten verstrichen, während sie die Handfläche betrachtete und konzentriert die Stirn runzelte. Schließlich folgte ein brauner Finger einer bogenförmigen Linie, die sich bis zu Olivias Handgelenk erstreckte. »Obwohl Sie noch so jung sind, haben Sie schon viel gelitten, nicht wahr?«

Olivia zögerte. O ja, die letzten zehn Jahre waren grauenhaft gewesen. Erst hatte sie Mama verloren, dann Papa. Und ihre Schwester war erblindet.

Verständnisvoll tätschelte Catriana ihre Schulter. »Darauf müssen Sie nicht antworten. Ich sehe es – nicht nur in Ihrem Gesicht, auch in Ihrer Hand. So viel Unheil … Aber keine Bange, bald wird sich alles ändern.«

Olivia lächelte wehmütig. Wenn es nur endlich so wäre …

Nun beugte sich Catriana wieder über Olivias Hand. »Ja!«, verkündete sie, schaute auf und schenkte ihr ein Lächeln voller Zahnlücken. »Da sehe ich's. Reines Glück in Ihrer Handfläche, meine schöne Dame. An der Seite eines liebevollen Mannes werden Sie ein langes, erfülltes Leben führen.«

Dominic neigte sich zu Olivia herab und flüsterte ihr ins Ohr: »Natürlich wissen wir, dass sie nicht Ihren Verehrer William meint.«

Beinahe hätte sie ihm den Ellbogen zwischen die Rippen gestoßen. »Was er von Ihnen hält, ist auch nicht gerade schmeichelhaft.«

»Oh, das kränkt mich aber …«

»Pst!«, mahnte Catriana und warf ihm einen vorwurfsvollen Blick zu. »Ich sage dieser Dame die Zukunft voraus. Nicht Ihnen.«

Seine Verwirrung amüsierte Olivia. Aber sie bezwang ihren Lachreiz und lauschte der Zigeunerin.

Zu ihrer Verblüffung wusste die Frau, dass ihre Eltern gestorben waren und dass sie eine Schwester hatte. Aber vielleicht erriet sie das alles nur. Als Dominic eine Münze in Catrianas Hand drückte, nickte sie dankbar und zog sich in ihren Wohnwagen zurück.

Nachdenklich blickte Olivia vor sich hin. Sollte sie der Zigeunerin glauben? Lag eine glückliche Zukunft vor ihr? Vielleicht. Vielleicht auch nicht. Und Emily? Dieser Gedanke trieb ihr Tränen in die Augen. Hastig senkte sie den Kopf. Aber Dominic hatte ihren plötzlichen Kummer bemerkt. »Warum weinen Sie?«

»Tut mir Leid. Nicht meinetwegen. Ich dachte gerade …«

»An Ihre Schwester.«

Traurig nickte sie. »Welch ein ungerechtes Schicksal! Sie ist noch so jung. Muss sie ihr ganzes restliches Leben im Dunkel verbringen? Das wage ich mir nicht vorzustellen. Und wenn sie unglücklich ist, kann ich niemals glücklich werden.«

»Rechnen Sie nicht mit dem Schlimmsten, Olivia. Hören Sie lieber auf Catriana. Gewiss, es klingt seltsam – aber die Zigeuner kennen viele Geheimnisse und wissen, wie man das Unmögliche möglich macht. Keine Ahnung, warum es so ist. Jedenfalls wird sich Catrianas Prophezeiung erfüllen und Sie blicken einer wunderbaren Zukunft entgegen. Daran dürfen Sie nicht zweifeln.« Nach einer kurzen Pause fügte er hinzu: »Meine Mutter pflegte zu sagen: ›Woran du glaubst, das wird geschehen.‹«

Aber Olivia machte sich keine falschen Hoffnungen, weil sie fürchtete, letzten Endes enttäuscht zu werden. Diesen Gedanken behielt sie für sich, denn sie wollte Dominic nicht die Laune verderben. Noch nie hatte sie ihn so heiter gesehen wie hier, im Kreis der Zigeuner.

Jetzt kam Nikolos' Ehefrau Irina zu ihnen, eine schöne goldene Halskette mit einem kleinen runden Anhänger in den Händen, der sofort Olivias Aufmerksamkeit erregte. Im abendlichen Dämmerlicht funkelte er wie Sonnenlicht auf Wasserwellen. Beinahe schien er zu leben und alle erdenklichen Farben widerzuspiegeln. Entzückt hielt sie den Atem an und streckte eine Hand aus, um ihn zu berühren. »Darf ich?«

Lächelnd hielt ihr Irina die Kette hin und antwortete in *Romani*.

»Der Schmuck gehört Ihnen, Olivia«, erklärte Dominic.

Während ihr die Zigeunerin die Kette um den Hals legte, seufzte Olivia: »Wie schön … Aber ein so kostbares Geschenk kann ich nicht annehmen.«

»Wenn Sie's ablehnen, beleidigen Sie Irina.«

Darüber dachte sie nur ein paar Sekunden lang nach. Fast ehrfürchtig ergriff sie den Anhänger. »Bitte, sagen Sie ihr, ich werde ihr Geschenk stets zu würdigen wissen.« Impulsiv umarmte sie die Zigeunerin. »Danke, Irina! Vielen Dank!«

Als sie Irina losließ, sah sie, wie die Frau dem Earl zuzwinkerte. Was das bedeutete, verstand Olivia nicht. Aber sie glaubte, es würde keine Rolle spielen.

Nächtliches Dunkel sank herab. Langsam stieg der volle Mond am Himmel empor. In der Luft, immer noch fast so warm wie tagsüber, lag ein würziger Duft. Olivia und Dominic setzten sich zwischen zwei Wohnwagen ins Gras. Wenig später servierte ihnen ein junges Mädchen mit scheuem Lächeln einen Eintopf, der köstlich schmeckte.

Erst jetzt bemerkte Olivia, wie hungrig sie eigentlich war. Während der Mahlzeit unterhielten sie sich. »Warum trägt dieses Mädchen ein Kopftuch, im Gegensatz zu den anderen?«, fragte sie.

»Nur die verheirateten Frauen tragen Kopftücher. Ohne die zeigen sie sich niemals in der Öffentlichkeit.«

Verwundert musterte sie das Mädchen, das

höchstens fünfzehn Jahre alt war. »Sie ist verheiratet?«

»O ja.«

»Aber – sie ist so jung! Bei ihrem Anblick fühle ich mich schrecklich alt.« Dominic lachte leise und Olivia stellte ihren Holzteller beiseite. »Wieso tragen so viele Frauen Rot?« Vorhin hatte sie zahlreiche rote Röcke und Blusen gesehen. Außerdem waren ihr einige scharlachrote Männerhemden aufgefallen.

Insgeheim freute sich Dominic über ihre Fragen, die nicht verächtlich, sondern neugierig klangen. »Weil die Zigeuner glauben, diese Farbe würde ihnen Glück bringen. Bei Begräbnissen tragen sie Weiß.«

»Oh ...« Diese Sitte erschien ihr seltsam. In ihrem Kulturkreis galt die Farbe Weiß als ein Symbol für Reinheit und Unschuld. Dann dachte sie an Dominics Worte. Die Lebensweise der Zigeuner war nicht falsch. Nur anders.

»Schauen Sie doch!« Er zeigte zum Rand des Lagers, wo zwei junge Männer boxten, von begeisterten Zuschauern angefeuert. Der Größere – wie sie sich entsann, hieß er Andre – nutzte den Vorteil seiner schlanken, geschmeidigen Gestalt. Blitzschnell und behände wich er den Angriffen seines Gegners aus.

»Sollte man sie nicht daran hindern?«, fragte Olivia bestürzt.

»Nein, es ist nur ein Spiel. Sie wollen einander nicht wehtun.«

Damit hatte Dominic Recht. Nur wenige

Fausthiebe trafen ihr Ziel und sie waren sicher nicht schmerzhaft. »Warum die Männer so eine Keilerei vergnüglich finden, verstehe ich nicht.«

»Das sagen die Zigeunerinnen auch. Sie werfen ihre Arme in die Luft und gehen davon.«

Was er damit ausdrücken wollte, wusste sie. Im Grunde gab es gar keine so großen Unterschiede zwischen ihresgleichen und den Zigeunern. Da ihr keine passende Antwort einfiel, schwieg sie, und Dominic betrachtete ihr Profil.

Ihre Schultern berührten sich. Das schien sie nicht zu bemerken.

Den Blick gesenkt, neigte sie den Kopf zur Seite und ihr seidiges langes Haar streifte seinen Ärmel. Sein Atem stockte. Wie wundervoll es wäre, Olivias warmes, weiches Haar auf seiner nackten Haut zu spüren – auf seiner Brust – seinen Hüften ... Und die samtige Hitze ihrer Lippen müsste der Spur ihrer Haare folgen.

Heiliger Himmel ... Unruhig rutschte er im Gras umher, von der körperlichen Reaktion auf seine erotische Fantasie gepeinigt. Zwischen seinen Schenkeln pulsierte erhitztes Blut. Entschlossen versuchte er, seine Gedanken von der drängenden Schwellung abzulenken. In Olivias unmittelbarer Nähe fiel ihm das sehr schwer.

Er schaute zu den unzähligen Sternen empor, die am Himmel funkelten. »Auf dem Kontinent verstecken sich die Zigeuner während der Nacht in ihren *vardos* und wagen sich erst am Morgen wieder heraus.«

»Warum?«

»Weil sie sich fürchten.«

Erstaunt zog sie die fein gezeichneten Brauen zusammen. »Wovor?«

»Vor einer Gefahr, die ihnen nur nachts droht – schon seit vielen Jahrhunderten.«

Über Olivias Rücken rann ein unheimlicher Schauer, und sie stellte sich vor, wie gruselig es wäre, wenn sie im Dunkeln allein nach Hause gehen müsste. »Welche Gefahr ist das?«

»Manche Menschen verwandeln sich in Geschöpfe der Nacht.«

Als sie über ihre Lippen leckte, stöhnte er beinahe. Wie würde sich diese süße Zungenspitze in seinem Mund anfühlen? Tapfer erwiderte sie: »Auch Eulen und Mäuse sind Nachttiere – und wohl kaum gefährlich.«

»Solche Tiere meine ich nicht, sondern Dämonen mit langen, messerscharfen Zähnen.«

Verängstigt und fasziniert zugleich hörte sie zu. »Nein, unmöglich.«

»Ich scherze nicht, Olivia. Solche dämonischen Kreaturen gibt es. Halb Mensch, halb Tier.«

Unwillkürlich schmiegte sie sich an ihn. »Großer Gott – wirklich?«

Dominic streckte eine Hand hinter ihrem Rücken aus und berührte ihren nackten Oberarm. Mit einem Schreckensschrei zuckte sie zusammen. Fast wäre sie auf seinen Schoß gesprungen. Da brach er in Gelächter aus. »Vorsicht, Olivia, sonst könnte ich glauben, Sie würden mich allmählich ins Herz schließen.«

Erbost starrte sie in seine funkelnden Augen.

»Oh, Sie wollen mich hereinlegen! Das alles haben Sie nur behauptet, damit ich …«

»Damit Sie in meine Arme sinken«, ergänzte er belustigt.

Immer noch empört, rückte sie von ihm weg. »Offenbar sind Sie die einzige gefährliche Kreatur in dunklen Nächten. Diesen Unsinn haben Sie nur erzählt, um mir Angst einzujagen.«

»Keineswegs! Jedes Wort ist wahr gewesen. Das schwöre ich beim Grab meiner Mutter. Sogar hier in England hörte ich Geschichten über solche grausigen Geschöpfe.«

Olivia schaute sich beklommen um und sah die Schatten des Waldes hinter dem Lager. Plötzlich lächelte sie und berührte den Anhänger, den Irina ihr geschenkt hatte. »Wenn's wirklich stimmt, wird mich das Amulett beschützen.«

Langsam schüttelte er den Kopf. »Nein.«

»Nein?«, wiederholte sie in so klagendem Ton, dass er beinahe wieder gelacht hätte.

»Nein«, bestätigte er und grinste teuflisch.

»Also bringt es mir kein Glück?«

»Wohl kaum.«

Misstrauisch runzelte die Stirn. »Wozu ist es dann gut?«

»Das wollen Sie vermutlich nicht wissen.«

»Doch.«

»Sie werden mir böse sein.«

»Nein, ich versprech's Ihnen.«

»Sind Sie sicher?«

»Ja, völlig sicher. Nun sagen Sie's endlich! Warum wird mich Irinas Geschenk nicht schützen?«

»Weil es ein Liebesamulett ist«, erklärte Dominic lächelnd.

»Oh …«, hauchte sie mit schwacher Stimme. »Und Sie möchten …«

»Dass Sie sich in mich verlieben. Solange Sie das Amulett tragen, schweben Sie in dieser Gefahr. Und die ist viel schlimmer als sämtliche Dämonen.«

»Jetzt weiß ich, warum Irina Ihnen zugezwinkert hat!«, stieß sie entrüstet hervor.

»Bedenken Sie, was Sie versprochen haben! Sie würden mir nicht böse sein. Übrigens, Sie dürfen ihr das Amulett nicht zurückgeben. Sonst …«

»Ja, ja, ich weiß, sonst wäre sie gekränkt. Wahrscheinlich darf ich's nicht einmal abnehmen. Und was soll ich heute Nacht damit anfangen?«

»Offensichtlich haben Sie keine Wahl – Sie müssen es tragen.«

Mit schmalen Augen starrte sie ihn an. Würde sie sich wirklich in ihn verlieben? Unvorstellbar …

Plötzlich erinnerte sie sich an seine Worte. *Die Zigeuner kennen viele Geheimnisse und wissen, wie man das Unmögliche möglich macht.* Und dann dachte sie an den Fluch seiner Mutter … Nein, an solche Dinge glaubte sie nicht.

Natürlich würde sie sich nicht in ihn verlieben. Aber während sie sein Profil betrachtete, verspürte sie den eigenartigen Wunsch, ihre Finger in sein dichtes dunkles Nackenhaar zu schlingen.

Ein großer, gertenschlanker Zigeuner schlenderte zu ihnen und musterte Olivia lange und gründlich. Dann wandte er sich zu Dominic und sagte etwas in *Romani*.

Auch der Earl schaute sie an und antwortete, ohne sie aus den Augen lassen. Ihr Herz begann schneller zu pochen. Sprachen die beiden Männer über sie? Dominic nickte lächelnd und der Zigeuner ging davon.

»Was hat er gesagt?«

»Dass meine Frau sehr schön ist.«

»Aber bin nicht Ihre …« Abrupt verstummte sie und ein eigentümliches Zittern erfasste ihren ganzen Körper. Sie war seine Frau. Wenn auch nur für diese eine Nacht. In ihrer Brust wuchs eine brennende Sehnsucht. Nur ein einziges Mal wollte sie vorgeben, sie wäre *nicht* Olivia Sherwood, die Tochter des Vikars, und er kein Earl …

»Und was haben Sie geantwortet?«, wisperte sie.

»Nun, ich stimmte ihm zu und betonte, Sie seien tatsächlich sehr schön.«

Meinte er das ernst? Sie wollte es herausfinden, wollte in seine Augen schauen. Aber sie wagte es nicht. In der Kunst des Flirtens war sie unerfahren – und Dominic an die Gesellschaft koketter Londoner Damen gewöhnt.

»Und er sagte, wenn ich Glück habe, wird heute Nacht jemand mein Bett wärmen.«

Seine Stimme klang sanft und belustigt. Ein paar verrückte Sekunden lang wünschte sie, ihr würde ein geistreicher, amüsanter, herausfordernder Kommentar einfallen.

Sei nicht albern, ermahnte sie sich. Selbstverständlich würde sie sein Bett niemals wärmen. *Oder?*

Zu allem Überfluss blieb auch noch ein junges Paar direkt vor ihnen stehen. Entsetzt beobachtete sie, wie sich die beiden umarmten und küssten. Die Frau stöhnte leise.

Als Olivia hastig wegschaute, hörte sie Dominic lachen. »Sie sind wirklich eine süße kleine Unschuld.«

Endlich ging das Paar weiter. »Und Sie, Sir, sind ziemlich abgebrüht.«

Er antwortete nicht sofort. »Nein, das bin ich nicht. Sonst würde ich die Welt für einen dunklen, freudlosen Ort halten, wo die Menschen einander nur benutzen. Ich weiß einfach nicht, welchen Platz ich in dieser Welt einnehmen soll.«

Verblüfft über seine hintergründigen Worte, wandte sie sich ihm zu. Seine Lippen lächelten. Seine Augen nicht. Sie wollte ihn fragen, was er meinte. Doch dazu bot sich keine Gelegenheit. Fröhliche Geigenklänge erfüllten die Luft.

»Jetzt beginnt das Fest«, erklärte Dominic.

In der Mitte des Lagers loderten helle Flammen hoch empor. Ein Dutzend Zigeuner tanzten um das Feuer herum, andere applaudierten und jubelten.

»Was feiern sie denn?« Olivia dachte, er würde auf eine Verlobung oder einen besonderen Zigeunerfesttag hinweisen.

Stattdessen sagte er einfach nur: »Das Leben.«

Jetzt gesellte sich eine junge Frau namens Eyvette zu den Tänzern, eine schlanke Schönheit mit langen schwarzen Locken und entblößten Schultern. Während sie im Takt der Musik umherwirbelte, schimmerten braune Schenkel unter ihren wehenden Röcken. Temperamentvoll wiegte sie sich hin und her. Sie tanzte ganz allein. Um ihre Lebenslust zu bekunden, brauchte sie keinen Partner.

Zumindest vorerst nicht. Aber dann tänzelte sie auf Dominic zu. Verführerisch schwang sie die Hüften, eine sinnliche, exotische Provokation. Im rötlichen Feuerschein hob sie die nackten Arme, drehte sich blitzschnell im Kreis, neigte den Oberkörper vor, um die vollen Brüste im tiefen Ausschnitt ihrer Bluse zu zeigen.

Während Dominic die Darbietung sichtlich entzückt beobachtete, fand Olivia keinen Gefallen daran. In ihrem Herzen entstand ein fremdartiges Gefühl. Eifersucht?

Die Musik verstummte und Eyvette sprach ihn in der Zigeunersprache an. Obwohl er immer noch lächelte, gab er nur eine knappe Antwort. Gleichmütig zuckte sie die Achseln und schlenderte davon.

»Lassen Sie mich raten ...« Olivia beugte sich zu Dominic hinüber. »Vielleicht wird heute Nacht tatsächlich jemand Ihr Bett wärmen.« Im nächsten Augenblick bereute sie ihre kühnen Worte. Wie konnte sie nur so daherreden? Noch dazu mit einem Mann!

Er lachte. »Ist Eyvette nicht bildhübsch?«

»Sehr hübsch«, zischte sie. »Übrigens, dieser junge Mann namens Andre sieht auch fabelhaft aus.« Sie schaute zu den Tänzern am Lagerfeuer hinüber.

Unglücklicherweise ließ sich Andre nicht blicken.

Immerhin – der Trick erzielte die gewünschte Wirkung. Dominics Lächeln erstarb und ihres kehrte zurück. Offenbar hatte sein Selbstvertrauen ein wenig gelitten.

Aber ihr Triumph war nur von kurzer Dauer. Plötzlich sprang er auf, und ehe sie erkannte, was er eigentlich beabsichtigte, packte er ihre Hand, zog sie empor und zerrte sie zu den Tänzern.

Sie fand keine Zeit, um zu protestieren. Bald wollte sie es auch gar nicht mehr. Als wäre sie in einen geheimnisvollen Zigeunerbann geraten, schien eine andere Person ihren Körper zu vereinnahmen. Ihre Füße bewegten sich in einem wilden, heidnischen Rhythmus, Dominics Arme umfingen ihre Taille, seine blauen Augen strahlten sie an. Lachend warf sie den Kopf in den Nacken. Das Band hatte sich aus ihrem Haar gelöst, eine rotgoldene Kaskade umflatterte ihre Schultern.

Kurz bevor der Schlussakkord erklang, schwang Dominic sie empor. Sekundenlang schien die Zeit stillzustehen – dann ließ er sie langsam an seinem Körper hinabgleiten. Zu einer anderen Zeit, an einem anderen Ort wäre sie zutiefst schockiert gewesen. Aber hier, im Zigeunerlager, erschien ihr die intime Berührung ganz natürlich.

Sie verließen das Lagerfeuer, und Dominic hob eine Steppdecke auf, die er über seine Schulter warf. Seine Finger in ihre geschlungen, führte er sie zu einem grasbewachsenen Hügel am Rand des Lagers, und sie setzten sich auf die Decke.

»Was meinen Sie?«, fragte er leise. »Hat uns das Schicksal heute Nacht hierher geführt?«

»Nein – Ihre Drohung, Mylord«, erwiderte sie prompt.

Lächelnd schüttelte er den Kopf. »Warum glauben Sie nicht an das Schicksal?«

Zwischen ihren Brauen bildete sich eine zarte Falte. »Wahrscheinlich, weil ich die Tochter eines Vikars bin«, entgegnete sie nachdenklich. »Was mit uns geschieht, liegt in Gottes Hand. Davon bin ich fest überzeugt.«

»Trotz allem, was Ihrem Vater, Ihrer Mutter und Ihrer Schwester zugestoßen ist?«

»Ja. Die Beweggründe des Allmächtigen kenne ich nicht. Nur eins weiß ich – ich werde meinen Glauben an ihn nicht verlieren.«

»Also finden Sie es unmöglich, an Gott und an das Schicksal zu glauben?«

»Da bin ich mir nicht sicher …«, antwortete sie zögernd. »Und Sie, Sir?«

»Manchmal überlege ich, ob das Schicksal einfach nur Gottes Wille ist.«

»Nun, das mag sein«, gab sie vorsichtig zu.

»Da sehen Sie's!«, entgegnete er voller Genugtuung. »Also *glauben* Sie an das Schicksal.«

An diesem Abend fühlte sie sich glücklich und unbeschwert wie schon lange nicht mehr, und sie konnte der Versuchung, ihn ein bisschen zu hänseln, nicht widerstehen »Nun, dann muss ich das Liebesamulett nicht fürchten. Wenn ich an ein gütiges Schicksal glaube, das der Allmächtige bestimmt, werde ich mich nicht verlieben.«

»Seien Sie da nicht so sicher. Manchmal braucht das Schicksal eine hilfreiche Hand.«

Stöhnend verdrehte sie die Augen und Dominic lachte laut auf. Als sie ihn anschaute, schlug ihr Herz schneller. Wie anziehend er war … Vielleicht hatte sie sich sogar schon ein bisschen in ihn verliebt. Und wie viele andere Frauen waren seinem Charme bereits erlegen? »Sie sind unverbesserlich«, beschuldigte sie ihn.

»Oh, Sie sollten nicht alles für bare Münze nehmen, was Sie über mich hören.«

»Was ich bisher gehört habe, genügt mir. Ihre Liebesabenteuer sind legendär, Sir.«

»Tatsächlich?«

Um die Frage zu stellen, die ihr auf der Seele brannte, musste sie ihren ganzen Mut aufbieten. »Haben Sie eine dieser Frauen wirklich geliebt?! Also? Oder alle?«

»Hätte ich nur eine geliebt, wären es nicht mehrere gewesen, die mir die Zeit vertreiben durften.«

»Scherzen Sie nicht! Haben Sie jemals eine Frau geliebt?« Später würde sie sich wundern, warum sie so dreist gewesen war. Später. Nicht jetzt.

Diesmal musste sie sehr lange auf eine Antwort warten. »Nein«, erklärte er schließlich. »Wenn ich mich auch mit diversen Frauen einließ – so viele, wie *Sie* offenbar glauben, waren es übrigens gar nicht –, geliebt habe ich keine.«

Sollte sie ihm glauben? An dem Abend, nachdem der Brief von Maureen Miller eingetroffen war, hatte er betont, er würde niemals eine Frau einfach fallenlassen, und behauptet, er könnte sich mit einer einzigen begnügen, die er allerdings noch nicht gefunden habe. War es naiv und albern, das alles ernst zu nehmen? »Nun sind Sie ein Earl. Haben Sie schon an eine Ehe gedacht? An einen Erben Ihres Titels?«

»Ach ja, meine Pflichten, meine Verantwortung und so weiter … Was die Gesellschaft von mir erwartet, weiß ich. Aber vorerst will ich nicht auf Brautschau gehen. Ich leide noch nicht an Altersschwäche«, fügte er in trockenem Ton hinzu, »und ich habe noch ein paar Jahre Zeit, um Kinder zu zeugen.« Bevor sie antworten konnte, hob er die dunklen Brauen. »Und Sie, Olivia? Warum haben Sie Williams Antrag abgelehnt?«

»Weil ich ihn nicht liebe!«, platzte sie heraus. In der nächsten Sekunde hätte sie sich am liebsten die Zunge abgebissen.

»Also würden Sie lieber allein leben, als einen ungeliebten Mann zu heiraten?«

»Ja. Außerdem muss ich für Emily sorgen. In Stonebridge gibt es ohnehin nur wenige heiratsfähige Männer, und ich glaube, keiner von ihnen wäre bereit, mich und meine Schwester zu ernähren.«

Sie bemerkte nicht, wie sehnsüchtig er ihr Gesicht betrachtete. »Wenn Sie nach London gingen, könnten Sie zwischen zahlreichen Männern wählen, die sich darum reißen würden. Nein, Olivia, sicher werden Sie Ihr Leben nicht allein verbringen.«

»Vergessen Sie nicht, ich … ich trete nur mit einem Mann vor den Traualtar, den ich liebe. Mit weniger gebe ich mich nicht zufrieden.«

»Was für ein sonderbares Mädchen Sie sind, Miss Sherwood«, meinte er belustigt. »An das Schicksal glauben Sie nicht – aber an die Liebe. Wissen Sie nicht, wie selten die Menschen aus Liebe heiraten?«

»Mag sein. Aber was andere tun, gilt nicht für *mich.* Ich verstehe es nicht, dass manche Frauen tatenlos zusehen, wie ihre Männer ausgehen und ihr Vergnügen woanders suchen. Niemals würde ich so etwas dulden.«

»Damit finden sich viele Ehefrauen ab.«

Erbost presste sie die Lippen aufeinander. Was sie von solchen Frauen hielt, war unschwer zu erraten, und Dominic lachte leise.

»Vielleicht sollten Sie doch nicht nach London gehen. Dort würden Sie alle Lebemänner auf den rechten Weg führen und die gesellschaftliche Elite wäre nicht mehr dieselbe.«

»Das wäre zweifellos wünschenswert.«

»Zweifellos«, bestätigte Dominic mit todernster Miene.

»Sie machen sich lustig über mich«, seufzte Olivia.

»Keineswegs. Übrigens, ich finde unsere Diskussion sehr amüsant. So gut habe ich mich schon lange nicht mehr unterhalten.«

Ihre Mundwinkel zuckten und sie sah winzige Lichter in seinen Augen funkeln. Offenbar musste er sich mühsam beherrschen, um nicht zu lachen. Sie zeigte auf Eyvette, die immer noch anmutig vor dem Lagerfeuer tanzte. Manchmal warf sie einen kurzen Blick zu dem kleinen Hügel herüber, wo sie saßen. »Da wir vorhin von Ihren Frauengeschichten sprachen, Mylord – ich wette, die schöne Eyvette wäre dankbar für Ihre Aufmerksamkeit.«

»Ja, vermutlich«, erwiderte er und beobachtete die schwarzhaarige Schönheit.

»Nur vielleicht? So bescheiden, Sir?«

»Sind Sie eifersüchtig, Miss Sherwood?«

»Natürlich nicht!«, log sie. Als sie an jenen betörenden Kuss dachte, hätte sie am liebsten alle Frauen erwürgt, die seine Aufmerksamkeit genossen hatten – und seine verführerischen Küsse.

»Dazu hätten Sie auch keinen Grund. Im Augenblick bin ich viel lieber mit der Frau zusammen, die neben mir sitzt.« Er griff nach ihrer Hand und spürte, wie sie zitterte.

Selbstvergessen schaute sie in seine Augen und der eindringliche Moment bewegte sein Herz genauso wie ihres. Er spürte ihre zarten Finger, das schmale Handgelenk. Trotz der

Schwielen besaß sie die wohlgeformten Hände einer Dame.

Aber was er dachte, ziemte sich nicht für einen Gentleman. Sein Blut brannte. Allein schon bei ihrem Anblick wuchs sein Verlangen. *Du könntest sie haben,* flüsterte eine drängende innere Stimme. In London hatte er zahllose Ladys erobert. Bereitwillig hatten sie sich ihm hingegeben, fasziniert von der gefährlichen Aura, die er ausstrahlte, von seiner animalischen Wildheit.

Aber Olivia war anders. Eine süße Unschuld.

O Gott, dachte er, das ist Wahnsinn. Er starrte die fein gezeichneten Umrisse ihres Kinns an, den schönen, schlanken Hals. Wie mochte die empfindsame Stelle unterhalb ihres Ohrs wohl schmecken? Am liebsten würde er sie einfach ins Gras werfen, ihre Arme um seinen Nacken schlingen und in sie eindringen – ganz tief, bis er sich nicht mehr bewegen könnte.

Die Lippen leicht geöffnet, wandte sie sich zu ihm. Sie roch nach Rosenwasser, ein Duft, der seine Sinne reizte. Wenn sein Mund mit ihrem verschmelzen würde ... Bei diesem Gedanken krampften sich alle Muskeln in seinem Unterleib zusammen, und er erinnert sich an jenen einzigen Kuss, den sie geteilt hatten. Niemals hätte er sie hierher bringen dürfen.

Denn er würde es wieder tun.

11

Verwirrt wandte sie sich ihm zu und fühlte die maskuline Kraft seiner Ausstrahlung. *O Gott, was geschieht mit mir?*, fragte sie sich hilflos. Sein Blick streifte ihre Lippen, und sie wusste, er würde sie küssen.

Noch nie in ihrem Leben hatte sie einen sehnlicheren Wunsch empfunden. Strahlend hell hing der Vollmond am nachtschwarzen Himmel und warf ein silbernes, ätherisches Licht auf das Land – magischen Mondstaub.

Dominic zog sie auf die Knie, umarmte sie, und ihre Lippen fanden sich. Von Schwindel erregenden Gefühlen erfasst, erkannte sie irgendwo im Hintergrund ihres Bewusstseins, was sie wollte – dass er sie küsste, immer und immer wieder.

Leidenschaftlich und fordernd vereinte sich sein Mund mit ihrem. Ihre Arme umschlangen ihn, ihre Hände glitten über seinen Rücken, und es erregte sie, das muskulöse Fleisch unter ihren Fingerspitzen zu spüren. Inzwischen hatte sich die Musik verändert, süß und seelenvoll wehten die Klänge durch das mitternächtliche Dunkel. Die Zeit verlor jede Bedeutung. In der Glut des Kusses verloren, fürchtete Olivia das Ende dieses Glücks.

Das Blut rauschte in ihren Ohren. Als Dominics Zunge mit ihrer spielte, loderte ein seltsames Feuer in ihrem Innern auf und erhitzte verborgene Tiefen. Gefangen im Taumel ihres Entzückens, nahm sie ungeduldige Finger wahr, die an der Verschnürung ihres Ausschnitts zerrten und das Kleid über ihre Schultern schoben.

Erst jetzt löste er seine Lippen von ihren und hob den Kopf. In seinen Augen las sie einen Hunger, den sie allmählich zu verstehen begann. Sie schaute hinab und betrachtete erstaunt ihre nackten Brüste. Silberweiß schimmerten sie im Mondlicht, und sie beobachtete zitternd, wie Dominics Blick die Rundungen liebkoste, die kein anderer Mann jemals gesehen hatte.

Aus ihrer Kehle rang sich ein leiser Laut. Was sie gesagt hätte, wusste sie selbst nicht, denn ein heißer Kuss verschloss ihr erneut die Lippen. Seine Hände streichelten sie, umschlossen die schmale Taille, und die Welt schien den Atem anzuhalten. So wie Olivia. Unbeirrt glitten die kühnen Hände nach oben. Um Himmels willen – dort würde er sie doch sicher nicht berühren …

Seine Fingerknöchel erreichten die unteren Wölbungen ihrer Brüste, die geradezu nach seinen Händen strebten. Von verführerischen Zärtlichkeiten gereizt, verhärteten sich die Knospen. Beinahe schrie sie auf, als seine Daumen immer wieder über die empfindsamen Spitzen strichen.

In ihren Adern pulsierten die Flammen wilder Ekstase, und sie glaubte, in ihrem Körper würde ein neues Leben erwachen. Ein starker Arm umfing ihre Hüften, ihr Rücken sank auf die weiche Steppdecke hinab. Mittlerweile ahnte Olivia, dass sie nicht mehr klar zu denken vermochte. Aber ihr Verstand bahnte sich trotzdem einen

Weg durch den Schleier sinnlicher Freuden. Ja, es gab einen Grund, warum das nicht geschehen durfte … Jetzt lag Dominic auf ihr, sie spürte sein schweres, fremdartiges Gewicht – und noch etwas, eine harte, pulsierende Schwellung an ihrem Bauch, die Alarmglocken in ihrem Gehirn auslöste. Gewiss, sie war unerfahren – aber nicht so naiv, wie er glaubte.

Plötzlich fühlte sie sich von der unverhohlenen Intimität dieser Umarmung bedrängt und überfordert. Sie befreite ihre Lippen von seinen und rang nach Luft. »Nein – warte!«, flehte sie an seiner Schulter.

Sein Körper versteifte sich. Sekundenlang fürchtete sie, er hätte ihre Bitte nicht gehört. Und dann starrte sie in sein Gesicht, sah die innere Anspannung, die seine Züge bekundeten. Er hielt sie immer noch umschlungen, viel zu fest … Endlich holte er tief Atem und streckte sich neben ihr aus, auf einen Ellbogen gestützt. Hastig zerrte sie ihr Kleid nach oben und dankte insgeheim der Finsternis, die ihre brennenden Wangen verbarg.

Auch seine Miene war überschattet. »Ich wollte dich nicht erschrecken.«

»Das hast du auch nicht getan.« Sie zwang sich zu einem Lächeln. Seltsamerweise sprach sie die Wahrheit. Nicht er jagte ihr Angst ein, sondern das verwirrende Gefühl, das er in ihr entfachte – als wäre ein Teil ihres Wesens geweckt worden, den sie nicht kannte.

Stöhnend fuhr er sich mit allen Fingern durchs

Haar, erhob sich und zog Olivia auf die Beine. »Jetzt sollte ich dich aber besser nach Hause bringen.«

Während der Rückfahrt wechselten sie kein einziges Wort. Aber es war kein unangenehmes Schweigen. Vor dem Cottage angekommen, half er ihr, vom Wagen zu steigen und begleitete sie zur Tür. »Ich möchte dir einen Gefallen erweisen, Olivia.«

Erstaunt musterte sie sein ernstes Gesicht. »Welchen?«

»Neulich hast du gesagt, du würdest deine Schwester gern von einem Londoner Arzt untersuchen lassen.«

»Ja …« Ihre Augen verdunkelten sich. »Sobald ich genug Geld gespart habe.«

»Ich könnte dir helfen.«

»Natürlich weiß ich dein großzügiges Angebot zu schätzen …«, erwiderte sie zögernd. »Wirklich. Aber – du warst ohnehin schon so großzügig. Und das muss ich … müssen Emily und ich allein schaffen.«

Eine Zeit lang glaubte sie, er würde protestieren. Dann nickte er. Vielleicht bin ich zu eigensinnig, zu stolz, dachte sie, und es wäre vernünftiger, auf seinen Vorschlag einzugehen. Trotzdem stand ihr Entschluss fest. Was sie geplant hatte, wollte sie aus eigener Kraft durchführen.

Dominics Blick glitt wieder zu ihren Lippen, und sie erkannte bestürzt, wie sehr sie sich nach einem Kuss sehnte.

»Gute Nacht, Olivia.« Ohne auf eine Antwort

zu warten, ohne sie zu küssen, wandte er sich ab und ging zu seinem Wagen.

Verstohlen schlich Andre aus dem Lager. Auf dem Pferderücken erreichte er Emilys Cottage schon nach einer Viertelstunde. Er wusste, welches Risiko er auf sich nahm. Doch das störte ihn nicht.

All sein Sinnen und Trachten galt *ihr.* Jederzeit konnten die Zigeuner weiterziehen. Und dann würde er Emily nicht wieder sehen.

Diesen Gedanken ertrug er nicht.

Wie schön sie war … Ihre süße Scheu bezauberte ihn. Aber sie waren sich allmählich näher gekommen. Wenn er sie besuchte, verhielt sie sich viel offenherziger, als er es bei der ersten Begegnung zu hoffen gewagt hatte. Andererseits erschien sie ihm immer noch so zart und zerbrechlich, dass er zögerte, sie zu berühren – vor lauter Angst, er würde ihr wehtun.

Im Cottage brannte kein Licht. Besorgt runzelte er die Stirn, ehe ihm bewusst wurde, dass Emily in einer dunklen Welt lebte und keine Lampe brauchte.

Plötzlich zerriss ein schriller Schrei die Stille der Nacht – ein Schrei, der aus dem Haus drang.

Ohne lange zu überlegen, sprang Andre aus dem Sattel. Schwebte seine Liebste in Gefahr? Soviel er wusste, lag unter einem Eimer neben der Schwelle ein Schlüssel. Blitzschnell griff er danach, sperrte die Tür auf und eilte ins Cottage.

Das gellende Geschrei kam aus dem Schlafzimmer. Die Fäuste erhoben, stürmte er hinein – bereit, den Einbrecher niederzuschlagen.

Aber er sah keine verdächtige Gestalt. Nur Emily. Schluchzend warf sie sich in ihrem Bett umher.

»Tun Sie ihm nichts an!« Abwehrend hob sie die Arme. »Nein – nicht … Papa, steh auf!«, flehte sie verzweifelt.

Andre entzündete die Kerze auf dem Nachttisch und kniete neben dem Bett nieder. »Wach auf, Liebste!« Behutsam rüttelte er an Emilys Schultern. »Bitte, Prinzessin!«

Einige Sekunden lang wand sie sich unter seinen Händen, dann hob sie langsam die Lider. Mit glasigen Augen starrte sie ihn an, und er gewann den unheimlichen Eindruck, sie würde sich immer noch im Bann ihres Albtraums befinden.

»Bitte komm zu dir, Emily! Du bist in Sicherheit.«

»Andre?«, wisperte sie.

»Ja, Prinzessin, ich bin's.« Kräftige braune Finger strichen ihr eine feuchte Locke aus der Stirn.

Da schlang sie die Arme um seinen Hals. Als er sie ganz fest an sich drückte, spürte er ihr heftiges Zittern.

»Was stimmt denn nicht mit dir? Sag's mir!«

»Nur ein Traum«, antwortete sie fast unhörbar, das Gesicht an seine Schulter gepresst.

Zweifellos steckte viel mehr dahinter. »Erzähl mir davon«, bat er, die Lippen an der zarten Haut ihrer Schläfe.

»Warum?«, fragte sie, und er spürte, wie sie sich versteifte.

Sanft streichelte er ihren verkrampften Rücken. »Vielleicht wär's nicht mehr so schlimm, wenn du es dir von der Seele redetest.«

»Nein – es ist immer dasselbe.«

»Also hast du's schon öfter geträumt?«

Sie nickte. *Am Anfang jede Nacht,* hätte sie beinahe gestanden. Nein … Obwohl sie die grausamen Bilder nicht mehr allnächtlich bedrängten, war die Erinnerung immer noch zu lebhaft, zu klar. Und sie ertrug es nicht, an den schrecklichen Tag zu denken – geschweige denn darüber zu sprechen.

»Im Schlaf hast du jemanden gebeten, deinem Vater nichts anzutun. Und dann hast du deinem Papa zugerufen, er solle aufstehen.«

Erstaunlich kraftvoll stemmte sie die Hände gegen seine Brust. »Nicht! Sei still! Ich will mich nicht daran erinnern. Versteh doch – ich kann es nicht!« Sie versuchte ihn wegzustoßen, aber es gelang ihr nicht.

»Emily …«

»Quäl mich nicht, Andre, ich flehe dich an!« Ihre Lippen bebten. »Ich kann nicht darüber reden!« Voller Mitgefühl vernahm er den hysterischen Klang in ihrer Stimme und seine Gedanken überschlugen sich. Die Ereignisse ihres Traums musste sie in Wirklichkeit erlebt haben. Was immer es gewesen war, es blieb im Gefängnis ihres Gehirns verschlossen. Zumindest vorerst. Beruhigend drückte er ihren Kopf wieder an seine Schulter. »Wenn es dir widerstrebt, musst du mir gar nichts erzählen.«

»Zwingst du mich nicht dazu?«, fragte sie wie ein hoffnungsvolles kleines Mädchen.

Beinahe musste er lachen. »Wie könnte ich?« Liebevoll streichelte er ihren Rücken und sie seufzte tief auf.

»O Andre, du bist so gut. Olivia würde mich auch nicht dazu zwingen.«

Diese Information prägte er sich ein, denn sie schien seine Vermutung zu bestätigen, dass sich in Emilys Traum eine Tragödie aus der Vergangenheit wiederholte. Und ihre Schwester wusste offensichtlich, was geschehen war.

»Fast hätte ich's vergessen – ich habe etwas für dich.« Er griff in seine Hemdentasche, dann drückte er das Geschenk in Emilys Hand.

»Was ist das?« Ihre Fingerspitzen glitten über etwas Glattes, Kühles.

»Ein Kristall. Viele Mitglieder meiner …« Gerade noch rechtzeitig unterbrach er sich. »Meiner Familie glauben, er würde heilsame magische Kräfte in sich bergen. So einen Kristall trägt meine Tante immer in ihrer Tasche.«

»Wirklich? Das hört sich so an, als wäre sie eine abergläubische Zigeunerin.«

Verdammt, warum war er so sorglos gewesen! Er hätte sich denken können, dass Emily zwei und zwei zusammenzählen würde. Aber vielleicht ahnte sie noch nichts. »Nun, vielleicht ist sie ein bisschen abergläubisch«, gab er vorsichtig zu und versuchte, in ihrem Gesicht zu lesen.

Erriet sie die Wahrheit? Nichts dergleichen wies darauf hin, und er fügte leichthin hinzu: »Der Kristall ist sehr schön. Wenn man ihn ins Sonnenlicht hält, spiegelt er alle Regenbogenfarben wider.«

»So lange habe ich keinen Regenbogen mehr gesehen. Dieses Farbenspiel kann ich mir kaum noch vorstellen.«

Zum zweiten Mal verfluchte er sich selbst. »Tut mir Leid. Ich hoffte, der Kristall würde dich trösten und dir Glück bringen. Verzeih mir, ich wollte dich nicht betrüben.«

»Unsinn, das hast du auch nicht«, erwiderte sie und berührte seinen Arm. »Danke, Andre, ich werde dein Geschenk stets in Ehren halten. Würdest du's bitte auf den Nachttisch legen?« Nachdem er ihren Wunsch erfüllt hatte, meinte sie: »Seltsam, dass du noch so spät hierher gekommen bist …«

»Wie ich gestehen muss, sah ich deine Schwester nach Ravenwood gehen.« Diese Lüge plagte sein Gewissen. Er durfte natürlich nicht erwähnen, er habe Olivia Sherwood im Zigeunerlager getroffen.

»Ja.« Emilys Mundwinkel zogen sich nach unten. »Heute Abend musste sie arbeiten. Sie führt dem Zigeuner-Earl die Bücher. Dafür bezahlt er sie sehr gut.«

»Jedenfalls wusste ich, du würdest allein zu Hause sein. Und ich hatte gehofft, du wärst noch wach.«

Emily errötete. »Hätte ich mit deinem Besuch

gerechnet, wäre ich nicht schlafen gegangen«, erklärte sie und presste eine Hand auf ihre Brust. Erst jetzt entsann sie sich, dass sie nur ein dünnes Baumwollnachthemd trug. Mühsam unterdrückte er ein Stöhnen. Ihre Geste lenkte auch seine Aufmerksamkeit auf ihre spärliche Bekleidung und sein Puls pochte viel zu schnell. Um sein Verlangen zu zügeln, dachte er entschlossen an andere Dinge. »Morgen wird in Greenboro ein Jahrmarkt abgehalten. Wollen wir hingehen?«

»Unmöglich, obwohl es wundervoll wäre. Ich kann nicht …«

»Warum nicht?«, fragte er auf jene direkte Art, die einen Großteil seines Charmes ausmachte.

Aber in diesem Augenblick verfehlte der Charme seine Wirkung. »Alle Leute würden mich anstarren.«

»Nur weil du so schön bist.«

»Und du? Findest du mich auch schön?« *O Gott, was redete sie da?* Doch die Worte ließen sich nicht zurücknehmen.

Zärtliche Finger berührten ihr Kinn. »Auf der ganzen Welt gibt es keine schönere Frau als dich, Prinzessin.«

»Wenn das stimmt – wieso hast du mich dann noch nie geküsst?«

Andre blinzelte verwirrt. »Nun, ich habe versucht …« – verdammt, wie sollte er sich ausdrücken? – »… mich wie ein Gentleman zu benehmen.«

»Ehrlich gesagt, ich hätte es lieber, du wärst kein Gentleman und würdest mich stattdessen küssen …« Verlegen senkte sie den Kopf. Was war bloß in sie gefahren? Es wurde immer schlimmer.

»Prinzessin …« In seiner Stimme schwang verhaltenes Gelächter mit. »Dein Wunsch ist mir Befehl.«

Während er ihr Kinn festhielt, neigte er sich zu ihr. Und dann spürte sie seinen Mund auf ihrem. Zitternd schloss sie die Lider. Es war ein langer, süßer Kuss – so zärtlich, dass beinahe Tränen in ihre Augen stiegen. Danach lehnte er seine Stirn an ihre. »Du machst mir den Abschied sehr schwer, Prinzessin.«

Ihr Herz schien zwischen Wolken zu schweben. »Bleib doch hier«, flüsterte sie, verblüfft über ihre eigene Kühnheit. »Allerdings fürchte ich, es wäre unschicklich.«

»Stört dich das?«

»Kein bisschen.«

»Mich auch nicht.«

»Und wenn Olivia zurückkommt?«

»Dann springe ich aus dem Fenster – und hoffe, sie trägt keine Pistole bei sich.«

Emily kicherte. »Keine Bange, sie ist unbewaffnet.« Nur Andres Nähe vermochte ihre Angst vor der Finsternis zu verscheuchen. »Beschützt du mich, bis ich einschlafe?«

»Mit Vergnügen«, beteuerte er, legte sich zu ihr aufs Bett und zog sie an seine Brust. Emily im Arm zu halten, bis sie einschlummerte – ein erstrebenswerteres Privileg, ein größeres Glück konnte er sich gar nicht vorstellen.

»Bist du schon einmal geküsst worden?«

Verwundert wandte sich Olivia zu Emily, die ihr diese unvermittelte Frage gestellt hatte. Soeben hatten sie die guten Erträge ihres Gemüsegartens in der letzten Woche erörtert. »Geküsst?«, wiederholte sie. Vielleicht hatte sie sich verhört.

»Ja, geküsst«, bestätigte Emily ernsthaft. »Von einem Mann.«

Olivias Blut erhitzte sich und ihre Gedanken wanderten sofort zu Dominic. O ja, sie war geküsst worden, leidenschaftlich und verführerisch. Doch das durfte sie ihrer Schwester nicht gestehen. Nur sie und er wussten davon – nur sie und er würden es jemals wissen. Erfolglos bemühte sie sich, zu lachen. »Wie kommst du bloß darauf?«

Entschlossen stellte Emily ihre Teetasse ab. »Weich mir nicht aus, Olivia! Ich weiß, William mag dich sehr gern. Deshalb dachte ich, er hätte dich vielleicht geküsst. Es würde mich interessieren, was du dabei empfunden hast. War es – mir fehlen die richtigen Worte … War es so, als ob …«

»Als ob die ganze Erde unter deinen Füßen erbebt …«, platzte Olivia heraus, ehe sie's verhindern konnte.

»Ja, ja! War's so für dich, Olivia?«

Zweifellos. Aber nicht bei Williams Küssen.

Ein bittersüßes Lächeln umspielte Olivias Lippen. »O Emily, ich muss es dir klipp und klar sagen. Anders lässt es sich nicht ausdrücken. Ich liebe William nicht. Und wenn es auch noch so albern klingt – ich werde nur einen Mann heiraten, den ich liebe.«

»Das klingt gar nicht albern.« In Emilys Zügen spiegelte sich schmerzliche Sehnsucht wider. »Eine Liebesheirat. Genau das wünsche ich mir für dich.«

Gerührt ergriff Olivia die Hand ihrer Schwester. »Und ich wünsche dir das gleiche Glück.« Zu ihrer Bestürzung sah sie Tränen in Emilys Augen. Sofort sprang sie auf, kniete neben ihr nieder und umschlang ihre Schultern. »Schätzchen, was bekümmert dich?«

Langsam rollte eine Träne über Emilys Wange. »Ich glaube, ich werde niemals im ganzen Leben heiraten.«

»Warum sagst du das? Du bist jung und schön und …«

»Und blind.«

Der Kummer in Emilys Stimme brach Olivia fast das Herz. »Für den Richtigen wird das keinen Unterschied machen.«

»Doch, ich wäre eine Last«, erwiderte Emily. Die Wimpern gesenkt, presste sie ihre Hände im Schoß zusammen.

»Für mich bist du keine Last«, versicherte Olivia. »Und für den Mann, der dich liebt, wärst du's auch nicht.«

Seufzend schüttelte Emily den Kopf. »Das verstehst du nicht. Es wäre so schmerzlich, einen Mann zu lieben – und ihn niemals zu *sehen*.«

Auch in Olivias Augen brannten Tränen. Während sie ihre Schwester an sich drückte, hatte sie das sonderbare Gefühl, Emily würde ihr etwas verschweigen.

Aber danach fragte sie nicht. Wenn Emily ihr anvertrauen wollte, was sie bewegte, würde sie's gewiss tun.

»Mein Schätzchen, was in dir vorgeht, weiß ich nicht. Ich hoffe und bete nur, dass du eines Tages dem Richtigen begegnest – und dass nichts anderes zählen wird als eure Liebe.«

Fast verzweifelt klammerte sich Emily an ihre Schwester. Dann rückte sie ein wenig von ihr ab und wischte ihre Tränen weg. »Du bist wie Mama, Olivia. Immer weißt du, was du sagen musst, damit ich mich besser fühle.«

Eine Zeit lang schwieg sie, in Gedanken versunken. »Weißt du, was ich denke? Wenn eine Frau geküsst wird und sich so fühlt, wie du's gesagt hast – als würde die Erde unter ihren Füßen erbeben, dann …«

Olivia runzelte verwundert die Stirn. »Dann – was?«

»Dann muss es Liebe sein.«

Olivias Herz begann wie rasend zu schlagen. Nein, dachte sie halb benommen, unmöglich. Sie liebte Dominic nicht … Oder vielleicht doch?

12

Dominic fürchtete, sie zutiefst erschreckt zu haben – und eine Grenze überschritten zu haben, die er respektieren musste. Jedes Mal, wenn er die Augen schloss, sah er ihren halbnackten Körper vor sich, seinem Blick und seiner Liebkosung so unschuldig dargeboten. Und er glaubte, die seidige Haut ihrer Brüste zu spüren, weich und warm, zitternd bei jedem Atemzug. Der Wunsch, die kirschroten Knospen zu kosten, hatte ihn beinahe überwältigt, trotz der Warnung seines Instinkts, er würde sie schockieren. Und jetzt quälte ihn das Bedürfnis, Olivia zu besitzen, schmerzlicher denn je. Kein anderer Mann hatte sie berührt. Das wusste er und diese Erkenntnis schürte seine Begierde.

Wann immer er seiner erotischen Fantasie freien Lauf ließ, schalt er sich einen Narren. Wäre er ein kluger Mann, würde er sich eine attraktive, bereitwillige Frau suchen und sein Verlangen stillen, so oft wie nur möglich, um Olivia aus seinen Gedanken zu verbannen – und aus seinem Blut.

Aber er konnte nur an *sie* denken, er begehrte nur *sie*.

Offenbar hatte sie ihn verhext. Wie der Fluch einer Zigeunerin. Es war nicht ratsam, sie weiterhin in seinem Haus zu beschäftigen und sich ihrer betörenden Nähe auszuliefern. Nie zuvor hatte eine Frau so heiße Gefühle in ihm erregt, ein Feuer in seiner Seele entfacht, das ihn zu verbrennen drohte. Sie ist eine Versuchung, dachte er, ein Durst, der sich nicht löschen lässt. Und ihre Anwesenheit auf Ravenwood steigerte die Sehnsucht Tag für Tag aufs Neue. Die Stimme seiner Vernunft empfahl ihm, die Verlockung aus seiner Reichweite zu entfernen. Doch dazu konnte er sich nicht durchringen.

Wie schon so oft fühlte er sich zwischen zwei Welten hin und her gerissen. Beinahe hasste er sein Erbe, das Zigeunerblut. Denn er fürchtete, Olivia würde ihn deshalb zurückweisen. Obwohl sie in seinem Haushalt arbeitete, war sie eine Dame. Und eine Dame würde niemals mit einem Zigeuner schlafen.

Dieser Gedanke quälte ihn Tag und Nacht.

Ein paar Tage später ritt er nach Stonebridge. Storm zog sein rechtes Vorderbein nach und musste neu beschlagen werden. Auf Ravenwood lebte ein Hufschmied, der diese Aufgabe hätte erledigen können. Aber Dominic wollte die feindselige Haltung der Dorfbewohner überwinden. Wenn er Geschäfte mit ihnen machte und gut dafür zahlte, würde sich ihre Abneigung vielleicht legen.

Als er aus der Gluthitze der Schmiede ins Freie trat, dröhnten die Hammerschläge immer noch in seinen Ohren. Die Luft war schwül, und er beschloss, seinen Durst mit einem Becher Ale zu löschen. Auf dem Weg zum Gasthaus sah er eine Frau und ein kleines Mädchen aus dem Modewarengeschäft treten. »Guten Tag, Mistress«, grüßte er und nickte ihr zu.

Ohne zu antworten, packte sie die Hand des Kindes, beugte sich hinab und zischte vernehmlich: »Schau ihn nicht an, sonst wird ein schrecklicher Fluch auf dir lasten!«

Dominic biss die Zähne zusammen. Also wurde ihm seine Höflichkeit schlecht gelohnt.

Während er zum anderen Ende des Dorfs ging, sprach keine einzige Menschenseele mit ihm. Wenn Blicke töten könnten, hätte seine Leiche bereits auf dem Marktplatz gelegen.

Im Wirtshaus setzte er sich an einen Ecktisch und der Schankkellner brachte ihm wortlos das bestellte Ale. Müde starrte Dominic vor sich hin. Bitterkeit erfasste sein Herz, wie eine unheilvolle Wolke, die sich vor die Sonne schiebt. Warum war er jemals nach Ravenwood gekommen? Das Misstrauen der Einheimischen erinnerte ihn viel zu grausam an seinen Vater, an alles, was er erlitten hatte und vergessen wollte. Sollte er woanders hinziehen?

Doch dann dachte er an sie und erkannte, was ihn hier festhielt.

Die knarrende Tür kündigte die Ankunft einiger Gäste an. Als sie sich an einen Tisch in Dominics Nähe setzten, gönnte er ihnen kaum einen Blick. Welchen Sinn hätte es, Kontakte zu suchen? Er griff nach seinem Becher und nahm einen großen Schluck von dem erfrischenden bernsteinfarbenen Getränk.

»Glaub mir, William, da braut sich ein Gewittersturm zusammen. In einer Woche ist das Unwetter da, oder ich heiße nicht Jonas Arnold.«

Dominic achtete nicht auf das Gespräch, bis er einen Namen hörte.

Olivia.

Da hob er den Kopf und schaute hinüber. Die Stirn gerunzelt, musterte er einen schlanken Mann mit schütterem Haar, dem ein jüngerer attraktiver Bursche gegenübersaß.

William Dunsport.

Dominic presste die Lippen zusammen. In seinem Körper spannten sich alle Muskeln an. Ausgerechnet Dunsport …

»Klar, sie ist ein hübsches Ding, William, ich geb's zu.«

»Ja, das ist sie.« Grinsend hob Dunsport seinen Becher und prostete seinem Gefährten zu. »Und ehe das Jahr zu Ende geht, wird sie meinen Namen tragen.«

»Was? Hast du ihr etwa schon einen Antrag gemacht?«

»O ja«, erklärte William selbstgefällig. »Vorerst wollen wir's für uns behalten, und deshalb bitte ich dich, Stillschweigen zu bewahren, Jonas. Aber wir werden's bald bekannt geben. Wenn wir verheiratet sind, will ich ein Haus bauen.«

Ein paar Sekunden lang stockte Dominics Atem, und er fühlte sich, als hätte eine Faust seine Magengrube getroffen. Dieses verlogene kleine Biest … Heißer Zorn zauberte flimmernde rote Punkte vor seine Augen.

»Und ihre Schwester, Emily? Meine Tante kennt Olivia recht gut, weil sie mit ihrer Mutter befreundet war.« Seufzend schüttelte Jonas Arnold den Kopf. »Die eine wirst du nicht ohne die andere kriegen, alter Junge.«

Lässig zuckte Dunsport die Achseln. »Sobald Olivia in meinem Bett liegt, wird sich die Mühe lohnen …«

Derbes Gelächter übertönte seine restlichen Worte.

Dominic merkte kaum, dass er abrupt aufsprang. Als er am benachbarten Tisch stehen blieb, entstand ein drückendes Schweigen. Mit einem frostigen Lächeln lüftete er seinen Hut. »Hoffentlich laden Sie mich zur Hochzeit ein«, stieß er hervor und stürmte aus dem Wirtshaus.

In den nächsten Tagen sah sie ihn nicht. Einerseits war sie enttäuscht, andererseits erleichtert. Immer wieder erschienen Bilder in ihrer Fantasie, die sie niemals heraufbeschwören dürfte – seine Lippen auf ihrem Hals, auf ihren Brüsten, in der Nähe von Körperteilen, die sie nicht genauer benennen wollte …

Seine Berührung hatte eine Tür geöffnet, die besser zugesperrt geblieben wäre. Über die Liebe wusste sie Bescheid, denn die Mutter hatte sie aufgeklärt, in der festen Überzeugung, ein junges Mädchen müsste die körperlichen Intimitäten zwischen Mann und Frau verstehen. Und nun wurde Olivia von wilden erotischen Träumen heimgesucht. Erst an diesem Morgen war sie aus einem Traum erwacht, den sie seither nicht vergessen konnte. Sie hatte Dominic und sich selbst gesehen, in der innigen Umarmung eines Liebespaars. Und sie hatte nicht unter ihm gelegen, sondern auf ihm … gesessen! War so etwas überhaupt möglich? Wenn es doch jemanden gäbe, dem sie sich anvertrauen, den sie befragen könnte … Mit Charlotte wagte sie nicht, über solche Dinge zu reden, es wäre zu peinlich. Sonst kannte sie niemanden, der es wissen würde.

Nur *ihn*.

Um alles noch schlimmer zu machen, hatte sich Emily an diesem Tag nach ihm erkundigt. Lucifer, ein überaus anschmiegsamer, liebebedürftiger Hund, war auf ihren Schoß geklettert. Um diese Zeit arbeitete Olivia gerade im Garten. Lucifer weigerte sich, den Platz zu verlassen, den er soeben erobert hatte. Schließlich kehrte Olivia ins Cottage zurück. Mit vereinten Kräften bugsierten sie ihn von Emilys Schoß hinunter, und beide lachten Tränen, als es ihnen endlich gelungen war.

»Seltsam, dass er dich jeden Abend nach Hause begleitet …«, meinte Emily.

»Eigentlich nicht …«, entgegnete Olivia zögernd. »Er führt nur einen Auftrag aus.«

»Von seinem Herrn?«

»Nun ja …«

»Ich erinnere mich nicht, was du mir erzählt hast – welchem Angestellten des Zigeuner-Earls gehört Lucifer? Dem Butler?«

»Nein, davon habe ich eigentlich nichts erwähnt.«

»Und wer ist sein Herr?«

Wohl oder übel musste Olivia die Wahrheit verraten. »Der Zigeuner-Earl.«

Sofort erlosch Emilys Lächeln. »Und warum hat er dann Lucifer befohlen, dich zu begleiten?«

»Die Antwort würde dir missfallen, Emily.«

»Sag's trotzdem.«

»Damit ich nicht allein bin, wenn ich im Dunkeln nach Hause gehe. Lucifer soll mich beschützen.«

Nachdenklich schaute Emily vor sich hin, und es dauerte lange, bis sie zu sprechen begann. »Vielleicht ist er gar nicht so schrecklich, wie ich dachte. Wenn ich ihn kennen lerne, möchte ich mich bei ihm bedanken.«

Wie klug und verständnisvoll Emily geworden war … Voller Stolz lächelte Olivia ihre jüngere Schwester an.

»Oh, ich bin so neugierig!«, fuhr Emily fort. »Wie ist er denn?«

»Nie zuvor habe ich einen hübscheren Mann getroffen«, antwortete Olivia so prompt, dass beide lachen mussten.

Dann nahm Emilys Gesicht wieder ernstere Züge an. »Sieht er wie ein Zigeuner aus?«

»Ja – und nein. Er ist sehr groß, mit dunklem Haar, aber seine Augen sind strahlend blau. Die hat er von seinem Vater geerbt. Er kleidet sich exquisit und elegant. Allerdings gefällt er mir am besten, wenn er nur ein schlichtes Hemd, Breeches und Reitstiefel trägt.« Plötzlich fragte sich Olivia, ob sie zu viel verriet. Zum Glück verzichtete Emily auf einen Kommentar und sie ließen das Thema fallen …

An diesem Tag beendete Olivia ihre Hausarbeit auf Ravenwood früher als sonst. Franklin hatte ihr mitgeteilt, der Earl würde einen Ball für die Landadeligen planen, die in der näheren Umgebung lebten, und er wäre ihr dankbar, wenn sie die Einladungen schreiben würde.

Und so eilte sie ins Arbeitszimmer. Da sie Emily so oft allein lassen musste, fühlte sie sich schuldig. Deshalb beschloss sie, spätestens in einer Stunde den Heimweg anzutreten.

Sie fand die Gästeliste auf dem großen Mahagonischreibtisch, der in der Mitte des Raums stand. Als sie sich setzen wollte, erhob sich eine hoch gewachsene Gestalt aus einem der Sessel vor dem Kamin.

»Wenn das nicht Miss Sherwood ist …«

O Gott, Dominic …

Wieder einmal schlug ihr Herz viel zu schnell. Sein Tonfall warnte sie vor einer drohenden Gefahr. Und warum nannte er sie Miss Sherwood? Was um alles in der Welt stimmte denn nicht?

»Verzeihen Sie …« Unbehaglich räusperte sie sich. »Ich wusste nicht, dass Sie hier sind, Mylord.«

Statt zu antworten, durchquerte er das Zimmer und schloss die Tür. Die Arme vor der Brust verschränkt, betrachtete er Olivia mit kalten Augen, die den Aufruhr seiner Gefühle Lügen straften.

Nervös erwiderte sie seinen Blick, voller Angst

wegen seiner Stimmung. Wie fremd und abweisend er jetzt wirkte … So als wäre der heitere, unbeschwerte Mann, der sie im Zigeunerlager zärtlich und leidenschaftlich geküsst hatte, nur eine Fantasiefigur gewesen …

»Allem Anschein nach muss ich gratulieren.«

»Wie bitte?«, flüsterte sie und blinzelte verwirrt.

»Ach, kommen Sie schon, Olivia! Sie müssen mir nichts mehr vormachen. Heute war Ihr Verlobter sehr gesprächig.«

Erbost straffte sie die Schultern. Womit hatte sie diesen Hohn verdient? »Keine Ahnung, was Sie meinen, Sir.«

Langsam ging er auf sie zu. Obwohl sie am liebsten zurückgewichen wäre, hielt sie die Stellung. Und dann konnte sie gar nicht mehr fliehen, denn seine starken Hände umfassten ihre Schultern. Mit einem anzüglichen Lächeln musterte er ihre Brüste. Ihr Blut drohte zu gefrieren. Warum starrte er sie so an, als wollte er sie mit den Augen ausziehen? So intensiv hatte er sie auch in jener Nacht angesehen – aber jetzt las sie kühle Verachtung in seiner Miene und fühlte sich elend.

»Immer vernünftig, korrekt und sittsam, Olivia … Werden Sie sich auch so sittsam verhalten, wenn Sie in den Armen Ihres geliebten William liegen?«

Bestürzt zuckte sie zusammen. »William?« Was hatte das zu bedeuten? »Ich verstehe nicht ganz …«

»Haben Sie ihm von unseren Küssen erzählt? Und dass ich Ihre Brüste liebkost habe?«

Seine Fingerspitzen strichen aufreizend über ihre Brustwarzen. Zu ihrem Entsetzen spürte sie, dass sich die Knospen verhärteten und heißes Entzücken durch ihre Adern strömte.

»Haben Sie ihm geschildert, wie Sie nackt vor mir lagen? Warum ließen Sie sich von mir berühren? Dazu haben Sie mich doch provoziert, nicht wahr, Olivia?«

Ihre Nägel gruben sich schmerzhaft in ihre Handflächen, und sie konnte ihren Blick nicht von seinem Gesicht losreißen, das eisigen Zorn widerspiegelte.

»War es nur ein Spiel? Was haben Sie damit bezweckt? Wollten Sie den armen Zigeuner herausfordern und quälen und ihm zeigen, was er niemals besitzen würde?« An seinem Kinn zuckte ein Muskel. »Haben Sie das gemeinsam mit William geplant?«

»Mylord, Sie reden dauernd von William – aber Sie sprechen in Rätseln! Ich weiß wirklich nicht, was das soll!«

»Und warum hat er Jonas Arnold erzählt, Sie würden noch vor Ende dieses Jahres seinen Namen tragen? Warum verkündet er prahlerisch, Sie würden bald in seinem Bett liegen?«

»O nein – unmöglich«, stammelte sie mit schwacher Stimme. »Sicher hat er nicht …«

»Doch. Heute Nachmittag habe ich ein überaus aufschlussreiches Gespräch im Gasthaus belauscht. Dort hat er seinen Freunden erzählt, Sie beide würden die Verlobung vorerst geheim halten, aber in absehbarer Zeit bekannt geben.«

Ungläubig starrte sie ihn an. Hatte sie sich etwa verhört?

»Also haben Sie mich belogen, Olivia. Sagten Sie nicht, Sie hätten Williams Antrag abgelehnt?«

»Das war die reine Wahrheit!«

»Tatsächlich? Tagelang fürchtete ich, Sie wären mir böse, weil ich es gewagt hatte, Ihre Brüste zu berühren.« Seine Lippen kräuselten sich. »Aber Sie hielten mich nur zum Narren. Ich dachte, Sie wären keusch und tugendhaft und unschuldig. Nun wurde ich eines Besseren belehrt.«

Olivia schnappte nach Luft. Unfähig, ihre Wut zu zügeln, hob sie eine Hand und verpasste ihm eine schallende Ohrfeige.

Zu spät erkannte sie ihren Fehler. Sein Gesicht verzerrte sich. Ehe sie wusste, wie ihr geschah, riss er sie an seine Brust. Schmale Finger schlangen sich in ihr Haar, sein heißer Mund verschmolz mit ihrem, und sein Kuss schmeckte nach der Wildheit, die sie stets in ihm gespürt hatte – rau und ungezähmt und gierig. Bezwingend erforschte seine Zunge ihren Mund, ließ nichts darin unberührt. Ein rasendes Fieber schien ihn zu beherrschen. An ihren Hüften spürte sie die harten Muskeln seiner Schenkel, die Schwellung, die dazwischen pulsierte. Hilflos in seinen Armen gefangen, konnte sie sich nur noch an ihn klammern.

Schließlich brachte er seine Gefühle halbwegs unter Kontrolle und ließ sie los. Die Augen immer noch voller Glut, starrte er sie an. Auf seiner Wange zeichnete sich der Abdruck ihrer Hand ab. »Nein«, stöhnte er. »Nein!«

Protestierte er gegen sich selbst? Oder gegen sie? Von der feurigen Fessel seines Blicks gebannt, stand sie reglos da und glaubte, ringsum würde die Welt einstürzen.

Dann hörte sie, wie er keuchend nach Atem rang, und seine Züge schienen sich zu versteinern. »Verdammt«, fluchte er, »gehen Sie!«

Der grausame Befehl trieb ihr Tränen in die Augen. Verzweifelt erinnerte sie sich an das Gespräch mit ihrer Schwester – an die alberne Lobeshymne, die sie auf den Zigeuner-Earl gesungen hatte. Eine zweite Aufforderung wartete sie nicht ab. Als sie aus dem Haus floh, brannte sein Kuss immer noch auf ihren Lippen.

13

Olivia ging nicht gleich nach Hause. Im Dorf bog sie in die Straße, die zum vornehmen alten Haus der Dunsports führte.

Mindestens zehnmal so groß wie das Cottage, das sie mit Emily teilte, beherbergte das steinerne Gebäude die Familie Dunsport seit über einem Jahrhundert. Schimmernder Efeu rankte sich an der seitlichen Außenmauer des Kamins empor.

Vor der Tür blieb Olivia stehen, leicht verärgert, weil Lucifer ihr sogar hierher gefolgt war. »Lauf nach Hause, Lucifer!«, befahl sie in scharfem Ton. Statt zu gehorchen, ließ er die Zunge aus dem Maul hängen, wedelte mit dem Schwanz und legte sich auf die oberste Eingangsstufe. Niemals würde er seine Pflicht vergessen.

Resignierend betätigte sie den Türklopfer aus Messing.

Schon nach wenigen Sekunden hörte sie eilige Schritte und William öffnete die Tür. »Olivia!«, rief er sichtlich entzückt. »Wie wundervoll, dich wieder zu sehen! Bitte, komm doch herein.« Nachdem er die Haustür hinter ihr geschlossen hatte, führte er sie in einen komfortablen Salon, den Braun- und Goldnuancen beherrschten. »Möchtest du eine Tasse Tee? Nein? Wirklich nicht?« Ein Gentleman vom Scheitel bis zur Sohle, wies er einladend auf einen der Ohrensessel vor dem Kamin.

Aber sie war zu nervös, um sich zu setzen. Ehe sie antworten konnte, spähte er prüfend in ihr Gesicht. »Deine Wangen sind ganz rot, Liebste. Bist du krank? Nun, wahrscheinlich liegt's nur an der Hitze«, fügte er hinzu und ergriff ihre Hände.

Energisch riss sie sich los. Nicht die Hitze hatte ihre Wangen gerötet, sondern heller Zorn. »Ich muss mit dir reden, William, und zwar dringend«, betonte sie. Ohne Umschweife kam sie zur Sache. »Besten Dank, dass du lauthals verkündet hast, wir würden heiraten.«

William hob die Brauen. »Was meinst du? Ich verstehe nicht …«

»Erspar mir deinen Protest«, unterbrach sie ihn, »ich weiß es besser.«

Empört straffte er die Schultern. »Dein Ton missfällt mir.«

»Und mir deine Anmaßung.«

Eine Zeit lang starrte er sie mit zusammengekniffenen Augen an, dann schien er sich zu entspannen. Er lachte sogar. »Verzeih mir. Vielleicht war ich indiskret und hätte den Mund halten sollen.«

»Allerdings!«

»Reg dich nicht so auf, Olivia! Spielt es denn eine Rolle, dass es noch nicht offiziell ist?«

»Es ist weder offiziell noch inoffiziell, und ich begreife nicht, wie du so etwas behaupten konntest.«

»Das *begreifst* du nicht? Hast du meinen Antrag vergessen?«

»Den ich ablehnte – falls *du* das vergessen hast.«

Seufzend schnitt er eine Grimasse. »Tut mir Leid, wenn ich deine Antwort falsch verstanden habe …«

»So muss es gewesen sein. Mit keinem Wort habe ich mich bereit erklärt, dich zu heiraten. Ganz im Gegenteil!«

»Aber du sagtest, im Augenblick könntest du nicht an eine Ehe denken. Natürlich nahm ich an, wir würden in absehbarer Zeit …«

»Das war ein Irrtum, William. Jetzt sollten wir

die Sache ein für alle Mal klären. Ich habe deinen Antrag abgelehnt und dabei bleibt es.«

»Wer hat dir erzählt, worüber ich mit meinen Freunden sprach?« Ehe sie die Frage beantworten konnte, fluchte er: »Verdammt, dieser Bastard! Natürlich, der Zigeuner-Earl!« Verächtlich musterte er Olivia von Kopf bis Fuß. »Bist du deshalb so entrüstet? Seinetwegen? Was, zum Teufel, ist in dich gefahren? Was er denkt, ist doch vollkommen gleichgültig.«

O nein, flüsterte eine entschiedene innere Stimme. Als er nach Olivias Ellbogen griff, stieß sie seine Hand beiseite. »Weißt du, was keineswegs gleichgültig ist, William? Dass du mit unserer Verlobung geprahlt hast. Ich werde dich nicht heiraten, weder jetzt noch später. Wenn du diesen Unsinn weiterhin herumerzählst, muss ich dich in aller Öffentlichkeit einen Lügner nennen, und du würdest wie ein Narr dastehen.«

Sein Gesicht verzog sich zu einer hässlichen Fratze. »Das wirst du noch bereuen!«, fauchte er. »Bald wirst du angekrochen kommen und mich inständig bitten, dich zu heiraten.« Spöttisch forderte er sie heraus: »Dann werden wir ja sehen, wer hier der Narr ist! Wer außer mir würde dich denn nehmen, mitsamt deiner blinden Schwester?«

»Guten Tag, William.« Olivia raffte die Röcke und rauschte zur Tür hinaus.

Wütend ballte William die Hände und schwelgte in vulgären Flüchen. Beim Himmel, dafür würde sie bitter büßen. Ebenso dieser Schurke, der elende Zigeuner-Earl.

Noch nie war Emily so verwirrt gewesen. Sie genoss die Stunden mit Andre, denn er erweckte stets den Eindruck, sie wäre etwas Besonderes – etwas Kostbares. Das hätte sie niemals für möglich gehalten.

Und andererseits stand sie in seiner Nähe Höllenqualen aus, denn er erinnerte sie an alles, was aus ihrem Leben verschwunden war – Farbe und Licht und uneingeschränkte Bewegung. Manchmal überlegte sie, ob sie sich verändert hatte. Wie mochte sie jetzt aussehen? Wie sah er aus?

In ihrer Brust brannte ein unaufhörlicher Schmerz. Vor der Begegnung mit Andre hatte sie sich endlich mit ihrer lebenslangen Blindheit abgefunden und die Seelenqualen fast überwunden. Jetzt flammten sie umso heftiger auf.

Und doch – tief in ihrem Innern weigerte sich ein schwacher Hoffnungsschimmer zu erlöschen. Andre hatte ihr diesen Kristall gegeben und erklärt, sein Geschenk würde heilsame Kräfte besitzen. Tag und Nacht behielt sie es bei sich. In der Tasche ihres Rocks verborgen. Unter ihrem Kissen. Immer wieder strichen ihre Finger über den glatten Stein und sie betete so inbrünstig wie noch nie.

War es eine trügerische Hoffnung, an die sie sich klammerte?

Eines Morgens erwachte sie erst, nachdem Olivia das Haus verlassen hatte. Wie spät es war, wusste sie, denn sie spürte die Wärme der Sonne, die durchs Fenster herein schien. Sie öffnete die Augen. Zunächst dachte sie, sie müsste noch schlafen, weil ein trübes Licht flackerte.

Angespannt wartete sie. Da – schon wieder.

Sie wagte kaum zu atmen. Aufgeregt schloss sie die Augen und begann zu zählen. Eins. Zwei. Drei … Dann hob sie die Lider.

Nichts. Nur das verhasste, viel zu vertraute Dunkel.

Wie aus weiter Ferne hörte sie sich selbst schluchzen. Könnte sie doch nur glauben, eines Tages ihre Sehkraft zurückzuerlangen … War jener schwache Schimmer nur Einbildung gewesen? Hatte die Sehnsucht ihr etwas vorgegaukelt, das gar nicht existierte?

Sie krümmte sich zusammen, brachte nicht die Kraft auf, aus dem Bett zu steigen. Schließlich musste sie eingeschlafen sein, denn der grausige Traum kehrte zurück, in dem sie Papas tragischen Tod immer wieder erlebte. Grinsend schwang der abscheuliche Zigeuner den Knüppel, die schwarzen Augen glitzerten und Papa flehte vergeblich um Gnade … Und dann die beklemmende Stille, die seinen Tod verkündete …

Schaudernd erwachte sie, die Hände eiskalt, trotz der sommerlichen Hitze. Sie schlug die Decke zurück und stand auf. Nachdem sie sich gewaschen und angezogen hatte, zitterte sie immer noch.

In der Küche hatte Olivia Brot und Käse bereit

gestellt, aber Emily hatte keinen Appetit. Wenig später klopfte Andre an die Tür. Erleichtert ließ sie ihn eintreten und warf sich in seine Arme.

»Eine so überschwängliche Begrüßung hatte ich gar nicht erwartet.« Lachend strich er eine blonde Haarsträhne hinter ihr Ohr. »Welchem Ereignis verdanke ich …« Abrupt verstummte er und hob ihr Kinn. »Was ist los, Emily? Du hast geweint!«

Als sie sich um ein Lächeln bemühte, versagte sie kläglich.

Andre führte sie in den Salon und drückte sie mit sanfter Gewalt aufs Sofa. »Sag mir doch, was geschehen ist! Geht es um Olivia? Ist ihr etwas zugestoßen?«

»Nein …« Obwohl sie sich bemühte, in normalem Ton zu sprechen, klang ihre Stimme gepresst und sie spürte Andres prüfenden Blick auf sich ruhen.

»Hattest du wieder diesen verdammten Traum?«

Da es sinnlos war zu leugnen, nickte sie und hörte ihn leise fluchen. Zu ihrer Bestürzung brannten Tränen unter ihren Lidern. Wenn sie ihre Schwäche auch verachtete, sie konnte nicht dagegen ankämpfen. »Sei mir nicht böse, Andre! Bitte – ich würde es nicht ertragen!«

»Natürlich bin ich dir nicht böse«, beteuerte er und ergriff ihre Hände. »Aber dieser Albtraum – ich weiß, wie sehr du darunter leidest. Allein in dieser Woche hat er dich schon dreimal heimgesucht, nicht wahr?«

»Viermal«, wisperte sie.

»So darf es nicht weitergehen, Prinzessin!«, rief er ungeduldig. »Du verbirgst zu viel in deiner Seele. Vielleicht wäre es besser, du würdest mir alles erzählen – das würde dir bestimmt helfen.«

Emily zögerte. Jenes Grauen zu schildern – es würde gewiss über ihre Kräfte gehen. Andererseits – wäre es nicht sinnvoll, Andres Rat zu befolgen? Wenn sie das bloß wüsste! Nur eins wusste sie – seit Tagen fürchtete sie sich vor jeder Nacht und wagte kaum einzuschlafen, voller Angst vor dem schrecklichen Traum. »Es ist so schwierig …« Zitternd rang sie nach Atem. »Noch nie habe ich darüber gesprochen – nicht einmal mit Olivia …«

Andre drückte ermutigend ihre Hände. »Schlimmer, als es jetzt ist, kann es nicht mehr werden. Und manchmal ist die Erinnerung der einzige Weg, der zur Heilung führt. Willst du's versuchen, Prinzessin? Wenn es dir zu schwer fällt, hörst du einfach auf.«

»Das verstehst du nicht, Andre …«, würgte sie hervor. »Es ist nicht nur ein Traum – es ist wirklich geschehen …«

»Ja, das dachte ich mir«, erwiderte er und hoffte, er würde keinen Fehler begehen. »In jener Nacht hörte ich, wie du jemanden gebeten hast, deinem Vater nichts anzutun.«

Emily senkte den Kopf. Hatte er Recht? Würde ihr die Erinnerung helfen zu vergessen? In einem Punkt musste sie ihm zustimmen –

schlimmer als jetzt konnte es nicht mehr werden. Und dieser Gedanke gab den Ausschlag.

»Ja«, bestätigte sie tonlos. »Papa und ich hatten die kranke Mrs. Childress besucht. Danach ritten wir durch den Wald zurück. Plötzlich sprang ein Mann auf die Straße und bedeutete uns anzuhalten. Natürlich zügelte Papa sein Pferd, weil er glaubte, der Fremde wäre verletzt. Aber dieser Schurke …« Mühsam bezähmte sie ihre rasenden Herzschläge. »Er verlangte unsere Pferde. Die wollte Papa ihm nicht geben. Er versuchte, ihn niederzureiten. Da griff der Mann in unsere Zügel und wir fielen aus den Sätteln. Als ich stürzte, stieß mein Kopf gegen einen Felsen am Straßenrand …« Ihre Stimme klang so leise, dass Andre ihre Worte kaum verstand. »Ein paar Sekunden lang war ich betäubt. In meiner Stirn dröhnte es schmerzhaft. Wahrscheinlich versuchte Papa alles, um den Diebstahl unserer Pferde zu verhindern. Dann hörte ich ihn um Hilfe schreien – um Gnade flehen. In meinem Kopf drehte sich alles – und es war so schwierig, irgendetwas zu sehen …«

»Hast du bei diesem Überfall dein Augenlicht verloren?«

»Nein, erst als ich am nächsten Morgen erwachte.«

Wie sonderbar … Andre runzelte die Stirn. »Und was ist dann geschehen?«, ermunterte er sie mit sanfter Stimme.

Emily schluckte und zwang sich weiterzusprechen. »Plötzlich sah ich die beiden kämpfen.

Papa sank zu Boden und der Mann schwang einen Knüppel – einen dicken Stecken.« Ihre Stimme drohte zu brechen. »Und dann schlug er auf Papa ein, Andre. Immer wieder.«

Großer Gott … Er fühlte sich elend. Also hatte sie die Ermordung ihres Vaters mit angesehen. Kein Wunder, dass sie unablässig von Albträumen verfolgt wurde …

»Ich wollte ihn davon abhalten – aber ich konnte mich nicht bewegen. An Papas Schläfe klebte Blut …« Aus ihrer Kehle rang sich ein Schluchzen. »Unbarmherzig schwang der Mann den Stock – bis Papa nicht mehr schrie.«

Erschüttert schloss Andre ihren bebenden Körper in die Arme, presste ihre Wange an seine Schulter und hielt sie fest, bis die Tränen allmählich versiegten. »Wurde der Mörder verhaftet und bestraft?«

Als sie nickte, kitzelten weiche blonde Haare sein Kinn. »Nach einer kurzen Gerichtsverhandlung starb er am Galgen.«

Andre suchte nach Worten, die sie vielleicht trösten würden. »Nur ein böser, niederträchtiger Mensch konnte so ein schreckliches Verbrechen begehen.«

»Das weiß ich. Er war ein Zigeuner.«

»Ein Zigeuner?«, wiederholte Andre mit belegter Stimme.

»Ja. Alle Zigeuner sind Bettler und Mörder und Diebe. Und ich hasse sie! Abgrundtief!«

Zweifellos meinte sie ernst, was sie da sagte. Und Andres Brust schmerzte so heftig, als hätte sie ihm ein Messer mitten ins Herz gestoßen. Die Schuld daran musste er bei sich selbst suchen. Er hatte sie gedrängt, die Hintergründe ihres Albtraums zu erklären, von ihrem Vater zu erzählen.

Jetzt weiß ich Bescheid, dachte er bitter und wünschte, er hätte die Wahrheit nie erfahren. Er hielt Emily immer noch in den Armen. Geistesabwesend streichelte er ihr Haar, von widersprüchlichen Gefühlen erfüllt. Sie wünschte sich so inständig, ihre Blindheit zu besiegen. Und er hatte gehofft, er würde ihr dazu verhelfen, bevor die Zigeuner diese Gegend verließen.

Aber sobald sie ihn sehen würde, würde sie ihn hassen. Für immer.

14

Die letzte Begegnung mit Dominic forderte ihren Tribut. In dieser Nacht fand Olivia keinen Schlaf. Und was sie getan hatte, wurde ihr erst im Lauf der nächsten Tage vollends bewusst.

Hätte sie ihm bloß keine Ohrfeige gegeben … Dann hätte er sie vermutlich nicht geküsst und die Nachwirkungen jener turbulenten Szene würden sie inzwischen nicht mehr quälen. Trug er die Schuld an den unseligen Ereignissen? Oder sie? Wäre er nicht von ihr provoziert worden, hätte sich die Situation wohl kaum so zugespitzt. Aber er hatte sie grausam beleidigt. Nur deshalb hatte sie ihn zu schlagen gewagt.

Diese mangelnde Selbstkontrolle, die nicht zu ihr passte, erschütterte sie immer noch. Zumindest gab es einen stichhaltigen Grund für ihr Benehmen. Noch nie im Leben war sie so wütend gewesen. Und das galt offensichtlich auch für ihn.

Wäre sie ihm gleichgültig, hätte er seine Beherrschung nicht verloren ... Nein, unmöglich. Sie bedeutete ihm nichts. Zweifellos hatte er in den Armen der schönen Zigeunerin Eyvette Trost gesucht und gefunden. *Bist du wirklich so dumm?*, flüsterte eine innere Stimme. *Er war eifersüchtig auf William, nicht wahr? Ja,* bestätigte eine zweite Stimme. *Nur deshalb kam es zu dem unerfreulichen Zwischenfall. Unerfreulich?*, spottete die erste. *Dieser glühende, leidenschaftliche Kuss?*

Rastlos wanderten Olivias Gedanken in die eine oder die andere Richtung. War es ein Wunder, dass sie ihm aus dem Weg ging? Was sie empfand, was sie tun sollte, wusste sie nicht. Zum Glück hatte er sie nicht entlassen. Und bedauerlicherweise durfte sie sich den Luxus einer Kündigung nicht leisten. Sie war so froh, weil sie bereits eine stattliche Summe für die Reise nach London und Emilys ärztliche Untersuchung hatte zurücklegen können. Aber das Geld reichte noch nicht. Und sie musste nach wie vor befürchten, Dominic würde ihr die Tür weisen. Jedenfalls erregte sie sein Missfallen. Wenn sie sich zufällig trafen, sagte er kein Wort – das Kinn angespannt, die Augen umschattet und unergründlich. Und doch – sie spürte seinen kalten

Blick, den sie nicht zu erwidern wagte, und seine Verachtung schnitt ihr ins Herz.

Das Wetter spiegelte ihre Stimmung wider. Von Norden und Osten zogen unheilvolle graue Wolken heran. Dann öffnete der Himmel seine Schleusen und es regnete fast drei Tage lang.

In Ravenwood Hall liefen die Vorbereitungen für den Ball auf Hochtouren. Mrs. Templeton schien sich überall gleichzeitig aufzuhalten. Sogar der sonst so unerschütterliche Butler wirkte ein wenig nervös. Seit über einer Woche hatte Olivia die Buchführung vernachlässigt. Es war Franklin, der sie daran erinnerte und eines Abends fragte, ob sie länger bleiben könnte. »Natürlich«, murmelte sie schuldbewusst, »ich kümmere mich darum.« Nicht nur die Haushaltspflichten hatten sie vom Arbeitszimmer fern gehalten. Sie fürchtete, dort würde sie Dominic begegnen. Aber an diesem Abend bestand keine Gefahr. Franklin hatte erwähnt, der Earl sei bei den Beaumonts zum Dinner eingeladen, einer reichen Kaufmannsfamilie, die einige Meilen entfernt wohnte.

Während der ganzen Woche hatten die Dienstboten eifrig überlegt, was hinter der Einladung stecken mochte. Einem Gerücht zufolge suchte John Beaumont einen Ehemann für seine Tochter Elizabeth, angeblich eine unwiderstehliche blonde Schönheit. Als Olivia zum ersten Mal davon hörte, fuhr ihr ein seltsamer Stich durchs Herz. Das Personal glaubte felsenfest, Beaumont hätte Dominic St. Bride zu seinem Schwiegersohn erkoren. Mochte der Mann auch ein Zigeuner sein – ein Earl wäre eine erstrebenswerte Partie für seine Tochter und würde ihr eine großartige Position in der Gesellschaft sichern, was sie mit ihrem Reichtum allein nicht erzielen könnte.

Da Olivias Gedanken unentwegt um Dominic und Elizabeth Beaumont kreisten, fiel es ihr schwer, sich auf ihre Haushaltspflichten zu konzentrieren. Würde er sich in das schöne Mädchen verlieben? Diese Frage vermochte ihren Arbeitseifer leider nicht zu fördern.

Abends eilte sie durch das stille Haus. Die meisten Dienstboten hatten sich schon zurückgezogen. Auf Zehenspitzen schlich sie ins dunkle Arbeitszimmer und zündete die Schreibtischlampe an.

Ein zorniger Fluch durchbrach das Schweigen und Olivia erstarrte. Beinahe schrie sie auf, als eine schemenhafte Gestalt aus den Schatten trat.

Dominic.

Zitternd presste sie eine Hand auf ihr Herz, das heftig gegen die Rippen hämmerte. »Ich dachte, Sie wären bei den Beaumonts.«

»Und Sie kamen hierher, weil Sie glaubten, Sie würden mir nicht begegnen. Wie schmeichelhaft für mich, Miss Sherwood! So sehr ich's auch bedauere, Sie zu enttäuschen – Mr. Beaumont schickte mir eine Nachricht. Seine Frau ist erkrankt. Also musste das Dinner verschoben werden.«

Bedrückt musterte sie seine staubigen Stiefel und Breeches. Fast bis zur Taille geöffnet, entblößte das Hemd seine muskulöse, dunkel behaarte Brust. Ein Instinkt warnte Olivia, denn Dominic erschien ihr in diesem Augenblick beängstigend kühn, zu allem entschlossen.

Kein Wunder … Er hielt ein Kristallglas in der Hand. Und die Brandy-Karaffe auf dem Tisch neben dem Samtsessel war leer. Mit blutunterlaufenen Augen starrte er sie an.

»Sie sind betrunken …«, begann sie und verstummte, als er sich zu Seite wandte und ihren Blick auf das Porträt seines Vaters lenkte. Von seinem Platz über dem Kamin herabgeholt, lehnte es am Kamin, die Leinwand zerfetzt, offenbar mehrmals mit einem Messer durchstoßen. »O Gott …«, flüsterte Olivia. »Wer, um alles in der Welt …«

In Dominics funkelnden Augen las sie, wie überflüssig ihre Frage war.

Zitternd rang sie nach Atem. Dass er zu einem solchen Gewaltakt fähig war, entsetzte sie. »Natürlich sind Sie betrunken. Sonst hätten Sie niemals …«

»Da haben Sie Recht, ich habe eine ganze Menge getrunken. Aber obwohl Sie's vielleicht bezweifeln – wenn ich wieder klar denken kann, werde ich nicht bereuen, was ich tat. Ganz im Gegenteil, ich werde mich freuen! Nun muss ich die durchdringenden Augen dieses Bastards nicht mehr ertragen …« In gespielter Zerknirschung fuhr er fort: »Oh, so ungebührlich darf ich mich wahrlich nicht ausdrücken – ich bin ja der Bastard, nicht wahr?«

Empört über seine Arroganz, warf sie ihm vor: »Wie konnten Sie nur! Alles ist Ihnen egal. Vor nichts haben Sie Respekt.«

»Glauben Sie das wirklich?« Dominic schleuderte das Glas in den Kamin, wo es in zahllose Splitter zersprang. Dann ging er zu Olivia und blieb so dicht vor ihr stehen, dass sie den dunklen Ring um seine blaue Iris sah. »Da täuschen Sie sich. Sie sind mir nicht egal, Miss Sherwood.« Als sie verwirrt blinzelte, fragte er: »Zweifeln Sie daran? Es stimmt. Leider bedeuten Sie mir viel zu viel.«

Ihr Mund wurde trocken. »Was meinen Sie?«

»Das wissen Sie sehr gut.« Mit glühenden Augen betrachtete er ihre Lippen und beschwor Erinnerungen an heiße Küsse herauf.

Doch sie wurde sofort in die Realität zurückgeholt. »Das kann ich unmöglich ernst nehmen. Zu echten Gefühlen sind Sie unfähig – abgesehen vom Hass gegen Ihren Vater.«

»Ist dieser Hass so verwunderlich? Niemals ließ er mich vergessen, dass ich ein Zigeuner bin.«

Olivias Magen krampfte sich zusammen. Wie erregt und angespannt er plötzlich wirkte … Rings um ihn schien die Luft zu knistern. »Das sagen Sie – als wäre es ein Fluch«, erwiderte sie nachdenklich. »Warum? Trotz allem war er Ihr Vater.«

»Verteidigen Sie ihn? Gegen *mich?* Obwohl Sie nichts von mir oder von ihm wissen, verurteilen Sie mich. Nun will ich Ihnen etwas über den

Mann erzählen, den Sie meinen Vater nennen – über James St. Bride.«

Plötzlich fiel ihr auf, dass er ihn niemals Vater nannte – immer nur James St. Bride.

»Er schickte mich zur Schule, auf ein Internat in Yorkshire, wo reiche Aristokraten ihre illegitimen Söhne ausbilden lassen.«

»Aber … Sie waren sein Erbe, Mylord.«

»Nur weil er verzweifelt war, sorgte er für mich. Nur notgedrungen. Keine seiner drei Ehefrauen schenkte ihm Kinder. Erst nach seinem Tod erfuhr ich, dass er mich als seinen rechtmäßigen Abkömmling anerkannt hatte – noch bevor er ins Zigeunerlager geritten war. Das verschwieg er meiner Mutter jedoch, weil er wusste, sie würde sich darüber freuen. Sein Titel und der Besitz seiner Familie waren ihm viel wichtiger als ich. Ein paar Mal floh ich aus der Schule. Doch seine Leute spürten mich jedes Mal auf und brachten mich zurück. Schließlich blieb ihm nichts anderes übrig, und er musste einen Hauslehrer einstellen, denn er legte großen Wert auf meine Erziehung. Ich sollte in seine Fußstapfen treten und ein richtiger Gentleman werden – sein Erbe.« In bitterem Ton fuhr er fort: »Kein einziges Mal in all den Jahren berührte er mich. Stattdessen gab er mir immer wieder zu verstehen, ich würde mich niemals mit einem *gadjo*-Jungen messen können. Er war streng und unnachgiebig, ich rebellisch und schwierig. Oh, wie ich es genoss, wenn mein Hauslehrer zu ihm lief und klagte, ich würde mich weigern, lesen zu lernen! Eigentlich müsste ich dem alten Earl sogar dankbar sein, weil er mich niemals schlug. Aber er dachte sich viel wirksamere Strafen aus. Unentwegt beschimpfte er mich. Für ihn war ich die kleine Zigeunerratte. So nannte er mich oft genug.«

In wachsendem Entsetzen hörte Olivia zu. Warum hatte James St. Bride seinen Sohn so abscheulich behandelt? Wie konnte man sein eigen Fleisch und Blut so grausam quälen?

»Er brachte mich nie nach Ravenwood, ins Heim seiner Ahnen. Natürlich wusste ich, warum. Mit meiner Anwesenheit in diesem Haus hätte er bekundet, dass er mich akzeptierte. In Wirklichkeit hatte er nur beglaubigen lassen, er habe mich gezeugt. Aber ich war nicht sein Sohn. Nicht so, wie ich es sein sollte. Später versuchte ich, zu den Zigeunern zurückzukehren. Doch es war nicht mehr dasselbe. Inzwischen hatte ich festgestellt, wie sehr mir gewisse Dinge gefielen – vor allem der Komfort, den ich bei den Zigeunern nicht fand. Dafür schämte ich mich, denn ich hatte das Gefühl, ich würde mein Volk verraten. Als ich fünfzehn war, schrieb mir meine Mutter, sie sei krank. James St. Bride gestattete mir nicht, sie aufzusuchen, und sperrte mich in meinem Zimmer ein. Erst nach einiger Zeit erfuhr ich, dass sie allein gestorben war – am Ufer des Flusses …« Ein Schatten glitt über sein Gesicht, ein Schmerz, der Olivias Herz tief bewegte. »Im Tod darf niemand allein bleiben – ein ehernes Zigeunergesetz. Nachdem der Earl mir verwehrt hatte, meine Mutter in ihrer letzten Stunde beizustehen, hasste ich ihn mehr denn je.«

Nun konnte sie ihre Tränen nicht länger zurückhalten. Offensichtlich hatte er seine Mutter innig geliebt und Olivia begann den Hass gegen seinen Vater zu verstehen. Voller Mitgefühl dachte sie an seine vorwurfsvollen Worte – *kein einziges Mal in all den Jahren berührte er mich.* Welch ein qualvolles Leben hatte er in der Obhut des alten Earls geführt ... Jetzt sah sie hinter der kalten, harten Fassade des erwachsenen Dominic das Leid eines armen Jungen – verachtet, verletzt und einsam.

»Nach seinem Tod wollte ich meinem Erbe den Rücken kehren, dem Leben, das er mir aufgezwungen hatte. Aber zu den Zigeunern gehörte ich ebenso wenig wie zu den *gadje*. Also musste ich mich entscheiden. Der Anwalt in Stonebridge und mit ihm alle Dorfbewohner verabscheuen mich, weil ich ein Zigeuner bin. Und die Zigeuner misstrauen mir wegen meines *gadjo*-Blutes. Für das, was ich bin und was ich nicht bin, werde ich verdammt. Vor einiger Zeit bat ich Sie, mich anzuschauen und mir zu sagen, was Sie sehen. Damals wussten Sie keine Antwort, Olivia. Und ich kenne sie auch nicht. Bin ich ein verirrter Zigeuner?« Er lachte voller Selbstironie. »Oder ein verirrter *gadjo?* So wie er denken Sie auch«, fügte er hinzu und deutete auf das Porträt. »Wie James St. Bride. Niemals ließ er mich vergessen, wer ich bin, was ich bin. Auch Sie denken ständig daran.«

»Nein, das ist nicht wahr!«, beteuerte sie.

»Nein? Sprechen Sie's doch aus, Olivia. Sie verachten mich, weil ich ein Zigeuner bin. Sagen Sie's!« Sein Gesicht verwandelte sich in eine steinerne Maske. »Sagen Sie's!«

Traurig und mitfühlend schaute sie ihn an. Obwohl ihre Eltern auf so tragische Weise gestorben waren und Emily ihr Augenlicht verloren hatte, blickte sie auf eine glückliche Kindheit zurück. Aber Dominic hatte nur selten fröhliche Tage erlebt.

»Das kann ich nicht …«, würgte sie hervor. »Weil es nicht stimmt.«

Seine Lippen bildeten einen dünnen Strich. Um sein Kinn erschien ein grimmiger Zug. Woran mochte er denken? Sie sah die steifen, unnachgiebigen Umrisse seiner Schultern, die kerzengerade, stolze Haltung. Impulsiv streckte sie eine Hand aus, getrieben von dem verzweifelten Wunsch, ihn zu trösten. Eisenharte Finger umklammerten ihr Handgelenk. Langsam hob sie den Kopf, die Augen voller Tränen.

»Nicht!«, mahnte er. »Bemitleiden Sie mich nicht. Weinen Sie nicht um mich.«

In ihrem Herzen verstärkte sich der Schmerz. Warum war er so kühl, so abweisend? Von lähmender Verwirrung gefesselt, schwieg sie. Ihr Verstand drängte sie zu fliehen. Trotzdem blieb sie wie angewurzelt stehen, von einer Macht bezwungen, die sie nicht wirklich verstand, aber nicht ignorieren konnte. Jetzt durfte sie ihn nicht allein lassen. »Wenn Sie glauben, ich würde Ihnen nur Mitleid entgegenbringen, täuschen Sie sich«, flüsterte sie.

»Sie sollten nicht hier bleiben«, stieß er ärgerlich hervor. »Gehen Sie zur Ihrem geliebten William!«

Und dann durchschaute sie seine Absicht – er versuchte sie in die Flucht zu schlagen. An diesem Abend hatte er ihr einen Einblick in die dunklen, einsamen Tiefen seiner Seele gewährt, eine Seite seines Wesens enthüllt, von deren Existenz sie nichts geahnt hatte. Trotz seiner Kraft, trotz seines Stolzes war er verletzlich. James St. Bride hatte ihm so wehgetan, dass die Wunde in all den Jahren nicht verheilt war.

Jetzt musste er endlich erlöst werden. Entschlossen schüttelte sie den Kopf. »Ich ... ich liebe William nicht«, wisperte sie.

Ein seltsames Licht flackerte in seinen Augen und er riss sie an sich. Beinahe schrie sie auf. »Schwöre es! *Schwöre es!*«

Scheinbar unendlich zog sich die Spannung dieses Augenblicks in die Länge. Olivia starrte seine entblößte Brust an, das dunkle Kraushaar und kannte nur mehr einen einzigen Gedanken – wie sehr sie sich nach einem Kuss sehnte. Weil ihre Halsmuskeln schmerzten, konnte sie kaum sprechen. Und dann brach es aus ihr heraus. »Das schwöre ich. Niemals habe ich William geliebt – und ich werde ihn niemals lieben.«

Mit diesen leidenschaftlichen Worten lockerte sie seine innere Anspannung. Wie intensiv seine Augen glänzten – fast beängstigend ... Und in jenem zeitlosen Abgrund zwischen einem Herzschlag und dem nächsten änderte sich alles.

Mit beiden Armen drückte er sie ganz fest an sich und presste seinen Mund auf ihren, als wollte er ihren Eid besiegeln. Sein heißer, fordernder Kuss schien sie zu bestrafen. Doch er bestrafte sich selbst.

Im Nebel, den der Brandy erzeugt hatte, überschlugen sich seine Gedanken. Was er Olivia antat, war verwerflich. Das wusste er. In ihren Augen hatte er Tränen gesehen. Wenn er sie kränkte und beleidigte, würde sie davonlaufen – so wie neulich. Aber sie würde ihn hassen und das wäre unerträglich. Stattdessen würde er sie seinem Willen unterwerfen. Von Anfang an hatte er sie begehrt. Seit sie in jener Nacht voller Angst im Straßengraben gekauert hatte und Lucifer für einen Höllenhund gehalten hatte. Der Versuchung ihrer Nähe konnte er nicht widerstehen. An diesem Abend würde er sich alles nehmen – was sie ihm zu geben hatte.

Und sie gab es ihm. In ihren Lippen spürte er eine bebende Antwort und war endgültig verloren. Unter seinem hungrigen Kuss öffnete sie den Mund. Ihre Zunge strebte seiner entgegen, eine zaudernde Berührung, die ihn erschauern ließ. Stöhnend nahm er ihren Kopf in beide Hände. Ihr Haar fiel über seine Finger herab, auf ihren Rücken – warme, lebendige Seide.

Irgendwie gelang es ihm, seinen Mund von ihrem zu lösen. Er starrte ihre rosigen, feuchten, leicht geschwollenen Lippen an, die dichten, dunklen, von Tränen benetzten Wimpern. Die unverhohlene Sehnsucht in ihrem Blick beschleunigte seinen Puls.

Wusste sie, was sie wollte? Nein, entschied er. Aber er wusste es umso besser.

»Küss mich«, befahl er mit heiserer Stimme.

O Gott, sie gehorchte. Ihre Hände umfassten sein Gesicht, ihr Mund hob sich seinem entgegen. Der süße Geschmack ihrer Lippen brachte ihn fast um den Verstand. Während er sie immer leidenschaftlicher küsste, streifte er das Kleid von ihren Schultern, bis zur Taille hinunter. Er hörte sie nach Luft ringen, als auch das Hemd hinabglitt, und er fühlte die heftigen Atemzüge, die ihre Brust beben ließen. Mit glühenden Augen betrachtete er ihren nackten Busen. Im Lampenlicht schimmerte ihr Fleisch elfenbeinweiß, voll und rund, mit köstlichen rosaroten Spitzen. Nur vage nahm er ihren gesenkten Blick wahr, die erhitzten Wangen.

Seine Handflächen berührten ihre Brustwarzen, die sich sofort aufrichteten. Eine Zeit lang kämpfte er mit seiner wilden Begierde. Doch es nützte nichts. Ungeduldig ergriff er ihre Schultern und sank mit ihr zu Boden.

In seinen Ohren rauschte das Blut. Wie ein Gewittersturm tobte das Verlangen in seinen Adern und seine drängende Erektion musste befreit werden. Hastig öffnete er die Knöpfe seiner Breeches, umschloss den harten Penis und ließ die Finger auf und ab gleiten. Das genügte nicht einmal annähernd. Viel zu verlockend erschienen ihm Olivias Reize. Viel zu verzweifelt war das Bedürfnis, sie zu besitzen, tief in sie einzudringen. Heute Nacht, dachte er, heute Nacht will ich meinen Schmerz in ihrem schönen Körper vergraben, in ihrem weichen Schoß Vergessen finden, bis nichts mehr existiert. Keine Vergangenheit, keine Zukunft. Nur das Jetzt.

Und solche Gedanken bewegten auch Olivia. Sie spürte seine Finger unter ihren Röcken. Langsam wanderten sie über ihren Schenkel hinauf, zur Taille. Beinahe blieb ihr das Herz stehen. Sie schob ihre Hände unter sein Hemd, genoss die glatte Haut seines Rückens und zitterte von Kopf bis Fuß. Dass er in ihr Erlösung von allen Qualen suchte, störte sie nicht. Nur seine intime Nähe zählte. Sonst nichts.

Seine Knie spreizten ihre Beine. An der Öffnung ihre Weiblichkeit fühlte sie eine heiße, harte, samtige Spitze, die ihr zartes Fleisch teilte. Unter dem zielstrebigen Druck verkrampften sich ihre Schenkel. Das schien er zu bemerken, denn er küsste den rasenden Puls an ihrem Hals und flüsterte atemlos: »Ich werde dir nicht wehtun, Olivia.«

Als er den Kopf hob, zeichnete sie mit einer Fingerspitze die Konturen seiner sinnlichen Lippen nach – eine unbewusste Liebkosung. Wie aus eigenem Antrieb öffneten sich ihre Beine etwas weiter.

Die Augen geschlossen, schob er seine Hände unter ihre Hüften. Mit einer einzigen kraftvollen Bewegung drang er tief in sie ein. Den Schrei, der sich aus Olivias Kehle entrang, konnte sie nicht unterdrücken. Ihre Nägel gruben sich ins nackte Fleisch seiner Schultern.

Sobald Dominic den Schmerzensschrei hörte, erstarrte er. Einige Sekunden lag er reglos auf ihr. Aber es war zu spät – viel zu spät. Sein Blut pochte in Olivias Schoß, den er erobert hatte. Möge mir der Himmel verzeihen, betete er, denn jetzt gab es kein Zurück mehr. Die schmelzende Wärme, die ihn umhüllte, besiegte den letzten Rest seiner Selbstkontrolle. Und so blieb ihm keine Wahl – er musste die Forderungen seines Körpers erfüllen. Immer tiefer drang er in sie ein. Von hemmungsloser Leidenschaft getrieben, strebte er dem Entzücken, das ihn am Ende des lustvollen Weges erwartete, entgegen.

Die Lider gesenkt, hoffte Olivia, der brennende Schmerz würde verebben. Bald wurde ihr Wunsch befriedigt, während er sein Tempo beschleunigte und sie verzehrend küsste. Seine Lippen schmeckten nach Brandy, sein mitreißender Rhythmus verriet einen qualvollen Hunger. Blindlings umklammerte sie seinen Hals und folgte ihm in eine unbekannte stürmische Welt.

Im Hintergrund seines Bewusstseins erkannte Dominic, dass er zu weit ging. Hätte er sich bloß beherrschen können … Doch es war unmöglich gewesen, der Stimme seiner Vernunft zu gehorchen. Olivias Zauber hatte ihn überwältigt. Jetzt näherte er sich seinem Ziel. Er fühlte die wachsende Anspannung in seinem Körper, bewegte sich immer schneller.

Und dann geschah es. Alles in ihm schien zu bersten, wilde Ekstase durchströmte ihn, eine Welle nach der anderen. Keuchend bäumte er sich auf und erschauerte, ehe er auf Olivia hinabsank.

In seinem Nackenhaar spürte er ihre bebenden Finger. Sein Mund suchte ihren.

Bestürzt kostete er das Salz ihrer Tränen – das Letzte, was er wahrnahm, bevor ihm die Sinne schwanden.

15

Dominic erwachte in seinem Schlafzimmer. Das Gesicht ins Kissen gedrückt, lag er auf dem Bett. Zwischen den Vorhängen drang schwaches Tageslicht herein. Er wandte den Kopf zur Seite, was er sofort bereute. In seinen Schläfen pochte es schmerzhaft. Eine Zeit lang rührte er sich nicht, schloss die Augen und versuchte wieder einzuschlafen.

Doch das gelang ihm nicht. Die Kopfschmerzen verstärkten sich. Noch schlimmer fand er das Gefühl, etwas Schreckliches, Unverzeihliches getan zu haben. Stöhnend drehte er sich auf den Rücken und starrte das kunstvolle Muster der karmesinroten Bettvorhänge an.

Wie er ins Schlafzimmer geraten war, wusste er nicht. Am Abend hatte er sich im Arbeitszimmer aufgehalten … Allmählich kehrten vage, betörende Erinnerungen zurück – Erinnerungen an warme, willige Lippen und tröstliche Wärme, an eine beglückende erotische Erfüllung. Er musste geträumt haben!

Mühsam richtete er sich auf. Welch ein grausames Erwachen aus einem so wunderbaren Traum ... Dominic stieg schwankend aus dem Bett und gelobte sich, nie wieder so viel zu trinken wie am vergangenen Abend.

Er kleidete sich aus, dann taumelte er zum Waschtisch am anderen Ende des Zimmers. Darüber hing ein ovaler Spiegel. Verblüfft entdeckte Dominic rote Striemen, die sich über seine Schultern zogen. Als er nach unten schaute, entdeckte er verräterische Blutspuren an seinem Penis.

Blut – dafür gab es nur eine einzige Erklärung. Abrupt hob er den Kopf und unterdrückte einen Schrei. Großer Gott, Olivia ... Es war kein Traum gewesen.

Immer klarer bestürmten ihn die Erinnerungen. Schmale Hände auf seinen Schultern, ein weicher, zitternder Körper in seinen Armen, das Salz heißer Tränen zwischen seinen Lippen. Erschrocken starrte er sein Spiegelbild an. Sie hatte *geweint* ...

Hatte er sie verletzt? Sie war so zart gebaut, die jungfräuliche Öffnung so eng gewesen. Voller Selbstironie verzog er die Lippen. Viel zu stürmisch war er in sie eingedrungen, ungeduldig bestrebt, den Gipfel der Lust zu erreichen.

Warum, zum Teufel, hatte sie sich ihm hingegeben, statt ihn an seinem Ungestüm zu hindern? *Du Narr,* beschimpfte er sich selbst. *Natürlich liegt die Schuld einzig und allein bei dir. Du warst betrunken.* Nun quälte ihn bittere Reue. Nicht die geringste Zärtlichkeit hatte er gezeigt, keine Rücksicht auf ihre Unschuld genommen und nur an sein eigenes Vergnügen gedacht.

O Gott, was war bloß in ihn gefahren? Auf dem Boden des Arbeitszimmers hatte er sie genommen – wie eine Hure! Wieder suchten ihn Bilder aus der vergangenen Nacht heim, begleitet von neuer sinnlicher Begierde und einem anderen Gefühl – kalter Angst. Würde sie ihn jetzt hassen und für immer mit Verachtung und Abscheu strafen? Diesen Kummer würde er nicht ertragen.

Noch eine Erinnerung kehrte zurück, an eine kleine sanfte Hand, die durch sein Nackenhaar geglitten war, als er erschöpft und reglos auf ihr gelegen hatte, das Gesicht an ihren Hals gepresst. Das verstand er nicht – *sie* verstand er nicht.

Entschlossen ignorierte er seine Kopfschmerzen, läutete nach einem Dienstboten und bestellte ein Bad. Seine Gedanken überschlugen sich. An diesem Tag, einem Sonntag, würde Olivia nicht nach Ravenwood kommen, sondern nachmittags die Dorfkinder unterrichten. Wenn er vorher oder nachher mit ihr reden könnte …

Und was, verdammt noch mal, sollte er sagen?

Am frühen Nachmittag ritt er nach Stonebridge. Das Unwetter, das tagelang getobt hatte, war weitergezogen und angenehme Wärme erfüllte die Luft. Am Himmel schwebten flaumige weiße Wölkchen dahin.

Storms Hufe trommelten auf der Holzbrücke, die sich über den Fluss spannte. Nach den starken Regenfällen war das Wasser merklich gestiegen.

Als Dominic den Dorfrand erreichte, gellte ein Schrei und er sah mehrere Leute zum Fluss laufen. Vor der Bäckerei blieb ein Mann bei einigen Frauen stehen, die zum Ufer zeigten. Gewöhnlich plätscherte das Wasser ruhig dahin, solange der Fluss das Dorf durchquerte. Nun rauschten schlammige braune Wellen vorbei.

Noch ein Schrei erklang, dann das unverwechselbare Gebrüll eines Kindes. Was, zum Teufel … Die Stirn gerunzelt, richtete sich Dominic im Sattel auf. Was er nun sah, jagte einen Schauer über seinen Rücken. Zwei kleine Köpfe hüpften im Fluss auf und ab, Arme ruderten wild umher.

Fluchend sprang er vom Pferderücken und rannte zum Ufer. Ohne lange zu überlegen, stürzte er sich in die schäumenden Fluten.

Während Dominic von Erinnerungen an die letzte Nacht gepeinigt wurde, versuchte Olivia die Ereignisse zu vergessen. Leichter gesagt als getan …

Immer wieder dröhnten Dominics Worte in ihren Ohren. *Bin ich ein verirrter Zigeuner? Oder ein verirrter* gadjo? Als sie sich vorstellte, was sein Vater ihm angetan hatte, brach ihr fast das

Herz. James St. Bride hatte seinen Sohn zwar nicht gezüchtigt, aber mit verächtlichen Worten viel schmerzlicher getroffen und die Seele des Jungen grausam verletzt.

Und jetzt, zum Mann herangereift, litt Dominic immer noch unter den Qualen seiner Jugend.

Ob er ein Zigeuner oder ein *gadjo* war, vermochte er nicht zu sagen.

Warum er seinen Vater hasste, fragte sie sich nicht länger. Aber der Hass glich einer Krankheit, die sein ganzes Wesen beherrschte. Dieses Gefühl musste er überwinden, sonst würde es ihn vernichten. Und der verirrte Zigeuner oder *gadjo* würde niemals den richtigen Weg finden.

Was sie am letzten Abend zur bedingungslosen Hingabe verleitet hatte, konnte sie sich nicht erklären. Vielleicht war sie erschüttert gewesen, weil sie Dominic so verzweifelt gesehen hatte, so einsam.

Nun hoffte sie inständig, er würde sich an nichts erinnern. Immerhin war er betrunken gewesen.

Was geschehen ist, wird sich nicht wiederholen, sagte sie sich. Wenn sie nur wüsste, wie …

In ihren Gedanken ganz woanders, überhörte sie eine Frage, die ihr die kleine Jane stellte. Als sie darauf hingewiesen wurde, schloss sie das Buch, aus dem sie den Kindern vorgelesen hatte, und lächelte gezwungen. »Tut mir Leid, ich habe Kopfweh. Heute machen wir früher Schluss. Und außerdem …« Ihr Blick schweifte über das halbe Dutzend Gesichter hinweg. »Sicher werde ich nicht allzu schmerzlich vermisst. Wo sind denn die anderen?«

»Gwyneth muss ihre kranke Mutter pflegen«, verkündete Jane. »Und Thomas ist mit seinem Vater nach York gefahren.«

Aufgeregt meldete sich Colin zu Wort. »Henry und Jonny haben ein Floß gebaut«, piepste er. Voller Stolz fügte er hinzu: »Dabei durfte ich ihnen helfen.«

Olivia stand auf und streichelte seinen Kopf. Während der letzten Wochen hatte er seine Scheu allmählich verloren. Wenn sie auch bezweifelte, dass er sich jemals so offenherzig verhalten würde wie seine Mutter, war er ein liebes, kluges Kind, das mit seinem zahnlückigen Grinsen ihr Herz gewonnen hatte. »Tatsächlich? Sicher ist es ein großartiges Floß geworden.«

»O ja«, bestätigte er ernsthaft. »Jonny sagt, damit kann man bis nach China und wieder zurück segeln.«

»Das glaube ich gern.« Olivia verbarg ihre Belustigung. »Aber ich hoffe, die beiden werden das Floß ausprobieren, bevor sie eine so weite Reise antreten.«

»Klar«, beteuerte Colin. »Deshalb kamen sie heute nicht zum Unterricht ...« Der Junge drehte sich um und streckte seinen Zeigefinger aus. »Da sind sie!«

Olivia schaute über den Ententeich hinweg zum Fluss. Zu ihrem Entsetzen saßen Jonny und Henry auf einer kleinen Plattform aus zusammengebundenen Zweigen, die gefährlich auf den braunen Wellen schwankte.

Plötzlich kippte das Floß um und warf die beiden Jungen in die reißende Strömung.

»Heiliger Himmel!«, schrie Olivia.

Dann hörte sie einen schrillen Hilferuf und sah die Köpfe der Kinder flussabwärts hüpfen. Vor dem anderen Ufer ragte ein großer Felsblock aus den Wellen und die beiden Jungen trieben genau darauf zu. Wie durch ein Wunder gelang es ihnen, sich an der langen Wurzel eines Baums festzuklammern, die in der Nähe des Felsens schwamm. Verzweifelt reckten sie die Hälse empor, um sich über Wasser zu halten. Nur zu gut konnte sich Olivia vorstellen, wie ihnen zumute sein musste, von schlammigen Fluten umgeben, die an ihnen zerrten und sie in die Tiefe zu ziehen suchten. Sogar aus der Ferne las sie die nackte Todesangst in den kleinen Gesichtern.

Zusammen mit mehreren erschrockenen Dorfbewohnern rannte sie zum Ufer. Und dann sah sie aus den Augenwinkeln eine blitzschnelle Bewegung – ein Mann sprang kopfüber in den Fluss.

Dominic.

Als er mit kraftvollen Zügen zu den Kindern schwamm, schlug ihr das Herz bis zum Hals. Endlich erreichte er die beiden. Mit einer Hand hielt er sich an einer Felskante fest, mit der anderen schob er Jonny auf die glatte steinerne Fläche. Klatschnass und zitternd kauerte der Junge auf dem Felsen, während Dominic den kleinen

Henry auf seinen Rücken hob. Von seiner Last behindert, schwamm er etwas langsamer zum Ufer zurück.

Endlich erreichten sie das Ziel, und Henry weigerte sich, Dominic loszulassen. Vielleicht war er einfach nicht fähig dazu. Mit sanfter Gewalt mussten seine Finger von Dominics Hals gelöst werden. Sofort schwamm der Earl zu Jonny zurück. Kurz bevor er das rettende Ufer erreichte, watete ihm Jonnys Vater James entgegen. Bleich und atemlos ergriff er seinen Sohn.

Im selben Augenblick trieb ein dicker Ast heran und traf Dominics Schläfe. Vergeblich suchten seine Füße in dem schlammigen Grund nach Halt und die Strömung riss ihn mit sich.

»Hilfe!«, schrie Olivia. »Helft ihm doch!« Alle Gesichter wandten sich zu ihr und sie sah Robert Gilmore höhnisch grinsen. Ungerührt verschränkte Gerald, der Besitzer des Gasthauses, die Arme vor der Brust. Auch William blieb wie angewurzelt stehen. Verzweifelt flehte sie ihn an: »Hilf ihm, William! Bitte!«

Schweigend erwiderte er ihren Blick.

Da wartete sie nicht länger. In panischer Angst lief sie flussabwärts und versuchte, Dominic im Auge zu behalten. Immer wieder ging er unter, und wenn er auftauchte, sah sie ihn mühsam nach Atem ringen. Mit letzter Kraft kämpfte er gegen die Strömung an, rang um sein Leben. Plötzlich wurde er von einer hohen Welle in die Richtung des Ufers geworfen und begann wieder zu schwimmen. Obwohl er sichtlich geschwächt war, gelang es ihm, aus den Wellen zu taumeln. Keuchend brach er am Ufer zusammen und Olivia kniete neben ihm nieder. Ihr Herz pochte so schnell, dass es schmerzte. Doch die Seelenqual war noch schlimmer.

Er bewegte sich nicht. An seiner bleichen Schläfe entdeckte sie eine blutende Wunde. Die nassen Wimpern bildeten dunkle Halbmonde auf seinen Wangenknochen.

So inbrünstig wie noch nie in ihrem Leben begann sie zu beten. »Dominic? Dominic! Wach auf! Bitte!« Schluchzend bettete sie seinen Kopf in ihren Schoß. »Hörst du mich? Bitte, Dominic!«

Seine Lider flatterten und er öffnete die Augen. »Beinahe musste ich ertrinken, um endlich meinen Namen aus deinem Mund zu hören.«

Unglaublich – in seiner Stimme schwang leises Gelächter mit. Heiße Tränen rannen über Olivias Wangen.

Es war James, der Dominic trockene Kleidung lieh. Wenig später brachte Olivia ihn zum Cottage, immer noch wütend, weil ihm niemand zu Hilfe gekommen war. Wenn er die Gefahr auch herunterspielte, er hätte leicht ertrinken können.

An diesem Tag erkannte sie das ganze Ausmaß der Vorurteile, die man in Stonebridge gegen ihn hegte.

Als sie im Cottage ankamen, stand Emily im Wohnzimmer und Olivia machte sie hastig mit Dominic bekannt. »Emily, das ist der Earl of Ravenwood. Mylord – meine Schwester Emily.«

Dominic presste einen blutigen Lappen an seine Schläfe. Mit seiner freien Hand umfasste er Emilys Finger. »Es ist mir eine Ehre, Sie endlich kennen zu lernen, Miss Sherwood.«

Emily murmelte eine Antwort, die Olivia kaum wahrnahm, weil Dominic ihre ungeteilte Aufmerksamkeit genoss. Wie sie erleichtert feststellte, war etwas Farbe in seine Wangen zurückgekehrt. Sie führte ihn in die Küche und drückte ihn auf einen Stuhl. Dann eilte sie ins Schlafzimmer, um saubere Lappen zu holen. Emily folgte ihr.

»Großer Gott, was macht er hier?«, flüsterte sie missbilligend.

Erbost wandte sich Olivia zu ihr um. Die Vorbehalte ihrer Schwester konnte sie im Augenblick wirklich nicht gebrauchen. »Er ist verletzt, Emily Sherwood. Und wage es bloß nicht, mir vorzuwerfen, dass ich ihn hierher mitgenommen habe!« In knappen Worten schilderte sie die Ereignisse im Dorf. »Niemand wollte ihm helfen, Emily. Keine Menschenseele! Alle standen einfach nur da und schauten zu. Wie können sie nur so herzlos sein! Er ist doch kein Ungeheuer! Nicht anders als wir! Ich schäme mich für mein Heimatdorf!«

Zerknirscht berührte Emily den Arm ihrer Schwester. »Ist er schwer verletzt?«

»Nein, nur eine Wunde am Kopf. Entschuldige mich jetzt, Emily, ich will ihn verarzten.«

»Gut, ich gehe in den Garten.«

Olivia nickte. Um ihre Nerven zu beruhigen,

holte sie tief Atem, bevor sie in die Küche zurückkehrte.

Behutsam säuberte sie Dominics Wunde, die immer noch blutete. »Vielleicht solltest du den Doktor aufsuchen.«

»Nicht nötig.«

Sie biss auf ihre Unterlippe. »Bist du sicher?«

»Völlig sicher. Außerdem lasse ich mich lieber von dir betreuen als von einem kahlköpfigen alten Mann.«

Olivia errötete verlegen und Dominic kostete in vollen Zügen ihre sanfte Berührung aus. Viel lieber würde er ihre Hände woanders spüren. Auf seiner Brust – und dann immer tiefer … Ihre Nähe und ihr frischer, sauberer Duft betörten seine Sinne. Aus ihrem Haarknoten am Hinterkopf hatte sich eine winzige Strähne gelöst, die sich am Nacken kräuselte, und es drängte ihn, diese Stelle zu küssen. Ob sich die Haut ebenso zart und weich anfühlte, wie sie aussah? Während sie die Wunde an seiner Schläfe mit einem feuchten Lappen betupfte, umfasste er ihre Taille. Nur damit sie bei ihrer heiklen Tätigkeit nicht das Gleichgewicht verlor, falls sie eine Erklärung verlangen sollte. Ihre wohl gerundeten Brüste befanden sich in seiner Augenhöhe.

Wieder erinnerte er sich an die letzte Nacht, verlockende Fantasiebilder stürmten auf ihn ein – ihre harten Brustwarzen unter seiner gierigen Zunge, ihre Hüften, die sie ihm entgegengehoben hatte, kurz vor seiner überwältigenden Erfüllung …

Nun musste er sofort wegschauen, sonst würde ihn sein Körper verraten. Um seine Erregung zu überspielen, sprach er den ersten Gedanken aus, der ihm in den Sinn kam. »Deine Schwester ist sehr schön. Fast so schön wie du.«

Unter seinen Händen, die ihre Taille umfingen, schien ihre Haut zu brennen. Verwirrt hielt sie in ihren Bemühungen inne, die Röte in ihren Wangen vertiefte sich. »So etwas solltest du nicht sagen.«

Sein Blick kehrte zu ihren Lippen zurück. Rot wie Erdbeeren. Und genauso süß. Welch eine Versuchung ... »Warum tust du das?«, hörte er sich fragen.

»Weil du verletzt bist«, erklärte sie und warf den Lappen in die Waschschüssel.

»Das meine ich nicht.«

Irgendetwas in seiner Stimme bewog sie, sein Gesicht zu betrachten, das unergründlich wirkte – wie so oft. »Und was meinst du?«

»Als du mir geholfen hast, war ich ziemlich überrascht. Eigentlich hätte ich erwartet, du würdest mich am Ufer liegen lassen.«

»Ich konnte es nicht ...«, gestand sie zögernd.

»Aber ich hätte es verstanden – nach allem, was ich dir letzte Nacht antat ...« Seine Stimme klang heiser und gepresst. »Ist alles in Ordnung, Olivia?«

Auf dieses Thema ging sie nicht ein. Stattdessen legte sie ein Wundpflaster auf und strich die Ränder glatt. »So, das wär's.«

Sie wollte zurücktreten. Doch er ließ sie nicht

los, stand auf und schob mit seiner Kniekehle den Stuhl nach hinten. Dann zog er sie an sich und fühlte, wie sie zitterte. In der schlichten bäuerlichen Kleidung erschien er ihr maskuliner denn je, obwohl ihm das Hemd etwas zu klein war.

Unter dem fadenscheinigen Stoff zeichneten sich die Muskeln seiner Schultern deutlich ab. »Sag es mir, Olivia. Bist du – in Ordnung?«

Nur ein paar Sekunden lang hielt sie seinem Blick stand. »Ja – gewiss …«

Seine Hände umschlossen ihre Taille noch fester und neue Erinnerungen verwirrten ihn. Wie zart und zerbrechlich sie sich in seinen Armen angefühlt hatte, wie eng die Pforte ihrer Weiblichkeit gewesen war. »Habe ich dir nicht …« Er schluckte. Nur mühsam brachte er die Worte über die Lippen »… nicht wehgetan?«

Die Lider gesenkt, dachte sie an jenen schmerzhaften Moment. So kraftvoll war Dominic in sie eingedrungen – so tief. Letzte Nacht hatte sich etwas Seltsames ereignet, etwas Schreckliches und zugleich Wunderbares. »Nur ein bisschen«, flüsterte sie.

»Es tut mir leid. Schämst du dich?«

»Ja – nein …«, stammelte sie. »Ach, ich weiß es nicht!« Er zuckte zusammen und ließ sie los. Aber sie ergriff seine Arme. »Was du denkst, stimmt nicht. Wenn ich's bereuen würde – dann keineswegs, weil …«

»Weil ich ein Zigeuner bin?«, fragte er tonlos.

»Deshalb nicht.« Unter ihren Fingern spürte

sie steinharte Muskeln. Verzweifelt suchte sie nach der richtigen Erklärung. »Es ist nur … Damit hatte ich nicht gerechnet.«

»Ich auch nicht.«

Unsicher lächelte sie. »Heute Morgen hoffte ich, du würdest dich nicht daran erinnern.«

Seine innere Anspannung lockerte sich allmählich.

»Als ich erwachte, glaubte ich, es wäre ein Traum gewesen – ein wundervoller Traum.« Sein Blick suchte ihren. »Olivia, ich wollte dich nicht verletzen.«

»Das weiß ich.« Sie bedauerte nicht, dass er ihr die Unschuld genommen hatte. Mit keinem anderen Mann vermochte sie sich solche Intimitäten vorzustellen. Allein schon der Gedanke daran beschleunigte ihre Atemzüge. »Bitte, Dominic …«, flehte sie hilflos. »Darüber sollten wir nicht reden.«

»Aber wir können unmöglich so tun, als wäre nichts geschehen.«

Wohl kaum, dachte sie. Was sie nicht ahnte – er *wollte* es nicht ungeschehen machen, er *wollte* sich daran erinnern und jenes Glück erneut genießen, immer wieder. Nächstes Mal bei klarem Bewusstsein, um jeden einzelnen ihrer Herzschläge wahrzunehmen, jede süße Rundung ihres Körpers …

»Außerdem – wie wäre es möglich, so etwas zu vergessen, Olivia?«

Sie antwortete nicht. Bis an ihr Lebensende würde sie sich dieser Nacht entsinnen.

Unvermittelt wechselte er das Thema. »Der Ball, den ich demnächst geben werde, ist sehr wichtig für mich. Seit Jahren kämpfe ich um Anerkennung. Ich dachte, ich würde zu den Zigeunern gehören. Doch das stimmt nicht ...« Er unterbrach sich und suchte nach Worten. »Genauso wenig fühle ich mich in der *gadjo*-Welt heimisch. Aber nun bin ich der Earl of Ravenwood. Und wenn man mich in London willkommen heißt, müsste ich in Stonebridge und Umgebung zumindest akzeptiert werden.«

»Vom Landadel und von den Dorfbewohnern.«

»O ja! Ravenwood ist mein rechtmäßiges Zuhause und ich gedenke hier zu bleiben.«

Olivia nickte. Inzwischen hatte sie zahlreiche Einladungen verschickt und täglich Zusagen erhalten. Nach dem Zwischenfall am Fluss fürchtete sie allerdings, die Dorfbewohner wären noch lange nicht bereit, sich mit Dominic anzufreunden. Diese Erkenntnis bedrückte sie. Warum merkten sie denn nicht, dass man ihn nicht fürchten musste, sondern ihm rückhaltlos vertrauen konnte?

»Auf diesem Ball musst du an meiner Seite stehen, Olivia.«

Das hatte sie nicht erwartet. Ihr Atem stockte. »Natürlich fühle ich mich sehr geehrt, Dominic. Aber – es ist unmöglich.«

»Warum?« Seine Augen verengten sich.

»Weil ich dein Dienstmädchen bin.«

»Und wenn schon, zum Teufel!«

»Du hast leicht reden. Oh, ich wäre so gern dein Gast … Leider muss ich darauf verzichten. Es würde sich nicht schicken. Was sollte ich den anderen sagen? Franklin und Charlotte, Mrs. Templeton …«

»Darüber brauchst du nicht mit ihnen zu reden«, erwiderte er, jeder Zoll der gebieterische Earl. »Es geht sie nichts an.«

Wehmütig seufzte sie. Wie wundervoll wäre es, den Ball zu besuchen, der feinen Gesellschaft ebenbürtig, ein schönes Kleid zu tragen, sorglos zu tanzen und Champagner zu trinken … Doch das würde sie niemals erleben. Sie war eine einfache Vikarstochter – und Dominic ein Aristokrat.

»Bitte, du darfst mich nicht begünstigen. Versuch mich nicht umzustimmen – und droh mir nicht mit meiner Entlassung. Sonst müsste ich dir wohl oder übel gehorchen.«

»Also steht dein Entschluss fest?«, fragte er ärgerlich.

»Ja.«

»Wie eigensinnig du bist!«

»Und du bist vom Scheitel bis zur Sohle der vornehme Lord«, hänselte sie ihn, »der es immer gewohnt ist, seine Wünsche erfüllt zu sehen.«

In seinen Augen erschien ein seltsamer Ausdruck, dann hob er arrogant die Brauen. »Wenn du schon meine Einladung zum Ball ablehnst – gewährst du mir wenigstens einen Kuss, bevor ich mich verabschiede?« Noch während er sprach, zog er sie an sich und neigte den Kopf herab.

»Niemals, Mylord …«, hauchte sie – eine Sekunde, bevor sich seine Lippen mit ihren vereinten.

Voller Leidenschaft und Begierde küsste er sie, bis sie am ganzen Körper bebte, angstvoll und glücklich zugleich.

Und dann ließ er sie allein, mit der Sehnsucht nach viel intimeren Liebkosungen.

Robert Gilmore betrat sein Haus am Dorfrand. Hinter ihm fiel die Tür so lautstark ins Schloss, dass alle Fensterscheiben klirrten. Mit langen Schritten ging er zum Sideboard und ergriff die Brandy-Flasche.

In seiner düsteren Stimmung machte er sich nicht die Mühe, ein Glas zu füllen. Stattdessen nahm er einen großen Schluck aus der Flasche. Brennend rann der Alkohol durch seine Kehle und erschien ihm so heiß wie sein Zorn.

Eine Stunde später war die Flasche fast leer. Der Brandy hatte seine Sinne ein wenig betäubt – aber nicht seine Wut. »Diebe und Huren«, murmelte er, »lauter Diebe und Huren.«

Erbost dachte er an die Zigeunerhure, die Dominic St. Bride geboren hatte – und an die andere, der sein Vater verfallen war. Mit einem wilden Fluch verdammte er sie alle. Wenn sie doch zur Hölle fahren würden – insbesondere Dominic St. Bride. Denn Robert hasste ihn so abgrundtief wie sämtliche Zigeuner, die auf dieser Welt ihr Unwesen trieben. Am anderen Ende des Dorfes kampierten einige dieser Schurken. Zweifellos waren sie nur wegen des Earls hierher gekommen.

Er wankte zum Fenster, starrte in die Richtung von Ravenwood Hall und setzte die Flasche wieder an die Lippen. Nachdem er einen ausgiebigen Zug genommen hatte, ließ er sie sinken und wischte sich mit dem Handrücken den Mund ab.

Ravenwood Hall … Bildete sich der Zigeuner-Earl tatsächlich ein, er könnte Robert Gilmore die Tür weisen? Bald würde der arrogante Bastard im Staub kriechen. Dafür wollte Robert sorgen. Die ganze Gemeinde würde ihm danken und Dominic St. Bride wäre ein für alle Mal erledigt. Um seine Absicht zu besiegeln, schüttete er den restlichen Brandy in seine Kehle.

16

In den letzten Tagen vor dem Ball gab es viel zu tun. Der Ballsaal im Ostflügel war jahrelang nicht benutzt worden und befand sich in beklagenswertem Zustand. Wie Franklin sich erinnerte, hatte der alte Earl zum letzten Mal einen Ball gegeben, um den ersten Hochzeitstag mit seiner dritten Ehefrau zu feiern. Nun mussten die Dienstboten den Raum gründlich reinigen. Die Fenstervorhänge wurden abgenommen, im Freien ausgeklopft und sauber gebürstet. Zwei ganze Tage brauchten Olivia, Charlotte und ein drittes Dienstmädchen, um die Fensterscheiben zu putzen. Jeden Abend sank Olivia erschöpft ins Bett. Aber sie war dankbar für die harte Arbeit, weil sie keine Zeit für sehnsüchtige Gedanken an Dominic fand – und an jene intime Begegnung mit ihm.

Seit seinem kurzen Besuch in ihrem Cottage hatten sie nicht mehr miteinander gesprochen. Ein paar Tage, nachdem er Henry und Jonny so todesmutig gerettet hatte, sah sie ihn im Dorf. Verwundert beobachtete sie, wie einige Männer die Hüte lüfteten, mehrere Frauen mit ihren Kindern, die sie diesmal nicht vor seinem Blick schützten, zu ihm eilten. Stattdessen redeten sie sogar mit ihm! Lachend antwortete er, dann gingen sie weiter. Hatte seine Heldentat das Eis in den Herzen der Dorfbewohner geschmolzen? Hoffentlich, betete Olivia inbrünstig.

Wenig später fuhr er für eine Woche nach London, und sie verabscheute die Frage, die sie sich stellte. Würde er Maureen Miller wieder sehen, seine ehemalige Geliebte? Oder einer anderen in die Arme sinken? Würde er beschließen, in London zu bleiben?

Machtlos war sie dem Aufruhr ihrer Gefühle ausgeliefert.

Erst einen Tag vor dem Ball kehrte er zurück. Sie sah ihn die Eingangshalle durchqueren und sein Anblick ließ ihr Herz schneller schlagen. Trotz der staubigen Reisekleidung erschien er ihr attraktiver denn je. Obwohl er an ihr vorbeiging, sagte er kein Wort und nickte ihr nicht einmal zu.

Seine kühle Haltung traf sie wie ein Schlag ins Gesicht und ihre Wiedersehensfreude erlosch. Vor nicht allzu langer Zeit hatte er sie leidenschaftlich geküsst und an seine Brust gedrückt. Bedeutete sie ihm denn gar nichts? *Vergiss nicht,* flüsterte eine innere Stimme, *du hast ihn gebeten, dich nicht zu begünstigen.*

Schließlich war alles für das Fest vorbereitet. Sogar Mrs. Templeton lächelte zufrieden und sah keinen Grund zur Klage. Der polierte schwarzweiße Marmorboden des Ballsaals glänzte spiegelblank. In hohen vergoldeten Vasen dufteten frische Blumen. Die meisten Hausmädchen, so wie Olivia, sollten den Lakaien helfen, das Dinner zu servieren und später, wenn das Tanzorchester im Ballsaal zu spielen begann, Champagner und andere Erfrischungen reichen. Weil der Ball bis in die späte Nacht dauern würde, hatte Franklin entschieden, dass die Angestellten, die gewöhnlich jeden Abend nach Stonebridge zurückkehrten, in Ravenwood Hall übernachten sollten. So lange wollte Olivia ihre Schwester nicht allein lassen. Deshalb hatte sie Esther gebeten, bei Emily zu schlafen.

Fast alle geladenen Gäste waren erschienen. Die meisten kannte Olivia nicht. Sie gehörten der Aristokratie an, die in der Umgebung von Stonebridge Ländereien besaß. Wie sie dem Getuschel der Dienstboten entnahm, besuchten auch ein Viscount aus London und der Earl of Wrenford den Ball, auf den Olivia vom Stubenmädchen Glory hingewiesen wurde – ein großer, attraktiver blonder Mann mit einem gewinnenden Lächeln und einem lebhaften Wesen. Eine Stunde später nahm er ein Glas Champagner von ihrem Tablett und musterte sie von Kopf bis Fuß. Aufreizend zwinkerte er und winkte sie näher zu sich heran. Olivia errötete bis unter die Haarwurzeln und seufzte erleichtert, als jemand anderer nach Champagner rief.

Immer wieder spürte sie Dominics Blick. Aber wenn sie den Mut fand, ihn anzuschauen, wandte er sich ab. Entschlossen bekämpfte sie ihre Enttäuschung – er behandelte sie genau so wie die übrigen Dienstboten und dazu hatte sie ihm ja auch geraten.

Trotzdem schwelgte sie in einem törichten Wunschtraum. Wie mochte es sein, einen solchen Ball zu besuchen, ein schönes Abendkleid zu tragen? Wehmütig malte sie sich aus, ihre Schwester könnte das alles sehen – die modischen Roben, die kostbaren Juwelen, den üppigen Blumenschmuck. Emily liebte Blumen. Wenn sie doch ihr Augenlicht zurückgewinnen würde …

»Schau doch!«, wisperte Charlotte und stieß sie an. »Da drüben tanzt Elizabeth Beaumont mit dem Earl. Sind sie nicht ein wirklich bildschönes Paar? Er mit seinem dunklen Haar, sie goldblond …«

Olivia wurde das Herz schwer. Widerstrebend folgte sie Charlottes Blick. Nie zuvor hatte sie

Dominic im Abendanzug gesehen. Nun bewunderte sie seine Eleganz. Nur zu gut verstand sie, warum sich Miss Beaumont für diesen umwerfenden Mann interessierte. Anmutig glitten die beiden über den Marmorboden. Elizabeth Beaumont war in der Tat eine Schönheit, das blonde Haar zu glänzenden Ringellöckchen hochgesteckt, mit einer schlanken, wohlgeformten Figur. Im tiefen Ausschnitt ihres weißen Satinkleids zeigte sich ein verführerischer Busenansatz.

Trotz ihres Kummers konnte Olivia ihren Blick nicht mehr von dem schönen Paar losreißen. An jenem Abend im Zigeunerlager hatte Dominic ihr anvertraut, als Earl of Ravenwood müsse er gewisse Pflichten erfüllen und einen Erben zeugen. Dazu brauchte er natürlich eine Ehefrau. Und für diese Rolle würde sich Miss Beaumont ganz vorzüglich eignen.

Und er schien sie zu faszinieren. War er von ihr genauso bezaubert? Hoffentlich nicht, dachte Olivia unglücklich. Am anderen Ende des Saals hörten die beiden zu tanzen auf. Elizabeth lächelte und warf ihm über ihren rosa Spitzenfächer einen koketten Blick zu. Und der Schurke lächelte zurück! Dann legte sie eine weiß behandschuhte Hand in seine Armbeuge und wies mit dem Kinn zur Terrasse.

Unfähig, ihre Eifersucht zu zügeln, wäre Olivia ihnen am liebsten nachgerannt, um ein Glas Champagner in dieses hübsche herzförmige Gesicht zu schütten. Und dann erschrak sie über ihre kühnen Gedanken. Diese kleinliche Gesinnung passte nicht zu ihrem Charakter.

Während der nächsten Stunden vermied sie es, nach Dominic Ausschau zu halten. Sie achtete nicht darauf, wann die beiden von der Terrasse in den Ballsaal zurückkehrten. Ihretwegen konnten sie stundenlang da draußen umherwandern!

Erst nach Mitternacht verabschiedeten sich die letzten Gäste. Olivia und Franklin brachten den Ballsaal in Ordnung, als Dominic plötzlich auftauchte. Olivia wischte gerade in einer Ecke verschütteten Champagner auf und erstarrte mitten in der Bewegung.

Aber er ignorierte sie und wandte sich an den Butler. »Das wäre alles für heute Nacht, Franklin. Morgen werden Sie genug Zeit finden, um sauber zu machen. Sie haben großartige Arbeit geleistet, ebenso wie das übrige Personal. Das weiß ich sehr zu schätzen.«

»Vielen Dank, Mylord.« Sichtlich erfreut verneigte sich Franklin und verließ den Saal.

Olivia zog den Kopf zwischen die Schultern und gab vor, sie hätte nichts gehört.

»Jetzt darfst du die Arbeit beenden, Olivia.«

Zögernd legte sie den Putzlappen über den Rand des Eimers und richtete sich auf. Klang Dominics Stimme tatsächlich belustigt? Und warum grinste er? Er hatte so wundervolle sinnliche Lippen. Und wenn er lächelte – was nicht sehr oft geschah –, fand sie ihn einfach hinreißend.

Langsam schlenderte er zu ihr. »Du weichst mir aus.«

»Keineswegs«, erwiderte sie in beiläufigem Ton.

»Du warst mit deinen Gästen beschäftigt.«

Besonders mit einem *weiblichen* Gast.

»Keineswegs«, wiederholte er ihre Antwort. »Die ganze Zeit dachte ich nur an dich.«

»Tatsächlich?«, fragte sie honigsüß. »Während du mit Elizabeth Beaumont getanzt hast?«

»Oh, ich glaube, du bist eifersüchtig, Olivia.«

Damit kam er der Wahrheit gefährlich nahe. Aber ihr Stolz verbot ihr, das einzugestehen. Diesen Triumph gönnte sie Dominic nicht. »Ihr wart wirklich ein hübsches Paar«, bemerkte sie höflich.

»Wie ich feststellen konnte, war der Earl of Wrenford sehr angetan von dir.«

Also hatte er ihr doch eine gewisse Aufmerksamkeit geschenkt. »So? Das ist mir gar nicht aufgefallen.«

»Ein Glück, dass wir nicht in London sind!«, meinte er und lachte leise. »Du bist ziemlich kokett, Olivia. Um an dich heranzukommen, müsste ich mir in der Stadt mühsam einen Weg durch ganze Heerscharen von Bewunderern bahnen.«

Ihre Blicke trafen sich – ihre Augen voller Freude, seine leicht ironisch.

»Im Ernst, Olivia. Was glaubst du? War der Ball ein Erfolg? Oder ein schrecklicher Fehlschlag?«

Obwohl er lächelte, spürte sie seine Sorge.

Nach außen hin gab er sich kühl und gleichmütig und erweckte den Eindruck, es würde ihn nicht interessieren, was man von ihm hielt. Aber Olivia kannte die Wahrheit – die Anerkennung der Menschen, in deren Welt er jetzt lebte, bedeutete ihm sehr viel. Mit diesem Ball hatte er bekundet, dass er in Ravenwood zu bleiben und seinen rechtmäßigen Platz einzunehmen gedachte. »Ich finde, es war ein großartiges Fest, Dominic.«

»Wirklich?«

»O ja!« Nun musste sie sich Gewissheit verschaffen. »Wirst du nicht nach London zurückkehren?« Angespannt wartete sie auf die Antwort.

»Nur hin und wieder, wenn's nötig ist.«

Ein absurdes Glücksgefühl stieg in ihr auf. Als er ihre Hand an die Lippen zog, errötete sie und schämte sich für ihre Schwielen. Und dann schluckte sie krampfhaft, weil er jeden einzelnen ihrer Fingerknöchel küsste, ohne ihr Gesicht aus den Augen zu lassen. »Ich wünschte, du wärst heute Abend an meiner Seite gewesen, Olivia. Aber da du nicht konntest – oder *wolltest* ...«

Plötzlich hob er sie hoch und trug sie aus dem Ballsaal.

»Was machst du, Dominic?«, fragte sie bestürzt. »Wohin bringst du mich?«

»Ist das nicht offensichtlich?«, entgegnete er und stieg die breite Treppe hinauf. »Nun, für dich vielleicht nicht«, fügte er hinzu. »Manchmal vergesse ich, was für ein prüdes Mädchen du bist.«

»Das bin ich nicht!«

»Nach dieser Nacht wirst du's nicht mehr sein.« Dominic blieb auf dem Treppenabsatz stehen und amüsierte sich über ihr sichtliches Entsetzen. »Hast du noch nie von einer heimlichen Liaison gehört, Olivia Sherwood? Ich entführe dich. Und das ist der Beginn unserer heimlichen Liaison.«

Seit dem Fest im Zigeunerlager hatte sie ihn nicht mehr so unbeschwert gesehen und seine gute Stimmung gefiel ihr. »Das klingt nach aufregenden, verbotenen Freuden.«

»Aufregend? Zweifellos. Verboten? Wahrscheinlich. Eins kann ich dir jedenfalls versprechen – diese Nacht wirst du niemals vergessen.«

Ihre Fingerspitzen glitten über seinen Nacken. »Und Charlotte? Sie erwartet mich in einer Dienstbotenkammer ...«

»Nein. Mach dir keine Sorgen. Niemand wird es herausfinden. Ich habe Franklin erklärt, du würdest nach Hause gehen. Und soviel ich weiß, hast du jemanden beauftragt, Emily Gesellschaft zu leisten.«

Immer schneller pochte ihr Herz. Eine solche Gelegenheit würde sich vielleicht nie mehr ergeben. Und wenn es auch falsch war – es störte sie nicht. Was immer in dieser Nacht geschehen mochte, sie würde es willkommen heißen. Nur eins zählte – sie war mit *ihm* zusammen. Sie legte den Kopf schief, sodass sich ihre Lippen fast berührten. »Dann frage ich mich, warum du zögerst.«

Eine weitere Ermutigung brauchte er nicht. Er eilte weiter nach oben, nahm immer zwei Stufen auf einmal, und wenig später trug er Olivia durch die Doppeltür aus dunklem Holz, die in sein Schlafzimmer führte.

Mit einem Schuhabsatz warf er die Türflügel hinter sich zu; sie schlossen sich mit leisem Klicken. Dann ließ er Olivia langsam an seinem Körper herabgleiten, bis sie auf ihren Füßen stand, und trat zurück. Neugierig schaute sie sich um. An Dominics Herrschaftsgemach war sie schon oft vorbeigegangen, hatte aber immer nur die geschlossene Tür gesehen. Die Hausarbeit in diesem Trakt erledigten Glory und ein anderes Stubenmädchen.

Die Möbel aus dunklem Kirschbaumholz wirkten überaus maskulin. Am Bett schimmerten Vorhänge aus karmesinrotem Damast. Und überall brannten Kerzen – auf der Kommode und den beiden Nachttischchen, neben den Sesseln vor dem Kamin. Flackerndes Licht spiegelte sich in den Fensterscheiben und erfüllte das Zimmer mit goldenem Glanz. Ehrfürchtig hielt sie den Atem an und merkte nicht, wie aufmerksam Dominic ihr Mienenspiel beobachtete.

Was hatte er gesagt? Eine *heimliche Liaison*. Ihr Puls beschleunigte sich. Endlich kehrte ihr Blick zu ihm zurück. »Das hast du geplant, nicht wahr?«

Selbstgefällig verschränkte er die Arme vor

der Brust – unfähig, seine Genugtuung zu verbergen. Vermutlich wollte er das auch gar nicht. Einer seiner Mundwinkel zog sich langsam nach oben. »Hast du was dagegen?«

Keineswegs – sie war geschmeichelt, weil er sich ihretwegen so viel Mühe gegeben hatte. »Wie könnte ich? O Dominic, so was Schönes habe ich noch nie gesehen.«

In seinen Augen las sie, wie sehr er sich über ihre Antwort freute. Lässig schlenderte er zum Bett. Erst jetzt bemerkte sie die große Schachtel, die darauf lag. »Für dich«, erklärte er.

Olivia blinzelte verwirrt. »Was ist das?«

»Schau doch hinein.«

Zögernd folgte sie ihm und hob den Deckel der Schachtel hoch, sah mehrere Schichten dünnes Seidenpapier – und einen jadegrünen Schimmer. Wie ein aufgeregtes Kind, das zu lange auf ein Geschenk gewartet hatte, riss sie das Seidenpapier auseinander. Darunter kam jadegrüne Seide zum Vorschein, das Oberteil eines Ballkleids. Sie wagte kaum, den kostbaren Stoff zu berühren. Aber sie überwand ihre Scheu, nahm das Kleid aus der Schachtel und hielt es hoch. Von der Empire-Taille fielen üppige Falten herab. Zu dem wundervollen Kleid mit den langen engen Ärmeln gehörten schneeweiße Handschuhe, passende Schuhe und ein Retikül.

»Das habe ich in London gekauft«, erklärte Dominic. »Ich dachte, die Farbe würde deine grünen Augen betonen.«

Leicht benommen schüttelte sie den Kopf. »O

Dominic, ich bin tief gerührt – aber ein so extravagantes Geschenk darf ich nicht annehmen. Es ist viel zu teuer. Außerdem – wo sollte ich's tragen?«

»Hier, für mich«, flüsterte er.

Von seinen saphirblauen Augen gebannt, spürte sie, wie ihr Mund trocken wurde. Diesen Wunsch wollte sie ihm erfüllen. Danach sehnte sie sich geradezu. Mühsam suchte sie nach Worten. »Jetzt?«, hauchte sie und er nickte. »Würdest du dich – abwenden?«

Verständnisvoll lächelte er, ging zum Fenster und schaute in die Nacht hinaus.

Olivia schlüpfte hastig aus ihrem schlichten schwarzen Kleid und den Schuhen. Dann stieg sie vorsichtig in das Ballkleid, voller Angst, den zarten Stoff zu zerreißen. Nachdem sie die Arme in die engen Ärmel geschoben hatte, zog sie das Oberteil hoch – und hielt bestürzt inne. Das Kleid war so tief ausgeschnitten, dass sie nichts darunter tragen konnte. Doch sie überlegte nicht lange, zerrte ihr Unterhemd über den Kopf und warf es beiseite. Flehend warf sie einen Blick zur Zimmerdecke hinauf und betete, der Allmächtige möge ihr diese Sünde verzeihen.

»So, jetzt kannst du dich umdrehen, Dominic.«

Während er zu ihr zurückkehrte, hoffte sie inständig, er würde sie schön und begehrenswert finden und alles in ihr sehen, was er jemals von einer Frau erträumt hatte. Aber sie hatte sich noch nie so unvollkommen gefühlt. Langsam musterte er sie von Kopf bis Fuß. Auf ihren Brüsten, die das enge Oberteil zusammendrückte, verweilte sein Blick, und das Verlangen, das in seinen Augen glühte, machte ihr Mut. Vor lauter Erleichterung wurde ihr fast schwindlig. Wortlos streckte er eine Hand aus und sie ließ sich zu einem großen Spiegel führen. »Schau!«, bat er leise.

Immer noch ein bisschen unsicher, hob sie den Kopf. Der Ausschnitt des Ballkleids brachte ihren schlanken Hals zur Geltung, entblößte die Schultern und den Busenansatz. Wie eine zweite Haut schmiegte sich das Oberteil an ihren Körper. Noch nie hatte sie ein Kleid getragen, das ihre Figur so unschicklich zur Geltung brachte. Fasziniert starrte sie ihr Spiegelbild an und erinnerte sich, was sie vorhin gesagt hatte – aufregend und verboten. *Und so verlockend …*

Inzwischen hatte Dominic sein Jackett ausgezogen, die Krawatte abgenommen und die Hemdknöpfe geöffnet. Vom schneeweißen Kragen hob sich seine braune Brust ab. »Passt perfekt«, meinte er. »Als ich das Kleid kaufte, musste ich mich auf mein Augenmaß verlassen.«

Olivia drehte sich einmal um. »Ist das Oberteil nicht ein bisschen zu eng?« Skeptisch betrachtete sie ihre gewölbten Brüste. Genau so wie Dominic.

»Soll ich mich wiederholen?«, fragte er lächelnd. »Es passt perfekt.«

Zu ihrer eigenen Verblüffung errötete sie eher vor Stolz als vor Verlegenheit. Er hatte ein Glas mit Wein gefüllt, das er ihr reichte. Dankbar nippte sie daran, weil sie nicht wusste, was sie sagen sollte. Er nahm ihr das Glas aus der Hand und trank daraus, an derselben Stelle, die ihre Lippen soeben berührt hatten. Dann gab er ihr den Kristallkelch zurück und sie lachte atemlos. »Versuchst du mich zu verführen?«

Statt zu antworten, stellte er eine Gegenfrage. »Bin ich erfolgreich?«

»Ich fürchte – ja«, wisperte sie hilflos.

Nachdem sie noch einen Schluck Wein genommen hatte, hielt sie ihm das Glas hin und er stellte es beiseite. Starke, warme Hände umfassten ihre nackten Schultern. »Hab keine Angst, Olivia. Diesmal wird es ganz anders sein. Wie schön du bist ...«

Dominics bewundernder Blick bestätigte seine Worte. Zum ersten Mal in ihrem Leben fühlte sie sich schön und die letzten Zweifel schwanden. Die Sehnsucht ihres Herzens war kaum noch zu ertragen.

»Das bist du auch«, hauchte sie.

»Männer sind nicht schön«, widersprach er lächelnd.

»Doch, du *bist* schön«, versicherte sie ernsthaft und berührte seine Lippen.

Zärtlich küsste er ihre Fingerspitzen. »Bedauerst du, dass es geschehen ist?«

Was er meinte, wusste sie nur zu gut. Während sie den Kopf schüttelte, wanderte ihre Hand nach unten, zu seiner Brust. »Und du?«

»O Gott, nein!« Die Finger in ihr Haar geschlungen, zog er ihren Kopf nach hinten und betrachtete ihren Mund. Da erkannte sie, dass er sie küssen würde. Niemals hätte sie sich träumen lassen, wie inbrünstig sie sich eines Tages nach diesen heißen Küssen sehnen würde.

Ganz sanft berührte er ihre Lippen mit den seinen und ihre Atemzüge mischten sich. Gefühle – nur mühsam unter der Oberfläche in Zaum gehalten – brachen sich Bahn. Leidenschaft. Unverhohlenes Verlangen.

Seine Zunge glitt über ihre, als versuchte sie, eine Frage zu stellen. Sofort antwortete sie mit ihrer Zungenspitze, die seine Zähne und seinen ganzen Mund erforschte. Dabei streichelte sie seinen Nacken. Leise stöhnte er, und sie spürte an ihrem Bauch, wie seine Männlichkeit anschwoll. Olivias Kühnheit schien das Feuer in seinem Innern zu schüren. Einen Arm um ihre Taille geschlungen, presste er ihren halb entblößten Busen an seine harte, muskulöse Brust. Sein Herz schlug direkt über ihrem. In wachsender Begierde küsste er sie. Ungeduldig zog er die Nadeln aus ihrem Haar, bis es lockig auf ihre Schultern fiel.

Ehe sie merkte, wie ihr geschah, lag das Ballkleid zu ihren Füßen. Nackt stand sie vor Dominic, der sie hochhob und auf sein Bett legte. Immer noch scheu, kroch sie unter das Laken. Das alles war ihr noch fremd. Ihm nicht. Blitzschnell zerrte er sein Hemd über den Kopf. Das Kerzenlicht vergoldete seinen braunen Oberkörper. In diesem Augenblick glich er einem heidnischen Gott. Ihre Fingerspitzen prickelten, und es drängte sie, seine breiten Schultern zu liebkosen, das dunkle Kraushaar seiner Brust.

Als er seine Hose aufknöpfte und nach unten streifte, konnte Olivia ihren Blick nicht abwenden. Herausfordernd richtete er sich auf.

Während des Abends im Arbeitszimmer waren sie teilweise bekleidet gewesen. Jetzt sah sie, was sie damals nur gefühlt hatte. Aufreizend erhob sich seine erregte Männlichkeit zwischen den kraftvollen Schenkeln. Kein Wunder, dass Olivia beim ersten Mal jenen brennenden Schmerz empfunden hatte ...

Er neigte sich zu ihr herab, schob das Laken beiseite und enthüllte ihren Körper. Als sie die Besitz ergreifenden Wünsche in seiner Miene las, begann sie zu zittern. Langsam streckte er sich neben ihr aus. Seine Fingerspitzen zogen eine Flammenspur von ihrer Schulter bis zur Hüfte, und sie wurde plötzlich von dem Bedürfnis überwältigt, ihn zu berühren. Ohne zu zögern, umfasste sie seinen Oberarm.

Das genügte jedoch nicht. Bei weitem nicht. Immer mutiger liebkoste sie ihn, schlang die Finger in sein gekräuseltes Brusthaar und sah plötzlich den fein ziselierten Ring, der an einer Halskette hing. Verführerisch glitten ihre Finger zu seinen Hüften hinab, zu den muskulösen Schenkeln.

Während sie nach oben zurückkehrten, streiften sie zufällig seine harte Männlichkeit. Abrupt entfernte sie ihre Hand, als hätte sie sich verbrannt.

Dominic legte seine Stirn an ihre. »Berühr mich«, bat er heiser.

Erstaunt schaute sie in seine Augen. »Ich – ich weiß nicht, was du meinst.«

Da führte er ihre Hand nach unten und schlang ihre Finger um seinen pulsierenden Penis.

»Oh …«, hauchte sie verwirrt. Aber sie zuckte nicht zurück. Mit sanften Fingerspitzen strich sie von der empfindsamen Spitze bis zur Wurzel seines Glieds hinab.

Um ihr zu bedeuten, was er sich wünschte, schob Dominic seine Hüften vor. Olivia verstand seine Forderung und umfasste seinen Penis noch etwas fester. Dabei spürte sie, wie er immer stärker anschwoll.

Die Zähne zusammengebissen, genoss er die süße Qual, die ihn wie eine heiße Welle durchströmte, und widerstand der Versuchung, die Hüften heftiger zu bewegen. Stattdessen erlaubte er Olivia, ihn auf ihre Weise zu erforschen.

Und das tat sie. Ihre Hand imitierte den Rhythmus, der ihn später in den Himmel erheben würde …

Ihr Puls begann zu rasen, als sie die Größe und Länge seiner Erektion ertastete. Hitze, Samt und Stahl …

Mit geschlossenen Augen warf Dominic seinen Kopf in den Nacken, die Sehnen im Hals straff gespannt. In vollen Zügen genoss Olivia den Schauer, der ihn durchfuhr, die Erkenntnis, wie sehr sie ihn erregte.

»O Gott«, stöhnte er und öffnete die Augen. »Hör auf, sonst müsste ich dich warnen – es könnte hier und jetzt ein Ende finden.«

Ihre Hand hielt inne. Zwischen ihren Brauen entstand eine kleine Falte. »Was meinst du?«

»Dass ich mich vorzeitig ergießen und dich um dein Vergnügen bringen würde.«

»Oh …«, flüsterte sie lächelnd. »Also gefällt dir, was ich da mache?«

Dominic lachte gepeinigt und erriet, dass sie in diesem Augenblick die Macht entdeckte, die eine Frau auf einen Mann auszuüben vermochte.

Hungrig presste er seinen Mund auf ihren. Nun war es an ihm, sie herauszufordern und zu reizen. Langsam ließ er seine Handflächen über ihren Brustwarzen kreisen, bis sie sich aufrichteten, und er hörte voller Genugtuung, wie sich ihre Atemzüge beschleunigten.

Dann wanderten seine Lippen an ihrem schlanken Hals hinab, bis sie eine korallenrote Spitze erreichten. Beglückt wand sich Olivia umher, während er abwechselnd an den harten Knospen saugte, und hob ihm ihren Oberkörper schamlos entgegen.

Seine Finger bewegten sich über ihren Bauch nach unten, zum seidigen Haar ihres Venusbergs, und zeichneten die Konturen der weiblichen Öffnung nach. Mühsam unterdrückte Olivia ein Stöhnen, von einem sonderbaren Schmerz erfasst, einem Gefühl, das sich spiralenförmig zu steigern schien.

Aber das Vorspiel war noch nicht beendet.

Dominic rückte nach unten. Zu ihrer Verblüffung spürte sie, wie er seine Hände unter ihre Schenkel schob, ihre Beine auf seine Schultern legte und den geheimsten, verwundbarsten Teil ihres Körpers öffnete. Verwirrt richtete sie sich auf und spähte über ihre Brüste hinweg. Die geröteten Spitzen glänzten immer noch feucht, von den erregenden Zärtlichkeiten seiner Zunge benetzt.

Beim Anblick seines dunklen Kopfs zwischen ihren Beinen glaubte sie, ihr Herz würde zu schlagen aufhören. »Dominic – was …«, stammelte sie.

Und dann versagte ihr die Stimme. Er beugte sich hinab und küsste die zarte Haut an den Innenseiten ihrer Schenkel, während sein Daumen das Zentrum ihrer Lust liebkoste, eine winzige, in feuchten, fleischigen Fältchen verborgene Perle. Überwältigt stieß Olivia den Atem aus, den sie unbewusst angehalten hatte.

Und das war erst der Anfang … Der raue Samt seiner Zunge trieb sie mit betörendem Flackern fast zum Wahnsinn. Als seine Zungenspitze jene geschwollene Stelle fand, die ihr das höchste Entzücken versprach, schien flüssige Glut durch ihren ganzen Körper zu strömen. Dort übte er jetzt seinen Zauber aus, kostete sie ausgiebig, führte sie immer tiefer hinein ins Reich erotischer Freuden. Von köstlichen Qualen erschüttert, schien Olivias Körper nicht mehr ihr zu gehören. Sie umklammerte Dominics Schultern, als wollte sie ihn zwischen ihren Schenkeln festhalten. In ihrem Innern loderten Flammen auf, die nach irgendetwas verlangten – wonach, wusste sie nicht, bis das Rätsel plötzlich gelöst wurde. Ein sengender Feuerstrahl jagte sie ins Paradies und darüber hinaus. Wie aus weiter Ferne hörte sie einen gellenden Schrei. Dass es ihre eigene Stimme war, erkannte sie erst später.

Langsam schwebte sie zur Erde zurück und öffnete ihre verschleierten Augen. Dominic kniete zwischen ihren Schenkeln, mit hoch aufgerichtetem, vibrierendem Penis, und seine angespannten Gesichtszüge bekundeten seine eiserne Selbstkontrolle. »Nimm mich in dir auf«, flüsterte er. Wortlos berührte sie ihn und führte ihn in ihren Schoß.

Diesmal erlitt sie keine Schmerzen. Während er mit ihr verschmolz, spürte sie, wie sich ihr Fleisch seiner Größe und Kraft anpasste. Sie umschlang seinen Nacken – eine stumme Aufforderung, noch tiefer in sie einzudringen, bis ihn eine letzte Barriere aufhielt. In ihre weiche Wärme eingehüllt, küsste er sie leidenschaftlich. Dann, auf seine Ellbogen gestützt, begann er sich zu bewegen. Da er die Sinnenlust verlängern wollte, wählte er einen langsamen Rhythmus.

Doch die Begierde besiegte seine Willenskraft. Von Gefühlen getrieben, die er zu lange gezügelt hatte, verlor er die Beherrschung. Seine Hüften beschleunigten das Tempo und Olivias Blut schien sich in siedendes Feuer zu verwandeln. Ebenso wie Dominic von hemmungsloser Ekstase verzehrt, grub sie die Fingernägel in seine Arme und beobachtete, wie er immer wieder in ihr versank und sich zurückzog, schneller und schneller. In ihrem Innern braute sich ein Sturm zusammen, der mit jeder Bewegung anschwoll.

Von ähnlichen Gefühlen gebannt, glaubte Dominic in ihrer Hitze zu vergehen. Und dann fühlte er winzige Kontraktionen, die sein Glied umschlossen und Olivias Höhepunkt ankündigten. Sein Mund nahm den Schrei ihres Entzückens auf und das Zittern, das ihren ganzen Körper erschütterte, beschleunigte seine eigene Erfüllung. All seine Muskeln spannten sich an, aus seiner Kehle rang sich ein heiseres Stöhnen und sein Samen füllte Olivias Schoß.

Bis sich seine Herzschläge beruhigten, dauerte es mehrere Minuten. Behutsam schob er die zerzausten Locken aus Olivias Stirn, legte sich an ihre Seite und nahm sie in die Arme. Einen Finger unter ihrem Kinn, drehte er ihr Gesicht zu sich herum und küsste sie zärtlich. »Bleib heute Nacht bei mir«, flüsterte er.

Statt zu antworten, lächelte sie nur und schmiegte ihre Wange an seine Schulter. Wenig später atmete sie tief und gleichmäßig. Von übermächtigen Gefühlen ergriffen, beobachtete er ihren Schlaf. *Sie gehört mir,* dachte er Besitz ergreifend. Immerhin war er ihr erster Liebhaber gewesen ... Und während er sich gelobte, er würde ihr *einziger* sein, drückte er sie noch fester an seine Brust.

In diesem Augenblick hörte er eine Eule direkt

vor dem Fenster schreien und ein unheimlicher Schauer rann über seinen Rücken.

Die Zigeuner hielten den großen Nachtvogel für einen Vorboten des Todes …

17

Emily versicherte Esther, sie müsse nicht die ganze Nacht im Cottage verbringen, denn Olivia werde nur etwas später als sonst heimkommen. Offenbar habe es ein Missverständnis gegeben. Inständig hoffte sie, Esther würde keinen Verdacht schöpfen. Im Grunde hatte sie nicht gelogen, weil ihre Schwester tatsächlich nach Hause zurückkehren würde – allerdings erst am nächsten Morgen.

Und sie würde nicht allein bleiben.

Bald musste Andre eintreffen.

Andre … Lächelnd kroch sie unter die Bettdecke und schlang die Arme um sich selbst. Wann immer sie an ihn dachte, schien ihr ganzer Körper zu singen. Sie liebte ihn so sehr, und sie glaubte zu wissen, dass er ihre Gefühle erwiderte. Wie aufmerksam und rücksichtsvoll er mit ihr umging … Ein Leben ohne ihn konnte sie sich gar nicht mehr vorstellen. Sie begann sogar, ihre Zukunft zu planen, in der er eine wichtige Rolle spielte. Wenn alles so verlief, wie sie es sich ausmalte, würde er ihr demnächst einen Heiratsantrag machen. Dann würden sie ein Cottage bewohnen. Mochte es groß oder klein sein – das kümmerte sie nicht, solange sie nur zusammen waren. In absehbarer Zeit würde sie ihm ein Kind schenken – einen dunkelhaarigen Jungen oder ein blondes Mädchen. Welch ein wundervolles Leben doch vor ihr lag …

Natürlich wusste sie nicht, was seine Verwandten von ihr hielten und ob sie mit der Heirat einverstanden wären. Würden sie Emily mögen und als seine Ehefrau akzeptieren? Leise Zweifel stiegen in ihr auf. Plötzlich entsann sie sich, wie wenig sie über seine Familie wusste, seine Eltern … Hatte er Geschwister?

Nachdenklich runzelte sie die Stirn. Ein paar Mal hatte sie sich nach seinen Angehörigen erkundigt. Aber er hatte ihr nicht viel erzählt und nur erwähnt, sie würden niemals allzu lange an ein und demselben Ort bleiben. Das war ihr wie ein großartiges Abenteuer erschienen, da sie selbst nur das benachbarte County kannte. Eifrig hatte sie ihn gebeten, seine Reisen zu schildern. Erst jetzt fiel ihr auf, wie widerstrebend er über seine Vergangenheit und seine Familie sprach … *Nein,* ermahnte sie sich, du darfst ihm nicht misstrauen. Andre war kein Mann, der dunkle Geheimnisse hütete – das spürte sie in den Tiefen ihrer Seele. Er war warmherzig und mitfühlend, offen und ehrlich. Niemals würde er sie belügen.

Und Olivia? Sie wünschte sich nur eins: ihre Schwester glücklich zu sehen – und Andre würde Emily glücklich machen.

Gewiss, sie sollte Olivia von ihm erzählen …

In Gedanken versunken, überhörte sie das leise Klicken, als die Tür aufschwang. Und dann glitt etwas Weiches über ihre Nase, ihre Wangen und die Lippen. »Oh, du hast mir eine Rose mitgebracht!«, rief sie lächelnd und hörte ein leises Gelächter.

»Ja.« Andre setzte sich zu ihr aufs Bett.

»In welcher Farbe?«

»Dunkelrot.«

Da nahm ihr Lächeln wehmütige Züge an. »Solche Rosen mochte ich immer am liebsten.«

Andre legte die Blume beiseite, umarmte Emily, und sie presste ihre Wange an seine Schulter. Als ihre Lippen seinen Mund suchten, erfüllte ihn männlicher Stolz. Wie süß sie war … Es dauerte sehr lange, bis er den Kuss beendete. Zwischen den geöffneten Vorhängen fiel Mondlicht herein und erhellte das Zimmer. Spielerisch zupfte er am spitzenbesetzten Ausschnitt ihres Nachthemds. »Hast du mich erwartet?«

»Ja«, gestand sie schüchtern, schlang ihre Arme um seinen Hals und bot ihren ganzen Mut auf. »Bleib bei mir!«

Die Welt schien einzustürzen. Reglos saß Andre auf der Bettkante. *Nein,* dachte er verblüfft, was sie da sagte, konnte sie unmöglich ernst meinen … »Wird Olivia wirklich nicht nach Hause kommen?«

»Erst am späten Morgen. Der Zigeuner-Earl gibt einen Ball und sie verbringt die Nacht in Ravenwood.«

Bedrückt hörte er, wie verächtlich sie das Wort ›Zigeuner‹ aussprach. Verdammt, er fühlte sich so schuldig, weil er ihr die Wahrheit verheimlichte. Aber wenn er ihr erklärte, wer er war, würde sie ihm sofort die Tür weisen. Während der nächsten Minuten starrte er unschlüssig ins Leere.

»Andre?«, flüsterte Emily.

Hin und her gerissen, schaute er sie an. Ihre Lippen waren seinen so nahe, voll und weich und verlockend. In seiner Brust brannte ein wachsendes Verlangen. Die Stimme der Vernunft ermahnte ihn zur Vorsicht. Und doch – sie erschien ihm so nachgiebig, so bereitwillig.

Mit einer stummen Frage berührte sie seinen Mund. Andre unterdrückte ein Stöhnen. Die Finger in ihrem goldblonden Haar vergraben, küsste er sie leidenschaftlich, und sie schmiegte sich voller Hingabe an ihn, als wäre er die Erfüllung all ihrer Wünsche. Er fühlte sich wie im Himmel und zugleich wie in der Hölle – ihre warmen Lippen, ihr Körper, so vertrauensvoll an seinen gedrückt, das dünne Nachthemd, unter dem sie nichts trug … Vor lauter Verlangen verlor er fast den Verstand.

Abrupt löste er seinen Mund von ihrem. »O Gott, das ist einfach nicht richtig.«

Entsetzt wich sie zurück. Machte sie sich lächerlich? Um Himmels willen – sie warf sich ihm an den Hals und dabei bedeutete sie ihm gar nichts. »Dann geh – wenn du das willst«, würgte sie hervor.

Ihr Flüstern, von Tränen halb erstickt, führte die Entscheidung herbei. Jetzt konnte er seine Gefühle nicht länger bekämpfen. Seit er sie kannte, begehrte er sie wie keine andere Frau je zuvor. Und er würde sich niemals so inbrünstig nach einer anderen sehnen. Als sie sich abzuwenden versuchte, riss er sie wieder in seine Arme. »Nein, das will ich nicht.«

Erbost stemmte sie beide Fäuste gegen seine Brust. »Und was willst du?«

»*Dich!* Aber … ich frage mich, ob du's später bereuen wirst.«

Emily seufzte erleichtert und schluckte ihre Tränen hinunter. Liebevoll nahm sie sein Gesicht in beide Hände. »Nein, niemals werde ich's bereuen. Und ich weiß nicht, was richtiger wäre – als dir zu gehören.«

Nun war er endgültig verloren. Er zog sie hoch, sodass sie vor ihm kniete. Mit einem langen, verzehrenden Kuss bewies er ihr das ganze Feuer seiner Begierde. Langsam streifte er das Nachthemd von ihren Schultern, rückte ein wenig von ihr ab und betrachtete ihre nackten Brüste. Klein und milchweiß, mit kirschroten Knospen, reizten sie seinen Mund, drängten seine Zunge, sie zu kosten. Unter der schmalen Taille sah er sanft geschwungene Hüften, die Haut ihres flachen Bauchs schimmerte wie glatte Seide.

»Andre?« Sie legte den Kopf schief. »Was tust du?«

»Ich schaue dich an.« Fast ehrfürchtig strich er über ihre Hüften.

Obwohl sie verlegen errötete, wollte sie diesen Augenblick um nichts in der Welt missen. In ihrem ganzen Körper breitete sich ein heißes Verlangen aus. Unsicher berührte sie seine Brust. »Und – gefalle ich dir?«

Er lachte atemlos. »O Prinzessin«, flüsterte er in ihr Ohr, »wenn du mir noch besser gefallen würdest, müsste ich sterben.« Seine Lippen glitten an ihrem schlanken Hals hinab, seine Hände erforschten ihre Brüste, ihre Hüften, und sie hielt ihn nicht davon ab. Wo immer er sie berühren wollte, sie ließ es geschehen. Besitz ergreifender Stolz stieg in ihm auf. Allein schon der Gedanke, sie würde ihn begehren …

Plötzlich war seine Kleidung ein unerträgliches Hindernis. Er schlüpfte hastig aus seinem Hemd und der Hose, dann sank er aufs Bett und zog Emily an seiner Seite hinab.

Als ihr Bein einen behaarten Schenkel streifte, zuckte sie zusammen. Er war so splitternackt wie sie selbst … Doch bald spielte es keine Rolle mehr.

Sein Körper strahlte sengende Hitze aus, und sie fühlte sich gewärmt und geborgen, wie an jenem Abend, während er sie nach ihrem Albtraum getröstet hatte. In seinen Armen fand sie einen sicheren Hafen, Schutz vor allen Gefahren, die ihr jemals drohen mochten. Nie mehr wollte sie woanders sein.

Ungeduldig streichelte sie seine Brust, seine Schultern, genoss die stählerne Kraft seiner Muskeln, und ihre Scheu schmolz dahin wie Morgentau unter der Sommersonne. Entzückt rang sie nach Luft, als seine Daumen betörende Kreise um ihre Brustwarzen zogen, die harten Spitzen liebkosten und süße Qualen erzeugten. *Bitte,* dachte sie halb benommen, ohne genau zu wissen, worum sie flehte. *Oh, bitte …*

Als hätte er ihren Wunsch erraten, neigte er sich hinab und sein Mund umschloss eine rosige Knospe. Stöhnend spürte sie seine erregende Zunge, bäumte sich auf und schlang die Finger in die warme Seide seines Haars.

Wo immer er sie berührte, zitterte sie. Und er berührte sie überall, sogar an der verbotenen Stelle zwischen ihren Schenkeln. Als er sich schließlich auf ihren Körper legte, wurde ihr fast schwindlig. »Ich will versuchen, dir nicht wehzutun, Prinzessin«, versprach er dicht an ihrer Schläfe. »Fürchte dich nicht.«

Lächelnd strich sie mit einer Fingerspitze über seine volle Unterlippe. »Wie könnte ich mich vor dir fürchten?«

Während er sie voller Glut küsste, drang er ganz langsam in sie ein, und sie spürte nur einen kurzen stechenden Schmerz, den sie kaum wahrnahm, ehe er verebbte. Und dann genoss sie nur mehr das köstliche Gefühl, ausgefüllt zu werden, mit Andre vereint zu sein.

Endlich verschmolz er vollends mit ihr und sie lächelte wieder. »Da siehst du's«, tadelte sie sanft. »Du hast mir kein bisschen wehgetan.« Seufzend fügte sie hinzu: »Etwas so Schönes kann man gar nicht fürchten.«

Beinahe klang sein leises Lachen wie ein Stöhnen. Er küsste sie wieder, so zärtlich, dass er gänzlich unbekannte Gefühle in ihr weckte. Überwältigt umklammerte sie seine Schultern und presste ihr Gesicht an seinen Hals.

»Ich liebe dich, Andre«, wisperte sie hilflos. »So sehr liebe ich dich …« Diese Worte kamen aus der Tiefe ihres Herzens und drängten ihn, ihren Mund mit einem fordernden Kuss zu verschließen.

Jetzt vermochte er seine Begierde nicht länger zu zügeln und begann sich in ihr zu bewegen, schneller und schneller. Der Sturm der Leidenschaft schwoll an. Immer wieder trafen sich ihre Hüften, in einem uralten rhythmischen Tanz, der beide zu einem atemberaubenden Gipfel der Lust führte.

Viel später lag Andre neben Emily. Eine Besitz ergreifende Hand auf ihrer Hüfte, neigte er sich zu ihr und küsste sie. Erschrocken sah er Tränen in ihren Augen glänzen. »Habe ich dir wehgetan?«

»Nein, Andre, nein – es war so himmlisch …« Dieses Wort genügte nicht, um auszudrücken, was sie empfand. »Mehr dürfte ich mir nicht wünschen – es sei denn …«

»Was, Prinzessin?«

»Wie gern würde ich dich sehen …« In Emilys Stimme schwang das ganze Leid ihres Herzens mit.

Andre drückte sie an sich, von müder Resignation erfasst. Was sie jetzt fühlte, konnte er sich kaum vorstellen. Kurz nachdem sie zur Frau herangewachsen war, hatte sie ihre Sehkraft verloren. Nun lebte sie in einer Welt ohne Farbe und Licht. Stünde es in seiner Macht, er würde mit Freuden seine Seele hingeben, um sie von ihrer Blindheit zu erlösen. Liebevoll hauchte er einen Kuss auf ihre Stirn. »Schlaf jetzt«, bat er. Wunderbarerweise schlummerte sie wenig später ein. Aber er blieb noch lange wach und starrte ins Dunkel.

Am nächsten Morgen strömte heller Sonnenschein ins Zimmer. Mit einem prüfenden Blick vergewisserte sich Andre, dass Emily noch schlief. Um sie nicht zu wecken, stieg er ganz vorsichtig aus dem Bett.

Während er sich anzog, sah er einen kleinen Gegenstand auf der Kommode funkeln, der einen Sonnenstrahl reflektierte – sein Geschenk, der Kristall. Also hatte sie ihn tatsächlich behalten.

Gerührt wandte er sich ihr zu. Sie lag auf dem Rücken. Wie die Gloriole eines Engels umgab das goldene Haar ihr Gesicht. Unfähig, der Verlockung zu widerstehen, küsste er ihre leicht geöffneten Lippen.

»Andre?«, murmelte sie schläfrig und drehte sich zur Seite. Ihre Wimpern flatterten, dann schlug sie die Augen auf, die sie zu seiner Verblüffung sofort wieder schloss. »Das Licht!«, flüsterte sie.

Durfte er seinen Ohren trauen? War es möglich? In seinem Kopf wirbelte alles durcheinander. Er starrte den Kristall an.

Offenbar von ähnlichen Gedanken bewegt, hob sie verwirrt die Hände und bedeckte die Lider. »Das Licht!«, hauchte sie fassungslos. Plötzlich war sie hellwach. »Andre!«, rief sie.

»Da bin ich, Prinzessin.« Er setzte sich zu ihr aufs Bett und bezwang seine Erregung. »Hast du was gesehen?«

»Das – das nehme ich an ... Vor einer Woche ist es schon einmal passiert. Davon habe ich Olivia nichts erzählt – und dir auch nicht. Jetzt erscheint es mir viel ...«

»Wie, Emily, *wie?*«

»Viel heller ...« Bebend rang sie nach Luft. »Mein Kristall ... Wo ist er, Andre? Ich brauche ihn!«

Hatte sich das Wunder wirklich ereignet? War sie von ihrer Blindheit geheilt? Das hatte er im Grunde nie erwartet. Sekundenlang fühlte er sich versucht, ihr das auszureden, denn wenn sie ihn sah, würde sie wissen ... Nein, entschied er schuldbewusst. Wenn sie wieder sehen konnte, würde er ihr dieses Glück gönnen. »Deinen Kristall brauchst du nicht, Prinzessin.«

»Aber du hast seine heilsamen Kräfte erwähnt. Und jetzt kenne ich ihre Wirkung.«

»Diese heilkräftige Wirkung habe ich nur erfunden, weil ich dachte, es würde dir helfen, an etwas zu glauben. Verstehst du's denn nicht? Was geschehen ist, verdankst du nur dir selbst. Du *wolltest* sehen, mit aller Macht – und jetzt hat sich dein Wunsch erfüllt.« Beschwörend umklammerte er ihre Handgelenke.

»Öffne die Augen, Liebes.«

Zögernd spreizte sie ihre Finger, spähte dazwischen hindurch und kniff die Augen gleich wieder zusammen. »O Andre, es tut so weh – das Licht blendet mich.«

Er sprang auf, schloss die Vorhänge und kehrte zu ihr zurück. »Jetzt ist es nicht mehr so hell. Versuch's noch einmal, Emily.«

»O Andre!« Die Verzweiflung in ihrer Stimme ging ihm durch Mark und Bein. »Womöglich ist es nur ein Traum. Wenn ich erwache – und die Welt ist wieder dunkel …«

»Beruhige dich, es ist kein Traum.« Sein ganzes Herz flog ihr entgegen. »Und falls du zweifelst – letzten Endes wirst du's nur wissen, wenn du's versuchst, Prinzessin. Öffne die Augen und schau mich an. Bitte! Das wolltest du doch, erinnerst du dich?«

»Ja«, wisperte sie. Seit sie ihn kannte, sehnte sie sich nach seinem Anblick. Und plötzlich verdrängte der Wunsch, ihren geliebten Andre zu betrachten, alle Sorgen und Ängste. Sie ließ die Hände sinken. Langsam hob sie die Lider. Vor ihren Augen flimmerte hellgrauer Nebel.

»So ist's gut, Prinzessin. Und jetzt schau mich an. Was siehst du?«

»Es kommt mir so vor, als würde ich durch einen Schleier blicken.« Unsicher senkte sie die Wimpern.

»Noch einmal!«, flehte er leise, umfasste ihr

Gesicht und küsste ihre Lippen. »Bitte, meine Liebste.«

Meine Liebste ...

Emily schöpfte tief Atem. Letzte Nacht hatte er immer wieder beteuert, wie sehr er sie liebte. Von diesem Gedanken beflügelt, gehorchte sie.

Schatten und Lichter, die miteinander verschwammen ... Nein – im Grau zeichneten sich die Umrisse eines Gesichts ab. Sie blinzelte ein paar Mal, bis sich die Konturen verschärften ... Ihr Puls begann zu rasen. Jetzt sah sie dunkle, fast schwarze Augen, zerzaustes Haar über einer braunen Stirn, so schwarz wie Rabenflügel ... Nur mühsam unterdrückte sie einen Freudenschrei. Endlich sah sie ihren geliebten Andre ...

Allmählich wurde das Bild immer klarer. Ein hellrotes Hemd, ein locker gebundenes Halstuch ...

Schmerzhaft und dumpf hämmerte ihr Herz gegen die Rippen, ihr Blut schien zu gefrieren. Vor Entsetzen glaubte sie, die Welt müsste einstürzen. Unmöglich ... Und doch – der Beweis sprang ihr geradezu in die Augen. Ihr geliebter Andre war ein – Zigeuner.

»Nein!«, protestierte sie und stieg hastig aus dem Bett. »*Nein!*«

»Prinzessin ...«, würgte er hervor und streckte eine Hand nach ihr aus, die sie erbost beiseite schlug.

»Nenn mich nicht so! So darfst du mich nie wieder nennen!« Verächtlich und anklagend starrte sie ihn an. So gut er es vermochte, ertrug er ihren Blick. Ehe er auch nur ein Wort hervorbrachte, fauchte sie: »Zum Teufel mit dir! Warum hast du mir verschwiegen, dass du ein *Zigeuner* bist?«

Entschlossen wappnete er sich gegen den Schmerz, den sie ihm zufügte. »Ich will dich nicht belügen, Emily. Was ich bin, habe ich dir verheimlicht, weil ich fürchtete, du würdest dich sonst weigern, mich wieder zu sehen … Das hätte ich nicht verkraftet.«

Emily ignorierte seinen unverhohlenen Kummer. »Hin und wieder hast du von deinen Verwandten gesprochen – und erklärt, du wüsstest nicht, wie lange sie in Stonebridge bleiben würden. O Gott – damit hast du die Zigeuner gemeint!«

»Ja«, bestätigte er leise und hob sein Kinn. »Sie sind meine Familie – seit dem Tod meiner Eltern.«

Sie verzog die Lippen, und ihre Miene verriet nur zu deutlich, was sie empfand.

Natürlich gab er ihr Recht. Es wäre seine Pflicht gewesen, die Wahrheit zu gestehen. Doch dann hätte er Emily verloren. Das erkannte er in diesem Augenblick klarer denn je. Vielleicht hätte er sich trotzdem dazu durchringen sollen. Dann wären ihm die Qualen erspart worden, die er jetzt erlitt.

Unter seiner bronzebraunen Haut zeigte sich flammende Röte. »Glaubst du, es war so leicht für mich? Jedes Mal, wenn ich zu dir kam, plagte mich mein Gewissen. Vor allem, nachdem du mir erzählst hattest, dein Vater sei von einem Zigeuner ermordet worden. Ich wusste einfach nicht, wie ich mich verhalten sollte!« Mit einem eindringlichen Blick flehte er um Emilys Verständnis. »Wie konnte ich dir verraten, wer ich bin? Ich hätte dich verloren. Und das wollte ich nicht riskieren.«

»Also hast du nur an dich selbst gedacht! Und ich? Hast du niemals überlegt, wie ich mich fühlen würde, wenn ich's wüsste?«

»Gewiss, ich war selbstsüchtig, das gebe ich zu.« Beschwörend schaute er in ihre Augen. »Und diese letzte Nacht? Hat sie dir gar nichts bedeutet?« Er trat einen Schritt vor. »O Emily, ich liebe dich, nichts hat sich verändert …«

In ihren Augen schimmerten Tränen. »Alles hat sich verändert! Weil ich nicht wusste, *was* du bist – *wer* du bist …«

»Derselbe wie zuvor«, erwiderte er sanft. »Wenn du darüber nachdenkst, wirst du mir zustimmen.« Während er ein inbrünstiges Gebet zum Himmel schickte, versuchte er ihre Hand zu ergreifen.

Wütend wich sie zurück. »Ein Zigeuner bist du! Ein dreckiger, diebischer Zigeuner, und – ich hasse dich!«

Da zuckte er zusammen, als hätte sie ihn geschlagen. Kraftlos sank seine Hand hinab. Jedes weitere Wort ist überflüssig, dachte er schweren Herzens, denn sie würde sich nicht anders besinnen. Langsam wanderte sein Blick über ihr Gesicht und er prägte sich jeden einzelnen Zug ein.

»Leb wohl, Prinzessin«, flüsterte er und verließ das Zimmer.

Von tiefer Verzweiflung erfüllt, stand sie reglos da. Und dann sah sie die Rose, die er ihr geschenkt hatte. Sie war vom Nachttisch gefallen. Schluchzend hob Emily die rote Blüte auf. Als Blut aus ihrem Finger quoll, merkte sie, dass sie sich mit einem Dorn gestochen hatte.

Den Schmerz nahm sie gar nicht wahr, weil das Leid ihres Herzens alle anderen Gefühle verdrängte.

18

Ein einsamer Vogel zwitscherte vor dem Fenster und riss Dominic aus dem Schlummer. Enttäuscht stellte er fest, dass Olivia nicht mehr neben ihm im Bett lag, und berührte den Abdruck, den ihr Körper hinterlassen hatte. Das Laken war noch warm. Die ganze Nacht hatte sie sich an ihn geschmiegt, einen Arm über seiner Taille, die Nase in seinem Brusthaar vergraben.

Wehmütig erinnerte er sich an ihren warmen Atem auf seiner Haut, die weichen, vollen Brüste an seiner Seite. Er seufzte. Zwei Mal hatte er mit ihr geschlafen – und jedes Mal war er allein erwacht. Jetzt sehnte er sich danach, Olivia mit zärtlichen Küssen zu wecken. Wäre sie bei ihm geblieben, würden sie einen beschaulichen Morgen im Bett verbringen, frühstücken – und sich wieder lieben. Und danach würden sie gemeinsam baden. Eine wilde erotische Fantasie, die sich hoffentlich bald verwirklichen ließ …

Irgendwie fühlte er sich betrogen. Nicht, dass er Olivia zürnte. Warum sie verschwunden war, wusste er. Nur zu gut konnte er sich die Klatschgeschichte vorstellen, die sich wie ein Lauffeuer im Dorf verbreiten würde, falls ein Dienstbote den Earl of Ravenwood mit einem Hausmädchen im Bett ertappt hätte. Unwillig runzelte er die Stirn. An diesem Tag würde er keine Zeit für Olivia finden, weil er einigen Pächtern, die am äußeren Rand seiner Ländereien lebten, einen Besuch angekündigt hatte. Wäre es anders, würde er …

Was würde er tun? Eine innere Stimme ermahnte ihn.

Im hellen Tageslicht konnte er Olivia wohl kaum ›entführen‹, so wie letzte Nacht. Es war verdammt schwer, den Eindruck zu erwecken, zwischen ihnen wäre nichts geschehen, wo er doch nur eins wollte – Olivia in den Armen halten, ein Leben lang.

Viel zu spät dachte er über seine Handlungsweise nach. Er hatte sie in sein Schlafzimmer getragen, ihre Tugend gefährdet, ihren guten Ruf. Vielleicht musste er ihr Recht geben, und er war es tatsächlich gewöhnt, seine Wünsche erfüllt zu sehen. Aber er hatte noch nie eine so heiße Leidenschaft empfunden, die alle anderen Gedanken verscheuchte.

Sein Blick fiel auf das jadegrüne Ballkleid. In

der vergangenen Nacht hatte es zerknüllt am Boden gelegen. Olivia musste es aufgehoben haben, denn jetzt hing es über einer Sessellehne. Wie schön sie darin gewesen war … Schade, dass sie es nicht gleich mitgenommen hatte … Nächstes Mal …

Nächstes Mal wird es anders sein, gelobte er sich.

Nächstes Mal sind wir verheiratet.

Als Olivia am späten Nachmittag das Cottage betrat, schaute sie sich erstaunt im Halbdunkel um. Offenbar hatte ihre Schwester alle Vorhänge geschlossen. War sie krank? »Emily!«, rief sie und hängte ihren Hut an den Haken neben der Haustür.

Tiefe Stille.

Besorgt eilte sie ins Wohnzimmer. Emily lag auf dem Sofa, eine Hand über den Augen.

»Um Himmels willen, Emily, du hast mir eine Heidenangst eingejagt! Warum antwortest du nicht?«

»Ich – ich habe dich nicht gehört.« Langsam richtete sich Emily auf.

Diese Ausrede durchschaute Olivia sofort. Sie setzte sich zu Emily und berührte ihren Arm. »Was ist los, Liebes? Fühlst du dich nicht gut?«

»Doch …«, erwiderte ihre Schwester zögernd.

Wie seltsam ihre Stimme klang … Olivia hob die Brauen. Zwischen den Vorhängen drang nur schwaches Sonnenlicht herein. Erst jetzt sah sie Emilys rot geweinte Augen. »Oh, du hast geweint! Tut mir Leid, dass ich dich so lange allein ließ.«

»Das ist es nicht«, erklärte Emily, faltete die Hände im Schoß und senkte die Lider.

»Was dann?« Mühsam zwang sich Olivia zur Ruhe. In den letzten Wochen war ihre Schwester so glücklich gewesen. Und jetzt … Die Situation erinnerte sie an die Tage nach Emilys Erblindung. Damals hatte Olivia sie jeden Morgen geduldig überreden müssen, aufzustehen. Irgendetwas musste passiert sein. »Bitte, sag mir, was dich quält.«

Da hob ihre Schwester den Kopf, schaute sie an, und Olivias Atem stockte. Die Veränderung war offenkundig. Keine Leere mehr in den blauen Augen. Als könnte Emily sie *sehen*.

»Liebes«, wisperte Olivia leise, »siehst du mich?«

Emily nickte wortlos.

Lachend und weinend umarmte Olivia ihre Schwester. »Du kannst sehen! Du kannst sehen!«, jubelte sie immer wieder.

Erst nachdem die Euphorie verebbt war, bemerkte sie die mangelnde Begeisterung des Mädchens, das die Umarmung nur der Form halber erwiderte. Olivia rückte ein wenig von Emily ab und ergriff ihre Hände, die sich eiskalt anfühlten. »Freust du dich denn nicht? Das hast du dir doch monatelang gewünscht – dass du dein Augenlicht zurückgewinnst.«

Zu ihrer Bestürzung rollten Tränen über Emilys Wangen. »Ich dachte, es wäre der wunderbarste Tag meines Lebens. Stattdessen ist es der schlimmste.«

»Aber – wieso?«

»Weil etwas Schreckliches geschehen ist … Ich habe mich verliebt.«

»Warum ist das schrecklich? Oh, ich finde es wundervoll.«

»Da irrst du dich.«

»Erwidert er deine Gefühle nicht?«

»Doch – er hat's gesagt.«

»Wieso bist du dann traurig? Wenn ihr euch liebt …«

In Emilys schönen blauen Augen lag abgrundtiefe Verzweiflung. »Er – er ist ein *Zigeuner*.«

»Großer Gott …« Olivia spürte, wie alles Blut aus ihrem Gesicht wich, und ihre Gedanken überschlugen sich. Wie war es dazu gekommen? Wann? Und wo, um alles in der Welt, hatte Emily einen Zigeuner kennen gelernt? »Erzähl mir die ganze Geschichte. Wo seid ihr euch begegnet?«

»Auf dem Dorfplatz. Esther … Oh, ich weiß, das hätte ich dir früher sagen müssen. Wenn wir spazieren gehen, trinkt sie manchmal einen Krug Ale im Wirtshaus und ich warte draußen. Eines Tages kehrte sie nicht zurück. Als es immer dunkler wurde, begann ich mich zu fürchten und überlegte, wie ich nach Hause kommen sollte. Da sah er mich auf der Bank sitzen.«

»Der Zigeuner?«

»Ja. Er heißt Andre.«

Andre! Verblüfft schnappte Olivia nach Luft.

Diesem hübschen jungen Mann war sie im Zigeunerlager begegnet.

»Glaub mir, Olivia, er war so nett – und so fürsorglich. Natürlich hätte ich einem Fremden niemals trauen dürfen. Aber – ich erlaubte ihm, mich nach Hause zu bringen. Seiner Sprechweise merkte ich an, dass er kein Gentleman ist. Ich hielt ihn für einen Farmer – bis er mir erklärte, er würde Pferde zureiten und verkaufen.«

Ein Pferdehändler – wie so viele Zigeuner, dachte Olivia. Doch das wusste Emily nicht.

Wäre sie blind geblieben, hätte sie wohl niemals erraten, woher der Mann stammte, dachte Olivia. Und sie verstand auch, warum Andre – fasziniert von einer schönen jungen Frau, die ihn nicht sehen konnte – seine Herkunft verschwiegen hatte.

Schuldbewusst biss Emily sich auf die Lippen. »Wenn du auf Ravenwood arbeitetest, kam er zu mir – fast jeden Tag. Ich weiß, das hätte ich dir erzählen müssen. Aber ich hatte Angst, du würdest mir böse sein – und mir verbieten, Andre wieder zu sehen.« Schweigend hörte Olivia zu und erfuhr, Andre habe die bestickten Deckchen verkauft und ihrer Schwester einen Kristall mit heilsamen Kräften geschenkt. Bald seien die Gefühle über reine Freundschaft hinausgegangen.

Olivia entsann sich, wie oft sie sich vorgeworfen hatte, sie würde Emily vernachlässigen. Jetzt freute sie sich insgeheim, weil ihre Schwester nicht allein gewesen war.

Den Tadel, den Emily zu erwarten schien, brachte Olivia nicht über die Lippen.

Denn ihre Schwester liebte einen Zigeuner. So wie sie selbst.

»Weiß er, wie unser Vater gestorben ist?«, fragte sie und drückte Emilys Hand.

»Ja. Vor ein paar Wochen erzählte ich ihm, ein Zigeuner habe Papa ermordet. Und da gestand er mir noch immer nicht, *wer* er ist! Die ganze Zeit hat er mich getäuscht, Olivia. Oh, ich hasse ihn! Natürlich habe ich ihm gesagt, dass ich ihn nie wieder sehen will.«

»Also wird er nicht mehr hierher kommen?«

Aus Emilys Augen schienen Funken zu sprühen. Dann schwammen sie plötzlich in Tränen. »Nein«, wisperte sie.

Olivia legte einen Arm um ihre Schultern, während Emily bitterlich schluchzte, und versuchte sie zu trösten. Kein Wunder, dass Emily völlig verwirrt war ... Immerhin hatte sie mit angesehen, wie ihr Vater von einem Zigeuner ermordet worden war – und sich einige Monate später ausgerechnet in einen Zigeuner verliebt.

Nun behauptete sie, Andre zu hassen. Da war sich Olivia nicht so sicher.

Nach einer Weile schlief Emily vor Erschöpfung auf dem Sofa ein. Zärtlich strich Olivia über ihre Wange, dann erhob sie sich.

An diesem Morgen hatte Emily ihr Sehvermögen wiedererlangt, unglaublich ... Hing es vielleicht mit Andre zusammen?

Als es an der Tür klopfte, lief sie aus dem Zimmer und öffnete sie. Zu ihrer Überraschung stand Dominic vor ihr.

Ehe sie zu Wort kam, trat er ein, schloss die Tür hinter sich und nahm sie in die Arme. Ein verzehrender Kuss raubte ihr den Atem. Vergeblich kämpfte sie gegen ein heißes Glücksgefühl an. *Nein,* dachte sie vage, *das darf ich nicht tun, wenn Emily in der Nähe ist …* Wie konnte sie einen Kuss genießen, während ihre Schwester mit gebrochenem Herzen nebenan auf dem Sofa lag?

Es war Dominic, der den Kuss beendete. Hastig trat sie zurück. »Ich – ich wusste gar nicht, dass du wieder da bist.« Auf Ravenwood hatte Charlotte ihr erzählt, der Earl würde an diesem Tag mehrere Pächter besuchen.

»Soeben bin ich nach Ravenwood geritten – und dann sofort hierher.«

Ein längeres Schweigen entstand, und Dominic betrachtete sie mit Augen, die alles zu sehen schienen – sogar die Tiefen ihrer Seele.

»Was bedrückt dich, Olivia?«

Alles, wollte sie schreien, am Ende ihrer Nervenkraft. Letzte Nacht hatte er sie ins Paradies entführt. Aber als sie an diesem Morgen aus dem Bett gekrochen war, hatte die raue Wirklichkeit alle Liebesfreuden verdrängt. Quälende Zweifel waren in ihr aufgestiegen. Nicht nur einmal – *zweimal* hatte sie sich dem Earl of Ravenwood hingegeben. War sie von allen guten Geistern verlassen?

Wie auch immer, nun musste sie an ihre Schwester denken. Emily hatte einen dramatischen Tag erlebt und dieser Zeitpunkt erschien Olivia denkbar ungeeignet für ein Geständnis ihrer Liebe zu Dominic. Wenn er auch nur ein *halber* Zigeuner war. Außerdem wusste sie nicht, in welcher Beziehung sie zu ihm stand. Seine Mätresse war sie nicht, obwohl sie sich so benommen hatte. Was mochte sie sein? Seine Liebhaberin?

Beklommen senkte sie den Kopf. Seine Mätresse. Seine Liebhaberin. Beides klang billig – und verwerflich.

Nein, entschied sie und spähte über die Schulter zum Salon, wo Emily schlief. Hier und jetzt konnte sie nichts erklären. Die Wunde in Emilys Herzen war noch zu frisch. Vorerst durfte sie nicht an Andre erinnert werden.

Dominic folgte der Richtung ihres Blicks. »Wer ist da drin? Nur Emily? Oder vielleicht noch jemand?«

Da verlor sie die Beherrschung. »Natürlich nur meine Schwester!«, fauchte sie. »Und wenn's dir nichts ausmacht, möchte ich dich bitten zu gehen.«

Mit schmalen Augen starrte er sie an. »Willst du nicht wissen, warum ich hier bin?«

Entschlossen richtete sie sich auf. »Du solltest dich lieber verabschieden.«

»Bereust du schon jetzt, was geschehen ist? Du erregst meine Neugier. Hast du die Überzeugung gewonnen, ich wäre zu gut für eine Vikarstochter? Oder bist du etwa zu gut für einen halben Zigeuner?«

Wie kam er bloß auf solche Gedanken? Sprachlos runzelte sie die Stirn.

Als sie nicht antwortete, stellte sie seine Geduld auf eine harte Probe. Schließlich wandte er sich ab. Mit vier langen Schritten erreichte er die Tür und warf sie hinter sich zu. Erst jetzt merkte Olivia, dass er ihr Schweigen für Zustimmung hielt, und sie erkannte, wie verletzt er sich fühlen musste. So durfte sie ihn nicht gehen lassen. Sein Vater hatte ihm genug angetan. Und er sollte nicht glauben, sie würde die gleichen Vorurteile hegen wie der alte Earl. Entschlossen rannte sie ihm nach. Noch bevor sie ihn einholte, schwang er sich bereits in Storms Sattel. »Dominic!«, rief sie. »Warte, du verstehst nicht …«

»Doch, ich verstehe dich sehr gut«, unterbrach er sie, schwenkte das Pferd herum und galoppierte davon.

Unglücklich schaute sie ihm nach und eine leise innere Stimme weigerte sich zu verstummen. *Vielleicht ist es besser so.* O Gott, wie konnte es besser sein?

Schweren Herzens eilte sie ins Cottage zurück und betrat das Wohnzimmer. Emily öffnete die Augen. »War jemand hier? Ich dachte, ich hätte Gesprächsfetzen gehört.«

»Nein …« Hastig kehrte Olivia ihrer Schwester den Rücken, um ihre Tränen zu verbergen. »Schlaf wieder ein, Liebes.«

Dominic saß in seinem Arbeitszimmer und beobachtete die Abendröte, die langsam über den Horizont kroch. *Verdammt,* dachte er. Seine Stimmung war so düster wie die Seele des Teufels. *Zur Hölle mit ihr …*

Letzte Nacht hatte er sie nicht gewaltsam in seinem Schlafzimmer festgehalten. Warum verspürte sie jetzt bittere Reue? Glaubte sie, sein Zigeunerblut habe sie beschmutzt? Sie war seinem Herzen so nahe gewesen – und an diesem Abend plötzlich so kühl, so distanziert. Und warum hatte sie ihn weggeschickt? Das verstand er nicht. *Alles* wollte er mit ihr teilen – ihren Körper, ihre Seele, jeden einzelnen ihrer Gedanken …

Es ist zu früh, mahnte ihn eine innere Stimme zur Geduld. *Was zwischen euch geschah, ist zu neu – zu verwundbar. Vielleicht zweifelt sie an dir ebenso wie du an ihr …*

Nein! In seinem Kinn begann ein Muskel zu zucken. Was er in ihren schönen grünen Augen gelesen hatte, war Abscheu gewesen. Schämte sie sich, weil sie mit ihm geschlafen hatte? Seine Lippen kräuselten sich. Jedenfalls hatte er diesen Eindruck gewonnen.

Um sich Gewissheit zu verschaffen, sah er nur eine einzige Möglichkeit.

Später entsann er sich nicht, wie er in den Stall geeilt war und Storm gesattelt hatte. Er wusste nur, dass er nach Stonebridge ritt, zum kleinen Cottage am anderen Ende des Dorfes. Was er dort erblickte, drehte ihm den Magen um. Nur zu gut kannte er den kastanienbraunen Wallach, der unter einer Eiche graste. William Dunsport war hier.

In einiger Entfernung zügelte Dominic seinen Rappen. Schwaches Lampenlicht schimmerte hinter den Fenstern. Durch die Spitzenvorhänge sah er die Umrisse zweier Gestalten auf dem Sofa. Langsam verstrichen die Minuten.

Und Dunsport kam noch immer nicht heraus. Dominics Zorn wuchs. Und dann beobachtete er, wie sich die beiden Silhouetten erhoben, eine viel größer als die andere – und einander umschlangen.

Ein wilder Fluch zerriss die nächtliche Stille. Krampfhaft umklammerten Dominics Finger die Zügel. Nun musste er schleunigst davonreiten – sonst würde er womöglich ins Cottage stürmen und das Paar auseinander reißen. Eine so ungestüme Störung würde den beiden sicher missfallen. Entschlossen rammte er seine Fersen in Storms Flanken und galoppierte nach Ravenwood zurück, wo er in seinem besten Brandy Trost suchte. Ohne Erfolg.

Würde Olivia diesem elenden Dunsport schenken, was sie letzte Nacht *ihm* gegeben hatte? Der Gedanke stach wie ein giftiger Dorn in sein Herz.

Plötzlich erinnerte er sich an jene Nacht im Zigeunerlager. Damals hatte er geglaubt, zwischen ihnen wäre etwas ganz Besonderes entstanden und Olivia würde allmählich begreifen, dass man nicht *alle* Zigeuner verdammen durfte – dass *er* ihre Verachtung nicht verdiente. Aber er bedeutete ihr nichts.

Vielleicht hatte er ihr nie etwas bedeutet.

»Seit heute Morgen kannst du wieder sehen?« William schüttelte den Kopf und nippte an seinem Tee. »Erstaunlich.«

»Ja.« Emily lächelte schwach. »In der Tat.«

Einerseits war Olivia dankbar für Williams unerwarteten Besuch. Obwohl Emily immer noch bedrückt wirkte, würde sie in seiner Gegenwart wenigstens nicht in Tränen ausbrechen. Andererseits fand Olivia seinen Anblick unerträglich, und sie hatte nicht vor, den Abend mit ihm zu verbringen.

Doch sie verbarg ihren Unmut und griff nach der Kanne. »Noch Tee? Emily, William?«

»Für mich nicht mehr, Olivia«, erwiderte Emily hastig und erhob sich. »Ich weiß, ich benehme mich furchtbar unhöflich. Aber ich – bin völlig erschöpft. Würdet ihr mich entschuldigen?«

»Natürlich, Emily.« William stand auf und umfasste ihre Hand. »Darf ich dir versichern, wie sehr ich mich für dich freue?«

»Danke, William«, erwiderte sie leise, »du bist sehr freundlich.«

»Gute Nacht, Liebes.« Olivia nickte ihr ermutigend zu. »Schlaf gut.«

Eine schreckliche Sekunde lang fürchtete sie, nun hätte sie etwas Falsches gesagt und Emily würde wieder zu weinen beginnen. Doch sie entgegnete nur: »Das will ich versuchen.«

Und dann war Olivia mit William allein. Vor diesem Augenblick graute ihr seit seiner Ankunft. Wäre ihr bewusst gewesen, wer sie besuchen wollte, hätte sie niemals die Tür geöffnet. Doch sie hatte gehofft, Dominic würde zurückkehren.

Als William seine Teetasse auf die Untertasse stellte, klirrte es leise. Dann nahm er wieder Platz und legte seine Hände auf die gespreizten Knie. »Olivia, ich muss mich bei dir entschuldigen. Bei unserer letzten Begegnung habe ich mich abscheulich verhalten.«

Allerdings. Diese Antwort verkniff sie sich. Wie zerknirscht er jetzt dasaß … Trotzdem würde sie seine Unverschämtheit niemals vergessen. Aber wozu sollte sie sich aufregen? Dafür kümmerte er sie viel zu wenig. Sie neigte den Kopf und brachte sogar ein Lächeln zustande. »Schon gut, William«, erwiderte sie leise, um Emily nicht zu stören. »Selbstverständlich akzeptiere ich deine Entschuldigung.«

Er rückte auf dem Sofa näher zu ihr, sodass sich ihre Schenkel fast berührten. Olivia versteifte sich. »Wenn es dir nichts ausmacht, möchte ich mich jetzt zurückziehen. Ich habe einen anstrengenden Tag hinter mir.«

»Nein, bitte …« Flehend streckte er eine Hand aus. »Gedulde dich noch ein bisschen, ich muss dir etwas sagen.«

»Was denn?«, fragte sie unbehaglich, von einem untrüglichen Instinkt gewarnt.

»Nichts hat sich geändert, Olivia, ich möchte dich immer noch heiraten.«

Aber ich dich nicht, hätte sie ihn am liebsten angeschrien. Stattdessen seufzte sie. »Hör mir jetzt bitte zu, William, ich kann dich nicht heiraten.«

»Warum nicht? Jetzt darfst du dich nicht mehr auf das Gebrechen deiner Schwester berufen. Sie ist von ihrer Blindheit geheilt. Oh, ich weiß, du bist mir böse, weil ich verfrüht über unsere Heirat gesprochen habe. Das bereue ich. Es war nur die Ungeduld eines Liebenden …«

»Nein, William, wir waren niemals ein Liebespaar, und du wirst mein Herz nie gewinnen. Nun muss ich dich bitten, zu gehen.«

Als sie sich erhob, sprang er auf und riss sie in seine Arme. »Komm schon, Olivia, lass dich küssen, und alles ist wieder gut.«

Angewidert drehte sie den Kopf zur Seite, um seinen gierigen Lippen auszuweichen, und der Kuss traf ihre Wange, heiß und feucht. Mit beiden Fäusten trommelte sie gegen seine Brust. »Lass mich sofort los!«, befahl sie ihm, so laut sie es wagte. »Sonst rufe ich meine Schwester!«

In seinen kalten blauen Augen las sie beängstigenden Zorn. »Also geht's um *ihn,* nicht wahr?« Höhnisch verzog er die Lippen. »Um deinen kostbaren Zigeuner. Seinetwegen willst du mich nicht heiraten. O Gott, was siehst du bloß in ihm? Wenn er auch einen Adelstitel trägt, er ist und bleibt ein Zigeuner. Jeder kennt dieses üble Gesindel. Lauter Diebe und Bettler …«

»Dominic hat nichts damit zu tun«, fiel sie ihm ins Wort. Erfolglos versuchte sie, sich aus seinen Armen zu befreien.

»Ah, inzwischen nennst du ihn schon Dominic?«, spottete er. »An jenem Tag am Flussufer habe ich euch beide beobachtet. Wäre der Bastard bloß ertrunken!«

Endlich riss sie sich mit aller Kraft los, rannte zum Kamin und ergriff den Schürhaken. »Wenn er wüsste, dass du hier bist, wäre er gewiss nicht erfreut, William. Jetzt solltest du besser gehen. Sonst erzähle ich's ihm.« Diese Drohung nahm sie selbst nicht ernst. Nach dem letzten Gespräch, das sie mit Dominic geführt hatte, würde er sie wohl kaum verteidigen.

»Nicht nötig, Olivia.« Verächtlich rückte William sein Jackett zurecht. »Ich räume das Feld. Aber eines solltest du bedenken – vielleicht wird dein kostbarer Zigeuner-Earl nicht für immer hier bleiben. Was wirst du dann tun?« Ausdrucksvoll hob er die Brauen. »Du musst mich nicht hinausbegleiten, ich finde den Weg schon allein.«

Sekunden später fiel die Haustür ins Schloss.

Olivia zitterte am ganzen Körper. Beinahe wäre der Schürhaken ihren kraftlosen Fingern entglitten. Das krachende Geräusch der Tür hatte Emily alarmiert. Besorgt eilte sie ins Wohnzimmer. »Ist William gegangen? Ich dachte, ich hätte laute Stimmen gehört.«

»Ja, Liebes, er ist gegangen.« Olivia riss sich zusammen und wusste nicht, ob sie lachen oder weinen sollte. »Versuch, wieder zu schlafen.«

Sie folgte ihrer Schwester ins Schlafzimmer und suchte in einer Schublade nach einem frischen Nachthemd. Dabei fiel ihr ein Taschentuch aus feinem Leinen in die Hände, mit kunstvoll gestickten Initialen.

Dominics Taschentuch, das er ihr bei der ersten Begegnung geliehen hatte …

Plötzlich wurden ihre Knie weich und sie sank zu Boden. Ihr Hals schmerzte, als sie mit den Tränen kämpfte. Die ganze Zeit hatte sie das Taschentuch behalten, statt es seinem Besitzer zurückzugeben. Warum? Beklommen erinnerte sie sich an Williams Worte. *Lauter Diebe und Bettler* … Sie drückte das Taschentuch an ihre Brust, als wäre es Dominics Hand. Niemals würde er um ihre Gunst *betteln*. Dafür war er zu stolz. Aber vielleicht ist er ein Dieb, dachte sie.

Ein Dieb, der ihr Herz gestohlen hatte.

19

Voller Sorge beobachtete Olivia ihre Schwester, die ihr mit jedem Tag etwas blasser und schwächer erschien. Emily nahm kaum einen Bissen zu sich und stand offensichtlich Höllenqualen aus, weil Andre nicht mehr zu ihrem Leben gehörte.

Vielleicht irre ich mich, dachte Olivia, aber würde sie ihn tatsächlich hassen, so hätte sie ihre Verzweiflung längst überwunden.

Als Olivia das Thema anschnitt, weigerte sich Emily, darüber zu sprechen. »Ich will nicht an ihn denken.«

Allem Anschein nach kannte sie keinen anderen Gedanken. Also liebte sie ihn.

Und was konnte Olivia unternehmen? Nichts. Emily war kein Kind mehr, und es stand ihrer Schwester nicht zu, sich einzumischen. Die Geheimnisse ihrer Seele musste Emily selbst erforschen.

Außerdem hatte Olivia genug mit ihren eigenen Problemen zu tun. Sie liebte Dominic. Heiß und innig. Doch diese Liebe würde ihr nur das Herz brechen. Tagelang hatte sie mit ihren Gefühlen gekämpft und schließlich eine schmerzhafte Entscheidung getroffen. Emily durfte in ihrem beklagenswerten Zustand nichts von der Liebe ihrer Schwester zu Dominic St. Bride erfahren. Er war zwar nur ein halber Zigeuner, doch das würde für Emily keine Rolle spielen. Wenn sie die Wahrheit herausfand ... Was dann geschehen mochte, wusste Olivia nicht. Jedenfalls wollte sie kein Wagnis eingehen. Und so fasste sie einen Entschluss.

Was in jener Nacht auf Ravenwood geschehen war, würde sich nicht wiederholen.

Diese Gefahr bestand ohnehin nicht. Zur Zeit sah sie Dominic nur selten. Einmal machte sie zusammen mit Charlotte in der Halle sauber und sein knapper Gruß galt ihnen beiden. Ein andermal traf sie ihn auf der Treppe. Mit ausdruckslosen Augen schaute er sie an und sagte kein Wort. Seine abweisende Haltung bereitete ihr tiefen Kummer. War er ihr immer noch böse? Oder wollte er nichts mehr von ihr wissen, nachdem er sie benutzt hatte, um sich kurzfristig zu amüsieren?

Ein Grund mehr, ihn zu vergessen ... Aber wie sollte ihr das gelingen, wenn sie jede Nacht von ihm träumte?

Im letzten Traum hatte sie ihn so kühn und sinnlich geküsst wie er sie bei jenem erregenden Liebesspiel – zwischen den Schenkeln. Mit flackernder Zunge kostete und schmeckte sie ihn. Und als würde das noch nicht genügen, kniete sie rittlings über ihm. Beide Hände auf seine muskulöse Brust gestützt, lächelte sie ihn herausfordernd an und balancierte über der Spitze seines Glieds ...

Die Intensität des Traums riss sie aus dem Schlaf. In ihren Ohren rauschte das Blut, ihr Puls raste, und im Zentrum ihrer Weiblichkeit spürte sie feuchte Hitze. Sie war entsetzt, weil ihre Fantasie so ungeheuerliche Szenen ersinnen konnte. Wann immer sie daran dachte, schämte sie sich. Trotzdem überlegte sie, ob nicht viele Frauen und Männer solche Dinge taten. Und wenn sie Dominic so intim liebkoste – würde er das gleiche Entzücken empfinden wie sie in jener Nacht?

Diese Frage stellte sie sich wieder einmal, als sie eines Nachmittags die Bibliothek betrat, um Staub zu wischen. Sie glaubte, sie würde niemanden antreffen. Aber zu ihrer Bestürzung sah sie Dominic in einem Samtsessel am Fenster sitzen und lesen. Wie erstarrt stand sie da. Unfassbar! Er *las*.

Anscheinend merkte er, dass er nicht mehr allein war, denn er hob den Kopf und schloss das Buch. Dann stand er auf und stellte es in ein Regal, bevor er sich zu ihr wandte. »Ah, Olivia! Sehr gut, ich wollte ohnehin mit dir reden.«

Sie holte tief Luft und zeigte auf das Buch. »Was hast du soeben getan?«

»Ist das so schwer zu erraten? Ich habe gelesen.«

»Aber – du sagtest doch, du könntest nicht lesen.«

»Das habe ich nie behauptet.«

»Nicht direkt … Du hast erzählt, du seist mehrmals aus der Schule geflohen – und mich gebeten, dir diesen Brief von deiner Geliebten vorzulesen!«

»Wie ich mich entsinne, hatte ich an jenem Abend zu viel getrunken und war ein wenig benebelt.«

»Aber … du hast erwähnt, dein Hauslehrer habe sich bei deinem Vater beschwert, weil du nicht lesen lernen wolltest.«

Belustigt zuckte er die Achseln. »Deshalb dachtest du, ich könnte weder lesen noch schreiben?«

»Kannst du es denn?«

»Natürlich. Wie sollte ich sonst meine Geschäfte abwickeln?«

Olivia fühlte sich wie eine Närrin. In tiefster Verlegenheit errötete sie. »Warum hast du mich im Glauben gelassen, du hättest weder Lesen noch Schreiben gelernt?«

»Falls mich mein Gedächtnis nicht trügt, sprachen wir nie darüber.«

Statt zu antworten, presste sie die Lippen aufeinander. Unvernünftigerweise verübelte sie *ihm,* dass sie einen falschen Eindruck gewonnen hatte. Sie kehrte ihm den Rücken zu und eilte zur Tür. Blitzschnell versperrte er ihr den Weg – hoch aufgerichtet und viel zu selbstgefällig. »Geh zur Seite!«

»Nicht, solange du böse bist.« Lächelnd schloss er die Tür und lehnte sich dagegen, die Arme vor der Brust verschränkt. »Wenn jemand einen Grund hat, böse zu sein, bin's *ich.*«

»Und warum?«

»Offenbar leidest du an Gedächtnisschwäche, Olivia. Aber ich vergesse nicht so leicht. *Mich* hast du neulich aus deinem Cottage gejagt. Aber *William Dunsport* war dir hochwillkommen.«

Auf diesen Angriff war sie nicht vorbereitet. Verwirrt wich sie einen Schritt zurück. »Ich – ich weiß nicht, was du meinst.«

»Oh, das weißt du sehr gut. Trotzdem bin ich bereit, deine Erinnerung aufzufrischen.« Dominics Lächeln war erloschen, sein Mund bildete einen geraden Strich. »Mir hast du die Tür gewiesen – und Dunsport mit offenen Armen empfangen. Ich durfte nicht in deinem Cottage bleiben. Und ihn hast du ohne Zögern eingelassen.«

»Nur weil ich dachte, *du* hättest angeklopft!«, rief sie, ehe sie sich eines Besseren besinnen konnte.

Seine Augen verengten sich. »Warum hast du mich dann hinausgeworfen?«

»Weißt du noch, was ich dir erzählt habe? Mein Vater wurde von einem Zigeuner ermordet.«

»Was hat das mit uns zu tun?«

»Sehr viel. Als ich an jenem Abend nach Hause kam, war Emily völlig verzweifelt ...« Plötzlich brach alles aus ihr heraus, und sie schilderte, wie ihre Schwester einen jungen Mann kennen gelernt und ihre Sehkraft wiedererlangt hatte, nur um festzustellen, dass ihr Verehrer ein Zigeuner war.

Verwirrt nahm Dominic den Namen des Burschen zur Kenntnis. Andre.

»Verstehst du mich jetzt?«, fragte Olivia und schaute ihn flehend an. »Ich wollte dich nicht kränken. Aber wenn Emily dich in unserem Haus gesehen hätte, wäre sie an Andre erinnert worden.«

Dominic strich nachdenklich über sein Kinn. »Ja, ich verstehe deine Sorge ...« Nach einer kurzen Pause fügte er hinzu: »Warum bist du mir seither aus dem Weg gegangen?«

»Das bin ich nicht. Jeden Tag bin ich in Ravenwood Hall gewesen.«

»Ich auch. Und du hast dich stets geweigert, mich anzuschauen. Sogar, wenn wir allein waren.«

Jetzt sah sie ihn an. Wie es seiner Gewohnheit entsprach, trug er ein schlichtes weißes Hemd, dunkle Breeches und Stiefel. Mit der widerspenstigen Locke, die ihm in die Stirn fiel, wirkte er fast jungenhaft – und überaus anziehend.

Von einer unerwarteten Verzweiflung erfasst, fühlte sie eine bleierne Müdigkeit in sich aufsteigen. So viel war in letzter Zeit auf sie eingestürmt. Am liebsten hätte sie sich an Dominics Hals geworfen und alles außer seinen starken Armen vergessen. Die Versuchung war fast unwiderstehlich. Doch Olivia durfte ihr nicht nachgeben. Sonst würde sie neue Schwierigkeiten heraufbeschwören.

»Du hast meine Frage nicht beantwortet«, mahnte er leise. »Warum bist du mir aus dem Weg gegangen?«

Wohin dieses Gespräch führen würde, ahnte sie. Und es war besser, dagegen anzukämpfen. Um den Ausdruck ihrer Augen zu verbergen, senkte sie die Lider. »Wovon redest du?«

»Das weißt du sehr gut«, erwiderte er in entschlossenem Ton. »Oder hast du vergessen, was zwischen uns geschehen ist? In diesem Haus? Nicht nur ein-, sondern zweimal?«

Wie ein Dolch stach seine scharfe Stimme in ihr Herz. »Nein …«

Da ging er auf sie zu und blieb so dicht vor ihr stehen, dass seine Breeches ihre Röcke berührten. »Ich auch nicht.«

Offensichtlich hatte er Recht – sie konnte seinem Blick nicht standhalten. Stattdessen betrachtete sie sein markantes Kinn mit den dunklen Bartstoppeln und schluckte mühsam. »Musst du mich daran erinnern?«

»Du warst einverstanden …«

»Ja, ich weiß«, unterbrach sie ihn. »Aber ich habe nicht darüber nachgedacht, wie ich mich … später fühlen würde. Oh, wie soll ich's dir nur erklären? Ich bin anders als deine Londoner Freundinnen. Und ich kann nicht vorgeben, es wäre belanglos, was wir taten …«

»Das verlange ich auch gar nicht von dir.«

Plötzlich stieg ein hässlicher Verdacht in ihm auf. »Hast du befürchtet, ich würde dich benutzen und dann einfach fallenlassen?«

Brennende Röte färbte ihre Wangen. »Keine Ahnung … Jedenfalls bin ich nicht so naiv, wie du glaubst. Ich weiß, dass manche Gentlemen mit ihrem weiblichen Hauspersonal schlafen und sich nichts dabei denken. Aber – wenn ich auch keine feine Dame bin …«

»Sei still!«, befahl er, legte einen Finger unter ihr Kinn und hob ihr Gesicht. »Olivia Sherwood, du bist die vornehmste Dame, die ich jemals kannte.« Seine Mundwinkel zuckten. »Vielleicht sogar die *einzige* Dame.«

Warum gelang es ihm, mit wenigen Worten ihr Herz zu schmelzen? »Eine richtige Dame hätte sich wohl kaum so verhalten wie ich.«

»Eins musst du bedenken«, erwiderte er lächelnd. »In jenen Nächten warst du nicht allein. Da hatte ich auch noch ein Wörtchen mitzureden.«

Unsicher wich sie seinem Blick aus, dann schaute sie ihn wieder an. »Bei einem Mann ist das etwas anderes.«

»Nicht immer.« Sein Lächeln vertiefte sich. Wenn sie ihre Argumente so eindringlich und ernsthaft vorbrachte, fand er sie besonders zauberhaft. Stets auf die Schicklichkeit bedacht, eine Vikarstochter vom Scheitel bis zur Sohle.

»Verstehst du denn nicht, Dominic? Ich weiß nicht, was als Nächstes passieren wird – was ich empfinden müsste!«

Weil ihre Stimme so verzweifelt klang, hätte er beinahe gelacht. »Vielleicht sollten wir's dem Schicksal überlassen ... Oh, ich habe vergessen, du glaubst nicht daran.« Noch während er sprach, zog er sie an sich.

»Verspotte mich nicht«, flehte sie.

»Das würde ich niemals tun.« Sein Kuss wirkte eher tröstlich als leidenschaftlich.

Die Hände auf seine Brust gelegt, senkte sie die Lider und öffnete die Lippen, gab seinem Wunsch und ihrem eigenen nach.

Seine Nähe war eine unwiderstehliche Verlockung. In ihrem Busen spürte sie ein drängendes Prickeln, ein Vorbote der Begierde. Immer schneller floss das Blut durch ihre Adern. Eine ähnliche Sehnsucht schien Dominic zu erfüllen, denn er presste sie fester an sich. Wie eine flackernde Kerze begann ihr Entschluss zu wanken.

Nein, sie durfte es nicht zulassen. Viel zu süß war die Erinnerung an die Nacht in seinen Armen, und wenn er sie umfing, hatte sie stets das Gefühl, sie wäre genau dort, wo sie hingehörte. Aber Emily hatte zu viel erlitten.

Stöhnend riss sie sich von Dominic los. »Nein – ich kann nicht ...«, flüsterte sie, den Tränen nahe. Sie musste an Emily denken. Und sobald er sie küsste, konnte sie an *gar nichts* denken. Hastig raffte sie ihre Röcke und floh aus der Bibliothek, voller Angst, er würde ihr folgen.

Diese Sorge war überflüssig. Reglos blieb er stehen und fragte sich bitter, wann sie ihm endlich rückhaltlos vertrauen würde.

»Heute bist du so still«, bemerkte Charlotte, als sie am nächsten Abend das Herrschaftshaus verließen. »Geht es dir nicht gut?«

»Doch, Charlotte«, log Olivia und lächelte gezwungen. »Danke, dass du dich danach erkundigst.« In Wirklichkeit fühlte sie sich so verwirrt wie noch nie und der prüfende Blick ihrer Freundin war keineswegs hilfreich. »Woran denkst du?«, seufzte sie.

»Wirst du mir böse sein?«

»War ich dir jemals böse?«, fragte Olivia und zupfte an Charlottes langem rotem Zopf.

»Nein, soweit ich mich erinnere«, erwiderte Charlotte lachend. »Jedenfalls – eines Tages sah ich euch im Arbeitszimmer, Seine Lordschaft und dich. Du hast ihm die Buchführung erledigt und er beugte sich zu dir hinunter. Als du zu ihm aufgeschaut hast, spürte ich, dass ihr beide zusammengehört.«

Erschrocken hielt Olivia den Atem an. Charlotte konnte unmöglich wissen ... »Unsinn! Wie kommst du auf so etwas?«

»Vergiss nicht – ich war mal verliebt. Deshalb kenne ich mich aus.«

Unwillkürlich musste Olivia kichern. Ihre Freundin war kaum älter als sie selbst. »Trotzdem irrst du dich.«

»Sicher nicht. Man muss ihn nur beobachten, wenn er dich anschaut.«

Hätte sie bloß Recht, dachte Olivia wehmütig. »Mach dich nicht lächerlich! Bald wird er Elizabeth Beaumont heiraten. Oder eine feine Dame aus London.«

»Elizabeth Beaumont?« Charlotte schnaufte verächtlich. »Niemals!«

»Sei nicht albern ...«

»Glaub mir, ich weiß, wovon ich rede. Auf dem Ball hatte er nur Augen für dich. Oh, gewiss, er tanzte mit Miss Beaumont, war höflich und galant, aber sein Blick folgte dir unentwegt. Das hat diese dumme Gans nicht einmal gemerkt. Wie eine Klette hing sie an ihm.«

Olivia presste eine Hand auf ihr Herz. Durfte sie der Freundin glauben? Das wusste sie nicht. Nur eins wusste sie – es wäre ein Fehler, Charlottes Worte ernst zu nehmen.

»Ich verstehe jetzt gar nicht mehr, warum ich solche Angst hatte, bevor er hierher kam«, fuhr Charlotte fort. »Er ist ganz anders, als ich dachte. Manchmal schaut er ein bisschen streng drein. Aber das täuscht. Colin betet ihn an. Neulich erklärte er mir, er möchte ein Zigeuner-Earl werden, damit er auf einem so schönen Pferd wie Storm reiten kann.«

»Ja, Colin mag ihn sehr gern«, bestätigte Olivia. Der kleine Junge hatte seine Scheu längst verloren und plapperte munter drauflos. Am liebsten sprach er über Dominic und den Rappen. »Übrigens, der Earl erwidert die Gefühle deines Sohnes.«

Zu ihrer Erleichterung begann Charlotte von anderen Dingen zu sprechen. Bald erreichten sie das Dorf. Olivia wollte gerade in die schmale Straße abbiegen, die zu ihrem Cottage führte, als sie mehrere Leute vor der Kirche stehen sah und ärgerliche Stimmen hörte.

Erstaunt wechselte sie einen Blick mit Charlotte, die auf eine der Frauen zeigte. »Da ist meine Mum!«

Jetzt erkannte auch Olivia die Mutter ihrer Freundin, die weißhaarige Bridget. Sie eilten zur Kirche, und sobald Bridget ihre Tochter erblickte, lief sie ihr entgegen. »Charlotte!«

»Was ist denn passiert, Mum?«

»O Gott, jemand hat ihn aus dem Haus geholt!«, klagte sie, die Augen voller Tränen.

»Wen, Mum?«

»Colin!«, schluchzte Bridget. »Es ist meine Schuld, Charlotte. Schick mich nach Irland zurück … Aber zuerst müssen wir ihn finden!«

Entsetzt öffnete Charlotte den Mund. Aber sie brachte kein Wort hervor. Es war Olivia, die in scharfem Ton fragte: »Was ist geschehen?«

»Vor einer Stunde schlief das kleine Lämmchen in seinem Bett. Da legte ich mich auch hin. Nur für ein paar Minuten, nahm ich mir vor.

Und dann muss ich eingeschlafen sein …« Bridget rang verzweifelt nach Atem. »Als ich die Tür knarren hörte, rannte ich sofort in sein Zimmer – da war er schon verschwunden!«

Charlottes Haus lag am Waldrand. »Vielleicht ist er in den Wald gelaufen«, meinte Olivia.

»Nein«, würgte Charlotte hervor, »er fürchtet sich vor dem Wald.« Zitternd griff sie an ihre Kehle. »Nur mit Mum oder mir würde er hinters Haus gehen.«

»Jemand hat ihn entführt!«, klagte Bridget. »Vorhin sah ich Fußspuren im Erdreich beim Brunnen, die direkt zu unserer Tür führen. Am Morgen waren sie noch nicht da. Das weiß ich, weil ich den Boden vor unserem Haus gefegt habe.« In Tränen aufgelöst, fügte sie hinzu: »Jeder konnte durchs Fenster schauen und uns beide schlafen sehen. Offenbar ist jemand reingeschlichen und hat Colin aus seinem Bettchen gehoben.«

Entschlossen ignorierte Olivia ihren Instinkt, der ihr zuflüsterte, es wäre ganz einfach, einen kleinen Jungen in den Wald zu entführen. »Irgendwo muss er sein.«

»Wir haben schon überall gesucht«, verkündete Reverend Holden, das schmale Gesicht voller Sorge. »Und wenn ich's auch nicht glauben will – jemand muss den kleinen Colin verschleppt haben. Wie Lucinda.«

»Lucinda?«, wiederholte Olivia bestürzt. O Gott, die süße, schüchterne Lucinda, Janes jüngere Schwester …

In diesem Augenblick rannte Jane zu ihr und schlang die Arme um ihre Taille. »O Miss Sherwood!«, rief sie schluchzend. »Lucinda ist verschwunden! Heute Morgen ging sie in den Stall, um die Kuh zu melken. Und da kam sie nicht zurück. Papa schickte mich hinaus und sagte, ich soll sie holen. Aber sie war nicht da.«

Colin und Lucinda, dachte Olivia, von kaltem Grauen erfasst. Dass *beide* vermisst wurden, konnte kein Zufall sein. Beschwichtigend streichelte sie Janes Haar. »Mach dir keine Sorgen, Schätzchen. Bald werden wir deine Schwester finden.« Ein leeres Versprechen … Noch nie in ihrem Leben hatte sie sich so hilflos gefühlt.

Unglücklich schaute Jane zu ihr auf. »Und wenn nicht, Miss Sherwood?«

Darauf wusste Olivia keine Antwort. Sie konnte nur beten und hoffen, das Schlimmste würde nicht eintreffen.

»Sicher waren es die Zigeuner!«, schrie jemand in der Menschenmenge, die sich zusehends vergrößerte.

»Die Zigeuner haben die Kinder gestohlen!«

Ringsum schwoll zorniges Gemurmel an.

»Ja, natürlich!«, gellte eine andere Stimme. »Die stehlen alles, was sie zwischen die Finger kriegen! Sogar Kinder!«

»Ganz besonders Kinder!«, behauptete eine Frau.

»Kommt, durchsuchen wir das Zigeunerlager!«, schlug einer der erbosten Dorfbewohner vor.

Eine weitere Ermutigung brauchten die Männer nicht. Wütend schwangen sie die Fäuste und eilten zum Fluss, vom Konstabler angeführt.

»Miss Sherwood, was haben die Leute vor?«, fragte Jane.

»Sie wollen Ärger machen«, erwiderte Olivia und drückte Jane an sich. »Geh nach Hause, Liebes.«

Mit bebenden Fingern zupfte Charlotte an Olivias Ärmel. »Glaubst du, es ist wahr? Haben die Zigeuner meinen Jungen und Lucinda gestohlen?«

»Wohl kaum! So etwas tun sie nicht, das sind nur dumme Klatschgeschichten.« Seltsamerweise fühlte sich Olivia verpflichtet, die Zigeuner zu verteidigen. In wachsender Angst schaute sie der aufgeregten Schar nach. »Charlotte, das kann ich nicht zulassen – ich muss ihnen folgen. Im Lager leben Frauen und Kinder – jemand könnte verletzt werden.«

»Ich gehe mit dir!« Energisch wischte Charlotte ihre Tränen von den Wangen.

»Nein, bleib bei deiner Mutter – jetzt braucht ihr einander. Keine Bange, mir wird schon nichts zustoßen.« Olivia umarmte ihre Freundin, dann lief sie den Männern nach, versuchte sie zurückzuhalten und flehte sie an, auf die Stimme der Vernunft zu hören.

Doch sie fand keine Beachtung. Aus den Augenwinkeln entdeckte sie William. Er war ein Soldat gewesen. Vielleicht konnte sie an sein Ehrgefühl appellieren. Aber als sie sich durch das Gedränge einen Weg zu ihm bahnen wollte, traf sie ein Fausthieb zwischen den Schulterblättern. Aus dem Gleichgewicht gebracht, stürzte sie zu Boden, schürfte sich die Knie und die Handflächen auf, und alle Luft wurde ihr aus den Lungen gepresst. Es dauerte eine ganze Weile, bis sie wieder atmen konnte.

Inzwischen hatten die Männer das Zigeunerlager erreicht und Olivia folgte ihnen. »Seid doch vernünftig!«, rief sie. Ihre Bitte stieß auf taube Ohren.

Dem Siedepunkt nahe, entluden sich die Gefühle. Ein halbes Dutzend Zigeuner sprang vom Lagerfeuer auf, ein heftiger Wortwechsel entbrannte.

Dann stoben die Dorfbewohner auseinander und schlugen jeden Zigeuner nieder, der ihnen vor die Füße lief. Sie durchwühlten die Wohnwagen und Zelte, schleuderten alle Habseligkeiten hinaus und verstreuten bunte Kleider am Boden. Machtlos waren ihnen die Zigeuner ausgeliefert. Die Frauen drängten sich schreiend aneinander, verängstigte Kinder hingen an ihren Röcken.

Von kaltem Grauen erfasst, konnte Olivia nur zuschauen, wie die wütenden Männer das Lager verwüsteten, um nach Colin und Lucinda zu suchen. Von Hass und Verachtung getrieben, kannten sie keine Gnade.

Am Rand ihres Blickfelds sah sie Andre aus einem Zelt springen. Sekunden später wurde er von zwei Männern niedergeschlagen. Der eine hob einen dicken Stock und ließ ihn hinabsausen … Wie aus weiter Ferne hörte Olivia ihren eigenen Schrei.

Plötzlich übertönte eine kraftvolle Stimme den Lärm des Getümmels. »Was, zum Teufel, geht hier vor?«

Wie ein Retter aus himmlischen Gefilden ritt Dominic ins Lager. Hoch aufgerichtet und stolz saß er auf Storms Rücken. Der Wind zerrte an seinem Hemd. Sofort hielten die Dorfbewohner in ihrem zerstörerischen Werk inne, von der grimmigen Miene des Earls eingeschüchtert.

Nikolos, der Anführer der Zigeuner, eilte ihm entgegen, gestikulierte heftig und rief ihm ein paar Worte in *Romani* zu.

Die Stirn gerunzelt, ließ Dominic seinen Blick über die *gadje* schweifen. »Haben Sie gefunden, was Sie suchen?«

»Nein«, stieß jemand hervor.

»Dann sollten Sie verschwinden …«

Mit diesem Vorschlag erzielte er keinen Erfolg.

»Und Sie, Mylord?«, schrie einer der Männer und zeigte mit dem Finger auf ihn. »Sie sind ein halber Zigeuner! Vielleicht haben Sie die Kinder gestohlen!«

»Klar, das wäre möglich!«, stimmte ein anderer zu. »Wo waren Sie denn heute?«

Jetzt richtete sich der Angriff nur noch gegen Dominic. Zorniges Gemurmel erklang, Fäuste schwangen empor.

Ungläubig beobachtete Olivia die Ereignisse.

Warum sahen sie denn nicht, was offensichtlich war? Die unantastbare Würde, die der Earl ausstrahlte? Die innere Kraft, den edlen Charakter? Vor ihrem Auge erschien das Bild eines lachenden Dominic, der Colin aus Storms Sattel hob. Der Junge vergötterte ihn. Und Dominic hatte Colin ins Herz geschlossen.

Das wusste sie. Welch eine unsinnige Behauptung, er hätte das Kind verschleppt …

Ehe er auch nur ein Wort hervorbrachte, eilte sie den Dorfbewohnern entgegen, die sich auf ihn stürzen wollten. Helle Wut rötete ihre Wangen. »Wie könnt ihr ihn verurteilen? Als Jonny und Henry beinahe ertrunken wären, hat er sie gerettet – während keiner von euch einen Finger rührte!« Verächtlich starrte sie die Männer an, einen nach dem anderen. »Nur er war tapfer genug. Ihr habt bloß dagestanden und zugesehen, wie die beiden Jungen um ihr Leben kämpften. Und jetzt wagt ihr es, den Earl eines so ungeheuren Verbrechens zu beschuldigen?«

Tiefe Stille beantwortete die Frage. Aber sie hatte noch viel mehr zu sagen. Herausfordernd musterte sie einen Mann, der sich auf einen Stock stützte.

»Ah, Charles Danbury! Während Ihr gebrochenes Bein heilte, erließ Ihnen der Earl die Pacht. Und er schickte sogar seine eigenen Leute auf Ihre Farm, die Ihnen bei der Arbeit halfen.« Wenigstens besaß Charles Danbury genug Anstand, um beschämt den Kopf zu senken. »Würde ein so großzügiger Mann zwei kleine Kinder stehlen – zwei wehrlose Geschöpfe von ihren Müttern trennen? Ganz sicher nicht!« Das Kinn hoch erhoben, ließ sie ihren Blick über die Menge schweifen. »Der Earl hielt sich den ganzen Tag in Ravenwood Hall auf. Das weiß ich. Also empfehle ich euch, woanders nach Colin und Lucinda zu suchen!«

»Klar, sie hat Recht!«, rief jemand. »Damit hat der Earl nichts zu tun. Die Kinder sind nicht hier. Suchen wir woanders weiter!«

Fast alle Männer stimmten zu. Dann begannen sie aufgeregt zu erörtern, wo sie die Suche fortsetzen sollten.

Dominic beachtete sie nicht mehr. Unbewegt saß er im Sattel, von Olivias flammender Rede überwältigt. Es fiel ihm nicht schwer, die tiefere Wahrheit zu erkennen, die sich hinter ihren Worten verbarg. Wie konnte sie ihn zurückweisen – und so leidenschaftlich verteidigen, vor all den Leuten?

Weil sie ihn liebte.

Aber sie wusste es noch nicht.

20

Irgendwie hatte sie ein Wunder vollbracht.

Ein Dorfbewohner nach dem anderen verließ das Zigeunerlager. Da und dort entdeckte sie immer noch zornige Mienen. Aber die meisten Männer waren offensichtlich eines Besseren belehrt worden und alle kehrten widerspruchslos nach Stonebridge zurück.

Dominic war vom Pferd gestiegen. Während er mit Nikolos sprach, lief Olivia zu Andre, der reglos am Boden lag. Ein junger Zigeuner half ihr, den Ohnmächtigen auf den Rücken zu drehen. Erschrocken inspizierte sie die blutende Wunde an seiner Schläfe. Catriana, die ihr in jener Nacht die Zukunft prophezeit hatte, reichte ihr einen feuchten Lappen.

Als Olivia das Blut und den Schmutz vorsichtig wegwischte, verzog Andre gepeinigt das Gesicht. Aber er kam nicht richtig zu sich. Dominic kniete neben ihr nieder. »Wie geht es ihm?«

»Das … weiß ich nicht«, erwiderte sie zögernd. Wer hatte Andre niedergeschlagen? Es war so schnell geschehen und sie konnte nicht sicher sein. Aber sie glaubte, sie hätte William erkannt. Der Gedanke an diesen rohen Gewaltakt, der sie schmerzlich an den Tod ihres Vaters erinnerte, krampfte ihr den Magen zusammen.

»Die Zigeuner werden weiterziehen«, erklärte Dominic.

»Ja, das ist wohl am besten.« Ihre Augen verdunkelten sich. Schweren Herzens beobachtete sie, wie die Leute ihre verstreuten Habseligkeiten einsammelten. Tiefe, beklemmende Stille lag über dem Lager.

In wachsender Sorge musterte Dominic das bleiche Gesicht des Verletzten. Dass Andre das Bewusstsein noch immer nicht wiedererlangt hatte, war ein schlechtes Zeichen. Schaudernd dachte er an den Eulenruf, der in der Ballnacht ertönt war, und er hoffte inständig, das Omen würde nicht den Tod des jungen Mannes bedeuten.

Olivia bedeckte die Wunde mit einem sauberen Leinenstreifen und wickelte einen Verband um Andres Kopf. »Wenn ich auch keine medizinischen Kenntnisse besitze – ich glaube, er sollte nicht auf Reisen gehen.«

»Auf keinen Fall«, stimmte Dominic zu. »Ich bringe ihn nach Ravenwood. Dort ist er in Sicherheit und mein Haus liegt nicht weit entfernt. Natürlich werden mir's die Dorfbewohner verübeln. Aber mit der Zeit müssten sich die Wogen glätten. Und du, Olivia? Möchtest du, dass ich dich zu deinem Cottage begleite?«

»Nein, danke, ich komme allein zurecht.«

Schweigend nickte er ihr zu, berührte ihre Schulter und ging davon.

Emily saß im Schaukelstuhl und stickte. Als sie Olivias schmutziges Kleid sah, legte sie die Handarbeit sofort beiseite und sprang auf. »Um Himmels willen, was ist passiert?«

In knappen Worten berichtete ihre Schwester, Colin und Lucinda seien verschwunden. Dann schilderte sie den Angriff der Dorfbewohner auf die Zigeuner. »Die armen Leute brechen gerade ihr Lager ab. Wahrscheinlich glaubst du ebenso wie diese engstirnigen Menschen, die Zigeuner hätten die Kinder entführt. Aber ich bitte dich – behalte deine Ansichten für dich.«

»Ich wollte nichts dergleichen sagen ...«, murmelte Emily zerknirscht. »Wurde ... jemand verletzt?«

Ihre Blicke trafen sich. In Emilys Augen lag eine zweite unausgesprochene Frage. Olivia spürte die Angst ihrer Schwester.

Aber in ihrer gegenwärtigen Stimmung sah sie keinen Grund, Emily zu schonen. Dafür war sie immer noch viel zu wütend. »Jemand? Meinst du Andre?«

Verwundert hob Emily die Brauen. »Das klingt so, als würdest du ihn kennen.«

»Ja, wir sind uns begegnet.« Emily musste endlich die Wahrheit erfahren. »Eines Abends besuchte ich mit Dominic das Zigeunerlager. Er wollte mir beweisen, dass sie den Hass und die Verachtung der Bewohner von Stonebridge nicht verdienen ...« Nach kurzem Zögern fügte sie hinzu: »Leider wurde Andre verwundet. Jemand schwang einen Stock und schlug ihn nieder.«

Mit zitternden Fingern tastete Emily nach der Lehne des Schaukelstuhls. »Wie ... wie schwer ist er verletzt?«, stammelte sie.

»Interessiert dich das wirklich?«, fragte Olivia kühl.

»Obwohl ich ihn nie wieder sehen will, wünsche ich ihm nichts Böses.«

»Er war bewusstlos und die Wunde an seiner Schläfe hat stark geblutet.«

»O Gott, wie Papa ...« Alle Farbe wich aus Emilys Gesicht. »Ist er bei den Zigeunern?«

Olivia biss sich auf die Lippen. Sollte sie verraten, wo er sich befand? Oder würde sie ihre Schwester mit dieser Erklärung in noch tiefere Verzweiflung stürzen? Als sie schwieg, rannte Emily stöhnend ins Schlafzimmer. Olivia folgte ihr nach einer Weile und sah sie auf dem Bett liegen.

Blicklos starrte Emily zur Zimmerdecke hinauf.

»Würdest du zu ihm gehen, wenn es möglich wäre?« Olivia setzte sich zu ihr.

»Wieso stellst du mir diese Frage – wo du doch weißt, dass ich's nicht tun würde, nicht tun *könnte?* Warum bist du so grausam?«

Seufzend strich ihr Olivia eine blonde Haarsträhne aus der Stirn. »Ich will nicht grausam sein. Und ich frage dich nur ... was du dich vielleicht selbst fragen solltest.«

In Emilys Augen glänzten Tränen und Olivias Herz flog ihr entgegen. »Manchmal wünschte ich beinahe, ich hätte meine Sehkraft nie zurückgewonnen. Dann wüsste ich nicht, dass Andre ein Zigeuner ist, und könnte ihn immer noch lieben ...«

Olivia schüttelte den Kopf. »Irgendwann hättest du es herausgefunden. Außerdem wären die Zigeuner ohnehin bald abgereist und du hättest ihn schmerzlich vermisst. Wäre das besser – jemanden zu lieben, den du niemals wieder sehen würdest? Höchstens für ein paar Tage, wenn ihn sein Weg zufällig nach Stonebridge führt ...«

»Olivia, es tut so weh!« Über Emilys Wangen rollten Tränen. »Und ich bin wütend!«

»Weil er ein Zigeuner ist? Oder weil er's dir verheimlicht hat?«

Emily setzte sich auf. »Aus beiden Gründen. Und ich zürne mir selbst, weil ich mich in ihn verliebt habe. Er ist nun mal ein Zigeuner. Das kann ich nicht vergessen.«

»Wirklich nicht?«

»Und ich kann ihn unmöglich lieben!«

»Weil er ein Zigeuner ist?«

Emily nickte.

»Ist er nett?«

»Sehr, Olivia.«

»Großzügig?«

»O ja.«

»Rücksichtsvoll?«

»Ja, ja, ja!«, rief Emily unglücklich.

»Dann liebst du ihn wegen all dieser Eigenschaften.«

»Gewiss, aber ...« Abrupt verstummte Emily, sobald sie erkannte, was sie soeben eingestanden hatte.

»Solche Wesenszüge liegen hier drin«, betonte Olivia und hielt sich die Hand aufs Herz. »Als du ihn zum ersten Mal sahst – wäre er da wie ein *gadjo* gekleidet gewesen, hättest du gemerkt, dass er ein Zigeuner ist?«

»Frag mich nicht danach!«, protestierte Emily. »Das verstehst du nicht!«

O doch, dachte ihre Schwester. Sogar sehr gut.

»Was du vorschlägst – ist unmöglich, Olivia.«

»Tatsächlich? Weißt du, was ich glaube?«

»Nein.« Emily zog ihre Knie an und schlang

die Arme darum. »Aber du wirst es mir sicher erzählen.«

Olivia schenkte ihr ein schwaches Lächeln, das sofort wieder erlosch. »Was dich von Andre fern hält, hängt nicht mit seiner Person zusammen. Du hasst den Zigeuner, der Papa getötet hat. Aber es ist ungerecht, den armen Andre in diesen Hass einzubeziehen.« Voller Mitleid streichelte sie Emilys Wange. »Ich möchte dir nicht wehtun, Liebes. Das alles sage ich nur, weil ich dich glücklich sehen möchte. Und ich spüre, wie *unglücklich* du dich fühlst. Wenn du nicht sehen willst, was dein Herz so deutlich verrät, bist du vielleicht immer noch blind.« Sie beugte sich vor und küsste ihre Schwester auf die Stirn. »Jetzt werde ich das Abendessen vorbereiten. Ruh dich inzwischen aus.«

Bedrückt schaute Emily ihr nach. Wie konnte sie Ruhe finden, während ihre Gedanken unentwegt um Andre kreisten? Seufzend stützte sie ihr Kinn auf die Knie.

Wäre sie ehrlich genug, würde sie zugeben, dass Olivias eindringliche Worte den Nagel auf den Kopf trafen. Seit der Trennung von Andre fühlte sie sich so elend, als hätte sie einen Teil ihrer Seele verloren.

Qualvolle Erinnerungen an jenen Morgen kehrten zurück. Wäre sie nicht immer wieder von Andre ermutigt worden, hätte sie vielleicht niemals versucht, ins helle Licht zu schauen. Erst jetzt erkannte sie, was er riskiert hatte. Er musste vorausgesehen haben, wie sie sich angesichts seines Äußeren verhalten würde. Doch das war ihm nicht so wichtig gewesen wie ihr Sehvermögen. Und er hatte ihr seine Liebe erklärt. Natürlich liebte er sie. Deshalb hatte er sein eigenes Glück geopfert und nur an sie gedacht.

Und sie selbst? Wie kleinlich war sie doch gewesen …

Olivia hat Recht, dachte sie beschämt, ich habe mich vor der Wahrheit versteckt.

Was sollte sie jetzt tun? Die Entscheidung lag einzig und allein bei ihr.

Am nächsten Tag sah Olivia den jungen Zigeuner wieder.

Mrs. Templeton hatte ihn im Ostflügel von Ravenwood einquartiert, wo Olivia an diesem Tag die Böden fegen musste. Gegen Abend konnte sie ein bisschen Zeit erübrigen und spähte in Andres Zimmer. Er saß am Fenster und starrte zum Wald hinüber, in einem sauberen Hemd und Breeches, die vermutlich Dominic gehörten. Abgesehen von seinem schneeweißen Kopfverband, schien er sich in einem erfreulichen Zustand zu befinden.

»Hallo!«, rief sie leise und klopfte an den Türrahmen.

Andre wandte sich zu ihr um. Als sie das Zimmer betrat, stieg verräterische Röte in die Wangen des jungen Mannes. Offenbar wusste er, wer sie war.

»Guten Tag, Miss.«

»So trifft man sich wieder.«

Mit einem unsicheren Lächeln stand er auf und berührte seine Bandage.

»Wie geht es Ihnen, Andre?«

»Gut. Der Earl ließ einen Arzt kommen, obwohl ich ihm versicherte, das sei überflüssig.« Grinsend fügte er hinzu: »Bei meinen Boxkämpfen musste ich schon viel schlimmere Schläge einstecken.«

»Trotzdem sollten Sie sich ein paar Tage schonen.«

Andre schnitt eine Grimasse. »Das hat der Doktor auch gesagt.«

Nun entstand ein unangenehmes Schweigen. Beide suchten nach Worten. Schließlich entschied Olivia, es wäre am besten, das Thema anzuschneiden, das ihr ebenso am Herzen lag wie ihm. »Ich glaube, Sie denken oft an Emily, oder?«

Als sie diesen Namen aussprach, leuchteten seine Augen auf. Dann räusperte er sich und fragte stockend: »Wie … geht es ihr? Kann sie immer noch sehen?«

»Glasklar. Ihre Augen sind nur ein wenig lichtempfindlich. Ansonsten erweckt sie den Eindruck, sie wäre niemals blind gewesen. Wenn ich sie beobachte, kommt es mir wie ein Wunder vor.«

»Sie glaubt, sie wäre von dem Kristall geheilt worden, den ich ihr geschenkt habe.«

»Und ich glaube, dass sie ihre Genesung *Ihnen* verdankt.«

Entgeistert runzelte er die Stirn, aber er sagte nichts.

»Mit Ihrer Liebe gaben Sie meiner Schwester die Sehkraft zurück, Andre. Vor ein paar Tagen wusste ich noch nichts von Ihnen. Ich merkte nur, dass Emily irgendwie verändert war. Ihretwegen – das ist mir inzwischen klargeworden.« Mit sanfter Stimme fragte sie: »Sie lieben meine Schwester, nicht wahr?«

»Von ganzem Herzen«, antwortete er ohne Zögern und Olivia las tiefe Verzweiflung in seinen Augen.

Wie sollte sie ihn trösten? »Emily liebt Sie auch«, versicherte sie mitfühlend.

»O nein, sie hasst mich. Das hat sie mir selbst gesagt.«

»Ohne Sie ist sie völlig verloren. Natürlich geht es mich nichts an, aber … Bitte, kehren Sie vorerst nicht zu den Zigeunern zurück, Andre!« Beschwörend legte sie eine Hand auf seinen Arm. »Ich will Ihnen keine falschen Hoffnungen machen, nur – lassen Sie meiner Schwester noch ein bisschen Zeit, damit sie lernen kann, ihre Gefühle zu akzeptieren – und *Sie*.«

»Also gut, ich will's versuchen«, stimmte er nach einer langen Pause zu, die dunklen Augen völlig ausdruckslos. Olivia verabschiedete sich von ihm, und während sie durch den Flur eilte, machte sie sich heftige Vorwürfe. Durfte sie sich anmaßen, anderen Menschen Ratschläge zu erteilen, obwohl sie nicht einmal in der Lage war, ihre eigenen Probleme zu lösen? Wie würde sich ihre Beziehung zu Dominic entwickeln? Zweimal hatte sie mit ihm geschlafen – zweimal!

Bedeutete es ihm ebenso viel wie ihr? Wenn sie das bloß wüsste!

Am frühen Abend verließ sie das Haus durch den Hintereingang. Als sie die Tür schloss, rief eine tiefe Stimme ihren Namen. Aus der Richtung des Stalls kam Dominic auf sie zu, in staubiger Kleidung, das Haar vom Wind zerzaust. Mrs. Templeton hatte ihr an diesem Morgen erzählt, er sei schon bei Tagesanbruch davongeritten, um nach den verschwundenen Kindern zu suchen. Lucifer trottete neben ihm her, die Zunge hing ihm aus dem Maul. Sobald er Olivia erblickte, lief er zu ihr und sie streichelte geistesabwesend seinen Kopf. »Hast du die Kinder gefunden?«

Sein düsterer Blick beantwortete ihre Frage. Wortlos ergriff er ihren Arm, und sie folgte ihm schweren Herzens zur Seitenmauer des Stalls, wo er sie zu einer schattigen Stelle unter einem Dachvorsprung zog. »Die meisten Dorfbewohner haben sich an der Suche beteiligt«, erklärte er. »Ohne Erfolg.«

»Hast du Charlotte gesehen?« Bevor sie am Morgen nach Ravenwood gegangen war, hatte sie sich bei Bridget nach ihrer Freundin erkundigt und erfahren, Charlotte würde noch schlafen. Fast die ganze Nacht hatte sie geweint.

»Ja«, erwiderte Dominic.

»Wie geht es ihr?«

Seufzend runzelte er die Stirn. »So wie man es unter diesen Umständen erwarten kann.«

»Auf dem Heimweg werde ich sie besuchen.«

Unglücklich schaute sie zu Dominic auf. »Wer tut so etwas? Und warum? Was könnte einen Menschen veranlassen, zwei kleine Kinder zu entführen, ihren Müttern wegzunehmen …?« Als sie sich an die schreckliche Szene im Zigeunerlager erinnerte, erschauerte sie. »Glaubst du, jemand hat die Kinder irgendwo versteckt, um die Zigeuner anzuschwärzen?«

»Auf diesen Gedanken bin ich auch schon gekommen. Falls die Vermutung zutrifft, hat der Schuldige sein Ziel erreicht. Begreiflicherweise waren die Zigeuner empört, weil sie fälschlich eines Verbrechens bezichtigt wurden. Letzte Nacht sind sie abgereist.« Dominic starrte nachdenklich vor sich hin. »Aber wenn es so ist, warum sind die Kinder noch immer nicht aufgetaucht?«

Bedrückt stellte sich Olivia vor, welch schreckliche Angst Colin und Lucinda empfinden mussten. Waren sie allein? Oder zusammen? Lebten sie überhaupt noch …? Nein, daran durfte sie nicht denken.

»Oder jemand wollte *mich* in Misskredit bringen«, fuhr Dominic fort.

»Wurdest du von den Dorfbewohnern beschuldigt?«, fragte sie in scharfem Ton.

»Heute war eigentlich alles in Ordnung. Aber der Mann, der gestern mit dem Finger auf mich zeigte …«

»Wer das war, habe ich nicht gesehen. Und ich kenne niemanden, der dir schaden wollte …« Abrupt verstummte sie.

»Woran denkst du, Olivia?«, stieß Dominic hervor. »Verdächtigst du jemanden?«

»Möglicherweise – hat sogar William damit zu tun …«, antwortete sie langsam. Was hatte er an jenem Abend gesagt? *Vielleicht wird dein kostbarer Zigeuner-Earl nicht für immer hier bleiben. Was wirst du dann tun?* Damals hatte sie angenommen, er wolle andeuten, der Earl könnte nach London zurückkehren oder sich irgendwo anders niederlassen. Aber jetzt …

»Was?« Dominic lachte kurz auf. »Behauptest du etwa, er würde *nicht* zu meinen glühenden Verehrern zählen?«

»Bitte, Dominic, mach keine Witze!«, mahnte sie.

»Oh, ich meine es völlig ernst. Auch er hat heute nach den Kindern gesucht. Aber wir haben noch nicht miteinander gesprochen. Wieso kommst du auf ihn?«

»Weil er – dich nicht mag.«

»Hasst er mich so sehr, dass er vor nichts zurückschrecken würde, um mir das Leben schwer zu machen?«

»Das weiß ich nicht«, seufzte Olivia.

»Und warum mag er mich nicht? Weil ich ein halber Zigeuner bin?«

»Deshalb nicht, sondern …«

»Nun? Aus welchem Grund?«

Verdammt, warum stellte er so hartnäckige Fragen? Wollte er ihr mit aller Macht das Geständnis entlocken, sie würde ihn lieben?

»Olivia …« Er zog seine Handschuhe aus,

steckte sie in die Taschen seines Jacketts und ergriff ihre Hände. Sie wollte sich losreißen. Aber er hielt sie eisern fest, mit warmen, starken Fingern.

»Weil – weil er über uns Bescheid weiß!«, platzte sie heraus.

Da zog er sie noch näher zu sich heran – so nahe, dass ihre kleinen Füße zwischen seinen Stiefeln standen. Saphirblaue Augen erforschten ihr Gesicht und beschleunigten ihre Herzschläge. »Also weiß er, dass wir ein Liebespaar sind?«

»O nein, das habe ich ihm nicht erzählt!«, entgegnete sie erschrocken.

»Und was hat er über uns erfahren?« Weil sie nicht wagte, seinem Blick zu begegnen, starrte sie sein Kinn an. »Dass ich – dich mag.«

»Oh, welch gute Neuigkeit! Magst du mich wirklich, Olivia?«

Da hob sie den Kopf und starrte ihn erbost an. Hatte seine Stimme belustigt geklungen? O Gott, es würde ihm ähnlich sehen, eine weitere Frage zu stellen – wie sehr sie ihn mochte … Jetzt konnte sie ihren Blick nicht mehr von ihm losreißen. »Das weißt du doch«, flüsterte sie hilflos.

Ja, er wusste es – zumindest hoffte er, sie würde seine Gefühle erwidern. Auf seine Art fühlte er sich genauso unsicher wie Olivia, ebenso verletzlich. Und jetzt brauchte er eine Bestätigung, die alle Zweifel beseitigen würde. »Bleibst du noch ein bisschen bei mir?«

»Das würde ich gern tun – aber ich kann nicht, ich muss mich um Emily kümmern.«

Er nickte, und sie war dankbar, weil er sie nicht mehr bedrängte.

Aber er ließ sie noch nicht gehen. Mit einem Arm umschlang er ihre Taille, die andere Hand umfasste ihren Nacken und ihre Lippen fanden sich. Wie eine Blüte unter der Sommersonne öffnete sich ihr Mund. Und der Kuss erfüllte alles, was sie erträumte – sanft und süß, leidenschaftlich und atemberaubend. Ein diskretes Hüsteln erklang hinter ihnen.

»Verzeihen Sie, Mylord, im Haus wird Ihre Anwesenheit gewünscht.«

Widerstrebend beendete Dominic den Kuss und wandte sich dann zu Franklin. »Ich komme gleich.«

»Sehr wohl, Mylord.« Der Butler entfernte sich so lautlos, wie er gekommen war.

»Jetzt muss ich gehen«, erklärte Dominic bedauernd und berührte Olivias Nasenspitze mit einem Finger.

»Und William?«, fragte sie besorgt.

»Morgen besuche ich ihn.« Seine blauen Augen glänzten hart wie Stahl.

»Warte, Dominic!«, bat sie und hielt seinen Arm fest. »Sei vorsichtig!«

»Ja, natürlich«, versprach er. Nach einem letzten flüchtigen Kuss auf ihre Lippen eilte er davon.

An diesem Abend schien der Heimweg länger zu dauern denn je. Obwohl sie dagegen ankämpfte – eine innere Stimme warnte sie vor schrecklichen Ereignissen. Schaudernd wünschte sie, Lucifer wäre an ihrer Seite. Sie hatte nach ihm gerufen. Doch er war nirgends zu sehen gewesen und sie wollte möglichst schnell daheim eintreffen.

Während sie etwas langsamer weiterging, zog sie das Taschentuch aus dem Ausschnitt ihres Kleides. Vielleicht war es albern, aber es tröstete sie, Dominics Taschentuch zu betrachten. Wehmütig lächelte sie. Seit dem Tag, an dem sie das weiße Leinentuch aus der Schublade genommen hatte, trug sie es an ihrem Herzen.

Plötzlich hörte sie schnelle Schritte und sah eine Bewegung im Wald, an dem die Straße vorbeiführte. Die Augen zusammengekniffen, spähte sie zwischen die Bäume. In ihrer Verwirrung spürte sie nicht, wie das Taschentuch ihren Fingern entglitt und zu Boden fiel.

Atemlos kam Robert Gilmore auf sie zu. »Oh, Miss Sherwood, welch ein großes Glück, dass wir uns hier begegnen! Ich habe die Kinder gefunden!«

»Wirklich? Gott sei Dank, Mr. Gilmore!«, rief sie erleichtert. »Wo sind sie denn?«

Immer noch keuchend, zeigte er in den Wald. »Der kleine Junge ist verletzt. Beeilen wir uns, bevor es zu spät ist!«

»Colin! Um Himmels willen – wie schwer ist er verletzt?«

»Das kann ich nicht sagen. Bitte, Miss Sherwood, ich brauche Ihren Beistand, um die beiden in Sicherheit zu bringen.«

»Sollten wir nicht Hilfe aus dem Dorf holen?«

»Nein, dafür fehlt uns die Zeit.« Er packte sie am Ellbogen und zog sie ins Unterholz. »Hier entlang!«

Olivia kam gar nicht auf den Gedanken, sich zu wehren. Wenn Colin verwundet war, drängte die Zeit tatsächlich, und sie sollte alles tun, um ihn zu retten. Und so lief sie an Gilmores Seite immer tiefer in den Wald hinein. Das Gestrüpp verdichtete sich. Unter einer Schuhsohle spürte sie einen spitzen Stein, als sie über einen herabgestürzten Ast hinwegstieg. Unbehaglich erschauerte sie. Die schwarzen Schatten jagten ihr Angst ein. Den Baldachin der Baumkronen konnten die letzten Strahlen der sinkenden Sonne nicht durchdringen.

»Mr. Gilmore …« Sie blieb stehen, um Atem zu schöpfen. »Wie weit ist es noch?«

»Gleich sind wir da.« Er zeigte nach Osten. »Hinter dem Baum da drüben steht eine Jagdhütte.«

Olivias Blick folgte der Richtung seines Fingers. In der Tat, ein halb zerbröckelter Schornstein ragte empor. Ermutigt eilte sie hinter dem Anwalt her.

Wenig später standen sie vor der Tür einer schäbigen alten Hütte. Offenbar war sie jahrelang nicht benutzt worden. Vom Dach hingen Moosflechten herab.

Hastig öffnete Gilmore die Tür und bedeutete ihr einzutreten. Sie überquerte die Schwelle und sah sich um. Im staubigen Halbdunkel entdeckte sie kein einziges Möbelstück.

»Augenblick mal!« Verwundert runzelte sie die Stirn. »Hier ist niemand ...«

Krachend fiel die Tür ins Schloss und Olivia drehte sich erschrocken um.

Gilmore stand direkt hinter ihr. Den Kopf schief gelegt, schenkte er ihr ein Lächeln, das ihr Blut gefrieren ließ.

Zu spät erkannte sie seine Absicht. Er hatte ihr aufgelauert. Ohne an die Gefahr zu denken, in der sie selbst schwebte, hatte sie Dominic gewarnt. Wäre doch Lucifer an ihrer Seite gewesen ... Schmerzhaft wurde ihr Arm auf den Rücken gedreht. Sie schwankte und schrie auf. Im selben Augenblick traf ein kraftvoller Schlag ihren Hinterkopf und sie sank lautlos zu Boden.

21

Langsam kam Olivia wieder zu sich. In ihrem Hinterkopf pochte ein heftiger Schmerz. Zunächst wusste sie nicht, wo sie war und warum sie einen rissigen, harten Boden unter ihrer Wange spürte. Aber dann kehrte die Erinnerung zurück. Ein Wunder, dass sie noch lebte ...

Als sie sich zu bewegen versuchte, fuhr ein stechender Schmerz durch ihre Schultern. Ihre Hände waren am Rücken gefesselt. In ihre zarte Haut schnitten raue Hanfstricke. Auch die Fußknöchel hatte ihr Angreifer zusammengebunden.

»Ah, Sie sind erwacht.«

Sie musste sich anstrengen, um Gilmore in der albtraumhaften Finsternis zu erkennen. Die Fenster waren mit Brettern vernagelt. Nur durch die Ritzen drang schwaches Licht in die Hütte. Sobald sich Olivias Augen an das Dunkel gewöhnt hatten, hob sie den Kopf, ohne jedoch den Hass in ihrem Blick zu verbergen. Der Anwalt kauerte vor ihr nieder und streichelte ihre Wange.

Angewidert zuckte sie zurück und er brach in höhnisches Gelächter aus.

»Sicher fragen Sie sich, was ich mit Ihnen vorhabe, Miss Sherwood.«

»Ja, dieser Gedanke ging mir durch den Sinn«, fauchte sie entrüstet. »Sie haben die Kinder entführt, nicht wahr?«

»Kluges Mädchen.«

»Warum?« Voller Abscheu starrte sie ihn an und ihr Magen drehte sich um. »Colin und Lucinda haben Ihnen nichts getan!«

»Keine Bange, den beiden ist nichts zugestoßen. Und es wird ihnen auch nichts geschehen, wenn alles planmäßig läuft. Was meine Beweggründe betrifft – die Kinder haben meinen Interessen gedient und Sie hierher gelockt. Gestern dachte ich beinahe, es wäre überflüssig, die Dinge auf die Spitze zu treiben, und ich hätte die Dorfbewohner von seiner Schuld überzeugt. Zunächst glaubten sie tatsächlich, er hätte Colin und Lucinda gestohlen.«

»Er?«

»Der *Zigeuner-Earl!*« Angeekelt spie er das Wort aus.

Olivias Mund wurde trocken. »Also waren *Sie* es, der ihn dieses Verbrechens bezichtigt hat.«

»Allerdings. Und die Leute hätten mir geglaubt, wären Sie mir nicht in die Quere gekommen.« Heller Zorn verzerrte Gilmores Gesicht. »Aber nein, Sie mussten ihn verteidigen. Sonst hätten die empörten Männer ihn vielleicht umgebracht. Er gehört nicht hierher, der Zigeuner-Bastard! Unfassbar – er bildet sich tatsächlich ein, er wäre ein grandioser Aristokrat, was Besseres als wir gewöhnlichen Sterblichen. Dabei ist und bleibt er ein gottverdammter Zigeuner, nicht einmal gut genug, um meine Stiefel abzulecken!«

»Warum verachten Sie ihn? Nur wegen seiner Herkunft?«

»Weil er nichts bei uns zu suchen hat! Keiner dieser Schurken hätte nach Stonebridge kommen dürfen. Oh, ich warnte den Zigeuner-Earl, forderte ihn auf, die Bande wegzuschicken, und erklärte, er würde es bereuen, wenn er sich weigerte. Leider hörte er nicht auf mich. Dafür muss er jetzt büßen.«

Mühsam zwang sich Olivia zur Ruhe. »Vergessen Sie nicht, Mr. Gilmore – die Zigeuner sind bereits abgereist.«

»Aber *er* ist immer noch da!«

»Warum hassen Sie ihn so sehr? Er hat Ihnen nichts zuleide getan, ebenso wenig wie die Zigeuner ...«

»Glauben Sie das? Nun, dann will ich Sie eines Besseren belehren, Miss Sherwood. Die Zigeuner haben mein Leben zerstört, das Leben meines Vaters, und sie tragen die Schuld am Tod meiner Mutter!«

Fassungslos runzelte sie die Stirn.

»Wie ich sehe, halten Sie mich für verrückt, Miss Sherwood. Das bin ich nicht. Seit vielen Jahren kennen Sie mich nun schon. Aber ich habe nicht immer in Stonebridge gewohnt. Meine Kindheit verbrachte ich im Süden Englands, in Dorset. Dort schlugen Zigeuner in einem längst vergangenen Sommer ihr Lager auf, das mein Vater oft besuchte. Meiner Mutter redete er ein, er würde alles tun, um das Gesindel zu vertreiben. Stattdessen vergnügte er sich zwischen den Schenkeln einer Zigeunerhure.«

Olivias Atem stockte.

»Jetzt sind Sie schockiert, nicht wahr, Miss Sherwood? So wie damals meine Mutter, als sie ihn mit dem Flittchen ertappte! Von Scham und Entsetzen überwältigt, konnte sie nicht weiterleben. Wissen Sie, was sie tat? Sie ergriff ein Messer und beging Selbstmord. Und wissen Sie, was mein Vater tat? Er ersäufte seine Schuldgefühle im Wein und trank sich zu Tode. Also wagen Sie es nicht, diese Schurken in meiner Gegenwart zu verteidigen! Die sind alle gleich. Diebe und Huren! Auch die Mutter Ihres kostbaren Earls war eine Hure. Glauben Sie mir, ohne ihn sind wir besser dran!«

Olivia fühlte sich elend. Offenbar hatte ihn die

Tragödie seiner Kindheit in einen Mann verwandelt, der Recht und Unrecht nicht mehr zu unterscheiden vermochte. Angesichts seiner Miene, die sich zu einer hässlichen Grimasse verzogen hatte, wich sie instinktiv zurück. Ihre Gedanken überschlugen sich.

In ihrer Sorge um Colin und Lucinda war sie ihm hierher gefolgt. Und nun hielt er sie in der Hütte fest, weil er hoffte, Dominic würde sie suchen – und in die Falle tappen, die Gilmore ihm stellte. »O Gott«, flüsterte sie verzweifelt, »Sie wollen ihn töten.«

Sein Lächeln erschien ihr wie eine grausige Parodie. »Genau«, bestätigte er spöttisch. »Soll ich Sie in meinen Plan einweihen?«

Beklommen wandte sie den Kopf ab. Doch seiner Stimme konnte sie nicht entrinnen.

»Ganz einfach, mein liebes Mädchen – Sie sind mir wegen der Kinder in den Wald gefolgt und der Earl wird Ihretwegen hierher kommen. O ja, als Sie damals die Dorfbewohner anflehten, ihn aus dem Fluss zu holen und vor dem Ertrinken zu retten, merkte ich, wie es zwischen Ihnen beiden steht. Eine Frau wie Sie dürfte sich nicht so erniedrigen und eine Affäre mit diesem Bastard anfangen. Welch eine Schande! Ihre Eltern werden sich im Grab umdrehen. Nur Ihnen zuliebe bleibt er auf Ravenwood. Verstehen Sie jetzt, warum Sie sterben müssen?«

Eisige Angst stieg in ihr auf. Also würde er sie ermorden.

Und Dominic ebenfalls.

»Morgen wird er Sie suchen«, fuhr Gilmore fort. »Und ich führe ihn hierher. Wenn Sie beide tot sind, erkläre ich dem Konstabler, Sie hätten zusammen mit dem Earl die Kinder verschleppt – aus welchen Gründen auch immer. Um Colin, Lucinda und mich selbst zu retten, musste ich in Notwehr handeln …« Sein selbstgefälliges Gelächter ließ Olivia erschauern. »Bin ich nicht brillant?«

»Keineswegs … Warum Sie ihn so abgrundtief hassen, begreife ich noch immer nicht.«

»Weil er ein Zigeuner ist – für mich ein ausreichendes Motiv.«

»Damit kommen Sie nicht davon. Colin und Lucinda kennen Sie …«

»Oh, ich war sehr vorsichtig und verband ihnen die Augen. Deshalb sahen sie mich nicht. Die Mahlzeiten und ein bisschen Wasser brachte ich ihnen im Dunkeln.«

»Wo sind sie?«

Zunächst dachte sie, er würde nicht antworten. Doch dann verkündete er: »Im Nebenraum.« Er stand auf und grinste bösartig. »Nun muss ich Sie verlassen, Miss Sherwood. Schreien Sie, so viel Sie wollen – niemand wird Sie hören, der Sie befreien könnte.«

Voller Verzweiflung vernahm sie ein klirrendes Geräusch, als er auf der anderen Seite des Eingangs einen Riegel vorschob. Irgendwie musste sie die Kinder in Sicherheit bringen, bevor der Anwalt seinen mörderischen Plan verwirklichen konnte.

Das letzte Tageslicht erlosch. Bald würde die Nacht hereinbrechen.

»Colin, Lucinda!«, rief sie und lauschte angespannt.

Nichts.

Kurz nach ihrem zweiten Ruf erklang das leise Schluchzen eines Kindes.

Atemlos sah sie sich um und entdeckte gegenüber vom halb verfallenen Kamin eine Tür neben einer Treppe. Sie versuchte sich auf die Knie zu erheben. Doch das schaffte sie nicht, denn die Fesseln behinderten sie zu sehr. Da ihr nichts anderes übrig blieb, musste sie sich zu der Tür wälzen. Glücklicherweise hatte Gilmore die Kinder nicht in den oberen Stock gebracht. Die Stufen hätte Olivia niemals bewältigt.

Langsam und mühselig kam sie auf dem schmutzigen Boden voran. Etwas Hartes stieß gegen ihre Hüfte. Was es war, wagte sie nicht festzustellen. Womöglich ein großer, rostiger Nagel … Ihre Schultern schmerzten unerträglich, ihre Arme erlahmten. Endlich erreichte sie die Tür.

In der unteren Ecke klaffte ein Loch, die oberste Angel fehlte.

»Colin! Lucinda! Ich bin's, Miss Sherwood! Hört ihr mich?«

Das Schluchzen verstummte. »Miss Sherwood?«, rief Lucinda mit zitternder Stimme und näherte sich der Tür.

Gott sei Dank, dachte Olivia, die Kinder sind nicht gefesselt.

»Wo sind Sie, Miss Sherwood?«

»Im vorderen Raum. Ist die Tür versperrt?«

»Ja, wir können nicht raus!«

»Ich will versuchen, die Tür zu öffnen. Geh mit Colin ans andere Ende des Raumes!«

Um sich zu erheben, musste Olivia ihre ganze Willenskraft aufbieten. Schwankend stand sie auf ihren zusammengebundenen Füßen. Dann holte sie tief Luft, rammte ihre Schulter gegen die Tür und hoffte, ihr Gewicht würde genügen, um die zweite Angel zu lockern.

Mit ohrenbetäubendem Kreischen löste sich die Angel aus dem Rahmen. Langsam gab die Tür nach. Olivias Jubel ging in einen Schreckensschrei über, als sie auf die umgestürzte Tür fiel.

Ein paar Sekunden lang lag sie reglos da, halb benommen – bis sich zwei kleine Gestalten auf ihren Körper warfen.

»Miss Sherwood!«

»Wie haben Sie uns gefunden?«

Erleichtert musterte sie die kleinen Gesichter. Wenn sich auch Tränenspuren über die schmutzigen Wangen zogen – allem Anschein nach waren beide Kinder unverletzt. »Kannst du meine Handgelenke losbinden, Lucinda?«

Eifrig nickte das Mädchen. Mit geschickten, flinken Fingern löste es die Knoten und der Strick glitt zu Boden.

Tausend Nadeln schienen in Olivias Handgelenke zu stechen. Sobald das Blut wieder etwas zirkulierte, befreite sie ihre Fußknöchel von der Fessel. Lachend und weinend breitete sie die

Arme aus und presste die verängstigten Kinder an sich.

»Dem Himmel sei Dank, ihr habt's einigermaßen gut überstanden!«

Lucindas Unterlippe zitterte. »Die ganze Zeit haben wir geschrien und geschrien. Und niemand ist gekommen.«

Erbost zog Colin die winzigen Brauen zusammen. »Ich bin so hungrig!«, jammerte er.

»Leider müsst ihr noch ein bisschen warten, bis ihr was zu essen kriegt«, erwiderte Olivia und küsste seine Stirn. »Erst mal müssen wir hier rauskommen.«

Lucinda erschauerte. »Wo sind wir?«

»In einer abgeschiedenen Jagdhütte, tief im Wald.« Olivia stand auf, ergriff die Hände der Kinder und führte sie in den vorderen Raum.

»Hier gefällt's mir nicht«, flüsterte Colin und klammerte sich an ihren Röcken fest.

Beschwichtigend drückte Olivia seine Hand. »Wenn wir Glück haben, sind wir bald draußen.« Erfolglos rüttelte sie an der Vordertür, die von außen verriegelt war. Immer wieder warf sie sich dagegen, doch das Holz gab nicht nach. Schließlich eilte sie zu einem Fenster und versuchte, die Bretter zu lockern, die es verschlossen. Das gelang ihr jedoch nicht. Inzwischen war es stockdunkel geworden. Mühsam bezwang sie ein Schluchzen.

Sie machte sich nichts vor. Selbst wenn sie mit den Kindern die Hütte verlassen konnte – sie würde niemals einen Weg aus dem nächtlichen

Wald finden. Außerdem musste sie Rücksicht auf Colin und Lucinda nehmen. Falls sie sich verirrten, würden sie noch größere Angst empfinden. Sie erinnerte sich an Gilmores Erklärung, am nächsten Morgen würde er mit Dominic hierher kommen …

Um sich zu beruhigen, holte sie tief Atem. Sicher war es besser, den neuen Tag abzuwarten. Im Morgengrauen würde sie noch einmal versuchen, die Tür oder ein Fenster zu öffnen. Irgendwie musste sie es schaffen. Und wenn Gilmore die Jagdhütte betrat, würde er seine Gefangenen nicht mehr antreffen.

Entmutigt wandte sie sich den Kindern zu und brachte ein Lächeln zustande. »Tut mir Leid, wir müssen bis morgen früh warten. Jetzt ist es zu dunkel und ich kann nichts unternehmen.«

Neben dem Kamin fand sie eine halbwegs saubere Stelle und sie setzten sich auf den Boden. An die Wand gelehnt, schlang sie ihre Arme um die Schultern der Kinder.

Lucinda schob ihre kleinen Finger in Olivias Hand. »Ein Glück, dass Sie da sind, Miss Sherwood! Colin und ich – waren so allein.«

»Nun bin ich ja bei euch.«

Erschöpft legte Colin seinen Kopf in Olivias Schoß. »Ich will zu meiner Mama«, wisperte er.

»Morgen, Liebling, morgen«, versicherte sie und hoffte, es wäre kein leeres Versprechen. Zärtlich streichelte sie sein Haar.

Ihre Schulter, die sie mehrmals gegen die Tür gerammt hatte, schmerzte heftig, irgendetwas

Spitzes bohrte sich in ihren Rücken. Trotzdem blieb sie reglos sitzen, sonst würde sie die Kinder stören. Die Angst, die wie ein kalter Stein in ihrem Magen lag, durfte sie ihnen nicht zeigen. Doch ihre Tränen konnte sie nicht länger zurückhalten.

Zweifellos würde Emily glauben, dass ihre Schwester bis in die Nacht hinein auf Ravenwood arbeitete. Und wenn sie früh zu Bett ginge, würde sie Olivia erst am nächsten Morgen vermissen. Und dann würde sie nicht wissen, wo sie nach ihr suchen sollte.

Müde lehnte Olivia den Kopf an die Wand. Sie hatte keine Wahl – sie musste den neuen Tag abwarten.

Emily eilte zur Tür und spähte hinaus – zum zehnten Mal in dieser Stunde. So spät war Olivia noch nie nach Hause gekommen. Rastlos wanderte Emily im Salon umher, von einem seltsamen Unbehagen erfasst. Irgendetwas stimmte nicht. Dieses Gefühl konnte sie unmöglich verdrängen.

Schließlich schlang sie ihren Schal um die Schultern. Vor lauter Sorge um die Schwester ließ sie alle Vorsicht außer Acht. Wenn sie ihr unterwegs begegnete, würde Olivia ihr sicher Vorwürfe machen, weil sie sich in der Nacht allein aus dem Cottage gewagt hatte.

Aber auf der Straße, die nach Ravenwood führte, kam ihr Olivia nicht entgegen. Verzweifelt begann Emily zu laufen. Mit jedem Schritt wuchs die Gewissheit, ihrer Schwester müsste etwas zugestoßen sein. Endlich tauchte das große Ziegelgebäude vor dem mitternachtsblauen Himmel auf, in silbernes Mondlicht getaucht. Fröstelnd stieg Emily die Eingangsstufen hinauf und nahm ihren ganzen Mut zusammen, ergriff den Messingklopfer und ließ ihn gegen die Tür fallen.

Dumpf hallte das Echo des Geräusches durch das stille Haus. Während sie wartete, trat sie ungeduldig von einem Fuß auf den anderen. Wahrscheinlich lagen alle Bewohner schon in ihren Betten.

Als sie ihre Hand erneut nach dem Klopfer ausstreckte, schwang die Tür auf, und ein weißhaariger Herr starrte Emily an.

»Verzeihen Sie die späte Störung«, bat sie hastig. »Ich bin Emily Sherwood. Ist meine Schwester noch hier?«

»Sie sind Olivias Schwester?«, fragte der Mann verwirrt.

»Ja, Sir. Sonst ist sie um diese Zeit längst daheim, und ich dachte – vielleicht muss sie heute etwas länger arbeiten …«

Der alte Mann schüttelte den Kopf. »Das glaube ich nicht …«

Bevor er weitersprechen konnte, erschien ein anderer Mann im Eingang – hoch gewachsen, mit dunklem Haar und markanten Gesichtszügen. Obwohl Emily ihn noch nie gesehen hatte, wusste sie sofort, dass er der Earl of Ravenwood sein musste.

»Suchen Sie Olivia?«, erkundigte er sich in scharfem Ton.

»Ja. Schon vor Stunden habe ich sie zu Hause erwartet.«

»Seltsam – sie hat Ravenwood längst verlassen.«

Ihre Blicke trafen sich und jeder las in den Augen des anderen die gleiche Furcht.

»Und – wo ist sie jetzt?«, stammelte Emily.

»Das weiß ich nicht«, entgegnete er in grimmigem Ton. »Aber ich werde sie finden.« Er griff nach Emilys Arm, zog sie in die Halle und befahl dem Butler: »Franklin, sorgen Sie dafür, dass Miss Sherwood in einem Gästezimmer einquartiert wird. Und dann lassen Sie Storm satteln.« Er wandte sich zu Emily. »Natürlich müssen Sie hier bleiben. Um diese späte Stunde erlaube ich Ihnen nicht, allein nach Hause zu gehen.«

Ohne eine Antwort abzuwarten, eilte er davon. Beklommen stand sie da, bis sie Franklins Hand an ihrem Ellbogen spürte. »Kommen Sie mit mir, Miss Sherwood. Wir werden es Ihnen so bequem wie nur möglich machen. Wenn Sie etwas brauchen, läuten Sie bitte …«

Während er sie die Treppe hinaufführte, schwirrte ihr der Kopf. Das alles erschien ihr so unwirklich. Aus dem aufgeregten Gemurmel der Dienstboten hörte sie eine tiefe Stimme heraus. »Nehmen Sie mich mit, Sir!«

Emily erstarrte. Diese Stimme kannte sie so gut wie ihre eigene. Atemlos spähte sie über ihre Schulter.

Im flackernden Kerzenlicht sah sie einen schwarzhaarigen Mann. Für immer würde sie sein Gesicht in ihrer Erinnerung bewahren – ein Gesicht, das sie nie wieder zu sehen geglaubt hatte.

Andre.

Ein Blick genügte und ihr Entschluss stand plötzlich fest. Als er sich zur Haustür wandte, kannte Emily nur noch einen einzigen Gedanken. Wenn sie ihn jetzt gehen ließ, würde sie ihn tatsächlich zum letzten Mal sehen. »Warte, Andre!«

Langsam drehte er sich um und Emily stürmte die Stufen hinab. Einen Schritt vor ihm blieb sie stehen. Die Luft zwischen ihnen schien zu knistern.

Unbemerkt zog sich Franklin zurück.

Am liebsten hätte sie Andres Wange berührt, um herauszufinden, ob er aus Fleisch und Blut bestand – oder bloß ein Traumbild war, das ihre sehnsüchtige Seele heraufbeschworen hatte. »O Andre, ich wusste nicht, dass du hier bist! Geht es dir … gut?«

Bevor er antwortete, schien eine halbe Ewigkeit zu verstreichen. Krampfhaft kämpfte sie mit den Tränen.

»Ja«, entgegnete er kurz angebunden.

Ausdruckslos schaute er sie an, und sie wusste, dass sie sich die Schuld an seiner abweisenden Haltung geben musste. Von tiefer Reue erfüllt, unterdrückte sie ein Schluchzen. Durch den Schleier ihrer Tränen konnte sie ihn kaum noch sehen. Trotzdem beobachtete sie, wie sich seine Miene veränderte.

Er hob eine Hand und ließ sie wieder sinken. »Sorg dich nicht um Olivia, wir werden sie finden.«

»Darum geht es nicht«, würgte sie hervor. »Verstehst du denn nicht? Es geht mir um *dich!*« O Gott, wie sollte sie nur die richtigen Worte finden? »Ich – schäme mich so. Inzwischen weiß ich, wie schrecklich ich dich gekränkt habe. Wie gern würde ich alles ungeschehen machen! O Andre, ich …« Plötzlich brach sich ein übermächtiges Gefühl Bahn. »Ich liebe dich! Natürlich, ich weiß – die Zigeuner sind immer auf der Wanderschaft. Und ich bitte dich nur, mir ein bisschen Zeit zu schenken, so viel du erübrigen kannst …«

»Emily!«, stieß er heiser hervor. Und dann lag sie in seinen Armen – genau dort, wo sie sein wollte. »Wenn du es willst«, flüsterte er in ihr seidiges Haar, »bleibe ich für immer bei dir.«

Verwirrt schaute sie zu ihm auf. »Was meinst du?«

»Dass ich dich liebe, Prinzessin, bis zum Ende meines Lebens.«

Emilys Herz schlug so heftig, dass es schmerzte. »Also gehst du nicht zu den Zigeunern zurück?« Diese Frage wagte sie kaum zu stellen.

»Ohne dich gehe ich nirgendwohin«, beteuerte er leise. »Natürlich möchte ich dich nicht aus deinem Elternhaus holen und von deiner Schwester trennen. Und ein so großartiges Heim kann ich dir auch nicht bieten ...« Lächelnd schaute er sich in der imposanten Eingangshalle von Ravenwood um. »Aber ich gebe dir alles, was in meiner Macht steht, wenn du mich haben willst.«

Freudestrahlend zog sie seinen Kopf zu sich herab und küsste ihn. In ihrer eigenen Welt versunken, wurden sie erst von der Wirklichkeit eingeholt, als sich jemand räusperte. Errötend sah Emily den Earl hinter ihrem Liebsten stehen. Einen Arm um ihre Taille gelegt, wandte er sich zu ihm.

»Wenn Sie lieber hier bleiben wollen, würde ich's verstehen«, bemerkte Dominic.

»Mit meiner Hilfe kommen Sie schneller voran, Sir«, entgegnete Andre. »Versuch dich ein bisschen auszuruhen, Emily.«

Flehend ergriff sie eine Hände. »Bitte, sei vorsichtig. Und Sie müssen auch auf sich aufpassen, Sir.«

Nach einem zärtlichen Abschiedskuss folgte Andre dem Earl aus dem Haus. Mehrere Male ritten sie zwischen Ravenwood und dem Cottage hin und her, ohne eine Spur von Olivia zu entdecken.

Während das erste Tageslicht den östlichen Horizont rosig färbte, zügelte Dominic seinen Rappen auf halber Strecke zwischen Stonebridge und Ravenwood. Auch Andre brachte sein Pferd zum Stehen. »Sie kann nicht einfach verschwunden sein.«

»Erst die Kinder – und jetzt Olivia ...« Dominics Kiefermuskeln spannten sich an. »Wo, zum Teufel, stecken die drei?« Immer wieder verfluchte er seinen eigenen Leichtsinn. Am Abend, als Olivia Ravenwood verlassen hatte, war es noch hell gewesen. Trotzdem hätte Lucifer sie begleiten müssen. Jetzt warf sich Dominic verzweifelt vor, dass er nicht dafür gesorgt hatte.

»Würden uns die Dorfbewohner helfen, nach ihr zu suchen?«, fragte Andre.

Dominic nickte. »Am besten reite ich zurück und schlage Alarm …« Plötzlich verstummte er. Lucifer war vorausgetrottet. Jetzt stand er am Straßenrand und bellte. Den Schwanz hoch erhoben, die Ohren gespitzt, schaute er zu seinem Herrn auf.

»Was …?« Dominic runzelte die Stirn und spornte Storm an.

Da bellte Lucifer noch lauter. Offensichtlich freute er sich, weil er die Aufmerksamkeit seines Herrn endlich erregt hatte. Dominic stieg ab und tätschelte den Hundekopf. »Was gibt's, Lucifer? Hast du was gefunden?«

Winselnd stieß Lucifer mit seiner Nase gegen ein weißes Etwas, das im Straßenstaub lag. Dominic bückte sich und hob ein Tuch auf – ein Taschentuch mit den Initialen D.ST.B. Im nächtlichen Dunkel war es unsichtbar gewesen.

Als die Erinnerung zurückkehrte, rang er nach Atem. Dieses Taschentuch hatte er Olivia in der Nacht ihrer ersten Begegnung geliehen – fast an der gleichen Stelle. Kalte Angst ließ ihn erschauern. *Olivia, wo bist du?*, fragte er stumm und presste das weiße Leinen an seine Nase. Es roch nach feuchter Erde – und Rosen.

Mit großen dunklen Augen blickte Lucifer zu ihm auf und jaulte leise. Dominic hielt ihm das Taschentuch hin und der Hund schnüffelte eifrig daran. Dann tänzelte er um die Beine seines Herrn herum, als wüsste er bereits, was von ihm erwartet wurde.

»Los, Lucifer!«, befahl Dominic. »Such Olivia!«

Kläffend stürmte Lucifer in den Wald, dicht gefolgt von Andre und Dominic, der sich blitzschnell in den Sattel geschwungen hatte.

22

Das ferne Geheul eines Wolfs riss Olivia aus dem Schlaf. Verwundert bewegte sie ihre Arme, die sich seltsam schwer anfühlten. Und ihr Bett war noch nie so hart gewesen. Furchtbar unbequem … Jetzt hörte sie den Wolf wieder heulen. Wer mochte in der Nähe ihres Cottages zur Jagd gehen?

Bis sie erkannte, wo sie sich befand, dauerte es eine Weile. Statt in ihrem weichen Bett zu liegen, saß sie auf dem kalten, feuchten Boden einer abgeschiedenen Jagdhütte. Und es war kein Wolf, der da draußen jaulte, sondern …

»Lucifer?«, wisperte sie und hob die Lider. Dann stieß sie einen Freudenschrei aus. »Lucifer! O Colin, Lucinda, er hat uns gefunden!«

Während sich der kleine Junge die Augen rieb, blinzelte Lucinda verschlafen und starrte Olivia an, als zweifelte sie an deren Verstand.

Lächelnd drückte Olivia die Kinder, die sie die ganze Nacht in den Armen gehalten hatte, an sich. »Stehen wir auf!«

Sie gehorchten gähnend. So gut es ging, wischten alle drei den Staub von ihren Kleidern. Inzwischen war das Heulen in schrilles Gekläff übergangen, das immer näher kam. Hufschläge erschütterten die Erde und verstummten abrupt. Dann erklangen Männerstimmen, der Riegel der Tür wurde zurückgeschoben. Mit zusammengekniffenen Augen spähte Olivia ins grelle Tageslicht. Auf der Schwelle erschien eine große, breitschultrige Gestalt.

»Olivia?«

»Dominic!« Blindlings warf sie sich in seine starken Arme und er presste sie an seine Brust. Die Hand, die ihr Haar streichelte, zitterte ein wenig. »O Gott, ich dachte, ich hätte dich verloren.« Er legte einen Finger unter ihr Kinn und schaute prüfend in ihre Augen. »Geht es dir gut?«

»Jetzt schon.«

»Und die Kinder?«

Lächelnd ließ sie ihn los und sah sich nach ihren Schützlingen um. »Die beiden sind nur hungrig. Und sie frieren ein bisschen.«

Colin hatte sich bereits an ein Bein seines vergötterten Helden geklammert, der ihn kurz hochhob und küsste. Dann stellte er ihn wieder auf die Füße und nickte Lucinda zu. Schüchtern erwiderte sie seinen Blick. Olivia sah Andre vor der Tür stehen und begrüßte ihn. Mit heftig wedelndem Schwanz trabte der Hund in die Hütte.

»Wie habt ihr uns gefunden?«

»Dafür muss ich Lucifer danken. Er entdeckte dein Taschentuch am Straßenrand …« Mit einem entwaffnenden Grinsen fügte Dominic hinzu: »Oder vielleicht sollte ich sagen – *mein* Taschentuch.«

Mittlerweile waren sie alle in den frühen Morgensonnenschein hinausgetreten. Beim Anblick der Pferde kreischte Colin vor Freude.

»Was ist geschehen, Olivia?« Dominics Lächeln erlosch. »Wer hat euch das angetan?«

Sie fand keine Zeit, die Frage zu beantworten. In diesem Augenblick ertönte eine nur allzu vertraute Stimme. »Das müssen Sie nicht erzählen, liebes Mädchen, denn ich kann für mich selbst sprechen.« Gilmore trat hinter einer Ecke der Jagdhütte hervor, eine Pistole in der Hand, die direkt auf Dominics Brust zeigte. Als er Olivia erblassen sah, lachte er spöttisch. »Wie gut Sie mit diesen Bastarden befreundet sind, Miss Sherwood. Nicht nur einer – nein, gleich zwei eilen Ihnen zu Hilfe. Leider haben Sie eine schlechte Wahl getroffen …« Höhnisch wandte er sich an Dominic. »Und Sie, Mylord, haben mir dir Mühe erspart, Sie hierher zu führen. Leider war Ihre Rettungsaktion überflüssig. So, wie sich die Dinge heute Morgen entwickelt haben, muss ich alle

Anwesenden töten – nicht nur Sie und die junge Dame.«

»Falls Sie's auf *mich* abgesehen haben, lassen Sie die anderen gehen«, schlug Dominic in ruhigem Ton vor.

»O nein, mein edler Earl. So dumm, wie Sie glauben, bin ich nicht. Natürlich würden Ihre Freunde sofort zum Konstabler laufen. Außerdem will ich das ganze Pack auf einmal loswerden.«

An Andres Seite knurrte Lucifer drohend und Gilmore schwenkte die Waffe in seine Richtung. »Bringen Sie den Hund zum Schweigen oder ich erschieße ihn!«

Dazu erhielt er keine Gelegenheit. Lucifer sprang hoch in die Luft. Abwehrend hob Gilmore eine Hand. In unverhohlener Todesangst riss er die Augen weit auf. Als das große, kräftig gebaute Tier gegen die Brust des Anwalts prallte, taumelte er, verlor das Gleichgewicht und stürzte.

Um die Gunst des Augenblicks zu nutzen, entwand Dominic ihm die Pistole und Lucifer fletschte direkt vor der Nase seines Opfers die Zähne.

Schreiend schlug Gilmore die Hände vors Gesicht. »Verdammt, sagen Sie dem Biest, es soll mich in Ruhe lassen!«

Inzwischen hatte Andre die Stricke aus der Hütte geholt, die Olivia gefesselt hatten. In aller Eile band er Gilmores Hände zusammen, sodass er keinen Schaden mehr anrichten konnte.

Eine Stunde später wurde ein sichtlich deprimierter Robert Gilmore dem Konstabler übergeben.

Olivia erzählte Dominic und Andre, was hinter dem mörderischen Plan des Anwalts steckte – nicht nur sein Hass gegen alle Zigeuner, sondern auch die Schande des Vaters, der sich mit einer Zigeunerin eingelassen hatte. »Als seine Mutter von der Untreue ihres Mannes erfuhr, nahm sie sich das Leben. Der Vater trank sich zu Tode. Daran gab Gilmore den Zigeunern die Schuld. In all den Jahren nagte wilder Hass an seiner Seele. Welch eine Ironie, dass er letzten Endes nur sich selbst geschadet hat.« Einige Sekunden lang blickte sie nachdenklich vor sich hin. »Wird er ins Gefängnis kommen?«

»Etwas anderes hat er nicht verdient.« Dominic war nicht bereit, Gnade vor Recht ergehen zu lassen. »Mein Gott, Olivia, er hätte uns alle getötet! Sogar die Kinder!«

Ihr Blick glitt über seine Schulter hinweg. In einiger Entfernung stand Andre mit Colin und Lucinda. »Da wir gerade von den Kindern sprechen – höchste Zeit, dass wir sie nach Hause bringen!«

Bald danach war Colin wieder mit seiner Mutter und seiner Großmutter vereint und Lucinda kehrte zu ihrer Familie zurück. Schluchzend warf sich ihre Mutter erst dem Earl, dann Andre um den Hals und verwirrte beide mit ihrem überschwänglichen Gefühlsausbruch. Der Vater des Mädchens schlug ihnen freundschaftlich auf die Schultern. Schließlich trafen sie auf Ravenwood ein.

Dominic hatte Olvia bereits erzählt, Emily habe ihm letzte Nacht verzweifelt mitgeteilt, ihre Schwester sei verschwunden, und dann in seinem Haus die weiteren Ereignisse abgewartet.

Sobald sie die Eingangshalle betraten, stürmte Emily herab und nahm Olivia in die Arme. Beide Schwestern kämpften mit den Tränen, als sie voneinander abrückten und sich anschauten. Aber sie lächelten so strahlend wie tausend Sonnen.

Inzwischen gab es eine Neuigkeit, von der Olivia noch nichts wusste, denn Dominic hatte entschieden, dass sie selbst herausfinden sollte, wie es inzwischen um ihre Schwester und Andre stand.

Gerührt hatte Andre die Umarmung der beiden jungen Frauen beobachtet. Jetzt wandte sich Emily zu ihm. Wortlos streckte er eine Hand aus und sie sank an seine Brust. Da presste er sie so leidenschaftlich an sich, dass keine Zweifel an der heißen Liebe des Paares aufkamen.

Olivia, die neben Dominic stand, schnappte verblüfft nach Luft und hörte ihn leise lachen. »Starr die beiden nicht so an, Liebste.«

Liebste … Ihr Puls pochte schneller. Bedeutete es das, was sie glaubte – was sie erhoffte?

»Geht es dir auch wirklich gut?«, fragte er und die zärtliche Sorge in seinem Blick erwärmte ihr Herz.

»O ja«, wisperte sie.

»Dann bin ich sehr erleichtert. Ich weiß nicht, was ich täte, wenn ich dich verloren hätte.«

Ermutigt legte sie ihre Fingerspitzen auf seine Brust. »Du wirst mich nicht verlieren, Dominic. Niemals.«

Mit diesen Worten brachte sie ihn um seine Selbstkontrolle. Stöhnend zog er sie an sich und sie wartete voller Sehnsucht auf seinen Kuss.

Vergeblich …

Als sie einen leisen Schrei hörte, drehte sie sich zu Emily und Andre um.

Dominic ließ Olivia sofort los. Belustigt schaute sie in die weit aufgerissenen Augen ihrer Schwester und gewann den Eindruck, dass Emily mindestens genauso verwirrt war wie sie selbst vor wenigen Minuten beim Anblick des verliebten Paares.

Mit ihrem Gestammel bestätigte Emily diese Annahme. »Olivia … Mylord … Aber wie … Um Himmels willen, wieso …«

»Schicksal«, lautete Dominics knappe Antwort.

»Bedeutet das …?«

»Ich fürchte – ja«, erwiderte Olivia und lächelte schwach. »Der Earl und ich – wir beide …« Unsicher suchte sie nach Worten. Was sollte sie sagen? Zwischen Dominic und ihr war nichts geklärt, wenn sie auch hoffte, er würde möglichst bald eine Entscheidung treffen.

»Was Ihre Schwester Ihnen mitzuteilen versucht, Emily …«, erklärte Dominic in trockenem Ton, »wir beide sind uns sehr nahe gekommen.

Überaus nahe, um es wahrheitsgemäß auszudrücken.«

Glühend heiß stieg das Blut in Olivias Wangen und Andre grinste breit.

Olivia eilte zu Emily und ergriff ihre Hand. »Ich wollte es dir erzählen«, beteuerte sie hastig. »Aber der richtige Zeitpunkt hat sich nie ergeben. Du warst dir im Unklaren, was Andre angeht. Und ich hatte Angst, du würdest meine Situation nicht verstehen.«

»Ja, ich war ziemlich durcheinander«, gab Emily zu und drückte Olivias Finger. »Jetzt weiß ich ganz genau, was ich will. Gott sei Dank!« Die beiden Schwestern umarmten sich wieder, dann kehrte Emily an Andres Seite zurück und hängte sich bei ihm ein.

»Ich werde Emily nun ins Cottage bringen, damit sie sich ausruhen kann«, schlug er vor.

»Eine gute Idee«, meinte Dominic. »Sicher braucht auch Olivia ein bisschen Ruhe. Meine liebe Emily – würden Sie schlecht von mir denken, wenn ich Ihrer Schwester den Heimweg erspare?«

»Je nachdem, Mylord.« Emilys Augen funkelten mutwillig. »Hegen Sie ehrenwerte Absichten?«

»Allerdings.« Er lachte leise. »Deshalb müssen Sie sich nicht sorgen.« Während er einen Arm um Olivias Taille schlang, führte Andre seine Liebste zur Tür. »Noch etwas, Emily!«, fügte Dominic hinzu. Sie spähte über ihre Schulter, und er zwinkerte ihr zu, was Olivia nicht bemerkte.

»Erwarten Sie Ihre Schwester vorerst nicht im Cottage.«

»Was soll denn *das* heißen, Sir?« Olivia versuchte einen entrüsteten Ton anzuschlagen, was ihr kläglich misslang.

»Nur dass die beiden allein sein wollen. So wie wir.«

»Wollen wir das?«

»Natürlich. Ich würde gern das Gespräch von gestern Nachmittag fortsetzen. Da hast du gesagt, du würdest mich mögen.«

»So? Das habe ich ganz vergessen«, hänselte sie ihn.

»Dann lässt du mir keine Wahl – irgendwie muss ich dich dran erinnern.«

Inzwischen hatten Emily und Andre die Eingangshalle verlassen. Dominic hob Olivia hoch und trug sie die Treppe hinauf.

»O Gott, wenn uns jemand sieht!«, protestierte sie.

»Und wenn schon!«

Seufzend runzelte sie die Stirn. »Wie überheblich du bist …«

»Während du dich stets um Sitte und Anstand bemühst.« Mit einer Schulter stieß er die Tür seines Schlafzimmers auf, mit einem Stiefelabsatz warf er sie hinter sich zu. Dann stellte er Olivia auf die Füße und küsste sie so zärtlich, dass ihr Tränen in die Augen stiegen. Es dauerte mehrere Sekunden, bis er den Kopf hob. »Weißt du, wie lange ich darauf gewartet habe?«

Schlanke Arme umfingen seinen Nacken, sanfte Fingerspitzen streichelten sein Haar. »So lange wie ich.«

Abrupt ließ er sie los. »Einen Augenblick ...« Dominic nahm seine goldene Kette ab und legte sie um Olivias Hals. Nachdem er ein paar Worte in *Romani* geflüstert hatte, küsste er den Ring, der an der Kette hing.

»Was bedeuten deine Worte?« Fast ehrfürchtig berührte Olivia den Ring.

»Vielleicht war's ein Zigeunerfluch«, erwiderte er lächelnd.

»Hoffentlich nicht!« In gespieltem Entsetzen starrte sie ihn an.

»Natürlich nicht. Eher ein Zigeunersegen.« Er griff nach ihrer Hand, führte sie zum Bett und sie setzten sich. »Diesen Ring hat meine Mutter immer getragen. Jetzt soll er meiner Frau gehören.«

Ein heißes Glücksgefühl stieg in ihr auf. »Aber ich bin nicht deine Frau«, forderte sie ihn heraus.

»Keine Bange, wir werden heiraten.«

»Tatsächlich?«, fragte sie und hob die Brauen.

»O ja.«

»Bald?«

Dominic lachte über den hoffnungsvollen Klang ihrer Stimme. »Sobald ich's arrangieren kann. Und jetzt ...« Verführerisch lächelte er sie an. »Jetzt werde ich dich erst einmal ins Paradies entführen.«

»Und wie willst du das schaffen?«

Langsam streifte er das Kleid von ihren Schultern. »Wenn du zu reden aufhörst, zeig ich's dir, Liebste.«

»Aber ich – kann niemals einen Mann heiraten, der mich nicht liebt«, wisperte sie atemlos.

Seine Hände hielten inne. Plötzlich fand die Tändelei ein Ende und Dominics ernster Blick nahm Olivias Herz gefangen. »*Dieser* Mann liebt dich über alles.« Es klang wie ein feierliches Versprechen. In ihren Augen brannten neue Tränen, die er behutsam wegküsste. »Weine nicht, meine Süße. Ich liebe dich so sehr. Glaubst du mir das?«

»Ja – jetzt schon …« Zutiefst bewegt, vermochte sie kaum zu sprechen. »Und ich liebe dich auch, Dominic. So sehr!«

Dieses Geständnis wirkte wie eine Flut, die alle Dämme in Dominics und Olivias Seelen brach. Wilde Leidenschaft flammte auf, ein Feuer, das beide zu verzehren schien. Ungeduldig knöpfte sie sein Hemd auf und schob es von seinen Schultern. Dann zog er ihr das Kleid aus. Als er sie aufs Bett drücken wollte, schüttelte sie den Kopf und berührte seine nackte Brust.

Wortlos kniete er vor ihr. Ihre kühlen Fingerspitzen wanderten über seine Brust hinab, bis zum Hosenbund. Ganz langsam öffnete sie seine Breeches und befreite seine harte Männlichkeit, die in ihre Hand glitt. Da neigte sie sich hinab, und ihr weiches Haar streifte seine Schenkel – so wie er es sich erträumt hatte. Zarte Finger liebkosten seine Erektion.

»Olivia …« Sein Atem stockte. »Liebste, was tust du?«

Da schaute sie zu ihm auf. Stets auf Sitte und

Anstand bedacht? Nun sie würde ihn eines Besseren belehren. Um ihre Lippen spielte ein sinnliches Lächeln. »Ich entführe dich ins Paradies.«

Und sie hielt Wort. Zuerst erregte sie ihn mit ihrer Zungenspitze, die heiß und feucht über sein Glied flatterte – eine aufreizende, erotische Zärtlichkeit. Voller Hingabe erfreute sie ihn, so wie er sie in jener Nacht beglückt hatte, leckte an seinem Penis, kostete ihn und saugte daran und genoss den Schauer, der seinen ganzen Körper durchfuhr.

Selbst wenn er es gewollt hätte – er konnte sie nicht zurückhalten. Seine Bauchmuskeln spannten sich an, all seine Sinne versanken in süßer, ekstatischer Qual. Hilflos war er in der verlockenden Hitze ihrer Hände und Lippen gefangen.

Nach einer Weile schlang er die Finger in ihr dichtes Haar. »Hör auf!«, bat er heiser. »Hör auf, das ertrage ich nicht länger!« Entschlossen umfing er ihre Arme und zog sie hoch.

Ihre Augen strahlten triumphierend. »Glaubst du immer noch, ich wäre so sittsam?«

»Nein«, stöhnte er, »du bist eine Hexe!«

Ebenso nackt wie Olivia, legte er sich auf den Rücken und nahm sie in die Arme. Seine Hände umspannten ihre Taille, hoben sie ein wenig hoch, dann bewegte er die Hüften, um in ihre feuchte Wärme einzudringen.

Als er mit ihr verschmolz, rang sie nach Atem. Heftig vibrierend und geschwollen, schien seine

Männlichkeit ihren ganzen Schoß auszufüllen und erregte unglaubliche Gefühle tief in ihr.

Wie ein seidener Vorhang fiel ihr Haar auf seine Brust. »Davon – habe ich geträumt«, gestand sie. »Und ich fragte mich, ob es möglich wäre, so etwas wirklich und wahrhaftig zu empfinden.«

Dominic lachte heiser. »So vieles ist möglich, meine Süße. Und es wird mir ein Vergnügen sein, dir alles zu zeigen.« Zärtlich und Besitz ergreifend zugleich schaute er zu ihr auf.

Dann waren Worte überflüssig. Nur das Stöhnen und die immer schnelleren Atemzüge der Liebenden erfüllten den Raum.

Viel, viel später, als die Glut der Leidenschaft erlosch und stiller Frieden in die Seelen einkehrte, streichelte Dominic das rotgoldene Haar, das über seiner Brust lag. Auf einen Ellbogen gestützt, betrachtete Olivia sein Gesicht und zeichnete mit einer Fingerspitze die Konturen seiner schön geschwungenen Lippen nach. »Woran denkst du?«

»An die Worte, die ich einmal zu dir sagte.«

»Welche Worte?«

»Dass ich nicht wüsste, ob ich ein verirrter Zigeuner bin …«

»Oder ein verirrter *gadjo*«, vollendete sie den Satz. »Ja, ich entsinne mich. Und was ich schon damals erkannte – du warst weder das eine noch das andere, sondern einfach nur ein verirrter Mensch.«

Nach einem kurzen Schweigen fragte er: »Soll ich dir ein Geheimnis verraten?«

»Ich bitte darum.«

»Jetzt irre ich nicht mehr ziellos umher.«

»Nicht mehr?«, wiederholte sie kaum hörbar und ihr Herz jubelte.

»Nein, weil ich endlich weiß, wohin ich gehöre.«

»Oh – wohin denn?«

Mit starken Armen presste er Olivia an sich und flüsterte an ihren Lippen: »Zu dir. Für immer.«

Epilog

An ihrem ersten Hochzeitstag dachte Olivia beglückt an ihre Trauung zurück. Niemals würde sie jenen wunderbaren Tag vergessen. Warm und strahlend hell hatte die Sonne geschienen, der Himmel war wolkenlos gewesen. Dominic hatte eine private Zeremonie im Garten von Ravenwood vorgeschlagen. Aber zum Gedenken an ihren Vater, den verstorbenen Vikar, wollte Olivia in der schönen kleinen Dorfkirche heiraten.

»Überleg es dir noch einmal, Olivia«, hatte Dominic gemahnt. »In Stonebridge leben viele Menschen, die dich sehr gern haben. Das weiß ich. Aber bedenk bitte, du wirst einen Außenseiter heiraten – einen Zigeuner. Und ich will nicht, dass du dich gekränkt fühlst, wenn nur wenige Leute in die Kirche kommen.«

Aber sie hatte sich nicht von ihrem Entschluss abbringen lassen. »Dann werde ich die Geisteshaltung aller, die der Trauung fern bleiben, als ihren Verlust betrachten, nicht unseren. Ich liebe dich, Dominic St. Bride. Und für diese Liebe schäme ich mich kein bisschen.«

Und so wurden sie von Reverend Holden in der alten Kirche getraut, vom süßen Duft der Blumen umgeben, die den ganzen Boden bedeckten. Dominic hatte sich grundlos gesorgt.

Bis auf den letzten Platz waren die Bänke besetzt. Sogar vor dem Eingang drängten sich Gratulanten.

Nur ein einziger Dorfbewohner fehlte – William Dunsport.

Eine Woche zuvor war er nach London gereist. Dort wollte er sich für immer niederlassen, wie Olivia von seiner Mutter erfuhr. Nichts hatte die Freude des Brautpaars getrübt, keine Erinnerung an die Vergangenheit.

Tragischerweise war Robert Gilmore einen Tag nach seiner Verhaftung an einem Herzanfall gestorben.

Ein leises Gurgeln an ihrer Brust holte Olivia in die Gegenwart zurück und die Lippen ihres Sohnes lösten sich von einer prallen Knospe. Grinsend schaute Trevor Michael St. Bride zu ihr auf und schwenkte eine dicke kleine Faust. Sie schloss das Oberteil ihres Kleids und trug ihn zum Fenster, dicht gefolgt von Lucifer.

Während sie Trevor sorgsam im Arm hielt, blickte sie zum westlichen Horizont, den das Abendrot allmählich verdunkelte. Und dann zeigte sie auf das Ziegelgebäude inmitten eines Birkenwäldchens. »Sieh mal, Trevor, am anderen Ende der Weide wohnen Tante Emily und Onkel Andre – in dem Haus, das dein Papa für die beiden gebaut hat. Das war sein Hochzeitsgeschenk. Wie großzügig dein lieber Vater ist …«

Aufmerksam musterte Trevor seine Mutter, als würde er jedes Wort verstehen. Die atemberaubenden blauen Augen hatte er von seinem Papa geerbt. Seine Löckchen waren hellbraun, eine Mischung aus Dominics dunklem und Olivias rotgoldenem Haar. Meistens benahm er sich vorbildlich. Nur wenn er einschlafen sollte, quengelte er ein bisschen.

»Bald wirst du einen Vetter oder eine Kusine bekommen«, fuhr Olivia fort. »Deine Tante Emily müsste schon bald ihr Kind zur Welt bringen. Sie kann es kaum erwarten.«

Aus Trevors Mund quoll eine Milchblase und zerplatzte. Seine Mutter lachte leise.

»Heute Abend hilft dein Papa deinem Onkel Andre, die Stute Guinevere von ihrem Fohlen zu entbinden – wenn ich auch nicht weiß, ob sich dein Vater nützlich machen wird. Bei deiner Geburt war er keine große Hilfe. Ich musste die ganze Arbeit allein erledigen. Und als du endlich das Licht der Welt erblicktest, war er kreidebleich und fühlte sich genauso elend wie ich.«

»Endlich weiß ich, was du wirklich über mich denkst«, murmelte eine tiefe Stimme neben ihrem Ohr. Zwei starke Arme umfingen Mutter und Kind. »Offenbar muss ich mich woanders nach einer Ehefrau umsehen, die mit mir zufrieden ist.«

Olivia wandte sich in der liebevollen Umarmung zu Dominic um. »Untersteh dich! Wenn du das wagst, suche ich mir einen anderen Mann.«

»Dann muss ich mich eben noch mehr anstrengen, um dein Wohlgefallen zu erringen. Wie darf ich dir dienen, Countess?«

Wortlos hob sie ihr Gesicht, und er küsste ihre süßen Lippen, bis das Baby zwischen ihnen zu schreien begann und die Aufmerksamkeit seiner Eltern auf sich lenkte.

Dominic nahm seiner Frau den Kleinen ab und hauchte einen Kuss auf das Köpfchen. Trevor an seine Schulter gedrückt, strich er ihm kreisförmig über den Rücken und wanderte im Schlafzimmer umher.

Wenige Sekunden später schlummerte das Baby tief und fest. Olivia saß in einem der Lehnstühle vor dem Kamin und runzelte neidisch die Stirn. »Wie schaffst du es nur, ihn so schnell in den Schlaf zu wiegen?«

Dominic ging zu ihr und küsste ihre Nasenspitze. »Das habe ich nur gelernt, damit ich dich ins Bett kriege.« Grinsend trug er seinen Sohn ins Kinderzimmer, das auf der anderen Seite des Flurs lag.

Bevor er zurückkehrte, servierten mehrere Dienstboten einige Silberplatten und eine Champagnerflasche im Schlafzimmer.

Lächelnd hob er die Brauen. »Was feiern wir denn?«

»Ungehobelter Schurke!«, schimpfte sie und schlug spielerisch mit einer Faust gegen seine Brust. »Wage es bloß nicht zu behaupten, du hättest unseren Hochzeitstag vergessen!«

Während sie zwanglos auf dem Teppich vor dem Kamin aßen, erkundigte sich Olivia nach der Geburt des Fohlens. Dominic nahm sich eine Scheibe gebratenen Fasan. »Oh, du solltest den kleinen Burschen sehen – eine rabenschwarze Schönheit! Andre behauptet, er wird mal ein erstklassiges Rennpferd. Wahrscheinlich hat er Recht.«

Bei Andres und Emilys Hochzeit hatte Dominic vorgeschlagen, der junge Ehemann solle die Tätigkeit ausüben, die er am besten beherrsche, und mit Pferden arbeiten. Nach langem Zögern hatte Andre sich überreden lassen, seinen Stolz hinuntergeschluckt und dem Earl erlaubt, ein Gestüt zu finanzieren. Er hatte beschlossen, sich hauptsächlich mit der Zucht und Ausbildung von Rennpferden zu befassen. Nun hatte Guinevere, von einem viel versprechenden Hengst gedeckt, das erste Fohlen in Andres Gestüt geboren.

»Glaubst du an Andres Erfolg?« Olivia wischte sich mit einer Serviette den Mund ab. »Wird man ihn ernst nehmen?«

Obwohl Andre seine farbenfrohe Zigeunerkleidung längst abgelegt hatte, fühlte er sich im Jackett, in den Breeches und hohen Reitstiefeln eines Gentlemans immer noch unbehaglich. Als sein Mittelsmann hatte der Schwager ein paar lukrative Geschäfte für ihn abgewickelt.

»Zweifellos«, erwiderte Dominic prompt. »An diesem Fohlen ist der Duke of Hanford interessiert. Also wird Andre deiner Schwester ein angenehmes Leben bieten.«

Olivia nickte erfreut. Während Dominic sein Dinner beendete, stand sie auf und öffnete das Fenster. Inzwischen war es dunkel geworden.

Über dem Horizont stieg ein leuchtender Vollmond am saphirblauen Himmel empor.

Wieder einmal überlegte sie, wie entscheidend sich ihr Leben seit der ersten Begegnung mit dem Zigeuner-Earl verändert hatte. Emily war nicht mehr blind und mit Andre verheiratet. Und Dominic? Bei seiner Ankunft in Ravenwood Hall war er ein verbitterter, gequälter Mann gewesen, der nicht gewusst hatte, wohin er gehörte. Die nächsten Monate hatten ihn völlig verwandelt.

Nun folgte er seiner Frau, drehte sie zu sich herum und ergriff ihre Hände. »Weißt du, wie glücklich du mich machst, Olivia St. Bride?«

»O ja«, antwortete sie ohne Zögern. Träumerisch erinnerte sie sich an eine Nacht kurz nach der Hochzeit. Sie war erwacht, und Dominic hatte sie betrachtet, auf einen Ellbogen gestützt. Als sie ihn deshalb getadelt hatte, hatte er gelächelt.

»Das tue ich jede Nacht, Liebste.«

»Jede Nacht?«, hatte sie verwirrt gefragt. »Warum?«

Da war sein Lächeln erloschen. In ernstem Ton hatte er erklärt: »Wann immer ich neben dir liege, empfinde ich eine geradezu übermächtige Dankbarkeit. Ich fühle mich so stolz – und so verdammt glücklich. Mit Worten lässt sich das kaum beschreiben, Olivia. Aber – wenn ich mit dir zusammen bin, scheint ein flackerndes Licht in meinem Herzen zu brennen. Anfangs erkannte ich nicht, was es war, und ich fürchtete mich beinahe davor – weil ich so etwas noch nie verspürt hatte.«

Ganz sanft hatte sie seine Wange berührt. »Und was ist es?«

»Liebe, Hoffnung, Glück. Das verstand ich zunächst nicht, weil ich nie zuvor glücklich war. Niemals ...« In seiner Stimme hatten tiefe Gefühle mitgeschwungen. »Bis jetzt.«

Mit seinem Geständnis hatte er Olivia zu Tränen gerührt. Auch an diesem Abend verschleierte sich ihr Blick, als sie daran zurückdachte. In den blauen Augen, die sie nun anschauten, lagen keine düsteren Schatten mehr. Nur Liebe, eine innige Liebe, die sie aus vollem Herzen erwiderte.

Dominic führte sie zum Kamin zurück und goss Champagner in zwei Kristallkelche. Eines reichte er seiner Frau, das andere war für ihn selbst bestimmt. »Weißt du noch, wie unsere erste Begegnung verlief?«

»Wie könnte ich jene Nacht nur vergessen?«, fragte sie belustigt. »Ich dachte damals, Lucifer hätte mich zu seiner nächsten Mahlzeit erkoren.« Inzwischen hatte sich der Hund wie üblich vor der Tür des Kinderzimmers niedergelassen.

Dominic lachte. »Daran erinnere ich mich so deutlich, als wäre es gestern gewesen. Dabei ist seither ein gutes Jahr verstrichen. Wollen wir auf das nächste wundervolle Jahr trinken?«

Entschieden schüttelte Olivia den Kopf.

»Worauf dann? Auf uns?«

Wieder schüttelte sie den Kopf und Dominic seufzte.

»Natürlich nicht. Da gibt es nur eins, meine Süße. Versuchen wir's noch einmal«, schlug er vor und hob sein Glas.

»Warte, lass *mich* es sagen!« Lächelnd stieß sie mit ihm an. »Auf das Schicksal – und eine mondhelle Nacht …«